ullstein

Das Buch

Tanja Wellenstein, Ende zwanzig, lebt in Berlin bei ihren Großeltern, denn ihre Mutter kam ums Leben, als Tanja ein kleines Kind war. Die Erinnerungen an eine glückliche Kindheit, an eine Mutter, die mit ihr spielte und lachte, sind tief verschüttet. Weil sie den strengen Großeltern nie gut genug war, hat Tanja sich früh ins Essen geflüchtet und über die Jahre einen Schutzpanzer aufgebaut, hinter dem sie ihre seelischen Schmerzen verbirgt.
Doch dann erfährt sie durch Zufall, dass ihre Mutter Valentina gar nicht tot ist, sondern in Malaysia lebt. Für Tanja bricht eine Welt zusammen – wieso hat ihre Mutter sie damals im Stich gelassen und sich nie mehr gemeldet? Fest entschlossen, das herauszufinden, macht Tanja sich auf den Weg nach Malaysia, gegen den Willen der Großeltern. Die Reise in die Tropen wird für Tanja auch ein Trip in die Freiheit. Sie ahnt nicht, dass sie Valentina wahrscheinlich gar nicht wird sprechen können …

Die Autorin

Kerstin Hohlfeld, geboren 1965 in Magdeburg, studierte von 1985 bis 1991 Theologie in Naumburg und Berlin. Danach bekam sie erst einmal drei Kinder und sah lieber davon ab, für die Kirche zu arbeiten. Sie verlegte sich aufs Schreiben und veröffentlichte bereits mehrere Romane.

Von Kerstin Hohlfeld ist in unserem Hause bereits erschienen:

Wenn das Glück anklopft

Kerstin Hohlfeld

Morgen ist ein neues Leben

Roman

Ullstein

Besuchen Sie uns im Internet:
www.ullstein-taschenbuch.de

MIX
Papier aus verantwortungsvollen Quellen
FSC www.fsc.org
FSC® C083411

Originalausgabe im Ullstein Taschenbuch
1. Auflage September 2015

Umschlaggestaltung: ZERO Werbeagentur, München
Titelabbildung: © FinePic®, München
Satz: Pinkuin Satz und Datentechnik, Berlin
Gesetzt aus der Aldus nova Pro
Druck und Bindearbeiten: CPI books GmbH, Leck
Printed in Germany
ISBN 978-3-548-28656-3

Imme

Für Thomas

1

»Frau Doktor, Sie wissen doch noch? Aus der Garage kommen Sie heute nicht mehr raus!«

Hermann, seines Zeichens Hausmeister und eben bei seinem Feierabendrundgang durch die Gänge der Klinik, baute sich zwischen Helena und der Fahrstuhltür auf. Gerade als sie, müde und erschöpft, in die Tiefgarage zu ihrem Auto fahren wollte.

»Wieso das denn?« Am liebsten hätte sie den bulligen Mann im blauen Overall zur Seite geschoben. Aber ihr war klar, dass er sie nicht ohne Grund aufhalten würde. Also bemühte sie sich um ein freundliches Lächeln und sah ihn fragend an.

»Na, die Dreharbeiten«, erwiderte er ruhig, schüttelte allerdings verständnislos den Kopf, als Helena ihn überrascht ansah. »Ich hab's Ihnen aber mindestens drei Mal gesagt, Frau Doktor. Das Auto am Freitag nicht in die Tiefgarage bringen. Hab ich gesagt. Da müssen wir absperren wegen der Dreharbeiten.«

Er sprach mit ihr wie mit einem Kleinkind. Helena mochte den Hausmeister, der in dem mehrstöckigen Wilmersdorfer Klinikgebäude für Ordnung sorgte, aber jetzt ärgerte sie sich über ihn.

Oder? War sie in Wahrheit nicht sauer auf sich selbst? Sie vergaß viel in letzter Zeit. Sogar ihr stets verständnisvoller Ehemann Martin reagierte neuerdings irritiert und behauptete, sie wäre unaufmerksam und würde ihm nicht zuhören. Dabei fühlte sie sich nur unendlich erschöpft.

»Und jetzt?«, fragte sie. »Gibt es denn gar keine Möglichkeit, noch an mein Auto zu kommen?«

»Am Montag, wenn der Spuk vorbei ist, kriegen Sie Ihren kleinen Flitzer zurück, Frau Doktor«, tröstete Hermann. »Jetzt müssen Sie wohl die U-Bahn nehmen.«

Die Aussicht, bei der draußen herrschenden Hitze in einem nicht klimatisierten Waggon zwischen schwitzenden Menschen eingeklemmt zu sein, ließ Helenas Laune endgültig auf den Nullpunkt sinken.

Der Schwindel überkam sie plötzlich. Sie schwankte, lehnte sich kurz mit dem Rücken an die Wand.

»Alles in Ordnung?«, fragte Hermann besorgt und musterte sie.

»Es geht schon«, beruhigte sie ihn. »Allerdings nehme ich wohl besser ein Taxi.«

Sie wünschte, der Hausmeister würde sie jetzt allein lassen, damit sie sich für einen Moment auf die Treppenstufen setzen und ausruhen könnte. Da er jedoch nicht von ihrer Seite wich, verabschiedete sie sich, unterdrückte das unangenehme Gefühl, nicht Herrin über sich selbst zu sein, und stieg vorsichtig die Stufen ins Erdgeschoss hinunter. Sie konzentrierte sich auf ihre Atmung und ignorierte beherzt das Flimmern vor ihren Augen. Es gelang. Unten angekommen, fühlte sie sich besser. Sie wollte nur noch eins: schnellstmöglich nach Hause fahren und sich eine Stunde hinlegen. Die Woche war mehr als hart gewesen.

»Sie können hier nicht durch!« Ein unsympathischer

Kerl mit Dreitagebart, der am Ausgang des fünfstöckigen Klinikgebäudes die automatische Tür bewachte, herrschte Helena ärgerlich an. »Wir drehen gerade.«

Normalerweise würde sie angesichts dieser groben Unhöflichkeit auf ihr Recht als Hausherrin pochen und den Mann in seine Schranken verweisen. Die Filmcrew war zu Gast in *ihrer* Klinik, nicht umgekehrt. Doch sie hatte soeben einen Schwindelanfall erlitten, sie fühlte sich unendlich müde, und zu allem Überfluss krochen vom Nacken her ziehende Schmerzen in ihren Kopf. Und ausgerechnet jetzt war ihr Weg mit Männern gepflastert, die nichts Besseres zu tun hatten, als sie in irgendeiner Weise zu behindern.

»Selbstverständlich kann ich hier durch«, fauchte Helena. Sie gab sich keinerlei Mühe, höflich zu sein, und funkelte ihr Gegenüber wütend an.

»Wir drehen gerade.«

»Sie wiederholen sich«, erwiderte sie ruppig und verbrauchte ihre letzte Kraft dafür, ihre Stimme arrogant und hochnäsig klingen zu lassen. Ehe der Filmtyp sich weiter wichtig nehmen konnte, drängte sie sich an ihm vorbei und schlüpfte durch die Kliniktür.

Doch damit war es noch nicht überstanden, denn draußen knallte Helena im vollen Lauf gegen ein sich leidenschaftlich küssendes Paar.

»Verdammt, das gibt's doch nicht!«, brüllte sie ein grauhaariger Mann an, der trotz Hitze eine dicke Daunenweste über dem T-Shirt trug, und sprang von einem Klappstuhl auf.

Helena erschrak, als sie begriff, dass sie soeben eine Filmaufnahme ruiniert hatte. »Das tut mir …«, begann sie, wurde jedoch unterbrochen.

»Verdammt!« Der Ungepflegte war hinter ihr hergelaufen und packte ihren Arm. »Sie wollte partout nicht warten, bis ihr die Szene im Kasten habt.«

»Alles auf Anfang! Wir machen das Ganze noch mal«, befahl der Regisseur seiner Crew, bevor er sich an Helena wandte. »Und du verschwindest aus dem Bild, sonst werde ich richtig sauer.«

»Hören Sie mal«, entfuhr es Helena angesichts der Arroganz des Grauhaarigen. »Ich habe nicht nötig, mich von Ihnen duzen und anbrüllen zu lassen. Das ist *meine* Klinik! Ich kann die Drehgenehmigung gern zurückziehen!«

»Schafft sie weg«, blaffte der Regisseur und wandte sich ab. Helena wäre angesichts dieser finalen Respektlosigkeit der Kragen geplatzt, hätte da nicht jemand einen Arm um ihre Schultern gelegt und leise »Na? Immer noch so temperamentvoll wie früher?« in ihr Ohr geflüstert.

Überrascht sah sie auf und erkannte das attraktive Gesicht, in dem die blauen Augen noch genauso schelmisch blitzten wie vor 20 Jahren, auf Anhieb.

Sie schluckte. »Michael!«

»Lena.« Er hatte sie immer Lena genannt. In ihrem Nacken begann es zu prickeln, während Michael den Filmleuten ein Zeichen gab und sie sanft von der Kliniktür wegführte. »Welch ein furioses Wiedersehen!«

Sie lachte, plötzlich erleichtert. »Ich stand kurz davor, mit eurem Oberindianer in ein Handgemenge zu geraten.«

»Das war dir anzusehen.« Um seine Augen spielten Lachfältchen. Die hatte er früher nicht gehabt. Natürlich nicht. Sie waren jung gewesen. Beim letzten Mal.

»Was machst du hier?«, fragte Helena, die noch immer überrumpelt war. Doch seit ihre Jugendliebe Michael die Szenerie betreten hatte, tat das Gefühl erstaunlicherweise gut, und deshalb ließ sie es zu.

»Ich bin Kameramann.«

»Dein Traumberuf. Du hast es also geschafft.«

»Du erinnerst dich?«

Natürlich, wollte Helena sagen, doch sie schluckte die Erwiderung herunter. Er musste nicht wissen, dass sie sich an alles erinnerte, was sie ein paar Monate lang verbunden hatte.

Michael bemerkte ihr Zögern nicht, redete einfach weiter: »Das wollte ich tatsächlich schon immer werden.«

Einige Meter von der Kliniktür entfernt blieben sie stehen. Erst jetzt nahm er seinen Arm von ihrer Schulter.

»Lena, Lena!«, sagte er kopfschüttelnd. »Ich fasse es nicht.«

Sein Lächeln, das genau wie damals ein wenig frech und herausfordernd wirkte, die geraden weißen Zähne zwischen den vollen Lippen – waren wirklich fast 20 Jahre vergangen, seit sie sich zum letzten Mal gesehen hatten?

»In einer Stunde sollten wir hier fertig sein. Was hältst du davon, uns auf einen Drink zusammenzusetzen?«

Helena riss sich vom vertrauten Anblick seiner Züge los, schüttelte den Kopf. »Ich muss heim. Ein anderes Mal vielleicht. Ich würd dich gern treffen, aber heute wäre ich keine besonders anregende Gesellschaft.« Sie öffnete ihre Handtasche und gab ihm ihre Karte.

»Dr. med. Helena Sander, Fachärztin für Plastische und Ästhetische Chirurgie«, las er vor. »Wow!«

»Ruf mich an!«, sagte sie leise. Dann setzte sie, endlich ungehindert, ihren Weg nach Hause fort.

»Überraschung!!!«

Helena zuckte zusammen, als sie in Gedanken an das eben Erlebte versunken die Wohnzimmertür öffnete und nichtsahnend von einem vielstimmigen Chor begrüßt wurde. Dabei hätte sie bereits draußen etwas merken müssen, wie ihr jetzt bewusst wurde. Vor ihrem Haus parkten verdächtig viele Autos, und auf der Terrasse war der Tisch für das Abendessen nicht vorbereitet.

Martin deckte *immer* den Tisch, kurz bevor sie nach Hause kam – mit Kerzen, Kristallgläsern, Porzellan und dem schönen alten Silberbesteck. Wenn sie durch den Garten zum Haus lief, sah sie ihn in der Küche arbeiten. Jeden Abend.

Eine Hoffnung war in ihr aufgekeimt. Vielleicht war er bei der Arbeit aufgehalten worden? Sie hatte sich beim Anblick der verschlossenen Terrassentür und der leeren Küche auf Ruhe gefreut! Einfach einen Augenblick im Garten sitzen und nichts tun. Nicht von der Arbeit berichten, nicht das Essen loben, nicht den Wein dazu aussuchen …

Helena seufzte unhörbar. Manche Wünsche, wie banal sie auch waren, gingen einfach nicht in Erfüllung.

Martin war nicht aufgehalten worden, er hatte eine Überraschungsparty organisiert. So geschickt, dass sie tatsächlich keine Ahnung gehabt hatte und sich nun zum wiederholten Mal überrumpelt fühlte. Was für ein seltsamer Tag!

Mindestens 30 Leute warteten gespannt darauf, ihr mit Küsschen und Umarmungen alles Gute zum Geburtstag zu wünschen. Helena rief sich blitzschnell zur Ordnung. Nur wer sie sehr gut kannte, hatte vielleicht einen Moment lang die Enttäuschung in ihren Augen gesehen.

Jetzt lächelte sie. Sie hatte schließlich Geburtstag, und ein glücklich überraschtes Strahlen war das Mindeste, was ihre Gäste von ihr erwarten konnten.

»Ihr seid unglaublich!«, sagte sie lachend und ließ sich nacheinander von Freunden, Kollegen und Familienmitgliedern in die Arme nehmen.

Martin hatte ein wunderbares Büfett hergerichtet. Er musste den ganzen Tag in der Küche gestanden haben. Keine ihrer Lieblingsspeisen hatte er vergessen: weder die gemischten Antipasti noch die Quiche Lorraine oder die mit frischem Rosmarin und Knoblauch gebackenen Ofenkartoffeln. Er wusste genau, was sie gern aß.

Zur Begrüßung reichte er ihr einen Aperol Spritz – nichts Außergewöhnliches, aber einer ihrer Lieblingsdrinks. Das Glas war beschlagen vor Kälte, und die Eiswürfel klirrten.

Beinahe gierig trank Helena einen großen Schluck.

»Alles Gute, meine Liebe! Lass dich heute richtig feiern!«

»Danke, Martin«, erwiderte sie und gab ihm einen Kuss. Ihr Mann trug ein hellblaues Hemd über einem makellos weißen T-Shirt. Seine braungebrannte Haut und seine schlanke, beinahe hagere Läuferfigur ließen ihn jung und gesund wirken, trotz seiner grauen Haare und der vielen kleinen Fältchen um Mund und Augen. Martin war ein attraktiver Mann, zweifellos.

»Ich weiß, du hättest deinen 40. gerne unter den Tisch fallen lassen.« Er zwinkerte ihr zu. Seine etwas selbstgefällig klingende Bemerkung reizte Helena.

Sie gab ihrem Bedürfnis nach, wenigstens einen kleinen Pfeil in seine Richtung abzuschießen. »Und du hättest das ruhig berücksichtigen können«, zischte sie.

»Dir etwas recht zu machen, ist schwer.« Martin konnte den Anflug von Ärger und Enttäuschung in seiner Stimme nicht verbergen. »Wenn nicht unmöglich«, setzte er nach.

Helena unterdrückte ein wütendes Schnauben und trank das Glas in einem Zug aus. Natürlich, er hatte es gut gemeint. Es wäre schlechter Stil, ihm jetzt die Freude zu verderben.

»Danke für die Mühe«, sagte sie matt.

Von hinten tippte ihr jemand auf die Schulter.

»Hey, Lisa, schön dich zu sehen!«, rief Helena, ließ ihren Mann stehen und fiel einer langbeinigen, brünetten Schönheit mit ausladenden Hüften und Oberschenkeln um den Hals. »Hättest du mich nicht warnen können?«, flüsterte sie ihr zu.

Lisa war Helenas Mitarbeiterin und beste Freundin noch dazu.

»Dann wär's wohl keine Überraschung mehr gewesen, oder?«

Helena seufzte erneut. Sie war doch kein Kind mehr. Warum sollte sich eine erwachsene Frau, die acht bis zehn Stunden Arbeit hinter sich hatte, müde und verschwitzt nach Hause kam und die Beine hochlegen wollte, freuen, wenn ihr ganzes Haus mit Gästen bevölkert war, die quatschten, aßen, tranken und womöglich noch tanzten?

Helena hatte mehrere Stunden im OP gestanden, zwei Brustvergrößerungen, eine Fettabsaugung und eine Oberlidstraffung durchgeführt. Schönheit im Akkord. Danach sechs Beratungsgespräche, Visite bei den Frischoperierten und Geschäfte mit zwei Pharmavertretern. Das war mehr als genug für einen Tag.

Martin wusste, was sie leistete und dass sie abends oft müde war und sich nichts weiter wünschte, als eine Stunde auf der Couch zu sitzen und ein Buch zu lesen.

Sie hätten ihren Geburtstag einen Tag später feiern können. Am Samstag. Mit einer langen Fahrradtour zu zweit, danach bei einem Essen in einem lauschigen Restaurant irgendwo an der Havel.

Das hätte ihr gefallen.

»Happy birthday, Helena!« Das war Jochen, seit zwei Jahren geschieden und Martins bester Freund. Sie bedankte sich artig, gab ihm zur Begrüßung ein Küsschen auf die Wange. »Sag mal, könnte ich mein Sweetheart mal bei dir vorbeischicken?«, fragte er übergangslos und grinste selbstgefällig.

Ärzte waren immer im Dienst. Das hatte Helena schon vor Jahren begriffen. Alle Welt schien davon auszugehen, dass Mediziner sich selbst nach Feierabend, auf Partys und bei einem entspannten Restaurantbesuch nichts Schöneres vorstellen können, als Diagnosen zu stellen und Beratungsgespräche zu führen.

»Natürlich kann sie kommen«, antwortete sie. »Gleich nächste Woche?«

Sie hoffte, Jochen würde sich verkneifen, schon hier und jetzt ins Detail zu gehen. Sweetheart war seit ein paar Monaten seine Freundin, mindestens 15 Jahre jünger als er, auffällig hübsch, aber recht still.

Helena entdeckte sie an der Terrassentür, wo sie sich unsicher lächelnd an einem Glas Wein festhielt. Sie nickte freundlich zu ihr hinüber. Kein Wunder, dass Jochens Freundin sich unwohl fühlte. Sie war mit Abstand die Jüngste auf der Feier und sollte eigentlich sorglos auf irgendeiner Studentenparty tanzen, statt hier zwischen ergrauenden Herren in der Midlifecrisis Gesprächen über Börsenkurse und Golfrunden zu lauschen. Sweetheart! Ob Jochen überhaupt ihren richtigen Namen wusste?

Er sah nun ebenfalls zu ihr hin. »Sie ist süß, findest du nicht? Nur obenrum … Du weißt schon … Da könnte es ruhig ein bisschen mehr sein. Eine Handvoll ist absolut das Mindeste.«

Helena schluckte. Das war ihr Job. Sie hatte ihn sich ausgesucht. Alternde Männer, denen die Oberweite ihrer blutjungen Frauen zu klein war, gehörten zum Geschäft.

»Sie soll anrufen«, sprang Lisa ein, die Helenas Mienenspiel richtig deutete. »Ich mache euch einen Termin zum Vorgespräch.«

»Gebongt«, sagte Jochen, zog ab, stellte sich dicht neben seine Freundin und legte ihr eine Hand auf den Hintern.

»Was für ein Blödmann«, flüsterte Lisa.

Helena lachte, froh, ihn los zu sein. »Hoffentlich will er kein Brandzeichen auf ihrer Haut«, lästerte sie. »Eigentum von Jochen Melzer oder so.«

»Wie kommt Martin zu so einem … sagen wir mal ›unpassenden‹ Freund?«

»Sie kennen sich seit der Grundschulzeit«, antwortete Helena. »Du weißt doch, wie Martin ist. Er ist treu wie Gold und hat anscheinend gar nicht gemerkt, dass sein Sandkastenkumpel im Lauf der Jahre ein Idiot geworden ist.«

»Treu wie Gold? So wie du das sagst, klingt es wie eine Beleidigung«, entgegnete Lisa und musterte Helena. »Ich kann dir aus dem Stand 30 Frauen aufzählen, die das nur zu gern von ihrem Ehemann behaupten würden.«

Auf Martin ließ keine ihrer Freundinnen etwas kommen. Das wusste Helena. Was er auch tat, sie würden nicht den Hauch einer Kritik an ihm gelten lassen.

Martin sah gut aus. Martin war ein topverdienender Steuerberater. Martin war gebildet, die Ruhe selbst und stets gut gelaunt. Martin konnte kochen, er verwöhnte seine Frau nach Kräften und las ihr jeden Wunsch von den Augen ab. Er liebte Kinder, Tiere und klassische Musik. Kurz: Er war ein Gott. »Helena, ist dir eigentlich klar, was für ein verdammtes Glück du hast?« Wie oft ihr diese Frage gestellt worden war, konnte sie nicht mehr zählen.

Sie hielt im Gewimmel nach ihrem Mann Ausschau.

Gerade brachte er seiner gehbehinderten Mutter einen liebevoll angerichteten Teller vom Büfett. Helena mixte sich ein weiteres Glas Aperol Spritz und stürzte es hinunter.

Nachdem die Gäste das Büfett geplündert hatten, klatschte Martin laut in die Hände. Alle Anwesenden versammelten sich im Wohnzimmer, als hätten sie auf dieses Signal gewartet. Lisa verteilte eifrig Champagnergläser, und Martin kam mit einem riesigen silbernen Umschlag auf seine Frau zu.

Helena wurde plötzlich nervös, denn erst jetzt fiel ihr auf, dass keiner der anwesenden Gäste ihr ein Geschenk in die Hand gedrückt hatte. Es gab zwar einige Blumensträuße, aber keinen Gabentisch – nur Martin und einen ziemlich albernen Briefumschlag in XXL.

»Helena«, sagte er, und seine blauen Augen strahlten, als er sie ansah. »Wir haben ziemlich lange überlegt …«

»Er ist verknallt in dich wie am ersten Tag«, raunte Lisa ihr fast unhörbar zu.

»Nun ja …« Helena lächelte versonnen. Ihre Freundin wusste viel über sie und Martin, aber nicht alles.

Als sie sich kennengelernt hatten, war Helena in ihn verknallt gewesen, nicht er in sie. Bei der Erinnerung daran wurde ihr warm ums Herz.

***

Sie begegnete Martin bei der Geburtstagsfeier einer Freundin zum ersten Mal.

Er stieß recht spät am Abend dazu. Ein wenig unsicher wirkend stand er im Raum und sah sich um. Helena fand ihn auf Anhieb attraktiv und freute sich, dass in der völlig überfüllten Studentenbude ausgerechnet neben ihr noch ein Platz frei war, auf den er sich setzte. Sie unterhielten sich den ganzen Abend.

Martin verarbeitete zu dieser Zeit das Ende seiner Jugendliebe. Seine Freundin Andrea hatte ihn kurz zuvor verlassen. Helena wich die ganze Party über nicht von seiner Seite. Geduldig hörte sie ihm zu, wie er ruhig, aber mit hin und wieder brechender Stimme über seinen Trennungsschmerz sprach. Er verhielt sich so anders als all die anderen, mit denen sie bisher ausgegangen war. Martin ließ Gefühle zu und sprach sogar darüber. Seine Offenheit faszinierte Helena.

Obwohl sie wusste, dass sein Herz nicht frei war, bat sie ihn um seine Telefonnummer, als er ging. Er gefiel ihr. Sie wollte ihn. Und sie hatte keine Eile.

Eine Woche später trafen sie sich zu einer Radtour, wenig später verabredeten sie sich zum Kino und zu Konzerten, verbrachten regelmäßig und immer selbstverständlicher ihre Freizeit miteinander. Acht Wochen, nachdem sie sich kennengelernt hatten, küssten sie sich zum ersten Mal. Helena war tief berührt von seiner vorsichtigen Zärtlichkeit.

Nach und nach verflochten sie ihre Leben miteinander. Helena begehrte Martin nicht nur, sie öffnete ihm die Tür zu ihrem Herzen, die sie lange Zeit streng verschlossen gehalten hatte.

Neben seiner Sanftheit zeigte Martin ebenso Stärke und vor allem Zähigkeit. Er wurde ihr »Fels in der Brandung« und erwies sich als treuer Partner, der mit ihr die harte Zeit des Examens durchstand – mit ihr nächtelang paukte, obwohl ihnen beiden fast die Augen zufielen, sie morgens mit starkem Kaffee weckte und abends mit selbstgemachten Nudeln begrüßte, wenn sie hungrig und nervös aus der Uni kam. Alles neben seiner eigenen Diplomarbeit.

»Wo hast du dieses Prachtexemplar aufgegabelt?«

Helena genoss es, wenn ihre Freundinnen das fragten. Martin tat ihr gut. Dass er nach drei Monaten noch immer nicht mit ihr geschlafen hatte, störte sie nicht. Sex ohne Liebe hatte sie mehr als genug gehabt in den letzten Jahren. Sie konnte warten.

***

»… schenken wir dir etwas, von dem du zu wenig hast.«

Helena kehrte rechtzeitig aus der Vergangenheit zurück, um das Ende von Martins kleiner Ansprache mitzukriegen.

Ihre Neugier erwachte.

Das Einzige, wovon sie zu wenig besaß, war Zeit. Zeit zum Nachdenken, Zeit für ein gutes Buch, Zeit, mal nichts zu tun. Die konnte ihr keiner schenken, nicht mal Martin, der ihr wahrscheinlich einen Stern vom Himmel holen würde, wenn sie das wollte.

Seit sie vor acht Jahren in Berlin ihre eigene Klinik für Plastische Chirurgie eröffnet hatte, verging kaum ein Tag ohne ihre Arbeit. Ihr Leben fand zwischen Operationssaal und Station statt. Helena war erfolgreich, wurde in Internetforen als eine der besten ihres Faches gehandelt, und ihre Patientenzahl hatte sich schlagartig verdoppelt, seit sie für ein Fernseh-Reality-Format ihre Arbeit vor der Kamera präsentierte. »Aschenputtel wird Prinzessin« erfreute sich guter Quoten, und seit einiger Zeit erkannte man sie im Supermarkt.

Schönheitschirurgie war längst nicht mehr ein paar wenigen Reichen vorbehalten. Zu Helenas Kunden zählten Damen und Herren der High Society genauso wie junge Frauen, die sich die Kosten für eine Brustvergrößerung mühsam vom Lohn als Verkäuferin absparten.

»Meine liebe Helena, in den nächsten vier Wochen bekommst du etwas, was du schon lange nicht gehabt hast …«

Sie lächelte. »Jetzt bin ich aber gespannt.«

»Zeit!«

Helena lachte laut auf. Sie hatte sich Zeit gewünscht,

und er schenkte ihr welche. Das war typisch für Martin. Wahrscheinlich hatte er das Unmögliche möglich und eine Bank ausfindig gemacht, auf der man Stunden abheben konnte wie Geld.

Ihre Freundin Lisa schaltete unterdessen einen Beamer ein. Auf der Wand hinter der breiten Ledercouch erschienen Bilder von palmengesäumten Traumstränden, von einem nobel aussehenden Hotel direkt am Meer mit Poollandschaft, vom Dschungel, von einer Seilbahn, von Affen, exotischen Vögeln, tropischen Früchten … kurz: Bilder vom Paradies.

Die Fotos zu betrachten, erweckte durchaus ihre Sehnsucht nach Entspannung. Trotzdem begriff Helena nicht. Martin und ihre Freunde schenkten ihr einen Urlaub? Das war eine verlockende, aber lächerliche Idee. Seit Jahren unternahmen sie und ihr Mann keine Reisen mehr, weil Helena aus der Klinik nicht wegkonnte. Alle hier im Raum sollten wissen, dass ihr nett gemeintes Geschenk für die Katz war.

»Sonntag in einer Woche geht es los«, sagte Martin.

Die Gäste applaudierten, während Helena wie betäubt auf die betörenden Bilder starrte.

»Willst du gar nicht wissen, was das Ziel der Reise ist?«, fragte jemand aus der Runde.

»Doch … doch … will ich«, antwortete Helena und kämpfte die aufsteigenden Tränen nieder.

»Es ist Malaysia«, sagte Martin, dem das Glitzern in ihren Augen nicht verborgen geblieben war, und drückte ihre Hand.

Jetzt gab sie den Kampf auf und ließ die Tränen laufen. Erneut erntete sie Applaus. Kaum einer hatte sie je weinen sehen.

»Sie weint vor Rührung«, sagte jemand hinter ihr.

»Süß …«

»Danke«, presste Helena hervor und lächelte mühsam, weil sie wusste, dass das von ihr erwartet wurde.

Niemand ahnte, was in diesem Moment wirklich in ihr vorging.

»Warum hast du das gemacht?« Helena stand im Bad und bürstete ihr langes Haar. Die Gäste waren weit nach Mitternacht endlich gegangen.

Sie hatte zwei Aspirin genommen und lange geduscht, während Martin die Küche aufgeräumt und die Reste des Essens in den Kühlschrank gestellt hatte. Niemals hätte er einwandfreie Nahrungsmittel weggeworfen. Auch wenn er fünf Tage Spaghetti essen müsste. Jetzt stand er in der Badezimmertür und sah ihr zu.

»Du freust dich nicht?«

»Du hast mich nicht gefragt!« Helena zog die Bürste so heftig durch ihr Haar, dass ihre Kopfhaut schmerzte. »Du hast mich einfach nicht gefragt«, wiederholte sie.

»Du hättest niemals ja gesagt«, verteidigte sich Martin. Er trat hinter sie an den Spiegel und legte ihr sanft die Hände auf die Hüften. Helena dreht sich ruckartig zu ihm um.

»Und du kennst die Gründe«, erwiderte sie. »Du hättest sie respektieren müssen.«

Er trat noch einen Schritt näher, legte seine Arme um ihren Körper, zog sie fest an sich.

Sie schloss die Augen … und wünschte sich weg.

»Gib es zu«, sagte sie matt und wand sich aus seiner Umarmung. »Du stellst dir vor, dass wir an einem dieser Traumstrände endlich ein Baby machen.«

Martin zuckte zurück, als hätte ein Stromschlag seinen Körper getroffen. Sie hatte ihn kalt erwischt.

Seit sie vor zehn Jahren geheiratet hatten, wünschte Martin sich Kinder mit ihr. Zum Glück hatte die endlos lange Ausbildung Helena mehr als genug Ausreden geliefert, das Thema weiter und weiter von sich wegzuschieben. Es gab ihn einfach nicht, den richtigen Zeitpunkt für ein Baby, wenn man den steinigen, aber steil nach oben führenden Weg einer Medizinkarriere gehen wollte. Dass der Gedanke an ein gemeinsames Kind nichts in ihr zum Klingen brachte, musste Martin nicht erfahren. Wahrscheinlich konnte er es sich sowieso denken.

Sie ließ sich alle drei Monate eine Hormonspritze geben und vertröstete ihren Mann auf später. In letzter Zeit hatte er das leidige Thema kaum noch angesprochen. Sie war jetzt 40. Sie hatte gehofft, er hätte eingesehen, dass es langsam, aber sicher zu spät für die Familienplanung wurde.

Nach einer Schrecksekunde hatte Martin sich wieder im Griff. »Da täuschst du dich«, sagte er ruhig.

Helena wusste jetzt, warum sie ihn provoziert hatte. Sie wünschte sich, er würde einmal die Fassung verlieren, ihr einmal ins Gesicht brüllen, was er in Wahrheit wohl über sie dachte. Dass sie eine miese, egoistische Person war, die ihm seinen sehnlichen Wunsch, den Wunsch nach einer großen Familie, verwehrte.

Wenn Martin nur ein einziges Mal nicht so verdammt perfekt wäre!

»Wir können kein Baby unter Palmen machen«, fuhr er fort und lehnte sich lässig an den Türrahmen. »Auch wenn ich das deiner Meinung nach gern wollte.

Du wirst nämlich alleine nach Malaysia reisen, meine Liebe.«

»Ich werde … was?« Helena glaubte, sich verhört zu haben. Sie lachte. Hörte selbst, wie hysterisch ihre Stimme klang. »Wie kommst du darauf, ich könnte Lust verspüren, alleine um den ganzen Erdball zu reisen?«, fragte sie überfordert. »Das Ganze wird ja immer verrückter.«

»Die Antwort liegt in deiner Frage«, antwortete Martin, während er sie prüfend anschaute. »Genau darum geht es. Allein sein. Du willst, nein, du musst endlich eine Zeitlang alleine sein. Dein Körper schreit danach. Deine Seele. Einfach alles an dir.«

»Woher willst du …?«

Um Martins Gelassenheit war es nun ebenfalls geschehen. Er ließ sie nicht ausreden. Sie hörte Verzweiflung in seiner Stimme, als er fortfuhr: »Wenn du dich mit einem Glas Wein in die hinterste Ecke des Gartens verziehst … Wenn du Kopfhörer aufsetzt und Musik hörst, während ich mit dir reden will … Wenn du nachts auf der Couch einschläfst, anstatt zu mir ins Bett zu kommen … Willst du noch mehr Beispiele?«

Sie schüttelte den Kopf. Entsetzt darüber, wie er mit jedem Wort den Nagel auf den Kopf traf.

»Du, meine liebe Dr. Helena Sander, du willst nichts mehr auf der Welt als alleine sein. Gott weiß, warum!« Sein Lachen klang bitter.

Plötzlich tat er ihr leid. Sie brauchte nicht nach Malaysia zu fliegen, um sich meilenweit von Martin entfernt zu fühlen. Und sie wusste, dass er es wusste.

»Und deshalb schickst du mich weg?«

Er nickte. »Ganz genau!«

»Verstehe. Dir fehlt meine Nähe, und darum muss ich allein wegfliegen.« Die Ironie in ihrer Stimme war nicht zu überhören.

»Ja«, gab er ungerührt zurück. »Im Übrigen finde ich das viel weniger paradox, als es dir jetzt vorkommen mag.«

»Ich werde diese Reise nicht antreten«, sagte sie leise.

»Das wirst du«, beharrte Martin entgegen seiner Gewohnheit und warf die Tür zum Badezimmer hinter sich zu.

Helena zuckte zusammen. Doch dann lächelte sie, während sie ihr Haar zu einem Zopf flocht. Es war also doch möglich, ihren Mann aus der Fassung zu bringen.

»Kannst du das ernsthaft verantworten, meine Liebe?« Helena tippte mit dem Zeigefinger auf ihren leeren Terminkalender, den Lisa eben aufgeschlagen hatte. »Vier Wochen keine Termine für mich?«

»Du bist nicht da«, erwiderte Lisa trotzig. »Schon vergessen? Wir haben dir einen Traumurlaub geschenkt. Vielleicht fängst du langsam damit an, nicht ausschließlich an deine Arbeit zu denken.«

»Wovon leben wir denn, wenn nicht von meiner Arbeit?«, fragte Helena sauer. »Haben wir hier irgendwo einen Goldesel, von dem ich nichts weiß?«

Lisa blies die Backen auf. »Entschuldige, ich vergaß, dass du in Armut haust und vier Wochen Urlaub in acht Jahren nicht drin sind.«

Helena schwieg. Natürlich war der Urlaub möglich. Weder Geld noch die Patienten waren das Problem. Lisa hatte alles hervorragend organisiert. Für die Nachbetreuung der frisch Operierten hatte sie einen kompetenten

Kollegen gefunden. Sobald Helena zurück wäre, würde sie wieder jede Menge Termine in ihrem Plan vorfinden.

Das eigentliche Problem bestand nach wie vor darin, dass sie sich entmündigt vorkam, weil sie ihr die Reise aufgezwungen hatten. Die anderen, allen voran Martin, behandelten sie wie ein Kind.

Helena sah, dass Lisa sie musterte und auf eine Erwiderung wartete. »Warum habt ihr mich nicht gefragt, ob ich überhaupt verreisen möchte?«

»Du hättest niemals ja gesagt.«

Das waren exakt Martins Worte gewesen.

»Natürlich nicht!« Ihr Ton wurde wieder schärfer. »Mag sein, dass 99 Prozent der Menschen von einem Urlaub unter Palmen träumen. Ich gehöre nicht dazu.«

»Meinst du nicht, dass eine Pause dir guttun wird, nach all den Jahren harter Arbeit?«

»Sicher wird sie das. Aber warum wollt ihr mich dazu unbedingt ans andere Ende der Welt schicken? Ich hätte genauso gut im Allgäu pausieren können.«

»Malaysia war Martins Idee«, gab Lisa zu. »Wir haben uns lange unterhalten. Ich wusste ja nicht, wie …«, sie zögerte kurz, »wie es bei euch zu Hause läuft.«

»Er hat sich bei dir ausgeweint?«, fragte Helena fassungslos.

»Er hat sich nicht ausgeweint«, widersprach Lisa. »Er sucht eine Lösung.«

»Und mich wegzuschicken ist die Lösung. Was Besseres ist euch nicht eingefallen?«

»Manchmal kapiert man erst, was man hat, wenn man es mit Abstand betrachtet.«

Helena entging der bittere Zug um den Mund ihrer Freundin nicht.

Sie kannten sich schon seit mehr als 20 Jahren, hatten zusammen Abitur gemacht. Elisabeth, die ihren altmodischen Namen nicht mochte und deshalb Lisa genannt werden wollte, lebte seit zehn Jahren alleine. Nicht, dass es an Möglichkeiten gefehlt hätte. Helena begriff selbst nicht, warum niemand ihrer attraktiven Freundin gut genug war. Sie ließ, abgesehen von ein paar bedeutungslosen Bettgeschichten, keinen Mann an sich heran.

»Helena, hör mal«, sagte Lisa in versöhnlichem Tonfall. Der harte Zug in ihrem Gesicht verschwand. »Jetzt freu dich doch einfach! Pack deine Sachen! Es ist alles organisiert. Du musst dich nur zurücklehnen und losfliegen. Ich verspreche dir, dass ich auf deine Klinik aufpasse wie ein Schießhund.«

Helena war noch immer nicht überzeugt und brummte etwas Unverständliches.

»Alles wird gut, okay?«, beschwor Lisa sie erneut.

Wortlos nickte Helena und ging in ihr Sprechzimmer. In ein paar Minuten würden die ersten Patienten kommen.

Sie warf sich ihren Kittel über, nahm ihr Handy aus der Handtasche und suchte, bis sie Michaels letzte SMS gefunden hatte.

Du bist verdammt schwer zu erreichen, Lena. Bin noch bis Dienstag in der Stadt. Micha

Er hatte sie am Wochenende mehrmals anzurufen versucht. Aber Helena hatte weder Zeit noch Ruhe gehabt, sich zurückzumelden. Am Samstag, dem Tag nach der Party, war sie ein paar Stunden arbeiten gegangen. Ihre restliche Zeit hatte Martin mit einem Umlandausflug und einem Theaterbesuch gefüllt.

Sollte sie ihn jetzt anrufen? Sich spontan verabreden?

Heute nach ihrem Feierabend könnte sie, statt nach Hause zu fahren und sich an den reich gedeckten Tisch zu ihrem Mann zu setzen, mit ihrer Jugendliebe durch Kreuzberg streifen. Sie könnten Tequila trinken, bis ihr die Knie weich wurden und sie sich an ihm festhalten musste, um nicht zu fallen. So, wie sie das früher manchmal getan hatten.

Helena lächelte bei der Erinnerung, doch dann legte sich ein bitterer Zug um ihren Mund.

Hatte sie in den letzten Jahren irgendetwas getan, was sinnlos und verrückt, dafür aber irrsinnig lustig gewesen war? Natürlich nicht.

Es klopfte leise an der Tür ihres Sprechzimmers. Resigniert schob Helena ihr Handy zurück in die Tasche. Und die Gedanken an Michael beiseite.

»Guten Morgen, Frau Doktor!« Eine ihrer Patientinnen mit Brustvergrößerung kam zur Verbandabnahme.

»Bitte herein«, sagte Helena freundlich. »Heute wollen wir das Ergebnis bewundern, nicht wahr?«

Während die Frau hinter einem Vorhang ihre Bluse auszog, schweiften Helenas Gedanken erneut ab.

Temperamentvoll wie eh und je hatte Michael sie genannt, doch er irrte sich gründlich. Zwar hatte ihr Äußeres sich seit damals kaum verändert – ihre Figur wirkte so mädchenhaft wie früher, und die brünetten Haare trug sie noch immer hüftlang, wenn auch nicht mehr offen, sondern meist zu einem Zopf gebändigt. Doch sie machte sich nichts vor: Ihr alter Freund würde schon nach fünf Minuten merken, wie entsetzlich langweilig sie und ihr Leben geworden waren.

2

»Sag mal, was ist eigentlich in dich gefahren? Das ist … eine absolute Schnapsidee!«

Tanja nahm einen tiefen Zug von ihrem Kaffee-Milchshake, schwieg und hörte mit wachsender Enttäuschung ihrer Freundin Melanie zu. Vor ein paar Minuten hatte Tanja ihr eröffnet, dass sie darüber nachdachte, eine weitere Berufsausbildung zu absolvieren. Wie immer nahm Melanie kein Blatt vor den Mund, wenn ihr etwas gegen den Strich ging. Tanja ließ die heftige Kritik trotz ihrer Irritation geduldig über sich ergehen. Sie war nicht gut darin, sich zu wehren.

»Du bist fast 30«, sagte Melanie. »Da kannst du nicht so einfach deinen Beruf wechseln.«

»Du klingst, als ob ich kurz vor der Rente stehe«, wagte Tanja leisen Widerspruch.

»Was willst du überhaupt machen?«, fragte Melanie und begann, an ihrem schwarz lackierten Daumennagel zu knabbern.

Jetzt begriff Tanja, weshalb ihre Freundin so schroff reagierte. »Wir können uns doch trotzdem treffen.«

»Das sagst du jetzt«, erwiderte Melanie sauer. »Raus mit der Sprache! Was willst du lernen?«

»Weiß noch nicht genau, vielleicht was mit Tieren oder Kosmetik.«

»Was mit Tieren? Kosmetik? Geht's noch ein bisschen ungenauer?«

»Ich habe bisher nichts geplant. Nur mit dem Gedanken gespielt, mich … mich ein bisschen zu verändern.«

Melanie ließ von ihrem Finger ab und fuhr sich mit der Zunge über die Piercings an ihrer Unterlippe. Das tat sie immer, wenn sie nachdachte.

Tanja atmete erleichtert auf, während ihre Freundin schwieg und ihr nicht länger alle Argumente um die Ohren schlug, mit denen sie sich selbst bereits lange genug auseinandergesetzt hatte. Während sie mit einem langen Löffel Sahnereste aus dem Glas kratzte, bedauerte sie, dass der herrlich cremige Moccacino ausgetrunken war. Noch einen würde sie nicht bestellen. Die Barista hatte schon anzüglich gegrinst, als sie ihr die erste Portion über den Tresen gereicht hatte. »Einmal iced Moccacino XXL mit doppelt Sahne.« *Für die fette Kuh.*

Das hatte sie zwar nicht gesagt. Aber gedacht. Tanja hasste es, wie die Leute sie anglotzten, wenn sie etwas aß oder trank, und dabei diesen »Kein Wunder, dass sie so fett ist«-Blick aufsetzten.

»Du meinst wahrscheinlich Tierarzthelferin oder so?«, fragte Melanie ruhig, die sich offenbar ein wenig gefasst hatte.

Tanja nickte und ließ von ihrem leeren Glas ab. Ein leichter Schmerz breitete sich hinter ihrer Stirn aus. Wie immer hatte sie das eiskalte Getränk viel zu hastig heruntergestürzt. Sie legte zwei Finger an ihre Schläfen und massierte sie leicht.

»Oder noch besser: Kosmetikerin«, antwortete sie. »Meine Nachbarin ist 35 und hat gerade ihre Ausbildung angefangen. Das würde mir auch gefallen.«

»Da nehmen die dich nicht«, behauptete Melanie.

Tanja wusste, worauf ihre Freundin anspielte. Selbst sie. Mit Kleidergröße 46 sah man nicht schick genug für die Kosmetikbranche aus. Dabei achtete Tanja akribisch darauf, stets top gepflegt und gut gekleidet zu sein. Ihr Spiegelschrank im Bad quoll über vor Töpfchen und Tiegelchen. Sie liebte Make-up-Tutorials auf YouTube und probierte, wenn sie Zeit hatte, die dort vorgestellten Schminktipps aus. Tanja besaß ein hübsches Gesicht. Aber das allein nützte ihr nichts. In der Disco blieb sie trotzdem immer allein und tanzte mit Melanie. Daher vermied sie es, wegzugehen, und verbrachte ihre freien Wochenenden lieber lesend im Bett. Ihren letzten Freund hatte sie vor mehr als fünf Jahren gehabt.

»Du kannst doch gar nicht wissen, was für Leute die einstellen«, verteidigte sie sich matt.

»Nein, weiß ich nicht. Aber was ich weiß, ist, dass dir unser Job anscheinend nicht mehr gut genug ist.« Melanie sah beleidigt aus.

»Willst *du* das für immer machen?«, fragte Tanja und hoffte, ihre Freundin würde nicht länger eingeschnappt sein. »Ich meine, Kassiererin im Supermarkt zu sein, das ist okay für eine Weile. Aber es ist …« Sie suchte nach den richtigen Worten. »Meine Oma hat früher immer gesagt, wenn ich schlechte Zeugnisse aus der Schule nach Hause brachte: *Wenn du sonst nichts aus dir machen willst … meinetwegen, dann kannst du Kassiererin werden.* Es klang so verächtlich. Kennst du diese Werbung? Da sitzt einer an der Kasse, hält sich ein Toastbrot vor den Kopf und macht biep … biep. Das wirkt vollkommen stumpfsinnig. Man macht sich lustig über uns. Kassiererin wird nach der allgemeinen Meinung nur jemand, der sonst nichts kann.«

»Du spinnst«, sagte Melanie, und überraschenderweise lachte sie, »und du übertreibst gewaltig. Die meisten Kunden sind total nett. Eigentlich hast *du* das Problem, und daran sind deine krassen Großeltern schuld. Denen bist du nicht gut genug!«

»Das wäre ich auch als Kosmetikerin nicht«, antwortete Tanja leise. »Das bin ich nie.« Sie spürte, wie Tränen in ihr aufstiegen. »Willst du auch noch was haben?«, fragte sie hektisch. »Ich hole mir einen Brownie.« Die klapperdürre Barista konnte sie mal. Sie brauchte jetzt dringend etwas Süßes.

Melanie schüttelte den Kopf. »Lass den Kuchen. Wir gehen lieber«, sagte sie versöhnlich. »Die Pause ist gleich vorbei. Weißt du, ich finde deine Idee gar nicht schlecht. Es ist nur … dann bist du weg. Und an mich hast du bei deinen Plänen wohl gar nicht gedacht?«

Tanja und Melanie hatten sich in der Ausbildung kennengelernt. Rein äußerlich verband sie nichts. Im Gegenteil: Melanie war mager wie eine Straßenkatze. Von den anderen Mädchen hatte niemand mit einer von ihnen befreundet sein wollen. Melanies ruppige Art stieß die meisten ab, während Tanja sich so still verhielt, dass sie ihren Mitschülerinnen langweilig und uninteressant erschien. Doch die beiden Außenseiter waren einander sofort gegenseitig sympathisch gewesen und verstanden sich bestens. Mehr noch. Sie waren ehrlich zueinander, auch wenn sie sich manchmal dabei verletzten. So wie eben.

Tanja litt, wenn Melanie auf ihre Figur anspielte. Sie wusste selbst, dass sie viel zu dick war. Aber sie konnte nichts dagegen unternehmen. Sie litt permanent unter Hunger! Was sie auch versuchte, um dieses fiese, nagende Gefühl zu besiegen, es gelang ihr nicht. Ihr Magen ließ sich nicht überlisten. Auf pappige Diätdrinks, eklige Tabletten mit Quellstoffen und fettarme Gerichte reagierte er mit wütendem Knurren, so lange, bis sie nachgab und ihn mit Currywurst und Fritten ruhigstellte. Das war schon immer so gewesen, seit sie denken konnte.

Fast immer, korrigierte sie sich. Es gab da ein paar Fotos … Sie und ihre Mutter lachend am Ostseestrand. Damals war sie schlank gewesen, dünn sogar. Ein kleines Mädchen mit weizenblondem Haar und langen Beinen. Unterdessen erinnerte nichts mehr an das Kind von damals, nur eine unbestimmte Sehnsucht, ein leiser Schmerz tief in der Brust und die sanft schimmernde Farbe ihrer Haare. Irgendwo auf dem langen Weg zum Erwachsenwerden war das schlanke, unbeschwerte Mädchen einfach verlorengegangen.

Tanja seufzte leise, während sie die Kaffeebar verließen.

»Vielleicht nimmst du eine Weile Urlaub«, schlug Melanie plötzlich vor, nachdem sie fünf Minuten schweigend nebeneinander hergegangen waren. »Das ist überhaupt die beste Idee. Wie lange bist du nicht mehr verreist?«

»Ich will gar nicht verreisen!«

So ein Vorschlag war typisch für Melanie. Tanja nannte sie ihre Trostpflaster-Freundin. Melanie wusste immer, wie Probleme zu lösen waren. Gegen Liebeskummer half Schokolade. Gegen Stress auf der Arbeit ein Cocktail. In diesem Fall sollte das Problem also mit einem Urlaub gelöst werden. Wenn es so einfach wäre!

Tanja betrachtete die blassen Narben auf Melanies dünnen Armen. Ihre Freundin sollte eigentlich wissen, dass es manchmal mit einem Pflaster nicht getan war.

Trotzdem setzte sich Tanja abends mit einer Schale Nudeln vom Asia-Imbiss vor ihren Laptop und durchsuchte, während sie aß, mehrere Reiseportale nach günstigen Hotels. Sie hatte eine ganze Menge gespart und konnte sich einen Urlaub durchaus leisten. Für ihre kleine Wohnung im Souterrain des Hauses ihrer Großeltern brauchte sie keine Miete zu zahlen.

»Tanja, kommst du zum Abendessen?«

Sie hörte ihre Großmutter die Treppen heruntersteigen. Hastig stopfte sie die Pappschale in ihre Schreibtischschublade und schob sie zu.

»Was machst du da?«

»Bin am Überlegen, ob ich ein paar Tage verreise«, antwortete Tanja, den Blick fest auf den Bildschirm geheftet, und hoffte inständig, dass ihre Großmutter die gebratenen Nudeln nicht riechen konnte.

»Mallorca?« Die Großmutter beugte sich vor. Tanja sah aus dem Augenwinkel, dass sie einen misstrauischen Blick auf die geöffnete Seite warf und die Stirn runzelte.

»Warum nicht?«

»Viel zu heiß und zu voll im Sommer. Willst du alleine fahren?«

»Vielleicht mit Melanie.«

»Dass ich nicht lache! Wir wissen beide, dass deine sogenannte beste Freundin keinen Cent für eine Reise hat. Du wirst doch nicht so dumm sein, sie einzuladen?«

Tanja betrachtete Uta Wellenstein von der Seite und stellte einmal mehr fest, dass sie überhaupt nichts

Großmütterliches an sich hatte, jedenfalls nichts von dem, was man sich bei einer Oma im besten Sinne vorstellte – mild blickende Augen, runde Hüften, Lachfältchen um die Mundwinkel und immer einen Vorrat Karamellbonbons im Küchenschrank.

Uta war eine beeindruckende Erscheinung: groß, knochig, ungeschminkt, ihr graues Haar raspelkurz geschnitten. Sie trug eine weite Leinenhose in Beige, ein schmales, weißes T-Shirt und weiche, hellblaue Mokassins. Kleine Perlenohrstecker – das einzige Zugeständnis an eine verspielte, lustvolle Weiblichkeit – ergänzten ihren puristischen und dennoch edel aussehenden Look perfekt.

»Das ist deine Enkelin?«

Tanja krümmte sich stets unter den erstaunten Blicken der Leute, die sie und ihre Großmutter zum ersten Mal zusammen sahen. Natürlich schnitt sie schlecht gegen ihre gertenschlanke Verwandte ab. Prof. Dr. Uta Wellenstein – die erfolgreiche Chefärztin, die mit 69 noch immer in Vollzeit Dienst im Krankenhaus leistete. Tanja war, nicht nur optisch, aus der Art geschlagen, und ihre Großmutter ließ sie das spüren.

»Vielleicht fahre ich lieber alleine«, beeilte sich Tanja zu versichern. Sie mochte es nicht, wenn jemand schlecht über Melanie sprach, und wollte ablenken.

Uta zuckte die Schultern. »Ist letztlich deine Sache. Kommst du jetzt?«

Tanja erhob sich. Dabei blieb die Tasche ihres Kleides am Knauf der Schreibtischschublade hängen, die sich prompt öffnete und ihren kompromittierenden Inhalt preisgab. Tanja sah, wie ihre Großmutter beim Anblick der halb gefüllten Pappschale samt Plastikgabel den

Kopf schüttelte. Mit hängenden Schultern folgte sie Uta nach oben auf die Terrasse.

»Ach, lass doch den alten Besen«, sagte Melanie später lachend am Telefon.

»Sie hat beim Essen jeden meiner Bissen gezählt«, schimpfte Tanja und hämmerte wütend auf ihre Computertastatur ein. »Weißt du, wenn sie könnte, dann würde sie sich eine andere Enkelin basteln.« Es tat weh. Tanja griff nach einer Tafel Schokolade in ihrem Regal, zerriss hastig die Verpackung und aß die Süßigkeit, während sie redeten, bis auf das letzte Stück auf.

»Niemand ist ihr gut genug«, antwortete Melanie. »Also vergiss sie einfach. Wollen wir noch was trinken oder ein bisschen spazieren gehen?«

»Nee, lass mal. Ich bin müde. Bis morgen, ja? Und danke fürs Zuhören.«

»Keine Ursache.«

Niemand ist ihr gut genug!

Melanies Satz setzte sich in Tanjas Kopf fest.

Wirklich niemand?

Sie schob ihren Stuhl vor den großen Landhauskleiderschrank und kletterte mühsam hinauf. Oben tastete sie nach einer Metalldose, die dort sicher vor neugierigen Blicken verborgen lag, und hob sie herunter. Sicherheitshalber schloss sie die Tür ab und setzte sich auf ihr Bett.

Niemand ist ihr gut genug.

Die junge Frau auf dem Foto, das Tanja aus der Dose kramte, war eine Schönheit. Blaue Augen strahlten im schmalen Gesicht, mit einer feinen Nase und vollen, fast ein wenig zu großen Lippen. Über 20 Jahre alt war die

Aufnahme. Sie war bei ihrem letzten gemeinsamen Urlaub in Binz entstanden.

»Hi, Mama«, sagt Tanja leise und strich über die Fotografie. »Ich vermisse dich so.«

»Hi, Tanja, mein Kleines«, antwortete ihr eine sanfte Stimme. »Wollen wir Backe, backe Kuchen spielen?«

Der Hunger fraß sich durch ihre Eingeweide, bohrte, nagte, pochte. Sie versuchte, sich abzulenken, indem sie sich ihren nächsten Urlaub ausmalte und eine Weile über ihr Gespräch mit Melanie nachdachte. Schließlich griff sie nach ihren Kopfhörern. Aber egal, was Tanja auch unternahm, um das wütende Knurren in ihrem Bauch loszuwerden, es gelang nicht.

Es war 1 Uhr in der Nacht. Sie lag seit einer Stunde wach. An Schlaf war nicht zu denken. Tanja knipste ihre Nachttischlampe an, stand auf und begann, ihre Schubladen zu durchwühlen. Die kalt gewordenen Chinanudeln im Schreibtisch rochen unappetitlich. Schaudernd warf sie die Reste in den Mülleimer. Irgendwo musste noch ein Schokoriegel versteckt sein.

»Kauf nicht so viel Schoki«, hatte ihr Melanie geraten. »Was du nicht zu Hause hast, kannst du auch nicht essen.«

Tanja hatte den Rat beherzigt, doch jetzt bereute sie es.

Sie aß selten nachts, aber wenn sie von wilden Träumen geplagt aufwachte und nicht wieder einschlafen konnte, half nichts außer ein paar Stücken Schokolade, einigen Keksen oder einem süßen Riegel, um den wütenden Heißhunger zu besiegen.

Doch außer Kaugummis fand sie heute nichts.

Tanja setzte sich müde auf die Bettkante und versuchte, sich zu beruhigen. Wieder einmal hatte sie im Traum geweint. Es war fast immer das gleiche Bild, das sie quälte.

Sie lief munter auf einen eingleisigen Bahnhof zu, der hübsch mit Blumenkästen geschmückt war und auf dem jede Menge fröhliche Menschen auf die Einfahrt des Zuges warteten, mitten unter ihnen ihre Mutter. Tanja beeilte sich, zu ihr zu gelangen, denn sie hatten vor, gemeinsam auf Reisen zu gehen. Doch sie schleppte einen Koffer, der mit jedem Meter schwerer wurde. So schwer, dass sie ihn kaum noch zu tragen vermochte. Sie sah den Zug kommen. Die Menschen herzten und küssten sich, bevor sie einstiegen und die Lokomotive fröhlich zu pfeifen begann. Ihre Mutter hatte sich bereits in einem Abteil niedergelassen und begann in einer Zeitung zu lesen. Anscheinend hatte sie nicht bemerkt, dass ihre Tochter gar nicht mit eingestiegen war. »Mama!«, schrie Tanja und versuchte schneller zu laufen, doch ihre Bemühungen nutzten nichts. Als sie in ihrer Not den Koffer fallen ließ, wurden ihre Beine schwer wie Blei, und obwohl sie sich nach Kräften bemühte, kam sie keinen Meter voran. Der Zug fuhr an, ihre Mutter blickte nicht einmal auf, und Tanja weinte, bis sie endlich erwachte …

Vor Verzweiflung biss sie in ihren Handrücken. Doch selbst der Schmerz half nicht, sich von ihrem Hunger abzulenken. Ohne einen Happen zu essen, würde sie in dieser Nacht keine Ruhe mehr finden. Schon in wenigen Stunden würde ihr Wecker klingeln. Sie war für die Frühschicht eingeteilt und würde sich acht Stunden mit bleierner Müdigkeit quälen müssen, wenn sie nicht schnellstens wieder einschlief.

Leise schlich sie zur Treppe und lauschte hinauf zur Wohnung der Großeltern. Es war dunkel. Kein Laut war zu vernehmen. Um diese Uhrzeit lagen anscheinend sogar Lutz und Uta, ihre stets energiegeladenen Großeltern, im Bett.

Tanja hoffte, in deren Küche Waffeln oder Kekse zu finden. Ihre Großeltern naschten äußerst selten, hielten aber Vorräte für spontan eintreffende Gäste bereit. Sie würde sich ein Päckchen nehmen und am nächsten Tag Ersatz aus dem Supermarkt mitbringen.

Tanja erstarrte, als sie oben ankam und im Arbeitszimmer der Großeltern, das der Küche gegenüberlag, Licht brennen sah und leise Stimmen vernahm.

Warum sie nicht wie geplant zum Vorratsschrank schlich, die Kekse nahm und wieder in ihre Wohnung zurückkehrte, wusste sie selbst nicht. Stattdessen legte sie wie unter Zwang die wenigen Schritte zu der angelehnten Tür zurück und belauschte das Gespräch der Großeltern.

Durch den Spalt sah sie ihre Großmutter am Schreibtisch sitzen, einen kleinen Stapel Papiere ordentlich vor sich aufgeschichtet. Ihr Großvater lehnte entspannt im samtenen Ohrensessel ihr gegenüber, in seinem Rücken eine Wand voller Bücher. Eine Szene, die durchaus Wärme und Geborgenheit hätte ausstrahlen können, wären die handelnden Personen nicht Uta und Lutz Wellenstein gewesen, ihre gleichermaßen gebildeten wie unnahbaren Großeltern.

»Trotz allem, Uta«, hörte Tanja den Großvater leise sagen. »Ich bin mir längst nicht mehr sicher, ob das richtig war, was du …«

»Ich?« unterbrach Uta ihn mit unterdrücktem Ärger in der Stimme. Laut zu werden verbat sie sich, was jedoch nicht bedeutete, dass man ihr nicht anmerkte, wenn sie gereizt war. »Ich denke, wir haben die Entscheidung damals zusammen gefällt. Und getragen.«

»Mag sein.« Lutz blieb gelassen. »Dennoch: Rückblickend kommen mir Zweifel. Und deshalb muss ich dich einfach fragen, warum du dich seit Jahren weigerst, unsere Tochter zu kontaktieren, aber ich dich regelmäßig dabei ertappe, dass du diese alten Briefe herausholst und sie anstarrst, als könnte in ihnen die Lösung unseres Problems verborgen sein.«

Uta protestierte nicht. Sie wirkte müde und um Jahre gealtert.

»Hatten wir wirklich das Recht?«, hakte Lutz nach.

Uta fuhr zusammen, als hätte ein Stromschlag sie getroffen. »Das Recht?«

Die plötzliche Schärfe in ihrer Stimme jagte Tanja einen Schauer über den Rücken. Hatte ihr Großvater eben davon gesprochen, dass ihre Mutter lebte? Unkontrolliert begann sie zu zittern. Sie wollte sofort ins Arbeitszimmer stürzen und die beiden zur Rede stellen, aber ihr fehlte die Kraft. Sie musste sich verhört haben. Ihre Mutter war seit mehr als zwei Jahrzehnten tot.

»Und ob wir das hatten«, fuhr Uta währenddessen fort. »Und nicht nur das. Wir hatten sogar die Pflicht. Weil unsere Tochter stets und ständig überfordert war. Weil sie viel zu jung und unreif war, um die Verantwortung tragen zu können, die sie sich aufgebürdet hatte. Weil sie …«, Uta schluckte schwer, »eine Schuld auf sich geladen und dennoch nichts Besseres zu tun hatte, als monatelang zu verschwinden und mit noch mehr

Rosinen im Kopf zurückzukehren. Eine Mutter, die ihr Kind verlässt, verliert alle Rechte an ihm. Wer hätte das Mädchen aufgezogen, wenn wir es nicht getan hätten?«

Tanja klammerte sich am Türrahmen fest. Sie hatte ihre Großeltern noch nie so miteinander reden hören.

»Deinen unermüdlichen Einsatz spricht dir niemand ab.« Lutz' Stimme war wie stets kaum eine Gefühlsregung anzumerken. Tanja kannte niemanden, der so emotionslos wirkte wie ihr Großvater. Er hielt ein Glas Cognac in seiner Rechten, schwenkte es sanft, schnupperte genüsslich, trank. Erst dann fuhr er mit sonorer Stimme fort: »Wenn etwas eine Zeitlang richtig war, muss das nicht für immer gelten. Ich bin der Meinung, dass wir es unserer Enkelin schuldig sind, ihr die Wahrheit zu erzählen. Sie muss die Möglichkeit bekommen, Kontakt zu ihrer Mutter zu haben, wenn sie das möchte.«

»Du sagst das, als wäre es ein Kinderspiel. Hast du irgendeine Ahnung, wo unsere Tochter sich aufhält? Ihre Flausen im Kopf können sie sonst wo hingetrieben haben.«

»Ich weiß nicht mehr als du«, erwiderte Lutz. »Aber es ist wichtig, dass wir Tanja gegenüber ehrlich sind und ihr alles erzählen. Also lass uns mit dem Anfang beginnen.«

»Ach ja? Willst *du* ihr also sagen, was damals geschehen ist? *Ich* will es nämlich nicht«, schnappte Uta, und Tanja sah, wie rote Flecken den Hals der Großmutter überzogen, während sie den Papierstapel nahm und im Schreibtisch verschwinden ließ. »Lächerlich! Der richtige Zeitpunkt dafür ist längst verstrichen.«

»Ich sehe das anders, meine Liebe. Ich sehe, dass ein

Netz aus Geheimnissen und Halbwahrheiten uns gefangen hält.«

Utas Lachen klang bitter. »Jetzt werd nicht theatralisch!«

Doch Lutz ließ sich von Utas Versuch, ihn lächerlich zu machen, nicht beirren. »Was du für richtig hältst, ist deine Sache«, fuhr er ruhig fort. »Der entscheidende Punkt ist, wir haben unsere Enkelin mit hineingezogen. In unserem Bemühen, sie zu beschützen, sind wir weit über das Ziel hinausgeschossen.«

»Ich fasse nicht, dass ich mir das alles anhören muss.« Uta stand so ruckartig auf, dass ihr Stuhl nach hinten zu kippen drohte. Im letzten Augenblick hielt sie ihn fest. »Ihre Mutter ist weg. Aus ihrem Leben verschwunden. Sind Gründe nicht zweitrangig, wenn das Ergebnis stets das gleiche ist?«

»Du bist recht spitzfindig, Uta. Tanja ist inzwischen 29 und kein besonders glücklicher Mensch, wie mir scheint. Also frage ich dich, sind sie das wirklich?«

»Natürlich! Und für mich ist das Thema damit abgehakt.«

»Wie du meinst«, erwiderte Lutz gleichmütig, trank seinen Cognac aus und erhob sich.

Tanja floh und fand sich wenig später keuchend auf ihrer Couch wieder. Unzählige Worte hatte sie soeben belauscht. Aber hatte sie deren Inhalt tatsächlich verstanden?

Hatten die beiden wirklich darüber geredet, dass ihre Mutter lebte? Dass sie nicht im Urlaub verunglückt war, wie Großmutter es ihr vor vielen Jahren mit betretener Miene erzählt hatte, als Tanja am Küchentisch gesessen und ein Bild gemalt hatte.

Nein, nein! Unter dem Eindruck des schlimmen Traumes stehend, hatte ihr Gehirn ihr etwas vorgegaukelt, um das Verlustgefühl zu mildern, mit dem sie seit damals zu kämpfen hatte.

Eine Welle von Panik und Angst schwappte über Tanja hinweg. Angeekelt nahm sie plötzlich einen leichten Schweißgeruch wahr, der von ihren Achseln ausging. Sie stand auf, holte ein Gästehandtuch aus ihrem Schrank, tränkte es in ihrem kleinen Badezimmer mit kaltem Wasser und wischte sich Gesicht und Nacken ab.

Sie betrachtete sich im Spiegel, erschrak vor der Verzweiflung in ihren schreckgeweiteten Augen und zwang sich zu einem Lächeln.

Natürlich hatte sie sich verhört. Sie musste sich verhört haben.

Tanja hatte schon sehr früh begriffen, dass ihr Vater keinerlei Interesse an ihr hatte. Trotzdem hatte sie ihm regelmäßig Bilder gemalt und Briefe geschrieben, auch wenn sie geahnt hatte, dass er ihr eine Antwort schuldig bleiben würde. Sie war damit klargekommen.

Er hatte schon immer keine besondere Rolle in ihrem Leben gespielt.

Doch der Verlust der Mutter war einschneidend gewesen.

Noch heute schnürte es Tanja die Kehle zu, wenn sie daran dachte, dass ihre heißgeliebte Mama auf einer Reise verunglückt und gestorben war. Lange bevor sie selbst groß genug gewesen war, sich ein Bild von ihr zu machen.

Statt unzähliger miteinander erlebter Momente waren ihr nur einzelne Fotos geblieben und die Erinnerung an eine leise, zärtliche Stimme, deren Klang sie wahrscheinlich irgendwann vergessen würde. *Backe, backe Kuchen spielen.*

Tanja verließ das Badezimmer, warf sich auf ihr Bett und weinte haltlos.

3

Langkawi, West-Malaysia

»Wieder einer?«

Valentina Williams schluckte, als Nazira, ihre Sprechstundenhilfe, einen verletzten Hund ins Behandlungszimmer brachte. Sie wischte sich den Schweiß von der Stirn. Während der Trockenzeit, wenn monatelang kaum ein Tropfen Regen vom Himmel fiel, steigerte sich die Hitze in ihrer Tierklinik ins Unerträgliche. Sie würde endlich das Geld für eine Klimaanlage aufbringen müssen. Oder einmal mehr Jonathan um Hilfe bitten.

»Noor hat sie und ihre Jungen am Strand gefunden. Ein paar Jugendliche haben ihr den Schwanz angezündet«, brachte die zierliche Malaiin mit den straff zurückgebundenen schwarzen Haaren mühsam beherrscht hervor. »Und mit den Vorderläufen stimmt etwas nicht. Ihre vier Welpen haben diese Idioten in ein Loch geworfen und es mit Sand zugeschüttet. Sie sind alle tot!«

»Himmel!« Nur mit Mühe unterdrückte Valentina einen heftigen Fluch. Alle paar Wochen kämpfte sie um das Leben von Tieren mit schweren Folterspuren. Oft hatte sie keine andere Wahl, als die gequälten Kreaturen einzuschläfern. Und selbst wenn sie sie retten und mühsam kurieren konnte, blieben die vierbeinigen Patienten traumatisiert und nicht selten verhaltensgestört. Bella, eine große Mischlingshündin, die seit vier Jahren bei ihr lebte, zuckte noch heute zusammen und winselte, wenn Valentina ein Messer in die Hand nahm, um Gemüse zu schneiden.

Die Tierärztin fragte sich oft, wie lange sie dem Druck noch standhalten konnte. Sie liebte Tiere, und deren Elend mit anzusehen, bereitete ihr seelische Qualen. Ihr pausenloser Einsatz glich dem sprichwörtlichen Kampf gegen Windmühlen.

Geschlagen, überfahren, vergiftet, angezündet. Sie würde nie begreifen, warum manche Menschen zu Tierquälern wurden.

Die Hündin stöhnte leise.

Valentina nahm sich zusammen und wischte die belastenden Gedanken weg. Hier war ihr Platz. Ihre Tierklinik unter Palmen. Sie wurde gebraucht, und deshalb durfte sie sich Schwäche und sinnlose Grübeleien nicht erlauben.

Vorsichtig legten sie die Hündin in Seitenlage auf den Untersuchungstisch. Während Nazira beruhigend auf das Tier einsprach, begann Valentina sie vorsichtig zu untersuchen. Der rasende Herzschlag und die schneeweißen Bindehäute bewiesen, dass die Hündin aufgrund der Misshandlungen unter Schock stand.

»Wir röntgen sie«, ordnete Valentina an.

Wenig später betrachtete sie aufmerksam die Aufnahme, während Nazira einen Tropf mit Infusionslösung vorbereitete.

»Keine inneren Blutungen, Blase und Milz sind in Ordnung«, diagnostizierte sie erleichtert. »Der rechte

Oberschenkel ist glatt gebrochen.« Sie wandte sich von der Röntgenaufnahme ab, der Hündin zu und streichelte ihr über den Kopf. »Keine Sorge, wir kriegen dich wieder hin.«

Der Bruch stellte keinen Notfall dar, so dass Valentina sich mit der Operation Zeit nehmen würde, bis die Hündin sich beruhigt und den Schock überwunden hatte.

»Es ist schon spät«, mahnte Nazira, nachdem sie den Tropf gelegt und die Hündin aus dem Untersuchungszimmer gebracht hatten. »Besser du fährst jetzt nach Hause. Du hast morgen früh mehrere Operationen auf dem Plan.«

Valentina unterdrückte ein Gähnen und sah ihre Sprechstundenhilfe liebevoll an. Was wäre sie ohne Nazira und Noor, ihre malaysischen Helferinnen, und Janet, die blutjunge australische Tiermedizinstudentin, die zweimal im Jahr ihre Semesterferien auf Langkawi verbrachte, um unentgeltlich zu helfen?

Was wäre sie ohne ihre Mitstreiterinnen, die Tiere genauso liebten wie sie selbst?

Valentina verbrachte eine Stunde am Schreibtisch. Nach einer letzten Runde durch die Klinik schaute sie noch bei Nazira vorbei, die heute die Nachtwache übernahm.

»Was hältst du davon, wenn wir unseren Neuzugang ›Lady Windsor‹ nennen?«, fragte Valentina, die jedem ihrer Streunerpatienten einen Namen gab. Die Hündin glich mit ihrem rehbraunen Fell und der weißen Schnauze tatsächlich den Welsh Corgis der Queen.

Nazira nickte. »Ich notiere das gleich«, versprach sie. »Und du gehst jetzt bitte«, fuhr die junge Malaiin freundlich, aber mit Nachdruck fort. »Du bist seit zwölf Stunden hier. Das ist mehr als genug.«

»Wenn irgendetwas …«

»Ich rufe dich an«, versprach ihre Freundin lächelnd. »Wenn es einem deiner Patienten schlechter geht, melde ich mich. Jetzt ruh dich aus und versuch zu schlafen.«

Valentina verdrängte die Bilder der winselnden Hundebabys, noch blind, eingegraben im Sand, wo sie qualvoll starben. Was war mit den Menschen los, die so etwas taten? Sie würde es nie begreifen. »Versprochen?«

»Natürlich«, bestätigte Nazira und schob ihre Freundin mit sanfter Gewalt zur Tür hinaus.

Draußen lehnte Jonathan an seinem SUV. Er wartete auf sie, obwohl sie nicht verabredet waren. Valentina holte tief Luft. Erleichtert. Glücklich.

Als Jonathan aufsah und ihre Blicke sich trafen, zeigte der zu Ende gehende Tag endlich ein freundliches Gesicht.

Ein paar Stunden später saß Valentina auf der Terrasse von Jonathans Haus und genoss die milde Frische des aufkommenden Nachtwindes. Jonathan war kurz in der Küche verschwunden, um ihnen eisgekühlte Drinks zu holen. Sie war froh und dankbar, dass er vor der Klinik gestanden hatte, so als habe er gespürt, dass sie heute seine Anwesenheit mehr als alles andere brauchte.

Sie waren zusammen in sein Strandhaus in die Bucht von Tanjung Rhu gefahren. Die Zeit, in der sie duschte, nutzte er, um für sie beide ein Essen am Meer auftischen zu lassen, weil er wusste, wie sehr sie es liebte, mit ihren Füßen im warmen Sand zu spielen, während vom Wasser her eine leichte Brise durch ihr blondes Haar wehte.

Als sie aßen, berührten sich ihre Knie unter dem Tisch und Valentinas Haut begann vor Verlangen zu prickeln.

Sie wog kurz ab, ob es richtig war, ihrem spontanen Impuls nachzugeben. Doch dann erkannte sie, dass ihr Wunsch nach Zärtlichkeit sich in Jos Augen spiegelte, und flüchtete sich in seine Arme. Im warmen Wasser, das hier im Nordosten der Insel klar und sauber war, hatten sie sich voll Begierde geliebt.

Jetzt sah Valentina Jo auf sich zukommen. Ihr Blick glitt über seine lange, schlanke Gestalt, sein offenes Gesicht, das dunkelbraune Haar von erstem Grau durchzogen.

Sie liebte ihn.

Er lächelte.

Als er ihr das Glas reichte und sich ihre Hände berührten, fragte sie sich zum wiederholten Mal, warum ihre gemeinsame Zeit, die sie voller Neugier aufeinander und erfüllt von tiefen Gefühlen begonnen hatten, in einer emotionalen Katastrophe geendet hatte, die sie aufgefressen und belastet hatte, bis sie einander nicht länger ertrugen. Und warum sie sich trotz ihrer Trennung nicht loslassen konnten.

»Tina«, sagte er leise und sah sie an. »Ich …«

Valentina wich seinem Blick aus, damit Jo nicht in ihren Augen lesen konnte, was sie dachte. Es hatte keinen Sinn, sich erneut ineinander zu verstricken.

»Wo ist eigentlich Kendra?«, unterbrach sie ihn forsch und bereute es im gleichen Augenblick, als sie sah, wie Jo zusammenzuckte. Es war natürlich ein Fehler gewesen, ihn nach seiner jungen Frau zu fragen. Ihr Fehler!

»Gestern nach London geflogen«, antwortete er steif und stellte sein Glas hart auf dem Tisch ab. »Hatte ich das nicht erwähnt?«

»Vielleicht«, sagte sie und bemühte sich, besonders lässig zu klingen.

Jonathan Williams und Valentina waren seit fünf Jahren geschieden.

Er hatte seine jetzige Frau, die 24 Jahre alte Kendra, bei einer Geschäftsreise in London kennengelernt. Nur ein halbes Jahr später heirateten sie, und die junge Frau folgte ihm nach Malaysia.

Bis sie Jo traf, war Kendra Studentin gewesen und hatte ihr Leben mit Jobs als Hostess auf Kongressen finanziert. Jetzt war sie die Frau eines englischen Millionärs, dessen Familie seit Generationen in Asien lebte und ein Vermögen besaß. Der in Kuala Lumpur, der Hauptstadt Malaysias, ein Stadthaus und auf Langkawi, der dicht mit Dschungel bewachsenen Insel an der Westküste des Landes, eine Strandvilla samt dazugehöriger kleiner Bucht sein Eigen nannte.

Kendra brach ihr Studium ab. Sie hatte ausgesorgt. Selbst für den Fall einer Scheidung würde sie keinen Tag in ihrem Leben mehr arbeiten müssen. Innerhalb von zwei Jahren bekam das Paar zwei Töchter. Ihr Leben hätte wunderschön sein können, wenn der jungen Frau nicht das Heimweh dazwischengekommen wäre.

Kendra war in Kent, dem Garten Englands, zwischen Blumen, Rapsfeldern und mit dem rauen Wind der Kanalküste aufgewachsen. Malaysias Klima bekam ihr nicht. Ihre weiße Haut, im Gesicht von unzähligen Sommersprossen übersät, reagierte auf die Tropensonne mit heftiger Allergie. Wochenlang hielt sie sich fast nur im klimatisierten Haus auf. Sie wurde launisch und missmutig. Jonathan blieb nur eins: Er musste seine junge Frau samt den Mädchen regelmäßig zur Erholung nach England schicken.

Valentina sah verstohlen zu ihrem Exmann hinüber. Der weiche Gesichtsausdruck, den er nach dem Liebesakt gehabt hatte, war verschwunden. Jetzt biss er die Kiefer zusammen, was seine Züge hart wirken ließ. Seine 52 Jahre sah man ihm nun deutlich an.

Valentina kam sich vor wie ein Trampel. Warum war sie so unsensibel gewesen und hatte ihn nach seiner Familie gefragt? Sie wusste, dass Jo sehr an seinen kleinen Töchtern hing. Kendra würde mindestens drei Monate in England bleiben. Wenn er sich nicht entschloss, seine Geschäfte hintanzustellen, würde er die Mädchen erst wiedersehen, wenn sie sich kaum noch an ihren Vater erinnern konnten. Zumal sich Kendra keine besondere Mühe gab, einen liebevollen Kontakt zu ihm zu fördern.

Erst jetzt registrierte Valentina, dass nicht nur *sie ihn* gebraucht hatte, sonst wäre Jo nicht gleich am ersten Abend nach Kendras Abreise zu ihr gekommen.

Sie hatte von Anfang an gespürt, dass er seine junge Frau nicht liebte, als er sie nur ein knappes Jahr nach der Scheidung von Valentina zum Altar führte. Doch Kendra war zu diesem Zeitpunkt bereits schwanger gewesen. Sie schenkte ihm Kinder – zwei bildhübsche Mädchen, mit denen Jo jede Minute seiner knappen Freizeit verbrachte. Valentina konnte sehen, wie glücklich er war, wenn er von seinen Töchtern sprach.

Über Kendra verlor er kaum ein Wort.

»Du kannst im Leben nicht alles haben«, hatte ihre Mutter immer gesagt. »Du musst dich entscheiden.«

Sie und Jo waren das beste Beispiel dafür, dass diese Sätze der Wahrheit entsprachen. Denn sie hatten sich entschieden. Unter Tränen und Schmerzen, voller Angst. Jo bekam die Familie, die er sich immer gewünscht hatte. Valentina hingegen konzentrierte sich auf Arbeit und Eigenständigkeit, die sie so dringend brauchte wie die Luft zum Atmen.

Um ihre Träume leben zu können, hatten sie einander und ihre Liebe aufgeben müssen. Was für eine paradoxe Situation.

Valentina nahm einen Schluck vom eiskalten Whiskey und unterdrückte ein Stöhnen. O nein, sie wollte gewiss nicht alles vom Leben. Aber Jo fehlte ihr seit der Scheidung jeden Tag, und so manches Mal hatte sie nachts in ihr Kissen geschluchzt und sich gewünscht, sie könnten einander noch eine Chance geben. Auch wenn sie das ihm gegenüber niemals äußern würde.

Sie fühlte, dass es ihm genauso ging. Manchmal, so wie heute, setzten sie sich über alle Bedenken und Konventionen hinweg und stahlen sich ein Stück Zweisamkeit.

Jetzt war der Moment gekommen, einander wieder loszulassen.

Valentina griff nach Jos Hand, drückte sie. »Vielleicht sollten wir das nicht mehr tun«, sagte sie leise.

»Was?«

»Das hier!« Sie sah ihn nicht an, wies stattdessen auf den Strand, die Reste des Essens, die geleerte Champagnerflasche.

»Vielleicht nicht«, antwortete er und folgte ihrem Blick.

Valentina zog ihre Hand zurück, stand auf und wandte sich zum Gehen. Als sie ihm gegenüberstand, gab sie den auf sie einströmenden Emotionen ein weiteres Mal nach und begann zu weinen. Sie hatte sich von den grausamen Bildern des Tages in einem Bad aus Luxus und Liebe befreit. Doch es war nur für einen Moment gewesen. Eine kurze Illusion. Jetzt musste das Leben weitergehen.

Jo vergaß seinen Groll und nahm sie fest in die Arme. Sie legte ihren Kopf an seine Schulter und spürte seinen Wunsch, den Abschied eine Winzigkeit hinauszuzögern.

»Es gibt nur eins, was wir nicht tun sollten«, flüsterte er in ihr Haar. Sie war froh, dass Jo sie hielt.

»Und das wäre?«

»Uns wieder und wieder verletzen.«

Valentina lächelte unter Tränen und sah zu ihm auf. »Du hast recht«, antwortete sie. »Schließlich sind wir nicht mehr verheiratet.«

»Wir haben uns nichts geschenkt«, erwiderte Jo und strich ihr eine Strähne ihres blonden Haares aus dem Gesicht. »Du kannst ein solcher Starrkopf sein.«

»Gleichfalls«, lachte Valentina. Sie hatte sich wieder im Griff, hauchte einen Kuss auf seine Wange. »Ich muss jetzt gehen«, sagte sie entschieden.

Sein Lächeln erlosch. Er ließ die Arme sinken, schaltete auf einen geschäftsmäßigen Ton um. »Ich fahr dich. Dein Wagen steht vor der Klinik?«

Valentina nickte, griff nach ihrer Tasche, zog ein Tuch heraus und legte es sich um die Schultern. Sie fröstelte plötzlich. »Danke!«, sagte sie rasch. »Ich werde kurz nach meinen Patienten sehen!«

»Was machst du schon wieder hier?«, fragte Nazira überrascht und sah auf die Uhr, als Valentina die Klinik betrat. »Es ist 3 Uhr nachts. Geht deine Uhr falsch?«

»Ich war bei Jo. Er hat mich hergefahren.«

»Was bedeutet, dass du keine Minute geschlafen hast. Richtig?«

»Richtig.«

»Und jetzt?«

»Jetzt fahre ich nach Hause und lege mich zwei bis drei Stunden aufs Ohr, damit ich nachher fit bin.«

Kopfschüttelnd sah Nazira sie an. »Zwei oder drei Stunden?«, fragte sie. »Du musst mal eine richtige Pause einlegen.«

»Du weißt doch, dass ich wenig Schlaf brauche.«

»Wenn das nicht vollkommen verrückt ist.«

Valentina gähnte, während sie ihr Auto durch die noch dunklen Straßen der Insel lenkte, um in den kleinen Kampung zu gelangen, in dem ihr Haus stand. Lediglich ein feiner rosafarbener Streifen am Himmel kündigte den nahenden Tag an. Ihre Augen brannten.

Nazira hatte recht. Sie schlief viel zu wenig. Dennoch fühlte sie sich getrieben, mehr und mehr zu arbeiten. Sie litt unter dem Gefühl, der Tag hätte zu wenige Stunden, um alles zu schaffen, was getan werden musste.

Valentina erschrak, als der Lichtkegel ihrer Scheinwerfer eine Gruppe Makaken erfasste, die sich mitten auf der Straße niedergelassen hatte. Sie bremste ruckartig. Da viele Touristen auf der Insel die Affen fütterten, hatten diese sich angewöhnt, an bestimmten Stellen ohne Scheu auf Autos zu warten. Nicht selten endete diese Kühnheit für einen der Affen tödlich.

Valentina selbst hatte im Laufe der Jahre mehrere verwaiste Makakenbabys aufgezogen und anschließend im Dschungel der Insel wieder ausgewildert.

Die Tiere ließen sich vom Quietschen der Bremsen nicht beeindrucken und sahen ihrem Wagen erwartungsvoll entgegen. Valentina riss das Lenkrad herum und wich auf die gegenüberliegende Fahrbahn aus, um nicht mitten in die Herde hineinzurasen. Der Schreck fuhr ihr in die Glieder, als ihr ein Auto mit hoher Geschwindigkeit entgegenkam. Der Fahrer hupte langanhaltend. Panik erfasste Valentina, als sie versuchte, ihren Wagen zurück auf die richtige Spur zu lenken.

Es gelang im letzten Augenblick, jedoch geriet ihr Auto wegen des hektischen Manövers ins Schleudern. Sie verlor die Kontrolle.

Das Letzte, was sie erkannte, war die mit dichtem Urwald bewachsene Schlucht, auf die sie zusteuerte und vor der ihr Wagen nicht rechtzeitig zum Stehen kam.

Sie schrie auf, als sie fiel.

Sterne stürzten vom Himmel herab. Funkelten, blitzten, stachen ihr gleißendes Licht in Valentinas Augen, bis es schmerzte.

Da! Ein breiter Regenbogen überspannte sie. Wunderschön. In warmen Farben – leuchtend und intensiv. Sie lachte laut, während sie ihn emporlief – federleicht, selig.

Ein hübsches Mädchen, das ihr von der anderen Seite entgegengesprungen kam, strahlte glücklich und streckte seine Arme nach ihr aus. Gleich würden sie einander gegenüberstehen. Die Hände ineinanderlegen und tanzen.

Doch der Regenbogen zerbrach, bevor sie sich zu fassen bekamen. Sie fiel rücklings in die Tiefe.

So lange, bis sich alles färbte. Rot, überall rot.

Angst griff nach ihr. Sie rang nach Atem, rief mit letzter Kraft um Hilfe.

Jonathan.

Valentina!

Er war bei ihr. Wiegte sie in seinen Armen!

Da bist du endlich!

Dann wurde alles still … und dunkel.

4

»Schluss für heute!« Lisas energische Stimme schreckte Helena auf, die sich in einen Artikel in der »Science« vertieft hatte. »Du vergisst die Zeit. Es ist gleich 19 Uhr.«

»Du kannst gehen«, erwiderte Helena müde und rieb sich die Augen. »Ich will das hier noch fertig lesen.«

»Und Martin?«

»Was soll mit ihm sein?«

»Na, er wartet doch mit dem Essen auf dich.«

»Herrgott, ja! Na und?«

Helena erschrak selbst vor der Wut in ihrer Stimme, und Lisa wich betroffen vor ihr zurück. Was war nur mit ihr los?

»Entschuldige!« Sie sprang auf und nahm ihre Freundin in die Arme. »Ich hab mich gehen lassen. Das war nicht in Ordnung.«

»Schon okay.« Lisa klopfte ihr kurz auf die Schulter. »Die Müdigkeit, die Nervosität … Das kommt davon, dass du seit Jahren durcharbeitest. Langsam müsstest du einsehen, dass wir alles richtig gemacht haben mit unserem Geschenk.«

»Das habt ihr!« Helena zwang sich zu einem Lächeln. »Lässt du mich fertig lesen?«

»Wenn das so wichtig ist. Mach's gut.«

Den leicht beleidigten Tonfall der Freundin ignorierte Helena. Als Lisa die Tür geschlossen hatte, schob sie die Zeitschrift beiseite und legte ihren Kopf auf die Arme. Nur fünf Minuten ruhen, an nichts denken. Danach würde sie tun, was man von ihr erwartete. Nach Hause fahren. Wo Martin mit dem Essen auf sie wartete. Auf das sie weder Hunger noch Lust verspürte.

Das leise Piepsen ihres Handys schreckte sie auf. Eine SMS. Ihr Herzschlag setzte kurz aus, als sie den Absender sah. Michael!

Sie hatte sich nicht bei ihm gemeldet, doch er blieb hartnäckig.

Ich muss morgen weg. Will sagen: Wir treffen uns jetzt oder nie!, schrieb der alte Freund. Ein Smiley beschloss seine Nachricht.

Obwohl sie normalerweise nüchtern veranlagt war, beschloss Helena, diese Nachricht als Zeichen zu werten. Sie hatte keine Lust, nach Hause zu fahren? Bitte, hier kam die Gelegenheit!

Ihre Finger fühlten sich feucht an, als sie ihrem Impuls nachgab und, ohne länger nachzudenken, auf »Anruf« tippte.

»Lena?« Er klang erfreut.

»Jetzt«, sagte sie knapp. Sicher, dass Michael das Lächeln in ihrer Stimme hören würde.

»Du weißt wo?«

»Na klar!«

Nur fünf Minuten später lenkte sie ihr Auto Richtung Kreuzberg.

»Schatz, ich hab noch in der Klinik zu tun«, hatte sie kurz vor ihrem Aufbruch auf den Anrufbeantworter zu Hause gesprochen, erleichtert darüber, dass Martin erwartungs-gemäß nicht ans Telefon gegangen war. Während er kochte, nahm er nicht gern Anrufe entgegen. »Bitte warte mit dem Essen nicht auf mich. Es wird sicher spät.«

Sie staunte, wie leicht ihr die Schwindelei über die Lippen gegangen war und wie wenig sie die Tatsache betroffen machte, dass Martin schwer enttäuscht allein essen musste. Dass sie dem Ritual des gemeinsamen Abendessens fernblieb, kam so gut wie nie vor.

Michael wartete vor dem *Knofi* in der Bergmannstraße. Genau da, wo sie sich früher oft getroffen hatten. Helena hörte ihr Herz laut pochen, als sie ihn dort stehen sah – lässig in Jeans und T-Shirt gekleidet, die Hände in den Hosentaschen vergraben, die Haare wirr, leicht gewellt und noch immer dunkelblond, ohne eine Spur von Grau. Ihre Müdigkeit war bei Michaels Anblick plötzlich wie weggeblasen. Staunend nahm Helena zur Kenntnis, was sie längst geahnt hatte – dass sie gar keinen Urlaub brauchte, um sich lebenslustig und voller Energie zu fühlen.

»Du siehst umwerfend aus!«, sagte Michael, als sie vor ihm stand, und öffnete seine Arme.

Helena zögerte kurz, dann ließ sie sich in seine Umarmung fallen, spürte selig, wie fest er sie hielt, sog zufrieden seinen Duft ein. Sie begriff sofort, dass in ihrer Begrüßung mehr lag als die Wiedersehensfreude zweier Menschen, die sich lange nicht begegnet waren. Ein erwartungsvoller Schauer lief über ihren Rücken.

Sie bestellten Fladenbrot, würzige Schafskäsepasten, in Knoblauch eingelegte Oliven, getrocknete Tomaten, Artischocken und Bier. Das Brot rissen sie in Stücke, tunkten es in die würzigen Aufstriche.

»Probier die mal«, sagte Michael, spießte eine Olive auf seine Gabel und reichte sie ihr. Sie fand es kein bisschen befremdlich, sein Besteck zu benutzen. Mit ihm hier zu sitzen und zu Abend zu essen, fühlte sich vertraut an.

Schon lange hatte Helena eine Mahlzeit nicht mehr so genossen wie diese einfachen Speisen an einem wackligen Tisch vor dem Restaurant, mitten an einer lauten, geschäftigen Straße.

Ihre Augen ließen sich nicht los, während sie redeten.

»Verdammte Scheiße«, sagte Michael, als sie gerade die letzten Bissen zu sich nahmen. »Nenn mich einen Idioten, dass ich dich damals verlassen habe.«

»Nicht sehr charmant, mich daran zu erinnern«, erwiderte Helena und lachte.

»Im Ernst«, sagte er. »Ich denke, das war einer meiner größten Fehler.«

»Komm, hör auf«, bat sie. »Das führt zu nichts. Und wenn du mich fragst, *ich* denke, wir wären nicht besonders glücklich miteinander geworden.«

Er schüttelte unwillig den Kopf. »Woher willst du das wissen?«

»Gehen wir noch was trinken?«, versuchte Helena, die plötzliche Spannung zwischen ihnen zu lösen.

Er nickte. Wenig später nahmen sie in der *Haifischbar* Platz.

»Erzähl mir von dir!«, forderte Michael sie auf.

»Das hab ich doch schon«, erwiderte sie irritiert.

»Dein Job, dein Haus, deine Patienten … schon klar. Jetzt will ich die wirklich spannenden Sachen wissen.«

»Ich hab dir alles erzählt«, wich Helena aus, obwohl sie genau wusste, worauf er anspielte.

Er legte einen Arm um ihre Schultern, zog sie an sich. »Hey, süße Lena!«, flüsterte er. Und dann küsste er sie.

Im ersten Augenblick versuchte sie zurückzuweichen, doch als Michael ihren Widerstand spürte, hielt er sie noch fester.

Helena kapitulierte. Mehr noch – sie gab nicht nur auf. Sie gab sich hin. Schon lange war sie nicht mehr so geküsst worden.

»Ich wollte wissen, ob du glücklich bist«, raunte er dicht an ihrem Mund.

»Jetzt schon«, hauchte sie überwältigt, und dieses Mal war sie es, die dafür sorgte, dass ihre Lippen und Zungen erneut verlangend zueinanderfanden.

»Und du?«, fragte Helena, nachdem sie sich voneinander gelöst hatten, während sie versuchte, ihre Fassung wiederzuerlangen. »Bisher habe fast nur ich erzählt. Wie lebst du?«

»Ich bin viel unterwegs. Das bringt der Job mit sich.«

Sie lächelte. »Hey, süßer Michael«, neckte sie ihn dann. »Weich mir nicht aus. Ich wollte die wirklich spannenden Sachen wissen.«

»Okay, du hast gewonnen.« Er grinste. »Frag mich!«

»Hast du Familie?«

»Eine Freundin. Wir leben zusammen in München. Kinder keine.«

Helena staunte, dass seine Antwort ihr einen kleinen Stich versetzte. Dann schalt sie sich innerlich eine dumme Gans. Was hatte sie geglaubt? Dass er 20 Jahre auf ein Wiedersehen mit ihr gewartet hatte?

Michael küsste sie erneut, dann grinste er. »Keine Sorge. Für Andrea ist das okay.«

Helena fühlte sich ertappt. Sie sollte ab sofort lieber vorsichtig sein. »Was?«

»Ich hab sie vorhin angerufen und ihr erzählt, dass wir uns treffen, und egal, was passiert, sie hat kein Problem damit.«

»Ach ja?« Helena fühlte, wie ihr heiße Röte ins Gesicht schoss.

»Wir gehen unsere Beziehung offen an«, fuhr Michael unbekümmert fort. Wenn er ihre Unsicherheit bemerkt hatte, so ließ er sie das nicht spüren.

»Und wie genau sieht das in der Praxis aus, wenn ich fragen darf?«

»Wir genehmigen uns unsere Freiheiten. Sie genauso wie ich. Manchmal zusammen mit anderen Paaren. Manchmal jeder für sich.«

»Und das funktioniert?«

»Gehörst du zu denen, die glauben, es funktioniert besser, wenn man sich heimlich mit jemand anderem trifft?«

»Keine Ahnung«, erwiderte Helena und fühlte sich ein weiteres Mal erwischt. Warum hatte sie Martin vorhin nicht einfach die Wahrheit auf den Anrufbeantworter gesprochen? »Ich hab nur noch nie gehört, dass offene Beziehungen besonders gut laufen«, lenkte sie ab.

Michael zuckte lässig die Schultern. »Das hab ich andersherum auch schon mal gehört.« Er grinste erneut und zwinkerte ihr zu. »Andrea und ich – wir wollen das beide so.«

»Und du bist sicher, dass sie nicht den Kürzeren dabei zieht?«

»Vollkommen sicher«, erwiderte er überzeugt. »Wir sind seit neun Jahren zusammen. So lange haben wir es in vorherigen monogamen Partnerschaften nicht ausgehalten.«

»Dann muss ich dir wohl glauben.«

»Und? Wie viele heimliche Affären hattest du schon?«, fragte Michael provokant.

»Ich? Keine einzige.«

Er lachte.

Sie wusste nicht, warum, aber sie kam sich plötzlich langweilig und spießig vor. Michael hatte es schon früher gut verstanden, sie mit seiner Direktheit in die Ecke zu treiben.

»Und dein Mann?«

»Keine!«

»Behauptet er!«

»Nein, das weiß ich!«

»Und du glaubst daran? Ernsthaft?«

Helena wusste, was jetzt kam. Michael würde ihr sagen, dass es keinen einzigen Mann gab, der nicht gelegentlich sein Glück außerhalb des Ehebettes suchte. Sie hatte das schon oft gehört, kannte genug todtraurige Frauen, die ihr das bestätigten. Sah auf Weiterbildungen ihre Kollegen, die sich fleißig nach Gelegenheiten umsahen.

Michael konnte nicht wissen, dass ihr Mann sie über alles liebte und sie keinerlei Zweifel hegte, wenn er sagte, er würde sie niemals betrügen.

Er sprach die Wahrheit, da war sie sich sicher. Es gab einfach keine treuere Seele als Martin Sander.

Als Helena gegen 3 Uhr nachts die Tür aufschloss, lag das Haus im Dunkeln. Umso mehr erschrak sie darüber, dass ihr Martin aus dem Schlafzimmer entgegenkam, als sie leise die Treppe hinaufstieg. Er sah verschlafen aus, trug Boxershorts und ein weißes T-Shirt, seine Haare standen wirr vom Kopf ab.

»Entschuldige, es ist spät geworden«, sagte Helena rasch und schlängelte sich an ihm vorbei auf ihr Arbeitszimmer zu. »Ich musste noch zwei Pharma-Vertreter treffen, die eine kennst du sogar. Die Susanne. Du weißt doch, wie sie ist. Nach der Arbeit will sie immer etwas trinken gehen, und wenn sie in Partylaune kommt, findet sie kein Ende. Wir sind noch eine Weile durch Kreuzberg gezogen.«

Helena befahl sich, mit ihrem Geplapper aufzuhören. Mit Sicherheit konnte Martin ihr das schlechte Gewissen deutlich anhören.

Er musterte sie kurz, nickte und ging ins Bad.

Sie hoffte, er hatte im Vorübergehen nicht den fremden Duft an ihr gerochen.

Während sie ihre Handtasche ablegte und das Handy herausnahm, hörte sie die Toilettenspülung im Bad rauschen. Mit Macht überkam sie plötzlich ein schlechtes Gewissen. Sie hatte um Martins Mund deutlich einen verstörten Zug wahrgenommen. Würde er sie gleich zur Rede stellen?

Während sie sich auszog, ließ sie die vergangenen Stunden Revue passieren. Das Gespräch über Michaels offene Zweierbeziehung hatte sie ziemlich verwirrt. Nachdem er freimütig erzählt hatte, dass Affären mit anderen Frauen zu seinem Alltag gehörten, war einerseits ihr Interesse abgekühlt. Andererseits reizte sie das Abenteuer, denn trotz ihrer Ernüchterung empfand sie sich selbst in dieser Nacht so lebendig wie lange nicht mehr.

Helena beschloss, sich ein paar Stunden lang fallen zu lassen, jedoch nicht bis zum Äußersten zu gehen. Ein erneutes Wiedersehen mit Michael schloss sie kategorisch aus, denn eine seiner vielen Affären zu sein, reizte sie nicht im Geringsten.

Helena fühlte sich leicht wie eine Feder, während sie tranken, redeten, lachten und sich wieder und wieder küssten. Und das lag nicht am Alkohol. Wenn sie betrunken war, dann einzig und allein vor Übermut.

Staunend registrierte sie, dass Michael nicht aufhören konnte, sie anzusehen, zu berühren und zu streicheln. Las sie in seinen Augen etwa aufrichtige Gefühle? Sie schob den Gedanken beiseite. Selbst wenn, war es nicht von Bedeutung für sie.

Nachdem sie ein paar Cocktails getrunken hatten, waren sie durch die quirlig belebten Straßen von Kreuzberg gelaufen. Kilometerweit, Hand in Hand, genau wie damals. Jede Straße eine andere Erinnerung. Helena spürte, dass nicht nur sie an früher dachte.

»Ich muss nach Hause«, sagte sie schließlich, als sie irgendwann wieder an ihrem Auto angekommen waren.

»Wir sehen uns, oder?«, fragte er. »Ich bin nächste Woche noch mal in Berlin.«

»Nein«, erwiderte sie und schüttelte den Kopf. »Ich arbeite bis Freitag quasi durch, am Samstag wird gepackt, und am Sonntagmorgen geht mein Flugzeug nach Malaysia. Ich hab drei Wochen Urlaub verordnet bekommen.«

»Von deinem Arzt?«

»Von meinem Mann.«

»Oha.« Michael pfiff durch die Zähne. »Also ernsthaft immer noch verliebt?«

»Natürlich!«, erwiderte sie kokett.

Sie wollte mit ihm nicht über Martin sprechen. Nach einem letzten Kuss war sie hinter das Steuer geschlüpft und davongefahren, ohne sich noch einmal umzusehen.

Helena registrierte erleichtert, dass Martin bereits wieder eingeschlafen war, als sie sich neben ihn legte. Sie streichelte kurz seine Wange, dann drehte sie sich von ihm weg und hüllte sich in ihre Decke ein.

Ihr Handy piepste, als sie kurz davor war, einzunicken.

Bist du noch wach?

Nein, simste sie zurück, die Worte durch einen Smiley ergänzt.

Ich schon. Danke für den Abend. Ich muss dich wiedersehen, das weißt du.

Ich steh nicht auf offene Beziehungen. Trotzdem danke für heute! Schlaf schön!

Wirklich nicht? Das werden wir ja noch sehen!

Werden wir.

Ich nehm dich beim Wort und küss dich! Dein Micha!

Sie löschte die Konversation, dann schlief sie mit einem Lächeln auf den Lippen ein.

5

»Du siehst blass aus!«

Gero, ihr Filialleiter, reichte Tanja zur Begrüßung die Hand. Sie hatten sich eben am Eingang getroffen. Während sie zusammen die Treppe zu den Personalräumen hinaufstiegen, betrachtete er sie prüfend von der Seite.

»Ich konnte schlecht schlafen«, erwiderte Tanja.

»Vollmond?«

»Ja, wahrscheinlich!« Sie versuchte ein Lächeln.

»Oder was auf dem Herzen?«, hakte er nach.

Tanja mochte Gero, der nur wenige Jahre älter war als sie und außerdem der freundlichste Chef, den sie sich vorstellen konnte. Aber ihre privaten Sorgen erzählte sie ihm dennoch nicht. Sie hielt es für angebracht, ihren Kummer weitestgehend für sich zu behalten und schon gar nicht am Arbeitsplatz auszubreiten.

»Nicht doch«, wiegelte sie ab. »Ich hab nur ein bisschen Kopfweh.«

Sie war Gero dankbar, dass er nicht weiter nachbohrte, sie aber zur Schonung heute statt an die Kasse ins Lager schickte. »Da kannst du dich mal einen Moment ausruhen, wenn es zu schlimm wird.«

In dem kühlen Raum im Untergeschoss fühlte Tanja sich einigermaßen vor neugierigen Blicken und weiteren Fragen geschützt. Sie sah wirklich furchtbar aus.

Nicht allein die schlaflose Nacht hatte ihre Spuren hinterlassen. Vielmehr quälte sie die Ungewissheit über den Inhalt des Gesprächs zwischen ihren Großeltern.

Sollte sie Uta und Lutz zur Rede stellen? Allerdings! Das musste sie sogar, denn dass die beiden etwas vor ihr geheim hielten, war sonnenklar.

Doch wie sollte sie das Gespräch beginnen?

Ich hab euch heute Nacht belauscht! Ihr verheimlicht mir doch etwas?

Schon bei dem Gedanken an Utas strengen Blick und ihre zweifelnd erhobenen Brauen lief Tanja ein eisiger Schauer über den Rücken.

»Wieso hast du dich nach hier unten verkrümelt?« Melanie schreckte Tanja aus ihren Grübeleien, als sie mit in die Hüften gestützten Händen plötzlich vor ihr stand. »Ich hab dich an der Kasse vermisst und dachte, du bist krank und ...« Abrupt brach sie ab. »Meine Güte, du *bist* krank! Du siehst ja total käsig aus.«

Tanja konnte nicht verhindern, dass ihr Tränen in die Augen schossen. Hastig spulte sie herunter, was in der vergangenen Nacht passiert war.

»Dass deine Ollen spinnen, das wusste ich schon lange!«, kommentierte Melanie lakonisch, nachdem sie aufmerksam zugehört hatte. »Aber das hier schlägt dem Fass den Boden aus! Also, wenn du mich fragst, ist völlig klar, dass deine Mutter lebt. Warum zweifelst du noch?«

»Weil es undenkbar ist«, erwiderte Tanja kraftlos. »Ich *muss* mich einfach verhört haben! Sie haben mich immer glauben lassen, dass Mama tot ist. Das ... das ist doch krank.«

»Meine Rede.«

»Und jetzt?«

»Ich muss wieder hoch, aber wir setzen uns nach der Arbeit schön in eine Bar und dann bequatschen wir alles«, schlug Melanie vor und legte tröstend einen Arm um Tanjas Schultern. »Sieh es mal von der positiven Seite! Dein Leben hat soeben eine aufregende Wendung bekommen. Das wolltest du doch!«

Nachdem Melanie zurück nach oben gegangen war, ließ sich Tanja auf einer Palette Dosenobst nieder. Sie fühlte sich nicht in der Lage, einen klaren Gedanken zu fassen.

»Kleine Stärkung?« Tanja erschrak, als Gero mit einem Becher Kaffee vor ihr stand. »Der wird dir guttun.«

Irritiert von seinem besorgten Gesichtsausdruck und gleichzeitig erfreut über seine nette Geste nahm sie ihm das Getränk ab. »Danke!«

Er lächelte. »Kein Thema. Wenn du reden willst …«

»Urlaub!« Tanja war selbst überrascht, wie klar ihr auf einmal vor Augen stand, was sie brauchte und was sie tun würde, wenn in dem, was sie in der letzten Nacht erfahren hatte, auch nur ein Körnchen Wahrheit steckte. »Ich möchte Urlaub nehmen!«

Gero nickte. »Komm nachher ins Büro, dann können wir planen«, schlug er vor.

Tanja fühlte sich etwas frischer, als sie den heißen, süßen Kaffee ausgetrunken hatte und sich an die Arbeit machte.

Was sie jetzt brauchte, war Zeit zum Planen und Nachdenken. Der Rest würde sich schon ergeben.

Ein paar Stunden später war ihr Elan verflogen.

Sie saß mit Melanie in einer Pizzeria. Zum ersten Mal seit langem verspürte sie angesichts der knusprigen

Margerita mit zweifachem Käse keinen Appetit. Lustlos schob sie ein abgeschnittenes Pizzastück mit der Gabel auf ihrem Teller herum.

»Wirst du vielleicht doch krank?«, fragte Melanie.

Tanja schüttelte den Kopf.

»Hat Gero dir Urlaub gegeben?«

»Ab übermorgen! Für dreieinhalb Wochen!«

»Das ist super! Jetzt freu dich, und dann planen wir das Projekt *Tanja sucht nach ihrer Mama.*«

»Du sagst das so, als wäre das eine lustige Sache.«

Melanie schüttelte energisch den Kopf. »Nein, verdammt, dass deine Großeltern dich jahrelang beschissen haben, ist kein bisschen lustig«, erwiderte sie. »Aber es reicht, wenn *du* Trübsal bläst und durchhängst. Ich versuche, dir klarzumachen, dass der Augenblick gekommen ist, an dem du dein Leben in die eigenen Hände nehmen kannst. Ich weiß nicht, ob dir überhaupt klar ist, dass die Wohnung bei deinen Großeltern kein Gefängnis ist. Du bist nicht inhaftiert. Du hast eine Arbeit, du hast Geld ... du kannst da ausziehen. Und abends so viele Chinanudeln essen, wie du willst.«

»Und jetzt hast du plötzlich nichts gegen eine Veränderung?«

»Sag mal, geht's noch?« Melanie griff nach Tanjas Hand und drückte sie so fest, dass es weh tat. »Wach endlich auf! Es dreht sich hier nicht um mich! Auch nicht um deine Großeltern, nicht mal wirklich um deine Mutter. *Du* bist die Hauptperson. Es geht um dich und dein Leben!«

Mehrere Leute sahen zu ihnen hinüber.

»Du musst nicht so schreien«, erwiderte Tanja. »Ich bin nicht schwerhörig.«

»Nee, nur schwer von capito.«

»Ich möchte am liebsten 100 Jahre schlafen.«

»Aha? Und was soll das bringen?«

Tanja zuckte die Schultern und senkte die Lider, weil sie den herausfordernden Blick der Freundin nicht ertrug.

»Mal angenommen«, begann sie zögerlich, »meine Mutter ist wirklich noch am Leben ... Meinst du nicht, es gibt Gründe, warum meine Großeltern mir das verschwiegen haben? Hast du mal daran gedacht?«

»Abgesehen davon, dass sie dazu gar nicht das Recht haben – sicher gibt es Gründe. Und du musst sie herausfinden.«

»Dazu muss ich die beiden doch nur fragen!«

Melanie tippte sich an die Stirn. »Da kannst du auch gleich den Käse auf deiner Pizza fragen. Dein Opa scheint ein schlechtes Gewissen zu haben, aber du weißt selbst, in deiner Familie kommt man nicht an Uta, der Schrecklichen, vorbei.«

»Mal weiter angenommen, meine Mutter lebt und ich ... ich finde sie. Was, wenn sie mich gar nicht sehen will?«

Melanies Züge wurden weich. »Jetzt hör mir zu«, bat sie. »Ich bin keine besonders gute Ratgeberin, das weiß ich. Es gibt keinen Grund, einer zu glauben, die sich die Haut geritzt hat, wenn sie nicht weiterwusste. Manchmal hab ich noch immer keinen Plan, aber eins hab ich gelernt, seit ich meinen ganzen Scheiß bei einer Therapeutin abladen kann.«

Neugierig geworden blickte Tanja auf. Melanie sprach selten über sich selbst. »Ja?«

»Mein Vater hat mich ...« Sie schluckte, ihre schmalen Schultern bebten. »Er war ein Arsch!«

»Du musst nicht …«

»Er hat mein Leben versaut. Das hat er. Aber ich … ich will's mir zurückholen. Es gehört doch mir! Verstehst du? Jeder von uns muss für sich selbst Sorge tragen! Auch wenn uns die anderen Knüppel zwischen die Beine werfen – und das machen sie laufend –, das können wir nicht ändern. Aber wir können wieder aufstehen, wenn wir gefallen sind. Wir können die Knüppel wegräumen und versuchen, unseren Weg zu gehen.«

»Es tut mir leid! All die Jahre … Ich wusste nicht, was dir passiert ist.«

Melanie wischte Tanjas Einwurf mit einer Handbewegung weg. »Lass gut sein. Ich wollte gar nicht über mich reden. Es geht schließlich um dich.«

»Für mich selbst Sorge tragen«, wiederholte Tanja nachdenklich. »Das klingt wirklich gut. Doch was heißt das?«

»Lass mal laut denken!«

»Ich ahne, worauf du hinauswillst. Du meinst, ich soll meine Mutter suchen. Egal, ob sie mich sehen will oder nicht. Ich soll es ganz allein für mich tun.«

Melanie nickte. »Na bitte! Du willst sie sehen. Nur darum geht's! Wenn du sie gefunden hast, siehst du weiter.«

»Ich glaube, das kann ich nicht.« Tanjas Stimme drohte in Tränen zu ersticken. »Erstens habe ich keinerlei Anhaltspunkte …«

»Was ist mit den Papieren, von denen du mir erzählt hast?«

»… und zweitens«, fuhr Tanja fort, wobei sie Melanies Einwurf ignorierte, »bedeutet Sorge tragen in meinem Fall vielleicht, dass ich die alten Geschichten ruhen lassen soll. Es geht mir doch gut.«

Melanie ließ nicht locker. »Ach ja? Und warum heulst du dann die ganze Zeit?« Sie griff nach Tanjas Hand und drückte sie. »Vergiss dein Sicherheitsdenken, und glaub mir bitte, dass du gestern nicht umsonst das Gespräch deiner Großeltern gehört hast. Das war ein Zeichen.«

»Ein Zeichen?«

»Ein Anstoß. Ein Tritt in den Hintern. Nenn es, wie du willst! Jetzt ist die Zeit für ein neues Leben gekommen.«

»Aus deinem Mund klingt das so einfach.«

Melanie lachte. »Ich hab nicht gesagt, dass es einfach ist.«

Tanja seufzte, während sie das Stück Pizza endlich zum Mund führte.

»Geh einfach los!«

»Ich glaube, du hast recht«, erwiderte Tanja zögerlich. »Aber …«

»Kein Aber«, unterband Melanie weitere Einwände.

Wenig später verabschiedeten sie sich.

»Du bist eine echte Freundin«, sagte Tanja, als sie sich umarmten.

»Du auch«, erwiderte Melanie lächelnd.

Als Tanja zu Hause die Tür aufschloss, fühlte sie sich hilfloser denn je. Auf Zehenspitzen schlich sie ins Souterrain und hoffte, die Großeltern würden sie nicht bemerken.

Dann fiel ihr ein, dass sie heute lange unterwegs sein würden. Wie an jedem ersten Montag eines Monats besuchten sie gerade einen Literatursalon, von dem sie meist erst spät in der Nacht zurückkamen.

Sie lauschte. Die Stille im Haus bestätigte ihre Vermutung, dass sie allein war. Tanja atmete erleichtert auf. Der Moment der Wahrheit, den sie augenblicklich mehr fürchtete als herbeisehnte, war noch ein wenig aufgeschoben worden.

Nachdem sie ihre Tasche abgelegt und sich die Hände gewaschen hatte, setzte sie sich an ihren Computer. Lustlos klickte sie sich durch einige Shoppingportale. Anschließend griff sie nach einem Buch, doch bereits nach zwei Seiten merkte sie, dass sie kein Wort begriff von dem, was sie las.

Von Unruhe gepeinigt, stieg sie die Treppen hinauf und schlich sich in das Arbeitszimmer der Großeltern. Uta hatte die Schreibtischlampe angelassen. Das warme, gelbe Licht beleuchtete den ordentlich aufgeräumten Arbeitsbereich. Tanja fühlte sich wie ein Einbrecher, als sie sich auf den ledernen Stuhl setzte und mit den Händen über das antike, matt glänzende Holz des Schreibtischs strich.

Das Arbeitszimmer war für sie stets tabu gewesen, die Tür fast immer verschlossen. Es war Utas »Allerheiligstes«. Wenn Großmutter arbeitete, wünschte sie, nicht gestört zu werden, so gern Tanja auch still in Lutz' großem Ohrensessel gesessen und gelesen hätte.

Das Fach auf der rechten Seite des Schreibtisches stand ein wenig offen. Hatte Uta darin nicht den Papierstapel verstaut, von dem der Großvater behauptet hatte, es seien alte Briefe, die sie seit Jahren aufbewahrte?

Ihre Hand zitterte, als sie vorsichtig an der Schublade zog. Ganz leicht glitt diese auf, doch zu ihrer Enttäuschung fand Tanja nichts außer sorgfältig angeordneter Schreibgeräte, Anspitzer, Büroklammern und Radiergummis vor.

Utas Computer blinkte im Ruhemodus, doch der Inhalt seiner Dateien interessierte Tanja nicht. Sie ließ sich vom Stuhl auf ihre Knie gleiten. Unter der Schublade befand sich eine Tür. Vielleicht hatte ihre Großmutter die Papiere dahinter verstaut. Tanja zog am Messingbeschlag. Das Fach war abgeschlossen, der passende Schlüssel nirgends zu entdecken. Sich danach umzusehen unterließ sie lieber, denn das käme der sprichwörtlichen Suche nach der Nadel im Heuhaufen gleich.

Enttäuscht verließ Tanja das Arbeitszimmer, stieg die Treppe zu ihrer Wohnung hinab und holte die Dose mit den Fotos vom Schrank.

Vorsichtig strich sie über das glänzende Papier. Eine Träne tropfte auf das Bild ihrer Mutter – mitten auf deren schönes, junges Gesicht.

»Ein Zeichen« hatte Melanie die Geschehnisse der gestrigen Nacht genannt.

Wenn ihre Mutter nicht tot war, was war dann mit ihr passiert? Warum hatten weder sie noch ihre Großeltern Kontakt zu ihr? Betrachtete sie vielleicht genau jetzt, im gleichen Moment, ein Foto ihrer Tochter, weinte und sehnte sich nach ihr?

Hilflos starrte Tanja auf die Gesichtszüge ihrer Mutter, wartete verzweifelt darauf, dass sie verstand. Sich an irgendetwas erinnerte. Ein Wort. Einen Satz. Sie hoffte auf einen Lichtblick, möge er auch noch so klein sein.

Mama, antworte mir!

Nichts geschah. Nur der Wind bauschte die Vorhänge vor ihrem leicht geöffneten Fenster.

Wütend wischte Tanja die Dose von ihrem Schoß, die krachend auf den Fliesenboden fiel. Ihr Inhalt verteilte sich zu ihren Füßen.

Ohne länger nachzudenken, stürzte sie erneut die Treppen hinauf, zurück in das Arbeitszimmer. Sie rüttelte und zerrte an der verschlossenen Schreibtischtür, doch die gab keinen Millimeter nach. Tanja ließ sich auf den Stuhl fallen, riss die Schublade auf, durchwühlte sie ohne Rücksicht auf die penible Ordnung. Der Schlüssel! Verdammt, wo war der Schlüssel?

Schwer atmend betrachtete sie das von ihr verursachte Chaos. Selbst wenn sie die Utensilien wieder ordnete, ihre Großmutter würde merken, dass sie hier gewesen war.

Und nun? Kam es jetzt noch darauf an, den Schein zu wahren?

Mechanisch erhob sich Tanja. Sie wusste nicht, woher sie die Kraft dafür nahm und die Entschlossenheit. Melanies aufmunternde Sätze paarten sich plötzlich mit der Erkenntnis, dass sie für die Wahrheit selbst Sorge tragen musste. Niemand würde ihr Rätsel lösen, ihr Leben ändern, wenn nicht sie selbst. Sie hatte weiß Gott lange genug gezögert.

Los, Tanja!

Backe, backe Kuchen spielen.

Mach schon! Steh wieder auf!

Was auf dem Herzen?

Eine Mutter, die ihr Kind verlässt …

Stimmen klangen in ihren Ohren, schwollen an, gerieten durcheinander, übertönten sich gegenseitig. Gefühle, mit Macht aus jahrelangem Dämmerschlaf gerissen, quälten sie, rissen an ihr.

Ohne wirklich zu wissen, was sie tat, lief Tanja in die Küche, griff nach dem großen Fleischmesser aus japanischem Damaststahl, das ihr Großvater stets als unverwüstlich bezeichnete, und kniete damit erneut vor dem Schreibtisch nieder.

Die scharfe Klinge glitt mühelos zwischen Tür und Rahmen. Das Schloss ließ sich nicht knacken, also setzte Tanja ihre Kraft ein und hoffte, den Verschluss mittels Hebelwirkung zu sprengen. Der Schweiß lief ihr in Strömen übers Gesicht und vermischte sich mit ihren Tränen, die jetzt viel mehr ihrer Wut als ihrer Trauer entsprangen.

Sie hörte sich selbst ächzen und schluchzen. Sah sich auf dem Boden kauern, als hätte sie ihren Körper verlassen und wäre Zeugin des Geschehens, nicht die handelnde Person.

Wer war die junge Frau, deren dicke Oberschenkel beinahe die Nähte der Hose sprengten? Deren Bauch viel zu rund war, deren Oberarme viel zu wabbelig, deren Hüften viel zu breit waren?

Verdammt, wer war sie?

Mit einem hässlichen Krachen brach das alte Nussbaumholz. Die Tür schwang auf.

Tanja erkannte den Papierstapel, der sich zuunterst in einer Ablage befand, sofort. Genau der hatte letzte Nacht vor Uta auf der Schreibtischplatte gelegen.

Sie nahm das erste Blatt in die Hand, drehte und wendete es, betrachtete die saubere, gut lesbare Handschrift.

Mit »Eure Valentina« war das Schreiben unterzeichnet.

Briefe ihrer Mutter.

Sie begann zu zittern, als sie anschließend einen Blick auf das Datum des ersten Schreibens warf.

7. Oktober 1991

Angeblich war ihre Mutter jedoch seit September 1991 nicht mehr am Leben.

6

»Ist sie wach?« Jonathan Williams erschrak vor dem Zittern, dem Klang von bodenloser Angst in seiner Stimme.

Es ist etwas passiert.

Vor einer knappen halben Stunde hatte ihn Nazira, Valentinas Kollegin und Vertraute, angerufen. Mit überhöhter Geschwindigkeit war Jonathan in die Inselhauptstadt Kuah gerast. Im Langkawi Hospital hatte man ihm den Weg zur Intensivstation gewiesen, wo er jetzt schwer atmend vor einem Arzt stand und hoffte, der Mann im weißen Kittel würde nicht sagen, was er sagte.

Schwerer Unfall … Mehrfach überschlagen … Schädel-Hirn-Trauma … Bewusstlos … Kann von Glück reden … Nicht gleich tot …

Jonathan versuchte, sich auf die Worte des Mediziners zu konzentrieren, doch es gelang ihm nicht.

Tina, schrie es in ihm. Unaufhörlich. *Tina!*

Bei ihrem Anblick sackten ihm beinahe die Beine weg.

Jemand schob ihm einen Stuhl hin. Dankbar nahm er Platz, griff nach Valentinas Hand – weiß und kalt wie Porzellan.

Mein Liebster! Wie schön, dass du gekommen bist.

Warum siehst du so traurig aus?

Du kannst mich nicht hören, und das macht dir Angst. Nicht wahr? Du weißt nicht, dass ich bei den Sternen war, über einen Regenbogen getanzt bin. Ich fühlte mich leicht, so leicht. Doch ich bin wieder zurückgekehrt. Zu dir.

Mach dir keine Sorgen um mich! Vergiss nicht, wir zwei sind Licht und Schatten, untrennbar verbunden.

Komm, schließ die Augen, vergiss die Angst und erinnere dich!

Wir sind eins! Das waren wir vom ersten Moment an. Das sind wir immer noch. Das werden wir immer sein.

Mein geliebter Jonathan, seit wir uns begegnet sind, gab es keinen einzigen Moment, an dem ich nicht an deiner Seite war. Ich hoffe so sehr, du weißt das.

Ich werde nicht gehen. Jetzt noch nicht. Denn da gibt es etwas, was ich dir sagen will, nein, sagen muss.

Kuala Lumpur, Juli 1991

»Wo kommst du her?«

»Berlin. Das ist meine Heimatstadt. Aber jetzt gerade komme ich aus der Maschine da.«

»Bangkok?«

Valentina nickte. Der große, schlanke Kerl mit zerzausten, braunen Haaren, der sie eben angesprochen hatte, musterte sie neugierig. Er trug Jeans und ein T-Shirt in Regenbogenfarben, und er war ihr auf Anhieb sympathisch. Sein leicht schiefes Lächeln wirkte ansteckend.

»Und davor aus Jakarta, Bogor, Bandung, Yogyakarta …«, fuhr sie fort, ohne nachzudenken, verzückt vom

Klang der fremdländischen Namen auf ihrer Zunge. »Ich bin zuerst auf Java herumgereist, dann nach Thailand geflogen.«

»Du kommst ganz schön rum.«

»Na ja.« Sie freute sich, weil er das sagte. »Es ist das erste Mal, dass ich verreise. Ich meine weit weg, in die Welt. Da will ich es gleich richtig machen.«

»Du hast einen reizenden Akzent.«

Valentina spürte, dass sie errötete. »Es tut mir leid. Ich kann nur Schulenglisch«, erwiderte sie etwas peinlich berührt und sah von ihm weg. »Da kommt ja mein Gepäck.«

»Meins auch.«

Er musste also mit ihr in derselben Maschine gesessen haben.

Knappe drei Stunden hatte der Flug von Bangkok nach Kuala Lumpur gedauert. Sie war zweimal auf der Toilette gewesen und einmal kurz aufgestanden, um etwas aus dem Gepäckfach zu holen, doch der in etwa gleich alte attraktive Mitreisende war ihr trotz der relativ kleinen Maschine nicht aufgefallen.

»Ich meinte das ernst«, sagte er.

»Was?«

»Dass ich deinen Akzent mag. Wohin willst du?«

»Ich weiß noch nicht.«

»Du bist allein unterwegs?«

Seine Frage war ihr unangenehm.

Er sah gut aus, zweifellos, aber dass er sich, nachdem er ihr gerade am Gepäckband auf den Fuß getreten war, freundlich lächelnd entschuldigt und dann ein Gespräch mit ihr begonnen hatte, musste noch lange nicht heißen, dass sie ihm vertrauen konnte. Vielleicht war genau das seine Masche: alleinreisende Frauen anzusprechen, um sie später auszurauben oder ihnen noch weit Schlimmeres anzutun.

»Nein, ich treffe hier meine Freunde«, log Valentina beherzt und wünschte sich plötzlich, er würde sie in Ruhe lassen. »Sie … sie kommen mit der nächsten Maschine aus Bangkok, weil wir … Es gab nicht genug Plätze. In einer Stunde sind sie hier.«

»Verstehe«, erwiderte er.

Während sie am Einreiseschalter warteten, schwiegen sie. Hinter der Passkontrolle trennten sich ihre Wege.

»Viel Spaß in Malaysia«, rief er ihr zu, ehe er in die Menge aus Wartenden, Taxifahrern und Fluggästen eintauchte.

Ein wenig verloren blickte Valentina auf das unüberschaubare Chaos aus Menschen und Gepäck. Ihr Zufallsbekannter schien sich hier auszukennen, denn er lenkte seine Schritte zielsicher und war im Nu verschwunden. Sie hätte ihn eigentlich nach einer billigen Unterkunft fragen können.

Valentina tauschte einen ihrer Travellerschecks in malaysische Ringgit um, steuerte eine Sitzbank an und verstaute ihre Barschaft in ihrer Bauchtasche. Leicht nervös wühlte sie in ihrem prallgefüllten Rucksack und zog schließlich einen Malaysia-Reiseführer heraus. Sie bedauerte, nicht schon im Flugzeug nachgelesen zu haben, wo man in Kuala Lumpur günstig absteigen konnte. Stattdessen hatte sie, wie immer wenn sie flog, ihre Nase am Fenster platt gedrückt und nach draußen geschaut. Auch wenn es über Stunden meist nichts als Wolken und Himmel zu sehen gab – sie konnte sich einfach nicht losreißen von dem traumschönen Anblick.

Sie fühlte sich frei dort oben.

Valentina beugte sich über den Reiseführer und suchte nach den Tipps für Leute mit kleinem Geldbeutel, denn sie war gezwungen, ihr knappes Budget sorgsam einzuteilen, wenn es noch für die Weiterreise nach Indien und Sri Lanka reichen sollte.

Allein beim Klang der Ländernamen bekam Valentina eine wohlige Gänsehaut. Und obwohl sie schon wochenlang unterwegs war, musste sie sich immer wieder klarmachen, dass all das Wirklichkeit war. Dass sie Indonesien und Thailand wirklich bereist und nicht nur davon geträumt hatte. Dass sie in wenigen Minuten den klimatisierten Flughafen verlassen und ihren Fuß in ein weiteres faszinierendes Land setzen würde. Malaysia.

Während des Landeanflugs hatte sie außer ein paar Schemen zwischen den Lichtern der Stadt nichts erkennen können, da es draußen schon dunkel war. Gleich morgen früh würde sie sich frisch ausgeruht aufmachen, um das nächste unbekannte Stückchen der Welt zu entdecken.

Valentina verspürte Glücksgefühle durch ihren Körper wogen. Frei! Sie war endlich frei!

»Wann, sagtest du, werden deine Freunde ankommen?«

Sie zuckte zusammen, als sie hinter sich erneut die Stimme ihrer Zufallsbekanntschaft vernahm, und wandte sich ruckartig zu ihm um. »Du hast mich vielleicht erschreckt. Was fällt dir ein?«

Beim Anblick seiner gespielt zerknirschten Miene

musste sie laut auflachen. Ihr Misstrauen war so plötzlich weggeblasen, wie es geweckt worden war. Valentina war lange genug allein unterwegs, um zu spüren, ob sie ihrem Gegenüber vertrauen konnte oder nicht. Sie beschloss, ihrem Instinkt zu folgen.

»Ehrlich gesagt, kommt gar keiner«, gab sie unumwunden zu.

»Das war mir vollkommen klar.«

»Ach so?«

»Du kannst nicht besonders gut schwindeln.«

»Und ob ich das kann.«

»Na gut«, gestand er grinsend. »Du hast großartig geschwindelt, aber ich hab mich trotzdem erkundigt. Und dich ertappt. Heute landet nämlich gar keine Maschine aus Bangkok mehr. Und da ist mir klargeworden, dass ich eine schöne, junge Frau nicht allein und quasi ohne Schutz in einer fremden Stadt ihrem Schicksal überlassen kann.« Er hielt ihr seine rechte Hand hin. »Jonathan Williams. Alle nennen mich Jo.«

Sie legte den Reiseführer ab, erhob sich und schüttelte die dargebotene Hand. »Valentina.« Sie sprach ihren Namen deutsch aus.

»Va-len-tina«, wiederholte er und ahmte die Laute nach. »Der Name passt zu dir.«

»Findest du?«

»Er ist eigen und ganz schön schön.«

Schon zweimal hatte er in Verbindung mit ihr das Wort »schön« gebraucht. Valentina musste sich eingestehen, dass sie ihn umwerfend fand.

»Danke«, sagte sie, um Lässigkeit bemüht, denn sie wollte nicht, dass er sie erneut so schnell durchschaute. »Du kannst mich Tina nennen. Das machen alle.«

»Nun, Tina. Fangen wir noch einmal von vorne an? Ohne Schwindeleien?«

»Machen wir.«

»Was hast du in Kuala Lumpur vor?«

Sie zuckte die Schultern. »Erst einmal raus aus dem Flughafen und rein in die Stadt.«

»Ich kann dich mitnehmen. Wir teilen uns ein Taxi, okay?«

»Kennst du dich hier aus? Ich suche eine Unterkunft. Möglichst … na ja … also kein 5-Sterne-Hotel.«

Er nickte, während er nach ihrem Rucksack griff und ihn schulterte. »Ich bin hier aufgewachsen.«

Sie gingen gemeinsam zum Ausgang des Flughafengebäudes, wo Jo ihr die Tür eines der dort wartenden Taxis aufhielt, nachdem er seine Reisetasche und Valentinas Rucksack mit Hilfe des Fahrers in den Kofferraum verfrachtet hatte. Er nannte eine Adresse.

Valentina verlor sich im Anblick der nächtlichen Metropole.

»Wohin fahren wir eigentlich?«, fragte sie nach einer Weile.

Ruckartig presste sie sich im gleichen Moment eine Hand auf den Bauch, um das laute und ärgerliche Knurren ihres Magens zu unterdrücken. Sie lächelte peinlich berührt und schlug die Augen nieder.

Ihre letzte Mahlzeit hatte sie mittags zu sich genommen – eine Schale würzige Nudelsuppe mit Gemüse, an einer der zahlreichen kleinen Garküchen in Bangkoks quirligen Straßen. Sie hatte diese unkonventionelle Art der Ernährung schon in Indonesien kennen und schätzen gelernt, kurz nach ihrer Ankunft in Jakarta, auch wenn ihre deutsche Reiseliteratur nachdrücklich davor warnte. Das am Straßenrand gekochte Essen war nahrhaft, frisch zubereitet, lecker und vor allem unschlagbar günstig.

Kurz vor ihrer Abreise aus Bangkok hatte Valentina nicht widerstehen können und sich bei einem abschließenden Bummel in der Khaosan Road ein langes, bunt gemustertes Kleid gekauft. Es hatte nur ein paar Baht gekostet, aber da ihr Reisebudget in jeder Hinsicht äußerst knapp bemessen war und deshalb keinen Shoppingbummel vorsah, würde sie eine Weile noch härter am Essen sparen müssen.

»Erst einmal den Hunger stillen?«, schlug Jo vor und zwinkerte ihr zu.

»Nein, nein«, wehrte Valentina ab, weil sie fürchtete, er würde sie womöglich in ein teures Restaurant lotsen.

Jo ignorierte ihren Widerspruch, beugte sich zum Taxifahrer vor, und wenig später hielten sie in einem Viertel, dessen massenhafte bunte Leuchtreklame Valentina blendete und das von Menschen nur so überquoll.

»Chinatown«, sagte Jo und hielt ihr die Hand hin, als sie aus dem Taxi stieg. »Nachtmärkte kennst du aus Thailand?«

Valentina nickte erleichtert. Ihre Reisekasse würde hier nicht nennenswert schrumpfen, denn abwechslungsreicher und zugleich billiger konnte man in Asien kaum essen.

Wenig später füllte sie ihren Magen mit scharfem Kokosmilch-Gemüsecurry und Reis. Jo kaufte sich einen ganzen Berg Satayspieße, die dekorativ auf einem Bananenblatt angerichtet waren, und teilte sie großzügig mit ihr.

Der Ingwer-Eistee, den Valentina zum Essen trank,

erfrischte sie mit seiner herben Süße. Jo leerte eine Dose Bier.

»Musst du eigentlich nicht weiter?«, fragte Valentina, als sie nach dem Essen zusammen über den Markt schlenderten und hin und wieder stehen blieben, um die Auslagen der Händler zu betrachten. »Ich meine, erwartet dich niemand?«

»Ich helfe dir, eine Übernachtung zu finden, danach fahre ich zu meinen Eltern.«

Bei dem Gedanken, sich schon bald von Jo trennen zu müssen, empfand sie überraschend ein leises Verlustgefühl. Würde er sie wiedersehen wollen? Sollte sie ihn um ein weiteres Treffen bitten? Oder wäre ihr gemeinsamer Weg nach dieser kurzen Zeit schon vorbei?

Valentina fühlte sich plötzlich unsicher, denn die ungeschriebenen Regeln im Spiel zwischen Männern und Frauen hatte sie nie wirklich begriffen.

»Ganz einfach«, hatte ihre beste Freundin Karin ihr immer wieder aufs Neue einzuschärfen versucht. »Zeig ihnen die kalte Schulter, dann kommen sie schon. Nur nicht zu interessiert wirken.«

Was einfach klang, stellte sich als ziemlich schwierig heraus, denn nach Valentinas Erfahrung trieb zu viel Zurückweisung Männer genauso schnell in die Flucht wie zu viel Hingabe. Die goldene Mitte zu treffen, war ihr bisher noch nicht besonders gut gelungen.

»Was ist mit dir?« Jo entpuppte sich einmal mehr als aufmerksamer Beobachter, der Valentinas Stimmungsschwankung sofort registriert hatte.

»Ich bin ein bisschen müde«, erwiderte sie, und das war nicht geschwindelt.

So faszinierend die asiatischen Großstädte auf sie

wirkten, so anstrengend empfand sie diese auch. Die feuchte Hitze, Menschenmassen, intensive Gerüche, Lärm …

Valentina sehnte sich nach einem ruhigen Zimmer und sei es auch noch so schlicht. Ein sauberes Bett, eine Dusche und frische Klamotten – Luxus brauchte sie nicht.

»Ich mach dir ein Angebot. Also, wenn du willst …« Zum ersten Mal seit sie sich begegnet waren, wirkte Jonathan etwas weniger forsch. »Ich kann dich mit zu meinen Eltern nehmen. Wir … sie haben ein bisschen Platz und ein Gästezimmer.«

Pure Lebensfreude durchströmte Valentina, als Jo, ohne ihre Antwort abzuwarten, fortfuhr: »Meine Mutter freut sich über Besuch aus Europa. Sie saugt Neuigkeiten von dort geradezu auf. Einen größeren Gefallen, als dich mitzubringen, kann ich ihr gar nicht tun.«

Valentina wäre Jo in diesem Augenblick am liebsten um den Hals gefallen, stattdessen nickte sie und strahlte ihn an. »Okay.«

Wenig später ließen sie sich in die Polster des Taxis fallen, das die ganze Zeit auf sie gewartet hatte. Valentina sah erneut aus dem Fenster, während sie mit Jo aus der Stadt fuhr. Mit einem Mal wurde sie von einem Gefühl überwältigt, das sie absolut nicht erwartet hatte. Jedenfalls nicht hier. In Malaysia. Einem Land am anderen Ende der Welt, in das sie vor weniger als sechs Stunden zum ersten Mal einen Fuß gesetzt hatte.

»Lehn dich zurück, Tina!«, sagte Jo sanft. »Wir sind jetzt eine Weile unterwegs.«

War sie wirklich eben *nach Hause* gekommen?

»Liebes Kind, ist Ihnen klar, dass Sie an einem der größten Wunder der neuzeitlichen Geschichte beteiligt waren? Ich kriege noch heute eine Gänsehaut am ganzen Körper, wenn ich nur daran denke. Ich habe quasi 24 Stunden, wenn nicht länger, vor dem Fernseher verbracht, um nichts zu verpassen. Sie müssen mir alles über diesen phantastischen Mauerfall erzählen, bis ins Detail, versprechen Sie mir das!«

»Mum!« Jonathan lachte, als er seine Kaffeetasse langsam absetzte. »Dazu musst du Tina aber erst einmal zu Wort kommen lassen.«

Valentina sah zwischen Mutter und Sohn hin und her, während sie versuchte, die Ereignisse der letzten Stunden zu realisieren.

Sie hatte die Nacht, zum ersten Mal seit sie Asien bereiste, in einem überaus luxuriösen Zimmer verbracht. Schon beim Anblick der riesigen Villa inmitten eines englisch anmutenden Anwesens, vor der das Taxi nach zweistündiger Fahrt hielt, hatte es ihr beinahe den Atem verschlagen.

»Hier wohnst du?«, hatte sie mehr gehaucht als gesprochen.

»Fühl dich willkommen!« Die Fürsorglichkeit, mit der Jonathan sie behandelte, nahm sie einmal mehr für ihn ein.

»Es ist so kühl hier.«

»Das sind die Cameron Highlands, Tina! Die werden dir zuweilen europäisch vorkommen, nicht nur wegen der Temperaturen. Hier wachsen Erdbeeren, Spargel, Rosen, aber vor allem unser heißgeliebter English Tea.«

Welch ein wohlmeinendes Schicksal hatte sie heute mit diesem Mann zusammengeführt?

Doch Valentina kam nicht dazu, der Frage länger nachzugehen, denn sie war viel zu sehr damit beschäftigt, zu begreifen, dass sie in einem Schloss aus Tausendundeiner Nacht angekommen war, in dem matt schimmernde, dunkle Hölzer, dicke, bunte Teppiche, Kunstgegenstände und leise surrende Deckenventilatoren für ein Klima von Luxus und Wohlbefinden sorgten.

Nach einer Nacht in einem breiten Himmelbett, in dem sie tief und traumlos geschlafen hatte, und einem ausgiebigen Schaumbad am Morgen saß Valentina nun in ihrem neuen Kleid mit Jonathan und seiner Mutter an einem reich gedeckten Frühstückstisch auf der Terrasse des riesigen, alten Kolonialhauses.

Sie nahm sich reichlich von den saftigen Mangostücken, die vor ihr auf einem Obstteller lagen.

»Ich erzähle Ihnen gerne alles, was Sie wissen wollen«, erwiderte sie. »Das ist das Mindeste, was ich zum Dank für Ihre Gastfreundschaft tun kann.«

»Siehst du, mein Sohn?« Barbara nickte triumphierend zu Jo hinüber. »Wir werden viele interessante Stunden verbringen, nicht wahr? Vorausgesetzt, Sie haben Zeit mitgebracht. Das haben Sie doch, oder? Jonathan kann Ihnen gleich unsere Tee- und Obstplantagen zeigen.«

»Und? Hast du Zeit?«, fragte Jo. Ihre Hände berührten sich kurz, als er Valentina eine Tasse Tee reichte.

»Ja«, antwortete sie leise. Ihre Blicke verhakten sich. »Ja, das habe ich.«

7

Ihr Kuss fiel flüchtig aus, fast ein wenig ungeschickt.

»Mach's gut«, verabschiedete sich Martin und reichte ihr einen kleinen Koffer, den sie als Handgepäck vorgesehen hatte. Helena spürte, dass er ihr gern seine Wünsche mit auf den Weg geben würde. Eine Menge Wünsche. Allen voran ihre Ehe betreffend.

Doch Martin nahm sich zusammen. Was immer hinter seiner Stirn vor sich ging, er behielt es für sich. Nur sein Lächeln sah ein wenig gequält aus.

Überhaupt war ihr Mann in den Tagen vor ihrer Abreise sehr einsilbig gewesen. Das gemeinsame Abendessen zu Hause hatte er zweimal ausfallen lassen und stattdessen vorgeschlagen, in ein Restaurant zu gehen. Wo sie mehr oder weniger schweigend vor ihren Tellern saßen und lustlos ein paar Bissen zu sich nahmen. Dafür umso mehr Wein tranken, der sie müde machte und beizeiten ins Bett zwang, ohne dass sie noch die Energie aufbrachten, sich mehr als ein hastiges »Schlaf schön« zuzuwerfen.

Helena war einerseits froh, dass Martin keinerlei Versuche unternahm, mit ihr zu schlafen, aber sein ungewohntes, geistesabwesend wirkendes Schweigen löste gleichzeitig Unbehagen in ihr aus. Zum ersten Mal, seit sie sich kannten, bemühte er sich nicht um sie.

»Wenn du willst, kann ich …«, versuchte Helena am nächsten Abend ein Gespräch zu beginnen, während sie wahllos Kleidungsstücke in ihren Koffer warf.

»… hierbleiben?«, ergänzte Martin ihren Satz in spöttischem Tonfall. »Warum sollte ich das wollen?«

»Ich meine doch nur …«

»Lass es gut sein, Helena!«

Beleidigt verdrehte sie die Augen und registrierte erstaunt, dass neben heftigem Ärger eine leise Angst von ihr Besitz ergriff. Was war eigentlich mit ihrem Mann los?

Er wirkte verändert, kühl, fast zynisch. Sollte sie ihn um ein klärendes Gespräch bitten? Sie wandte sich ihm zu, setzte zum Sprechen an, überlegte es sich jedoch im letzten Augenblick anders. Wahrscheinlich hätte er ihren Wunsch nach einer Aussprache genauso abgewehrt wie ihr Angebot, die Reise nicht anzutreten.

Und wenn schon! Hatte sie sich schließlich nicht genau das gewünscht? Dass irgendetwas das Korsett ihrer jahrelangen Routine lockerte?

»Ich melde mich, wenn ich gelandet bin.« Ihre Hände berührten sich, als Helena den Koffer nahm. Martins Finger fühlten sich kalt an.

»In Ordnung«, erwiderte er. Sie sahen sich an. Helena versuchte, in seinen Augen einen Hinweis darauf zu finden, was er dachte. Doch Martin wandte den Blick ab und wies mit leiser Ungeduld auf die Anzeigetafel des Flughafens. »Boarding. Du musst jetzt wirklich.«

Sie stellte das Handgepäck noch einmal ab und umarmte ihn. Von plötzlicher Zuneigung überwältigt, flüsterte sie: »Denk dran, *ich* hab diese Reise gar nicht gewollt.«

Er lächelte nur. Strich mit einer knappen, ruckartigen Bewegung eine Haarsträhne hinter ihr Ohr. »Aber ich hab sie gewollt.«

Was für ein seltsamer Abschied, dachte Helena, als sie durch die Passkontrolle in den Abflugbereich des Flughafens ging, ohne sich noch einmal umzudrehen.

»Es tut mir leid.« Wenig später, als Helena über die Gangway kommend das Flugzeug betreten wollte, setzte die Stewardess beim Anblick ihrer Bordkarte eine besorgte Miene auf. »Durch einen Systemfehler bedingt sind wir in der Businessclass überbucht. Ich möchte mich in aller Form entschuldigen, aber ich muss Ihnen bis zum Zwischenstopp in Doha leider einen Sitz im Economybereich zuweisen.«

Überrascht runzelte Helena die Stirn. Das fing ja gut an. »Wieso muss *ich* ausweichen und nicht der andere Passagier?«, fragte sie und bemühte sich nicht, den leisen Anflug von Ärger in ihrer Stimme zu unterdrücken.

»Ich kann mich nur entschuldigen«, wiederholte die Stewardess. »Bei Ihrem Weiterflug von Doha nach Malaysia werden Sie selbstverständlich in der gebuchten Klasse reisen, und einen Teil des Flugpreises erhalten Sie natürlich zurück. Mehr kann ich im Augenblick nicht für Sie tun. Ich würde Sie jetzt gern zu Ihrem Sitzplatz begleiten.«

Helena zuckte die Schultern und folgte der Stewardess. Eine Beschwerde würde im Augenblick einzig und allein bewirken, dass sie sich in ihren Ärger hineinsteigerte, also fügte sie sich lieber in ihr Schicksal. Zum Glück handelte es sich bei dieser Etappe ihrer langen Anreise um einen Tagesflug, so dass sie sich die sechs

Stunden bis zum ersten Zwischenstopp einigermaßen ausgeruht mit Lesen und dem Entertainment-Angebot der Airline vertreiben konnte.

»Bitte machen Sie es sich bequem«, sagte die Stewardess. »Die beiden anderen Sitze sind nicht vergeben.«

»Danke«, erwiderte Helena schmallippig. Statt eines breiten und bequemen Sessels drei schmale Sitze mit wenig Beinfreiheit in Besitz zu nehmen, war noch immer ein unkomfortabler Tausch. Aber immerhin konnte sie ein Buch oder eine Zeitschrift neben sich ablegen und niemand würde ihr unangenehm auf die Pelle rücken. Sie verstaute ihren kleinen Koffer im Gepäckfach und setzte sich auf den Platz ans Fenster.

Ob Martin auf den Start ihrer Maschine wartete? Oder lenkte er sein Auto bereits zurück nach Hause?

Leichte Nervosität ergriff von ihr Besitz. Drei Wochen würde sie allein verbringen. Die Tatsache, ihr alltägliches Ehe-Einerlei eine Zeitlang hinter sich zu lassen, wirkte bei näherer Betrachtung plötzlich viel weniger verlockend, als sie sich das ausgemalt hatte. Es wäre wahrscheinlich klüger gewesen, wenn Martin die Reise mit ihr zusammen angetreten hätte.

Warum nur hatte er einen Strandurlaub für sie ganz allein gebucht? Er liebte es, im Meer zu baden, und er war ein ausgezeichneter Schwimmer. Sie hatten, bis zur Eröffnung von Helenas Klinik, viele verliebte Urlaube an der Ostsee verbracht. Vielleicht wären der Aufenthalt in dem luxuriösen Hotel und die gemeinsame Erkundung der exotischen Insel genau das gewesen, was sie brauchten, um zueinander zurückzufinden. In ihren Augen hatte Martin eine Chance verschenkt.

Die Crew bat nun alle Fluggäste, Platz zu nehmen,

sich anzuschnallen, Handys und andere elektronische Geräte auszuschalten. Helena griff nach ihrem Smartphone, um noch einmal rasch ihren Posteingang zu checken. Lisas Bemühungen, sie für eine Weile abzuschirmen, hatten bereits Wirkung gezeigt. Nur wenige Mails waren auf ihrem dienstlichen Account eingegangen. Dafür umso mehr private Nachrichten mit den allerbesten Wünschen für eine gute Reise voll Erholung.

Gerade als Helena das Smartphone ausschalten wollte, erhielt sie eine SMS.

Wohin genau fliegst du eigentlich, allerliebste Lena?

Sie ertappte sich bei einem breiten Lächeln, und in ihrem Bauch setzte ein leichtes Kribbeln ein. Michael! Er hatte ihr erzählt, dass er kommende Woche für einen Dreh nach Singapur fliegen würde. Plante er etwa …?

Nein, das war vollkommen verrückt.

Zufrieden schaltete Helena den kleinen Apparat aus. Sie hatte nun genug Zeit, um über eine passende Antwort nachzudenken. Falls sie überhaupt antworten würde. Sie hatte nicht vor, ihr kurzes Spiel mit der alten Liebe in eine Verlängerung zu schicken.

Plötzlich stand erneut eine Stewardess mit zerknirschtem Gesichtsausdruck neben ihr. »Bedauere …«

»Ja bitte? Soll ich vielleicht doch lieber im Frachtraum Platz nehmen?«

»Im letzten Augenblick ist ein weiterer Passagier eingebucht worden.«

»Bitte! Ich brauche keine drei Plätze für mich allein«, entgegnete Helena und lächelte gewinnend, als sie merkte, dass die Stewardess angesichts ihres Galgenhumors zusammenzuckte.

Im Grunde konnte die Angestellte dem Buchungschaos ihrer Airline nichts als Freundlichkeit entgegensetzen, und das machte sie wirklich gut.

Hinter der schlanken Flugbegleiterin drängte sich eine junge Frau durch den engen Gang zwischen den Sitzreihen. Sie stemmte einen prallen Rucksack über ihren Kopf, wahrscheinlich um die Passagiere der äußeren Plätze nicht mit ihrem Gepäck zu stoßen. An ihren Achseln hatten sich Schweißflecken gebildet. Schwer atmend und mit hochrotem Kopf ließ sich die Person, nachdem die Stewardess sich eilig zurückgezogen hatte, neben Helena fallen.

»Verzeihung«, seufzte sie.

»Wofür denn?«, fragte Helena und hoffte, sie würde die Anstrengungen, die sie der Sitznachbarin deutlich ansah, nicht auch noch riechen können.

»Ich weiß selbst nicht, wofür.« Die junge Frau kicherte. »Bei mir musste alles total schnell gehen. Ich bin völlig durch den Wind.«

»Verstehe«, gab Helena leutselig zurück, verzichtete jedoch auf Nachfragen, nickte stattdessen ihrer Sitznachbarin höflich zu und griff nach dem Bordmagazin, um zu signalisieren, dass sie gern ungestört bliebe.

Überraschend blieb Helenas Blick jedoch an dem überaus hübschen Gesicht der Reisenden hängen. Als Fachärztin für Plastische Chirurgie erkannte sie sofort die klassisch anmutende Perfektion dieser Züge – volle, sanft geschwungene Lippen, eine schmale, gerade Nase, deren Spitze ein ganz klein wenig nach oben zeigte, hohe Wangenknochen und große, blaue Augen, von sorgfältig getuschten Wimpern umkränzt. Die Natur hatte es gut mit ihrer Sitznachbarin gemeint. Die dunklen, akkurat in Form gezupften Brauen bildeten einen reizvollen Kontrast zu dem hellblonden Haar der jungen Frau, das nicht gefärbt aussah, sondern sanft und natürlich schimmerte.

Für ein Gesicht von solcher Schönheit waren ihre Patienten bereit, mehrere tausend Euro auszugeben. Umso betroffener stimmte Helena der Anblick des von starkem Übergewicht gezeichneten Körpers. Nicht viel fehlte und die Frau würde zwei der schmalen Economy-Sitze benötigen.

»Ist alles in Ordnung mit mir?« Helenas Mitreisende wischte sich fahrig mit einem Taschentuch über ihr Gesicht. »Sie schauen so.«

»Natürlich!« Helena riss sich vom Anblick der Frau los. »Berufskrankheit. Ich bitte um Entschuldigung.«

»Sind Sie Kosmetikerin oder so?«

Ihr Gespräch wurde durch eine Ansage des Copiloten unterbrochen, der die Passagiere begrüßte und über Flugdauer und -höhe, Geschwindigkeit und Reisewetter Auskunft gab.

Helena legte sich den Gurt um, schnallte sich an und lehnte sich dann zurück. Das Flugzeug glitt langsam über die Rollbahn, um seine Startposition zu erreichen.

Wenig später schrumpfte Berlin auf die Größe einer Puppenstube zusammen. Und ebenso schwanden mit jedem Kilometer, den sie zurücklegten, wie durch Zauberhand Helenas Bedenken hinsichtlich ihres unfreiwilligen Urlaubs. Vielleicht war Martins Idee gar nicht so schlecht gewesen.

»Wie haben Sie das Ding denn angestellt?« Helenas Sitznachbarin beugte sich zu ihr hinüber und tippte auf den Bildschirm des Entertainmentsystems.

»Ich dachte immer, junge Leute begreifen das von selbst«, erwiderte Helena augenzwinkernd.

»Die anderen vielleicht. Aber ich fliege zum ersten Mal und habe absolut keine Ahnung.«

Helena half ihrer Sitznachbarin, die unterdessen weniger aufgelöst wirkte und wieder ruhig atmete, den Bildschirm zu aktivieren. »Jetzt hier tippen, und dann ist es quasi selbsterklärend.«

»Was gucken Sie da?«

»*Lachsfischen im Jemen.* Einer meiner Lieblingsfilme.«

»Ein Spielfilm?«

»Ja.«

»Komischer Titel«, nörgelte die junge Frau. »Weckt nicht unbedingt Interesse. Worum geht's denn da?«

Helena seufzte innerlich auf. Wahrscheinlich war die Frage nach der Technik nur ein Vorwand gewesen, um ein Gespräch zu beginnen. Sie machte Anstalten, ihren Kopfhörer aufzusetzen. Auf eine Unterhaltung verspürte sie im Augenblick nur wenig Lust.

»Ich weiß nicht so recht, was ich gucken soll.«

»Wenn Sie eine Empfehlung möchten – der Film ist großartig, auch oder gerade weil er nicht Mainstream ist«, erwiderte Helena geduldig. »Vielleicht versuchen Sie es einfach. Ansonsten läuft auch *Aristocats*.«

Als sie sah, wie sich die beinahe kindlich anmutende Offenheit im Gesicht ihrer Mitreisenden in Enttäuschung verwandelte, hätte sie sich am liebsten auf die Zunge gebissen. »Es tut mir leid«, sagte sie rasch.

»Mir tut es leid«, erwiderte die Frau. »Ich habe Sie genervt. Ab sofort lasse ich Sie in Ruhe.«

»*Lachsfischen* ist wirklich ein wunderbarer Film. Und

die *Aristocats* hab ich mir vor einiger Zeit selbst angesehen und finde die Geschichte hinreißend.« Eine kleine Notlüge konnte angesichts ihrer vorherigen groben Unhöflichkeit nicht schaden.

Sah sie in den Augenwinkeln der Frau etwa Tränen schimmern? Das hatte sie nun wirklich nicht gewollt. Helena legte die Kopfhörer in ihren Schoß und hielt ihrer Reisegefährtin die Hand hin.

»Ich bin Helena Sander. Wir können uns gern unterhalten. Der Flug ist schließlich lang, und zum Filmeschauen haben wir noch mehr als genug Zeit.«

»Tanja! Tanja Wellenstein. Etwa *die* Helena Sander? Dr. Sander aus dem Fernsehen?«

Helena nickte.

»Sie kamen mir gleich so bekannt vor! Ich habe fast alle Folgen von *Aschenputtel wird Prinzessin* gesehen!« Die junge Frau lebte sichtlich auf.

»Das freut mich!« Helena schaltete auf geschäftsmäßig um. Sie ahnte, was jetzt kommen würde, und wappnete sich innerlich für ein lang andauerndes Gespräch über die Einzelheiten ihres Berufs.

»Wissen Sie, was ich an Ärzten am meisten bewundere?«, fragte Tanja.

Helena stutzte. »Ich bin gespannt.«

»Die unglaubliche Disziplin und den Ehrgeiz, der alles andere in seinen Schatten stellt.«

»Tatsächlich?« Keine Fragen zu Fettabsaugungen und Brustvergrößerungen? Die Arbeit vor der Kamera? Mit diesem Fortgang ihres Gesprächs hatte Helena nicht gerechnet.

»Ich hab nur einen Realschulabschluss, aber meine Großmutter, die ist auch Ärztin. Im Herzzentrum.«

»In erster Linie ist es viel Fleiß.«

»Ich könnte das nicht schaffen.«

»Woher wissen Sie das?«

Helena sah, wie Tanja angestrengt die Stirn runzelte. »Ich weiß es gar nicht. Aber Großmama sagt mir das immer. Sie sagt, dass ich eine bin, die gern den Weg des geringsten Widerstands geht und deshalb nicht viel erreichen wird.« Sie kicherte. »Wo fliegen Sie eigentlich hin?«

»Nach Kuala Lumpur«, antwortete Helena, die froh war, dass das Gespräch eine unverfängliche Wendung nahm. Sie gewann zunehmend den Eindruck, dass die hübsche Tanja etwas auf dem Herzen hatte. »Und von da aus weiter auf eine Insel an der Westküste. Sie heißt Langkawi.«

Offensichtlich traf sie, dieses Mal ohne es beabsichtigt zu haben, erneut ins Schwarze, denn Tanja erbleichte sichtlich.

»So ein Zufall! Da fliege ich auch hin«, hauchte sie, und Helena fragte sich, was mit der jungen Frau, der plötzlich wieder Tränen in die Augen schossen, eigentlich los war. Wie viele Probleme mochte sie mit sich herumschleppen?

»Geht es Ihnen nicht gut?«

»Doch, doch!« Tanja wischte sich hastig über ihr Gesicht und riss anschließend fahrig die kleine Plastiktüte mit den Kopfhörern auf. »Ich … ich schau mir jetzt den Film an, ja?«

In Helena erwachte eine gewisse Neugier. Doch dann beschloss sie, dass es letztlich klüger wäre, nicht nachzubohren, warum ihre Sitznachbarin so nah am Wasser gebaut war.

Sie flog in den Urlaub. Langsam begann Helena, sich auf die Auszeit zu freuen. Was mit der verstört wirkenden Frau neben ihr los war, ging sie letztlich nichts an. In Doha beim Weiterflug, wenn Helena in die Businessclass wechselte, würden sich ihre Wege ohnehin trennen.

8

»Der Zustand der Patientin ist unverändert.«

»Wenn wir sie nach Kuala Lumpur ausfliegen …«

Der Arzt runzelte bei Jonathans Worten unwillig die Stirn. »Das würde nichts nützen«, unterbrach er. »Im Gegenteil. Ich befürchte, ein Transport könnte den Zustand Ihrer Frau noch verschlechtern.«

Seine Frau.

Um seine katastrophale Gefühlslage zu verbergen, verzichtete Jo darauf, den Mediziner zu berichtigen und zu erklären, dass sie zwar denselben Namen trugen, er und Valentina jedoch schon seit fünf Jahren nicht mehr verheiratet waren. Auch auf eine Diskussion legte er keinen Wert, begriff er doch, dass er nichts tun konnte außer abzuwarten und zu vertrauen.

Ruckartig wandte er sich ab und öffnete die Tür zu Valentinas Zimmer.

Sah sie nicht ein wenig besser aus als bei seinem letzten Besuch? Lag auf ihren Wangen, die gestern noch wächsern und bleich gewirkt hatten, nicht ein zarter, rosiger Hauch? Ein Hauch von Leben?

Eine ältere Krankenschwester wechselte den Tropf, an dem Valentina hing. Aufmunternd sah sie Jonathan entgegen und wies mit der Hand auf einen Stuhl neben dem Bett der Patientin.

»Schön, dass Sie kommen«, sagte sie lächelnd. »Das bedeutet Ihrer Frau viel.«

Die mühsam zurückgehaltenen Tränen schossen mit Macht in Jos Augen. Sein Schluchzen klang, bei dem Versuch es zu unterdrücken, kehlig und gequält.

»Wie können Sie das wissen?«, brachte er mühsam hervor. »Sie liegt da wie … wie tot.« Er schrie das letzte Wort, so dass es in seinen Ohren widerhallte.

Tot, tot, tot …

Die Schwester strich ihm besänftigend über die Schulter. »Ich habe viele Komapatienten betreut«, antwortete sie leise. »Ihre Frau bekommt mit, dass Sie bei ihr sind. Sie befindet sich auf einer anderen Bewusstseinsebene und kann spüren, was geschieht. Sie braucht Sie, und deshalb ist es gut, dass Sie da sind.«

»Sicher?«

»Ganz sicher. Geben Sie Ihre Frau nicht auf!«

»Wird sie … wird sie aufwachen?«

»Im Augenblick scheint sie Zeit zu brauchen.«

»Zeit wofür?«

»Um Kraft zu sammeln. Sich zu entscheiden.«

Jo war sich nicht sicher, ob er die Schwester richtig verstand. »Wie lange?«, fragte er, bereit, nach jedem Strohhalm, den sie ihm reichte, zu greifen.

»Keiner kann das wissen. Geben Sie ihr die Zeit und …« Die Frau wartete, bis Jo den Blick hob und sie ansah.

»Und?«

»Geben Sie ihr das, was sie von Ihnen braucht.«

»Was soll das sein? Was braucht sie?«

Die Krankenschwester löste ihre Hand von Jos Schulter und sah ihm einen Augenblick lang in die Augen.

»Sie wissen, was es ist«, erwiderte sie und verließ ohne ein weiteres Wort das Zimmer.

Ich hab dich noch nie weinen sehen, mein Liebster. Du warst immer stark.

Ich muss mich verbessern: Du bist immer stark, denn nur ein Dummkopf würde auf die Idee kommen, zu behaupten, Tränen wären ein Zeichen von Schwäche. Tränen sind Ausdruck von Gefühlen, und nur ein Starker wagt es, sich diese einzugestehen und sie zuzulassen.

Ich danke dir, mein Liebster, dass du mir zeigst, wie sehr du mich nach all den Jahren, nach allem, was zwischen uns vorgefallen ist, immer noch liebst.

Wenn ich könnte, würde ich jetzt aufstehen und zu dir kommen, meine Arme um deinen Hals legen, meinen Kopf an deine Schulter lehnen. Bei dir zu Hause sein. Glücklich.

So wie damals, als du mich über die Schwelle deiner kleinen Hütte getragen hast. Erinnerst du dich? Da hattest du mich zum ersten Mal auf unsere Insel gebracht.

Nach Langkawi.

Langkawi, West-Malaysia, Juli 1991

»Bitte mach die Augen zu!«

»Aber …«

Die dichte Wand aus undurchdringlichem Grün vor Valentina erschien ihr nicht besonders vertrauenerweckend. Schon mit offenen Augen musste sie sich vorsehen, um nicht andauernd über Wurzeln zu stolpern oder in schlammige Pfützen zu treten, in denen sie hungrige Egel mit Appetit auf ihr Blut vermutete. Zu

Recht, wie ihr Jo bestätigt und bei ihrem entsetzten Blick lauthals gelacht hatte.

»Die Leute auf Langkawi sagen, jeder Blutegelbiss verlängert das Leben um eine Stunde.« Ausnahmsweise hatte seine Fröhlichkeit einmal nicht ansteckend auf sie gewirkt. Zumal sie auf Java bei einer ausgedehnten Dschungelwanderung schon einmal Bekanntschaft mit den kleinen Blutsaugern gemacht und ihren Ekel noch nicht ganz überwunden hatte. Insgesamt acht der Tierchen hatten sich im regennassen Urwald von Ujung Kulon an ihren Beinen festgebissen und waren bereits zu stattlicher Größe angeschwollen, als einer ihrer Begleiter sie an ihren Oberschenkeln entdeckt hatte.

Jo hauchte einen Kuss in ihren Nacken. »Vertrau mir«, raunte er.

Valentina schob die Erinnerung an die unappetitliche Szene beiseite, nickte und schloss die Augen. Ihm zu vertrauen fiel ihr leicht. Seit sie sich vor zwei Wochen auf dem Flughafen von Kuala Lumpur begegnet waren, fühlte sie sich, als sei sie mitten in ein wahrgewordenes Märchen hineingepurzelt. Und das Aschenputtel, das zur Prinzessin erblühte, war sie selbst.

Jo griff nach ihrer Hand und zog sie sanft mit sich.

Sie überließ sich seiner Führung, stolperte kein einziges Mal.

»Hörst du es?« Jo war stehen geblieben.

Valentina lauschte. Das unaufhörlich laute Sirren, Brummen, Schwirren und Summen des dichten Urwalds war deutlich zu vernehmen – und ein weiteres Geräusch mischte sich darunter.

Sie hielt die Augen geschlossen. Alle anderen Sinne

jedoch waren gespannt. Wach und lebendig wie noch nie. Eine Gänsehaut überzog sie.

»Das Meer.«

Sie wusste, auch ohne es zu sehen, dass Jo lächelte.

Er griff erneut nach ihrer Hand. »Nur noch ein paar Schritte, dann sind wir da.«

Wenig später blieb er stehen, trat hinter sie und legte seine Arme um ihren Bauch. »Jetzt.«

Valentinas Herz klopfte aufgeregt. Warmer Wind trocknete den Schweiß der anstrengenden Wanderung auf ihrer Haut. Sie musste sich zwingen, die Augen zu öffnen. Der Moment fühlte sich auch so schon vollkommen an. Wie hieß es in einem ihrer Lieblingsbücher? *Man sieht nur mit dem Herzen gut.*

Sie und Jonathan.

14 Tage pures Glück, das sie sich nicht vollkommener vorstellen konnte. Und das ungeahnte Dimensionen erreichte, als sie nun den Ausblick gewahrte, der sich vor ihr auftat. Himmelblaues Meer bis zum Horizont.

»Nicht weinen.« Jonathan umschlang ihren bebenden Leib noch ein wenig fester. Sie lehnte sich an ihn.

»Es ist so … so wunderschön hier.«

»Deshalb habe ich dich hergebracht.«

Valentina drehte sich zu ihm um. »Dafür werde ich dir ewig dankbar sein.«

Sie küssten sich, sanken in den weichen Sand, wo sie schließlich Seite an Seite aneinandergelehnt sitzen blieben, redeten und auf die sanfte Brandung der Andamanensee sahen, bis die Sonne rot leuchtend am Horizont verschwand.

»Ich möchte nie mehr hier weg«, flüsterte Valentina in Jonathans Ohr.

»Das müssen wir auch nicht«, erwiderte er und küsste sie erneut.

»Wie …?«

»Dreh dich mal um!«, unterbrach er sie mit zufriedenem Lächeln.

Der Urwald erschien in der Dunkelheit, die nun eingesetzt hatte, wie ein schwarzer Schatten. Dennoch konnte Valentina einige Meter entfernt am Saum des Strandes, von Palmen und Kasuarinen umschlossen, ein kleines Häuschen entdecken.

Sie sprang auf. »Da können wir übernachten?«

Er nickte.

»Im Paradies«, jubelte sie. »Wir sind eine Nacht lang im Paradies!«

»Nicht eine Nacht«, lachte Jo, stand auf und wirbelte sie herum. »Sondern so lange du willst.«

»Hast du das Haus gemietet?«, fragte Valentina aufgeregt. »Für wie lange?«

Längst waren ihre Pläne, nach Indien und Sri Lanka weiterzureisen, im Stillen auf Eis gelegt.

»Ich hab's gekauft«, antwortete Jo, während sie langsam Hand in Hand auf das Haus zugingen. »Schon vor ein paar Jahren. Und jetzt …« Sie blieben vor der Terrasse stehen, die über fünf hölzerne Stufen zu erreichen war. Dann zog er sie an sich, hob sie hoch und trug sie durch die nur angelehnte Tür nach innen. »… jetzt weiß ich endlich, für wen.«

»Tanjung Rhu ist einer der schönsten Strände von Langkawi«, sagte Jo, als sie am nächsten Morgen beim Frühstück auf das himmelblau schimmernde Meer blickten. »Und ein Eckchen davon gehört uns ganz allein!«

Valentina aß eine der von ihr geliebten saftigen Mangos und trank eine Tasse Kaffee dazu. »Es ist so schön, dass es weh tut.«

Er sah sie verwundert an. »Glück tut dir weh?«

»Nicht das Glück selbst. Aber die Angst, die sich beinahe automatisch bei mir einstellt …« Sie schluckte.

»Welche?«

»Ich war schon öfter glücklich, aber niemals lange. Geht das nur mir so, oder ist Glück ein sehr launisches Gut, das sich gern einmal in Luft auflöst, ehe man sich versieht?«

»Das klingt pessimistisch.«

»Na ja, ich bin keine 17 mehr«, erwiderte Valentina, während sie hoffte, die Bilder, die in ihrem Innern aufstiegen, zurückdrängen zu können. Sie suchte in Jos glücklich blitzenden Augen nach einem Rettungsanker für ihre ins Schlingern geratene Seele.

»Unser Glück wird sich nicht in Luft auflösen«, behauptete er.

»Woher willst du das wissen?«

»Das weiß ich deshalb«, erwiderte Jo selbstbewusst, »weil es nicht flüchtig, sondern *wandelbar* ist.«

»Ich bin nicht sicher …«

Winzige Ärmchen, die sich ihr entgegenstrecken …

Rosige, noch runzlige Hände, zu Fäustchen geballt …

Verzweifeltes Schluchzen, das aus der Kehle eines einst fröhlichen Mannes dringt …

O nein, sie war schon lange keine süße 17 mehr.

Konnte man durch sein Handeln das Recht auf künftiges Glück verwirken? Und gab es das überhaupt – ein Anrecht auf Glück?

»Du weinst ja«, stellte Jo verwundert fest.

Sie griff nach seiner Hand. Sollte sie ihm erzählen, wie sie bisher gelebt hatte? Was in den Jahren, bevor sie sich kennengelernt hatten, alles geschehen war? Wie sie vor den Ereignissen der letzten Wochen davongelaufen war und diese nun lange Schatten auf ihr Glück warfen? Wie in jedem Beginn schon das Ende lag?

Zu früh. Viel zu früh.

»Was ist los, liebste Tina?«

»Nichts«, erwiderte sie rasch, schob ihre Fragen beiseite und zwang sich zu einem Lächeln. »Ich weine … weine vor Glück. Weil du mich so unfassbar glücklich machst.«

Sie atmete erleichtert auf, als er sich mit ihrer Antwort zufriedenzugeben schien und plötzlich aufsprang.

»Los, lass uns schwimmen gehen!«, rief er und nickte hinüber zum Meer, das himmelblau lockte. Valentina ließ sich vom fröhlichen Strahlen seiner Augen anstecken.

Mochte das Glück auch flüchtig sein. Noch war es da!

Lachend jagten sie über den weißen Sand in die Brandung, fielen sich japsend in die Arme, um sich zu küssen und dabei das Salz auf ihren Lippen zu schmecken. Im warmen Wasser schwammen sie, bis ihnen die Muskeln weh taten.

Dann trug Jo Valentina zurück ins Haus, wo sie zuerst das Versprechen ihrer Liebe erneuerten und schließlich still beieinanderlagen, bis der Hunger sie dazu trieb, sich anzuziehen, durch den Dschungel zurückzulaufen und im nächsten Dorf ein paar Lebensmittel einzukaufen.

Die Tage auf der Insel verstrichen in seligem Gleichmaß.

Valentina und Jonathan brauchten nichts und niemanden, nur sich selbst und ihre Liebe, die sich aus unerschöpflicher Quelle jeden Tag aufs Neue speiste.

»Ich muss bald zurück«, sagte Jo eines Abends, als sie den Sonnenuntergang betrachteten, leise zu ihr.

»Ich weiß.«

»Wenn wir die Insel verlassen …« Er zögerte einen Moment. »Wirst du wiederkommen?«, fragte er schließlich.

»Möchtest du das?«

»Das fragst du? Niemand kann mich glücklicher machen als du, Valentina!«

»Hör mal, Jo …« Wenn sie mit ihm leben wollte, besaß er ein Recht zu erfahren, wer sie in Wirklichkeit war. Wie sie jenseits ihrer Insel, die viel mehr einem Traum als der Wirklichkeit entsprungen zu sein schien, lebte.

Angst griff nach ihr. Wie würde er reagieren, wenn sie ihm die Wahrheit über sich und ihr Leben erzählte?

»Ich …« Valentina sah, wie er sie aufmunternd anblickte. Dennoch fasste sie im gleichen Augenblick den Entschluss, ihm erst am nächsten Morgen alles zu erzählen. Nach einer letzten unbeschwerten Nacht. Sie legte ihre Hand in seine. »Wenn du das wirklich willst, werde ich wiederkommen, das verspreche ich dir, und dann werde ich für immer hierbleiben.«

Erleichtert stellte sie fest, dass Jo, dem selten eine ihrer Gefühlsregungen entging, dieses Mal nicht gemerkt hatte, dass sie etwas vor ihm verbarg.

»Wenn du zurück bist, werde ich uns beiden ein richtiges Haus bauen«, begann er sich auszumalen. Er streichelte ihre Finger und verlor sich in der ausführlichen Beschreibung ihrer gemeinsamen Villa am Strand von Tanjung Rhu.

9

Als sie, den schweren Rucksack auf dem Rücken, die Gangway hinunterstieg, sah Tanja die attraktive Ärztin im Flughafengebäude verschwinden. Bei ihrer Zwischenlandung in Doha hatte sie ihre Mitreisende aus den Augen verloren. Was sie ein wenig bedauerte, denn schließlich hatte sie nicht jeden Tag die Gelegenheit, neben jemandem zu sitzen, den sie sonst im Fernsehen bewunderte. Gertenschlank war Dr. Sander, zudem sportlich-elegant gekleidet und genau wie ihre Großeltern von der zuweilen einschüchternden Aura der Gebildeten und Bessergestellten umgeben.

Aber Tanja hatte noch etwas anderes erkannt: In Helena Sanders Augen hatte sie Zugewandtheit und Offenheit gelesen. Und einen Anflug von Schmerz, dessen Ursprung sie sich natürlich nicht zu erklären wusste, der ihr aber zeigte, dass niemand, wirklich niemand, so unverletzt war, wie er sich nach außen hin gab.

Die Fernsehärztin war ihr sympathisch, dennoch hatte Tanja es während des gemeinsamen Fluges nicht fertiggebracht, ihr zu erzählen, warum sie nach Langkawi reiste. Das wäre zu weit gegangen. Auch wenn die Schönheitschirurgin im Fernsehen ein offenes Ohr – nicht allein für die körperlichen, sondern auch für die seelischen Probleme ihrer Patienten – bewies, schreckte Tanja davor zurück, einer im Grunde völlig fremden Frau etwas von sich preiszugeben. Vor allem da schon die Erwähnung der Insel Langkawi in ihr wahre Gefühlsstürme ausgelöst hatte. Wer weiß, was geschehen wäre, wenn die Ärztin ernsthaftes Interesse an Tanjas Geschichte gezeigt hätte. Sie fühlte sich hilflos, überfordert, und mit jeder Minute wuchs ihr Bedürfnis, sich jemandem anzuvertrauen und einen Ratschlag einzuholen.

Ob sie sich noch einmal begegnen würden?

Wahrscheinlich nicht. Die Insel wirkte auf der Landkarte zwar nicht besonders groß, was jedoch nicht bedeuten musste, dass man sich ständig über den Weg lief.

Nach dem Aufenthalt im kühlen Flugzeug erschien Tanja die Kraft der Sonnenstrahlen, die von dem kahlen Asphalt des Flughafengeländes angezogen und reflektiert wurden, nahezu unerträglich. So schnell sie konnte, steuerte sie auf die kleine Halle des Flughafens zu, deren Luft sich, wie sie gehofft hatte, angenehm klimatisiert anfühlte.

Tanja spürte, als sie sich ans Gepäckband stellte, um auf ihren Koffer zu warten, wie sich neben dem Schmerz der Einsamkeit nun zusätzlich Sorgen in ihr breitmachten.

Sie war noch nie in den Tropen gewesen. Angesichts ihres übereilten Aufbruchs hatte sie keine Zeit gehabt, sich um die notwendigen Vorsorgemaßnahmen zu kümmern. Weder besaß sie alle angeratenen Schutzimpfungen, noch hatte sie einen Vorrat an gängigen Medikamenten gegen Fieber, Insektenstiche und sonstige mögliche Reiseübel im Gepäck.

Doch diese Bedenken verblassten gegen das Gefühl,

welches sie eigentlich quälte. Sie war ins Ungewisse aufgebrochen, ins Wasser gesprungen, ohne schwimmen zu können.

Sie hatte Angst!

Beinahe wäre sie beim Anblick ihres riesigen Koffers, der ihr langsam auf dem Band entgegenkam, in Tränen ausgebrochen.

War sie denn verrückt geworden? Mutterseelenallein, irgendwo in der Fremde? Mit einem Plan, der an Irrsinn grenzte?

Selbst wenn ihre Mutter noch lebte, selbst wenn es Tanja gelang, sie hier ausfindig zu machen – was keineswegs sicher war, da das letzte Lebenszeichen von ihr über 20 Jahre alt war –, sie konnte nicht davon ausgehen, dass ihre Mutter, die sie damals bei den Großeltern zurückgelassen hatte, es zu schätzen wusste, wenn sie plötzlich vor ihr stand. Was würde sie sagen, wenn Tanja wie aus dem Nichts bei ihr auftauchte? Wahrscheinlich hatte sie eine Familie gegründet, lebte in einem großen Haus mit Palmengarten. Vielleicht am Strand. Vielleicht im Dschungel, der, wie Tanja vom Flugzeug aus gesehen hatte, einen Großteil der Insel bedeckte. Bestimmt wäre ihre Mutter entsetzt, wenn eine große, schwitzende Frau mit massivem Übergewicht in ihr Leben platzte und behauptete, ihre Tochter zu sein.

Und was wäre dann?

Hör auf, alles schwarz zu sehen, du bist kein Schornsteinfeger! Jetzt musst du die Wahrheit herausfinden. Und wenn du über alles Bescheid weißt, fängst du an, dir ein neues Leben aufzubauen, war Melanie nicht müde geworden, zu wiederholen, als sie Tanja in ihrem uralten, klapprigen Ford zum Abflugterminal in Berlin gebracht hatte. *Das ist deine große Chance. Ohne Netz und doppelten Boden. Aber du schaffst das!*

Tanja hatte gelernt, mit Kummer und Verlustgefühlen zu leben. Die seelischen Wunden waren vernarbt. Dennoch musste sie auf sich aufpassen. Wie leicht konnten die alten Verletzungen wieder aufreißen. Und war nicht genau das geschehen, als sie an der Tür von Großmutters Arbeitszimmer gelauscht hatte?

Sie hatte sich selbst aus ihrem bescheidenen, aber im Grunde ruhigen Leben ausgesperrt, nachdem sie einen Blick auf das Datum und den Ort, an dem die alten Briefe geschrieben worden waren, geworfen, den erstbesten Flug hierher gebucht hatte und von zu Hause verschwunden war. Ohne ihre Großeltern zur Rede zu stellen, geschweige denn um Erklärungen zu bitten. Sie war bei Melanie untergekommen, die ihr stürmisch Beifall gezollt und sie am nächsten Morgen zum Flughafen gebracht hatte.

Bis vor zwei Tagen hatte sie den Namen der Insel Langkawi nicht einmal gekannt. Malaysia war nicht mehr als ein Fleck auf dem Globus für sie gewesen. Jetzt war sie hier gelandet und konnte nicht mehr zurück, gequält von dem Gefühl, ihr ohnehin schon schwaches Rückgrat würde unter der Last, die sie trug, zerbrechen.

»Einen guten Flug gehabt?« Helena Sander stellte sich neben sie ans Gepäckband und legte ihre schlanken, kühlen Finger auf Tanjas Arm. »Ich für meinen Teil bin heilfroh, endlich angekommen zu sein.«

Erst jetzt merkte Tanja, dass sie ihre Hände so sehr ineinander verkrampfte, dass es weh tat. Sie schämte sich, weil ihr jedes Mal, wenn sie die Ärztin traf, Tränen in die Augen traten.

»Moment bitte«, lenkte sie ab. »Da kommt mein Koffer.«

Tanja wuchtete das große, schwarze Ungetüm vom Band. So leise sie konnte, zog sie in Ermangelung eines Taschentuchs die Nase hoch und wischte sich mit dem Ärmel ihrer heillos zerknitterten Tunika über die Augen. Dann wandte sie sich zu ihrer Reisegefährtin um, die in hellgrauer Jeans und weißer Bluse wie aus dem Ei gepellt vor ihr stand, das brünette Haar sorgsam hochgesteckt, einen schicken roten Rollkoffer aus glänzendem Metall neben sich.

Hatten sie wirklich *beide* eine fast 20 Stunden dauernde Reise hinter sich?

Doktor Sander sah man jedenfalls keinerlei Strapazen an, während sie selbst sich wie gerädert fühlte.

»Ich bin müde«, erwiderte Tanja und bemühte sich um ein Lächeln. »Und froh, es endlich geschafft zu haben.«

»Ich werde mir ein Taxi nehmen«, fuhr die Ärztin fort. »Das ist, wie ich im Reiseführer las, auf Langkawi das Transportmittel der Wahl, weil es keinerlei öffentlichen Nahverkehr gibt. Mein Hotel liegt im Norden der Insel. Wohin müssen Sie? Kann ich Sie vielleicht ein Stück mitnehmen?«

Von dem unerwarteten Angebot überrascht, wusste Tanja nicht, wie sie reagieren sollte. »Nein, danke«, entgegnete sie nach kurzer Überlegung. »Ich … ich werde abgeholt.«

»Wie schön für Sie.«

»Meine … meine Mutter lebt hier, wissen Sie?« Die Worte dröhnten in ihren Ohren, und Tanja spürte, wie sie errötete.

Warum hab ich das gesagt?

»Na, dann …«, Dr. Sander reichte ihr lächelnd die Hand, »wünsche ich Ihnen einen wundervollen Aufenthalt bei Ihrer Familie. Vielleicht begegnen wir uns einmal am Strand. Alles Gute!«

»Für Sie auch!«, wünschte Tanja matt.

Sobald Dr. Sander ihr den Rücken zugewandt hatte, nahm sie ihren großen Koffer und zerrte ihn hinter sich her aus der Halle. Die Taxifahrer, die freundlich lächelnd ihre Dienste anboten, ließ sie links liegen. Sie hatte keine Ahnung, wohin sie wollte. Allein die Verzweiflung trieb sie vorwärts.

Jedoch schon nach kurzer Zeit schmolz ihre Energie unter der Tropensonne dahin wie Eis. Tanja ließ sich schweißgebadet auf eine Bank fallen. So konnte es nicht weitergehen.

Mit dem kümmerlichen Rest ihrer Kraft zwang sie sich, mit dem Irrsinn aufzuhören. Eine Kurzschlusshandlung genügte. Sie musste sich jetzt zusammenreißen, nachdenken, Pläne schmieden, einen kühlen Kopf bewahren. Doch wie sollte sie das anstellen?

Was mache ich hier bloß? Ich will wieder heim.

Tanja begann bitterlich zu weinen. Ihr war gleichgültig, ob die Passanten stehen blieben und sie anstarrten oder einfach vorüberliefen. Es machte ihr nichts aus, dass sie mit geröteten Augen, verschmierter Wimperntusche, dem massigen Leib und den zerknitterten Klamotten hässlich und ungepflegt aussah.

Was war nur in sie gefahren, als sie beschlossen hatte, auf diese verfluchte Insel am anderen Ende der Welt zu fliegen?

Tanja wusste nicht, wie lange sie nur wenige Meter von der überschaubaren Halle des Flughafens von Langkawi entfernt gesessen und geschluchzt hatte. Die Haut in ihrem Nacken begann unangenehm zu prickeln. Wahrscheinlich hatte sie sich bereits einen Sonnenbrand eingefangen. Sie fühlte sich ruhiger, jedoch immer noch überfordert, als jemand sie ansprach.

»Geht's dir nicht gut?«

»Wieso?«, fragte Tanja, zog die Nase hoch und blickte auf. Der junge Typ, der vor ihr stand und sie mit einer Mischung aus Neugier und Besorgnis musterte, wirkte durchaus sympathisch.

»Na ja … du weinst.«

»Woher weißt du, dass ich deutsch spreche?«, fragte sie gereizt und runzelte unwirsch die Stirn.

Am liebsten wäre sie erneut in Tränen ausgebrochen, aber da war nichts mehr. Sie war nicht mehr traurig oder niedergeschlagen, sondern leer. Einfach nur leer.

Der junge Mann ließ sich nicht beirren. Grinsend zeigte er auf Tanjas Umhängetasche, auf der in deutlich sichtbaren Lettern *I ♥ Berlin* prangte. »Hab ich kombiniert«, antwortete er.

Gegen ihren Willen lächelte Tanja zurück. »Und wo kommst du her?«, fragte sie. »Lass mich raten! Aus Irland!«

Der Typ lachte schallend und fuhr sich in gespielter Verzweiflung mit beiden Händen durch sein flammend rotes Haar. »Wie hast du das nur herausgefunden?«

»Kombiniert.«

»Christopher«, sagte er und hielt ihr eine Hand hin. »Du kannst mich Chris nennen. Die Taxifahrer haben sich Sorgen gemacht und meinten, ich soll dich mal fragen, was los ist.«

»Das ist sehr freundlich«, entgegnete Tanja erstaunt. »Von den Taxifahrern. Und von dir.«

»Jetzt sag schon, wie heißt du?«

»Ich bin Tanja«, erwiderte sie, erhob sich und schlug ein. »Bist du wirklich aus Irland? Und woher kannst du so gut Deutsch?«

»Ich bin zweisprachig aufgewachsen. Mein Vater ist Deutscher.«

Sie nickte, dann fiel ihr keine weitere Frage ein. Sie senkte den Blick.

»Ganz schön heftig, das Klima der Tropen. Oder?«

Sie verspürte Erleichterung, dass Chris ihr Gespräch nach kurzem Zögern erneut aufnahm und ihr den Ball wieder zuspielte.

»Ich bin eben erst angekommen«, sagte sie. »Und du?«

»Dito. Bist du auch allein unterwegs?«

Auch! Er hatte *auch* gesagt. Das hieß, er war ebenfalls allein hier.

Erleichterung durchflutete sie, und Tanja wäre Chris aus Irland, der so locker mit ihr sprach und ihr wie ein Retter in der Not erschienen war, am liebsten um den Hals gefallen. Aber sie riss sich zusammen. Sie wusste, dass sie sich in einem emotionalen Ausnahmezustand befand, und musste zumindest den Versuch unternehmen, wieder klar zu denken, bevor sie sich zu einem spontanen Gefühlsausbruch hinreißen ließ.

»Ja«, sagte sie. »Ich habe Urlaub genommen und bin einfach aufgebrochen. Und jetzt fühle ich mich ein bisschen … na ja, ein bisschen von mir selbst überrumpelt.«

Sie mochte die Grübchen, die sich neben seinen Mundwinkeln bildeten, wenn er lächelte.

»Warum Langkawi? Das ist nicht gerade bei Berlin.«

»Da hast du recht.«

»Bist du vor jemandem weggelaufen? Oder zu jemandem hin?«

»Beides«, erwiderte Tanja schlicht, staunte über Chris' Intuition und hoffte dennoch, er würde nicht weiterfragen. »Und du?«

»Ich hab Semesterferien. Nach Malaysia wollte ich schon lange mal. Hast du eine Unterkunft gebucht?«

Sie schüttelte den Kopf. »Wie gesagt, ich bin ziemlich spontan aufgebrochen.«

»Ich hab mich vor meiner Abreise im Web umgesehen«, redete Chris locker weiter. »In Pantai Cenang gibt es ein kleines Guesthouse, nicht weit vom Strand, Restaurants und Läden in der Nähe. Und bezahlbar. Da geh ich jetzt hin. Willst du mitkommen?«

Noch einmal wallten Angst und Verlorenheit in Tanja auf. Doch gleichzeitig begriff sie, dass sie nicht ewig am Flughafen sitzen und sich ihrem Seelenschmerz hingeben konnte. Sie war mit einem Ziel aufgebrochen. Und selbst wenn sie beschloss, ihre Mutter nicht zu suchen und morgen wieder nach Hause zu fliegen, so brauchte sie erst einmal ein Dach über dem Kopf, eine Dusche und eine Mahlzeit. Vorher war sie nicht in der Lage, klar zu denken, geschweige denn Entscheidungen von großer Tragweite zu treffen.

Sie nickte.

»Prima!«, freute sich Chris. »Hast du schon Geld umgetauscht?«

Als Tanja verneinte, winkte er großmütig ab.

»Ich bezahle erst mal. Du wechselst besser nicht am Flughafen, sondern in Cenang, wo der Kurs mit Sicherheit günstiger für dich ist. Du kannst mir die Hälfte vom Taxigeld später wiedergeben.«

Wie unkompliziert er war!

Tanja konnte beinahe die mahnenden Worte ihrer Großmutter hören, sich auf keinen Fall mit einem Fremden einzulassen. Doch das war ihr egal, denn es war eine der seltsamen Mahnungen, von denen sie viele mit auf den Weg bekommen hatte und die bei näherer Prüfung gar keinen Sinn ergaben. Denn erstens war zu Beginn einer Bekanntschaft doch *jeder* Mensch ein Fremder, und zweitens konnte sie spüren, dass Chris in Ordnung war. Und vielleicht sogar ein klitzekleines bisschen einsam. Genau wie sie.

Er lief vor ihr her, nachdem sie ihren Rucksack geschultert und nach dem Koffer gegriffen hatte. Der Halb-Ire war nicht viel höher gewachsen als sie selbst, aber ausgesprochen schlank. Um nicht zu sagen mager, was besonders an seinen glatten Unterschenkeln, die aus seiner weitgeschnittenen Jeansbermuda herausschauten und auf denen bunte Tätowierungen prangten, erkennbar war.

Im Taxi, das sie gemeinsam bestiegen, rückte Tanja so weit wie möglich von ihm ab. Sie gab sich keinerlei Illusionen hin, dass er ihre Körperfülle nicht längst zur Kenntnis genommen hatte. Dennoch wollte sie nicht, dass ihr schwerer, runder Oberschenkel direkt neben seinem schmalen lag.

Während der Fahrt vergaß sie schließlich ihr Äußeres. Der Anblick der unbekannten Insel zog all ihre Aufmerksamkeit auf sich.

10

»Madam, please look here!« Der Taxifahrer bremste den Wagen ab, fuhr am Straßenrand entlang und hielt schließlich an.

Nachdem sie die eher kahle Gegend um den Flughafen verlassen und quer über die Insel in Richtung Norden gefahren waren, hatte die Landschaft sich verändert. Rechts und links der Fahrbahn breitete sich dichter, undurchdringlich wirkender Wald aus. Helena schaute fasziniert aus dem Fenster und fragte sich gespannt, welcher Anblick sie bei ihrer Ankunft im Hotel erwarten würde. Vom Flugzeug aus hatte sie bereits das Meer gesehen, seit sie gelandet waren, hielt es sich verborgen. Der erste Eindruck vom tropischen Inselparadies ließ trotzdem nichts zu wünschen übrig.

Am linken Straßenrand, an dem sie stoppten, hockte eine Horde graubrauner Affen, die sich ohne Scheu dem Taxi näherte.

»You can feed them«, ermunterte sie der Fahrer und reichte ihr eine Tüte ungeschälter Erdnüsse. Helena öffnete das Fenster einen Spaltbreit und betrachtete die Tiere. Auszusteigen wagte sie nicht, sie war nicht sicher, wie die Affen reagieren würden. Sie warf eine Handvoll Nüsse aus dem Auto und beobachtete, wie die Tiere geschickt und schnell danach griffen.

Einige der Weibchen trugen winzige Babys an ihrem Körper, die sich im Fell ihrer Mütter festklammerten. Helena empfand ihren ersten Kontakt zur tropischen Tierwelt als geglückt und bedankte sich beim Fahrer.

Der nickte und gab anschließend Gas, um dem nächsten Auto Platz zu machen, in dem ebenfalls Touristen neugierig ihre Nasen an der Scheibe platt drückten.

Nach einer knappen halben Stunde erreichten sie ihr Ziel.

Der Taxifahrer verließ die Hauptstraße und bog linker Hand in die Zufahrtsstraße des Resorts ein. Wenig später stieg Helena vor der Lobby des Hotels aus dem Wagen, wo sie sogleich von zwei freundlichen Pagen in Empfang genommen wurde.

Sie bedankte sich beim Taxifahrer. Da der Transfer bereits vorab bezahlt worden war – Martin hatte an alles gedacht –, drückte Helena ihm nur ein Trinkgeld in die Hand, von dem sie annahm, dass es zu hoch ausfiel. Es war ihr gleichgültig. Sie würde sich später in Ruhe über die Gepflogenheiten ihres Urlaubsortes informieren.

Während sie den Pagen folgte, betrachtete Helena staunend die offene Empfangshalle ihres Hotels, durch die ein milder, samtig anmutender Tropenwind strich. Der Boden aus hellem Marmor schimmerte, weiße Säulen aus dem gleichen Material trugen die Deckenkonstruktion aus dunklem, mit fein geschnitzten Ornamenten verziertem Tropenholz, was edel aussah und einen reizvollen Kontrast bot.

In zwei großen Wasserbecken schwammen träge Koi-Karpfen zwischen blühenden Seerosen. Überall in der weitläufigen Halle waren gemütliche Sitzgelegenheiten aus Bambus neben tönernen Pflanzschalen voller duftender Blumen verteilt. Sie war vor vielen Jahren während ihrer Studienzeit mit ein paar Kommilitonen in Thailand unterwegs gewesen, damals noch als Rucksacktouristin, mit jeder Menge Neugier und wenig Geld im Gepäck. So eine prächtige Unterkunft hätte sie sich damals nicht leisten können.

Ein weiteres Mal empfand sie ein leises Gefühl von Dankbarkeit für diese Reise. Was wie eine Zwangspause begonnen hatte, bereitete ihr wider Erwarten zunehmendes Vergnügen.

Hatte Martin mit seiner Idee, sie für eine Weile in die Einsamkeit zu entlassen, etwa richtiggelegen? War es möglich, dass er viel besser als sie selbst erkannt hatte, was sie brauchte?

An der Rezeption wurde Helena von einer bildhübschen Angestellten begrüßt. Sie trug ein kimonoähnliches Kleid aus königsblauer Seide und eine Blüte im straff zurückgebundenen, schwarzen Haar. Mit einem Lächeln unterbreitete sie dem neuen Gast in fließendem Englisch wichtige Informationen zum Aufenthalt. Helena bedankte sich, nahm eine Chipkarte entgegen, die im Hotel sowohl als Schlüssel wie auch als Zahlungsmittel funktionierte, und folgte einem der Pagen auf ihr Zimmer.

Nun endlich sah sie es vor sich – das Meer! Himmelblau, palmengesäumt und endlos weit.

Helena bat den Hotelangestellten, einen Augenblick zu warten, zückte ihr Handy und schoss ein Foto, das sie bei nächster Gelegenheit an Martin und Lisa senden würde.

Vor Rührung kamen ihr beinahe die Tränen. Doch

sie kämpfte ihre Emotionen herunter. Warum sollte sie weinen? Es ging ihr großartig.

Beinahe noch mehr als der Anblick des Traumstrandes überraschte Helena die Art ihrer Unterkunft. Martin hatte einen Bungalow mit Meerblick gebucht. Zum Wasser waren es nur wenige Schritte, das Haus verschwand auf seiner Rückseite dennoch im Dschungel.

Helena hielt die Luft an, als sie ihr Zuhause auf Zeit betrat. Die Pracht und vornehme Eleganz der Lobby setzten sich im Bungalow fort: Ein riesiges, helles Wohnzimmer mit edlem Mobiliar ausgestattet erwartete sie, ein Marmorbad samt freistehender Wanne und Regendusche lud zum Relaxen ein, im Schlafzimmer lockte ein breites Himmelbett, und nicht zuletzt beeindruckte sie die weitläufige Terrasse – meerwärts gelegen gab sie einen endlosen Blick auf Strand, Palmen und die Andamanensee frei.

»It is even more beautiful here than in my dreams«, sagte Helena fröhlich, während sie in ihrer Tasche nach einem Schein für das Trinkgeld suchte.

Als der Page gegangen war, trat sie nach draußen, ließ sich auf eine der weich gepolsterten Sonnenliegen fallen und erlaubte sich schließlich doch ein paar Tränen. Sie war ein Leben im Wohlstand gewöhnt, doch das hier war reiner Luxus, und der überwältigte sie.

Drei Wochen würde sie im Paradies leben. Und sie schwor sich, jeden einzelnen Augenblick davon zu genießen.

Nach wenigen Minuten, ungeschützt der Tropensonne ausgesetzt, fühlte Helena sich unbehaglich, schließlich trug sie noch ihre Reisekleidung. Die lange Flugzeit machte sich bemerkbar. Müde erhob sie sich, öffnete ihren Koffer und räumte dessen Inhalt ordentlich in den Kleiderschrank im Schlafzimmer. Die kühle Luft des klimatisierten Raums erfrischte sie. Eine ausgiebige Dusche tat das Übrige.

Helena schlüpfte in ihren Bikini, warf sich ein leichtes Baumwollkleid über, naschte etwas von dem hübsch präsentierten Obst auf ihrem Esstisch und trank fast eine ganze Flasche Wasser dazu.

Mit ihrem Handy schoss sie ein weiteres Foto – dieses Mal von ihrer Unterkunft. Dann ließ sie sich erneut auf der Terrasse nieder und deaktivierte den Flugzeugmodus ihres Handys. Wahrscheinlich würde es Unsummen verschlingen, die ganze Zeit online zu bleiben. War sie außerdem nicht hergekommen, um Berlin mit allem Drumherum für eine Weile hinter sich zu lassen?

Helena beschloss, einmal täglich ihre E-Mails zu checken und ansonsten offline zu bleiben.

30 neue Mails erwarteten sie, zusätzlich zwei SMS. Das erwartungsvolle Kribbeln in ihrem Bauch, das sie schon kannte, setzte ein, als sie die Kurznachrichten öffnete und sah, dass eine davon von Michael stammte.

Heraus mit der Sprache! Wo bist du, liebste Lena?

Warum willst du das wissen?, tippte sie in die Tastatur.

Es dauerte kaum mehr als einen Wimpernschlag, bis er antwortete.

Weil wir beide das Gleiche wollen.

An Selbstbewusstsein hatte es Michael noch nie gemangelt. Helena fühlte sich ertappt und ließ sich deshalb Zeit mit der Antwort. Zuerst ging sie ihre Mails durch, fühlte sich jedoch zunehmend gelangweilt.

Mit einem kurzen Gruß versehen schickte sie die

zwei Fotos an Martin und Lisa. Anschließend las sie noch einmal Michaels SMS. Seine Direktheit irritierte sie. Wollte sie wirklich, dass er sie besuchte? Kaum gedacht, wischte sie diese Überlegung weg. Das kam nicht in Frage. Der Abend in Kreuzberg war prickelnd, aber im Grunde harmlos gewesen. Ein Besuch von Michael in ihrem Feriendomizil wäre jedoch die bewusste Entscheidung, Martin zu hintergehen.

Nein!

Helena schaltete ihr Handy aus.

Mittlerweile machte sich die anstrengende Reise bemerkbar. Zwar war der Flug in der Businessclass bequem gewesen, dennoch hatte sie die meiste Zeit nicht schlafen können.

Helena fühlte sich müde und beschloss, sobald es dunkelte ins Bett zu gehen, wo sie mit Sicherheit viele Stunden tief und traumlos schlafen würde. Danach hoffte sie, Flug und Zeitverschiebung überwunden zu haben.

Es dämmerte bereits, deshalb entschied sie sich, gleich zu einem Spaziergang aufzubrechen, um einen Überblick über die Hotelanlage zu bekommen und ihre Füße kurz vom warmen Wasser des vor ihr liegenden Ozeans umspülen zu lassen.

Helena ließ ihre Blicke über den Strand schweifen, während sie schlenderte. Nur noch wenige Gäste lagen auf den Sonnenliegen, die ordentlich aufgereiht im Sand standen und tagsüber von weißen Sonnenschirmen beschattet wurden. Mehrere Hotelmitarbeiter waren gerade dabei, den Strand von angeschwemmtem Unrat zu befreien und die Schirme ordentlich zuzuklappen.

Während Helena langsam durch das flache Wasser ging, genoss sie den Ausblick auf die locker am Strand und im Dschungel verstreuten Bungalows der Hotelanlage. In der weitläufigen Bucht blieben die Gäste des 5-Sterne-Resorts unter sich. Wasser und Wald schirmten sie gegen die Außenwelt ab – eine perfekte Kulisse für erholsamen Urlaub.

Von einer Strandbar drang gedämpfte Musik zu ihr herüber. Einige Leute in lässig-eleganter Kleidung lehnten mit Drinks in der Hand an der Bar, andere nahmen an weiß gedeckten Tischen ihr Abendessen ein. Ihren plötzlich aufkommenden Wunsch nach einem eisgekühlten Cocktail unterdrückte Helena. Sie hatte seit Stunden kaum Nahrung zu sich genommen. Mit Sicherheit würde ihr Alkohol nicht guttun. Auf eine Mahlzeit verspürte sie keine Lust. Vielmehr erfreute sie sich am Schmeicheln der mildwarmen Luft, deren hohe Feuchtigkeit ihr viel weniger belastend vorkam, als sie sich ausgemalt hatte.

Nach zirka 500 Metern wurde die Bucht von unzugänglichem Dschungel begrenzt, der an dieser Stelle bis ans Ufer herangewachsen war. Bevor Helena umkehrte, ließ sie ihren Blick über das dichte Blattwerk des Waldes gleiten, aus dem eine Vielzahl unterschiedlichster Laute drang, in der Hoffnung, einen Affen, einen Nashornvogel oder ein anderes exotisches Tier zu sichten. Und tatsächlich wurde sie fündig. Ein zierliches graues Eichhörnchen hockte auf einem Ast und ließ laut vernehmliches Meckern hören.

Helena beobachtete das Tierchen erstaunt. Das andauernde Schimpfen passte beim besten Willen nicht zum niedlichen Aussehen des knopfäugigen Nagers. Sie freute sich auf weitere tierische Entdeckungen in den nächsten Tagen. Im Reiseführer hatte sie gelesen, dass Malaysia sich durch eine reiche Tierwelt auszeichnete.

Während sie zu ihrem Bungalow zurückschlenderte, sah sie vor sich ein Pärchen eng umschlungen spazieren gehen. Am Horizont versank die Sonne in leuchtenden Farben im Meer. In der Strandbar war es stiller geworden. Nicht nur Helena beobachtete das faszinierende Naturschauspiel.

Neuerliche Zweifel am Sinn ihrer Reise befielen sie. Nach einem langen und harten Tag in ihrer Klinik genoss sie gern etwas Ruhe, und manchmal waren Martins Anwesenheit, seine Sorge um ihr Wohlergehen und das rituelle gemeinsame Essen ihr zu viel.

Doch in diesem Augenblick vermisste sie ihn.

Selbst ein wenig überrascht von ihren plötzlich aufwallenden Emotionen, griff sie sich, im Bungalow angekommen, ihr Handy und wählte, da in Deutschland gerade erst Nachmittag war, Martins Büronummer. Überraschenderweise nahm nicht er selbst ab, sondern Katja, eine seiner Mitarbeiterinnen.

»Guten Tag, Frau Doktor«, grüßte sie höflich. »Tut mir leid. Ihr Mann ist heute außer Haus.«

Nur mit Mühe unterdrückte Helena eine erstaunte Nachfrage. Sie musste sich erst einmal setzen. Martin verbrachte einen Montag nicht in seinem Büro? Solange sie denken konnte, war das noch nie vorgekommen, es sei denn, ihr Mann hatte Urlaub oder fühlte sich krank.

Nachdem sie sich bedankt und aufgelegt hatte, scrollte sie zu Martins Handynummer, doch dann überlegte sie es sich anders. Sie würde ihm nicht hinterhertelefonieren, zumal er sich auf ihren ersten Gruß hin noch nicht zurückgemeldet hatte. Kein erleichtertes *Schön, dass du gut angekommen bist.* Kein ermunterndes *Ich wünsche dir eine tolle Zeit.*

Einmal mehr fragte Helena sich, was mit Martin eigentlich los war. Seine stumme Zurückweisung in den Tagen vor ihrer Abfahrt, seine Weigerung, mit ihr zu reden, seine Idee, sie mit dieser Reise zu überrumpeln – das alles passte nicht zu Martin, wie sie ihn kannte.

War ihr Fels in der Brandung nach all den Jahren etwa ins Wanken geraten? Kapitulierte ihr Mann schließlich doch vor ihrer Kühle, vor ihrer Flucht in die Arbeit, vor ihrer konsequenten Weigerung, ein Kind mit ihm zu haben?

Sie gähnte, erhob sich von ihrer Liege und schloss die Tür des Bungalows. Mit einem Mal fühlte sie sich unglaublich müde und schlapp. Es wurde allerhöchste Zeit, dass sie schlafen ging. Die plötzliche Sorge um den Zustand ihrer Ehe entbehrte mit Sicherheit jeder Grundlage und war allein ihrem überreizten Zustand zuzuschreiben.

Schon morgen würde sie sich besser fühlen und über ihre Sorgen lachen.

Helena streifte ihr Kleid über den Kopf, zog den Bikini aus und schlüpfte in ein kurzes Nachthemd. Als sie sich unter das duftende Laken kuschelte, klingelte ihr Handy.

Ihr Herz machte einen freudigen Satz. Martin! Endlich! Er würde ihr doch noch liebevoll gute Nacht wünschen.

»Lena. Hey!«

»Michael!«, rief sie überrascht aus.

»Bist du gut angekommen?«

»Mmh.«

»Wie war dein Flug?«

»Von kleinen Ärgernissen abgesehen ziemlich entspannt.«

»Du klingst müde.« Seine Stimme strich ihr warm, fast liebkosend den Rücken entlang und löste erneut ein behagliches Prickeln auf ihrer Haut aus. Da war ja doch einer, der wissen wollte, wie sie sich fühlte.

»Ich glaube, ich könnte 100 Jahre schlafen.«

Sie spürte, dass er lächelte.

»Wenn ich derjenige bin, der dich dann wachküssen darf.«

In diesem Moment gab Helena es auf, Michael länger widerstehen zu wollen. Ihr Leben bestand aus Arbeit, aus Pflicht, aus Routine. Es lag allein in ihrer Hand, diesen Zustand zu ändern.

Nur für eine kurze Zeit.

Sie schlief schon fast, als sie ihm ihren Urlaubsort und den Namen des Hotels nannte.

11

Langkawi, 7. Oktober 1991

Liebe Eltern,

seit gestern bin ich zurück auf meiner Insel. Die Anreise kam mir endlos vor, und als mich Jo am Fährhafen in die Arme schloss, fühlte ich mich wirklich sehr müde.

Nun möchte ich euch, da unser letztes Telefonat auf Grund eures Zeitdrucks leider viel zu kurz ausgefallen ist, gleich schreiben. Ich werde euch ab sofort regelmäßig anrufen, und noch viel öfter werde ich euch Briefe und Fotos schicken, damit ihr meiner Kleinen alles zeigen und berichten könnt und sie auf diese Weise ihr zukünftiges Zuhause bereits ein wenig kennenlernen kann.

Die Wochen in Deutschland waren hart für mich. Lasst mich euch versichern: Die großen und weitreichenden Entscheidungen, die ich bisher in meinem Leben zu treffen hatte, habe ich mir niemals leichtgemacht. Ich bin keine Hellseherin, ich konnte nicht wissen, nicht einmal ahnen, was in ihrer Folge geschehen würde. Natürlich plagen mich Schuldgefühle – und dennoch: Eine leise, zaghafte Stimme in mir sagt, dass ich richtig und nach bestem Wissen und Gewissen gehandelt habe.

Ich werde lernen müssen, mit Schuld und Scham zu leben, da ich die Zeit und ihre Geschehnisse nun einmal nicht zurückdrehen kann, aber schwerer als das wiegt etwas anderes: der erneute Abschied von meiner Tochter. Als ich nach unserer gemeinsamen Woche bei Tante Waltraud in Binz in den Zug gestiegen bin, hat es mir fast mein Herz zerrissen. Ich hab es nicht einmal fertiggebracht, ihr zuzuwinken. Zitternd und wie ein Häufchen Elend verließ ich sie.

Natürlich habt ihr aus Sorge darauf bestanden, sie erst einmal in Deutschland zu behalten. Eine Hütte am Strand mag nicht wie eine geeignete Unterkunft für ein fünfjähriges Kind erscheinen. Doch gerade jetzt, in diesem Augenblick, in dem ich auf unserer kleinen Terrasse sitze, beginne ich an meinem Entschluss, Tanja bei euch zu lassen, bis unser Haus fertiggebaut ist, zu zweifeln.

Ich schaue direkt auf den Ozean. Er ist keine 20 Meter von mir entfernt. Ein leichter, warmer Wind streift über meine Haut. Man könnte fast behaupten, er streichelt mich. Das Meer hier in der Bucht ist ruhig, es gibt kaum Wellen, dafür Sand über Sand. Baumaterial für Hunderte von prächtigen Kleckerburgen. Und ich habe Zeit – viele Stunden am Tag, die ich mit der Kleinen am Strand und im Dschungel herumstreifen könnte. Wir würden Affen, Eichhörnchen und Nashornvögel beobachten. Wir würden ein Picknick mit saftigem Obst und in Bananenblätter eingewickeltem Reis machen. Ich hätte endlich Zeit für Tanja und könnte ihr die Mutter sein, die sie braucht und die ich bisher kaum gewesen bin.

Ich weiß, es fällt schwer, von einer einmal gefassten Meinung abzuweichen. Und ich weiß, dass die Maxime »Wir stehen zu unserem Wort« euch durch euer Leben getragen hat, dass sie wichtig für euch ist. Natürlich fiele mir niemals ein, eure Grundsätze zu hinterfragen. Aber der Entschluss, mein Kind weiterhin bei euch zu lassen, erscheint mir nun immer mehr wie der eure, nicht der meine. Und das bereue ich. Verzeiht mir, wenn ich das noch einmal so deutlich sage (aus der Distanz fällt mir das leichter): Euer Lebensentwurf passt nicht zu mir. Ich bin 24, ich bin Mutter, ich habe ein hart erkämpftes Examen in der Tasche. Bitte akzeptiert, dass nicht jeder Lebensweg so gerade verlaufen kann wie der eure.

Ihr bezweifelt, dass ich dieses Mal den richtigen Partner für mich ausgesucht habe? Weil ich ihm noch nichts von der Existenz meines Kindes erzählt habe?

An Jo liegt es nicht. Er ist ein wunderbarer, großherziger und kluger Mann. Und er wäre Tanja ein liebevoller Vater. Vielmehr liegt es daran, dass ich tief in mir die Last der Schuld empfinde. Und dass ich mich sogar ein wenig meines neuen Glückes schäme.

Als ich vor Monaten allein nach Asien aufgebrochen bin, konnte ich nicht ahnen, was mir widerfahren würde. Wenn du Gott zum Lachen bringen willst, dann mache Pläne – so sagt man, nicht wahr? Ich hatte einen Plan, das müsst ihr mir glauben. Ich handle nicht so leichtfertig, wie ihr annehmt. Ich wollte zurückkommen, wollte Sven alles erklären – ach, Sven … Mein Herz tut mir furchtbar weh bei jedem noch so kleinen Gedanken an ihn. – Und ich wollte endlich mit Tanja zusammenleben.

So vieles, was sie von euch bekommen hat. So vieles, was ihr von mir noch fehlt. Bitte versteht mich nicht falsch, ich rechne es euch hoch an, dass ihr für mein Kind da wart, als ich es nicht konnte. Doch jetzt ist der Zeitpunkt gekommen, trotz allem, was ich nicht mehr gutmachen kann, die Familie wieder umzugestalten.

Meine Tochter gehört zu mir!

Darf ich euch einen Vorschlag unterbreiten?

Kommt in drei Monaten zusammen auf die Insel! Dann ist die Regenzeit vorbei, die Sonne scheint beinahe ununterbrochen, das Klima ist angenehm und etwas weniger feucht.

Gönnt euch einen wohlverdienten Urlaub, lasst euch von uns verwöhnen, lernt meinen Jo kennen, der irgendwann euer Schwiegersohn werden wird, genießt diese wundervolle Insel! Ich weiß, wenn ihr das alles hier mit eigenen Augen gesehen habt, wird es euch leichtfallen, die Kleine, die ihr genauso liebt wie ich, bei mir zu lassen.

Ich sehe uns schon heute zusammen am Strand spazieren gehen und erwarte euch und meine kleine Tanja voller Sehnsucht.

In Liebe
Eure Valentina

»Wie wär's, gehen wir an den Strand?«

»Was?« Tanja hatte Chris nicht kommen hören und sah erschrocken von ihrer Lektüre auf – ein Brief, leicht vergilbt, mehr als 20 Jahre alt. Und Fragen über Fragen. Wer war Jo? Wer war Sven? Warum wirkte jede Zeile ihrer Mutter von einer leisen Traurigkeit überlagert? Was war damals geschehen, wofür sie sich schämte? Hatte ihre Mutter, während sie diese Worte schrieb, bereits geahnt, dass Tanja niemals mit ihr am Strand von Langkawi Sandburgen bauen würde?

Mühsam riss sie sich aus ihren Überlegungen und legte den Packen Briefe beiseite.

»Tut mir leid«, sagte Chris. »Ich wollte dir keinen Schrecken einjagen, aber du hast, seit wir hier eingecheckt haben, den Bungalow noch nicht verlassen.«

»Das stimmt nicht. Ich war frühstücken«, widersprach Tanja schlapp.

»Nur um dich danach wieder ins Bett zu verkriechen und die Decke anzustarren.« Chris' Zwinkern milderte den Vorwurf in seinen Worten ein wenig ab. Dennoch begriff sie, wie seltsam ihm ihr Verhalten vorkommen musste.

»Ich hab gelesen.«

»Die ganze Zeit?«

Nur an den ersten Brief eines Stapels von vielleicht 30 Blättern hatte sie sich herangetraut. Wieder und wieder hatte sie ihn gelesen und doch nichts verstanden. Erst jetzt begriff sie, wie wenig sie vom Leben ihrer Mutter wusste. Uta und Lutz hatten ganze Arbeit geleistet.

»Na los, steh auf!« Chris zog an ihrem Laken, unter dem sie sich schon seit Stunden verkroch. »Ich zeig dir was.«

Tanja hätte den Quälgeist am liebsten aus dem Zimmer geworfen.

Nachdem sie am Vortag das Guesthouse in Cenang erreicht hatten, stellte sich heraus, dass es bis auf einen Bungalow vollständig ausgebucht war. Also ging sie auf Chris' Vorschlag ein, sich die Unterkunft zu teilen. Zwar war ihr die Vorstellung, sich mit einem Fremden, so freundlich und ungezwungen er war, in einem Zimmer aufzuhalten, unangenehm. Andererseits schreckte sie die Vorstellung, weitersuchen zu müssen. Sie brauchte dringend etwas Ruhe, eine Mahlzeit und ein Bett.

»Wie lange willst du eigentlich hierbleiben?«, fragte er.

»Ich weiß noch nicht«, lautete ihre ehrliche Antwort.

Sie buchten den Bungalow vorerst für eine Woche. Tanja fühlte sich in seiner Gegenwart gut aufgehoben, und Chris schien ihr Arrangement ebenfalls zu gefallen, schließlich sparten sie beide Geld dabei.

Beim Anblick des großen Doppelbetts lachten sie. Ein wenig zu laut vielleicht, aber es half, den Anflug von Peinlichkeit zu verscheuchen.

Zur Schlafenszeit zogen sie das große Moskitonetz zu, wünschten sich eine gute Nacht, und wenig später waren sie – Rücken an Rücken – bereits eingenickt. Die lange Anreise forderte ihren Tribut.

Erst am Morgen, als Chris, nur mit einem Handtuch um die Hüften, aus dem Bad trat, fremdelte Tanja. Andererseits irritierten sie die Phantasien, die angesichts der Tätowierung auf seiner glatten Brust durch ihren Kopf geisterten. *Wie es sich wohl anfühlte, mit den Fingern die Form des Drachens nachzuzeichnen?* Chris lächelte, als er ihren Blick bemerkte. Sie tat, als ob sie noch müde wäre, zog sich eilig das Laken über den Kopf und tappte erst ins Bad, nachdem er leise vor sich hin pfeifend den Bungalow verlassen hatte.

»Was willst du mir zeigen?«, fragte sie nun.

»Komm einfach!«, antwortete er aufmunternd. »Aber schnell.«

Ihr Kleid war zerknittert, ihre Haare nicht frisiert, dennoch ließ sie sich vom fröhlichen Blitzen in Chris' Augen anstecken und folgte ihm.

Erneut traf sie die Wärme unerwartet heftig, als sie die schützende Wohnung verließ, in der ein Deckenventilator für ein wenig Kühle sorgte. Dennoch tat es gut, sich ein bisschen zu bewegen.

Chris lief mit langen Schritten vor ihr her, so dass sie Mühe hatte, ihm zu folgen. »Warte doch«, rief sie.

»Sind gleich da.«

Während sie zügig ausschritten, nahm Tanja erste Details ihrer Umgebung wahr. Das Gelände des Guesthouse bestand aus einem weitläufigen Grundstück, auf dem mit reichlich Abstand zueinander einfache Bungalows verstreut standen. Jede der kleinen Hütten besaß einen eigenen Freisitz. Palmen, Bananenstauden, Kletterpflanzen und blühende Büsche, von denen Tanja nur Hibiskus erkannte, verliehen der Anlage tropischen Charme.

Gerade als ihr die Puste ausging, erreichten sie ihr Ziel.

»Pst«, machte Chris und hielt Tanja an ihrer Hand fest. »Guck mal da!«

Am Rand des Geländes, wo die Bäume dichter, fast dschungelähnlich wuchsen, sah Tanja ein verwildertes, steinernes Rund, das wohl ehemals ein Springbrunnen gewesen war. Darauf saß eine kleine Horde schwarzer Affen im Kreis.

»Sind die süß!« Tanja liebte Tiere über alles, und beim Anblick der possierlichen Wesen ging ihr das Herz auf. So leise sie auch gesprochen hatten, die Affen hatten sie dennoch bemerkt. Doch statt wegzuspringen, sahen sie neugierig zu Tanja und ihrem Begleiter hinüber.

»Brillenlanguren«, sagte Chris und schnalzte mit der Zunge, um sie herzulocken. »Ich hab mir gedacht, dass sie dir gefallen.«

Tanja tastete in ihrer Handtasche nach der kleinen Packung Pistazien, die sie im Flugzeug als Snack bekommen, sich aber aufgespart hatte. »Ob sie die mögen?«

Die Antwort gaben die schwarzen Gesellen selbst. Sobald sie die Tüte in Tanjas Hand bemerkten, setzten sie nacheinander zum Sprung an und umringten sie schließlich.

Tanja quiekte leise, doch beim Blick in die niedlichen Gesichter verließ sie die Angst so schnell, wie sie gekommen war.

Um die schwarzen Knopfaugen leuchtete das Fell der Affen weiß, so dass es tatsächlich aussah, als trügen sie eine Brille. Der größte und frechste der Languren stellte sich vor Tanja auf die Hinterbeine und hielt ihr seine Hand hin.

»Wie ein Kind.«

Chris sah sie von der Seite an. »Jetzt musst du ihm die Tüte geben.«

»Hey, du Frechdachs«, sagte Tanja an den Brillenlanguren gewandt. »Wir teilen schön gerecht.«

Sie riss die Verpackung auf und verteilte die Pistazien so gleichmäßig wie möglich, wobei sie darauf achtete, auch den Weibchen und den jüngeren Tieren etwas abzugeben, was sich jedoch als schwierig herausstellte, denn die Männchen dominierten die Szenerie deutlich.

»Danke«, sagte Tanja, als die Pistazien verfüttert und die Tiere abgezogen waren, um aus der Brunnenschale zu trinken. »Das war wundervoll.«

»Irgendwie hatte ich das Gefühl, ich müsste dich mal aus dem Bungalow locken.«

»Das hast du gut gemacht«, gab Tanja zu.

»Gehen wir was essen?«

Sie nickte. »Weißt du, wo ich Geld tauschen kann? Dann erledige ich das, und anschließend lade ich dich ein.«

Chris freute sich sichtlich. »Das ist ein Deal.«

Nur eine halbe Stunde später saßen sie in einer belebten Strandbar und bestellten Bier, Hühnchenspieße, Reis und gebratene Garnelen in scharfer Soße. Tanja merkte, dass sie lange nichts gegessen hatte, doch der Hunger fühlte sich normal, nicht quälend an. Die Hitze war unter dem Sonnenschirm erträglich. Sie genoss den Augenblick.

»Was ist eigentlich los mit dir?«, fragte Chris zwischen zwei Schluck Bier.

»Wie meinst du das?«

»Du musst nicht drüber reden, wenn du nicht willst. Aber wenn du mich fragst, du wirkst nicht wie jemand, der hierhergekommen ist, um Spaß zu haben.« Er nickte mit dem Kopf hinüber zu einer Gruppe Touristen, die ausgelassen Beachvolleyball spielten. Tanja beobachtete die braungebrannten, schlanken Männer und Frauen einen Augenblick, dann wandte sie den Kopf ab und sah Chris an.

»Du musst nicht mit mir hier sitzen«, sagte sie patzig. »Du kannst gehen, zu den anderen. Spaß haben. Da passt du sowieso viel besser hin.«

»Danke für deine Erlaubnis!«, spottete Chris. »Ich sitze erstens freiwillig und zweitens gern hier mit dir.«

»Entschuldige!« Sie schämte sich für ihren Ausbruch und hatte das Gefühl, ihm eine Erklärung schuldig zu sein. »Ich kann das nicht. Rausgehen, Spaß haben. Mich amüsieren. Das sind für mich alles Fremdwörter.«

»Glaub ich nicht.«

Sie zuckte die Schultern. »Ist aber so.«

»Na gut.« Er hob lachend die Hände. »Ich geb auf. Aber weshalb bist du dann hier?«

»Um meine Mutter zu suchen«, platzte sie heraus.

»Sie lebt auf Langkawi?«

»Ja. Nein.« Tanja sah Chris hilfesuchend in die Augen. »Ich weiß es nicht. Ich habe Briefe von ihr. Einen kleinen Stapel, allesamt über 20 Jahre alt, aber ich habe sie noch nicht einmal alle gelesen. Ich fürchte mich davor.«

»Warum?«

»Sie hat mich zurückgelassen.« Tanjas Puls beschleunigte sich. »Vor vielen Jahren. Ich … ich war noch ein kleines Kind. Sie wollte hier leben, nicht in Berlin. Sie hatte einen Mann kennengelernt.«

»Und du hast die neue Beziehung gestört?«

»Nein. Ich … ich weiß es nicht. Im ersten Brief steht, sie wollte mich zu sich holen. Hierher nach Langkawi. Sie schreibt sehr liebevoll, und ich glaube, sie hat mich liebgehabt.«

»Wie alt bist du?«

»Ich? 29. Warum willst du das wissen?«

»Weil ich mich frage, warum du jetzt erst hierhergekommen bist. Warum du nicht längst Kontakt zu ihr aufgenommen hast.«

Tanja senkte den Blick. »Das ist der zweite Teil der Geschichte. Meine Großeltern haben gesagt, Mama ist tot.«

Chris pfiff leise durch die Zähne. »Obwohl sie wussten …« Er hielt betroffen inne. »Das ist heftig.«

»Nicht wahr?«

»Warum haben sie das gemacht?«

»Das kann ich nur vermuten. Im ersten Brief steht, sie befürchteten, dass ich mich hier nicht wohl fühlen könnte und dass meine Mutter …« Tanja schluckte. »Sie hat offensichtlich irgendetwas gemacht, was nicht in Ordnung war. Sie schreibt, dass sie sich schämt und schuldig fühlt.«

»Oha. Ein Familiengeheimnis.«

»Jedenfalls weiß ich erst seit wenigen Tagen, dass sie hier ist. Oder hier war.«

»Hast du deine Großeltern …?«

»Nein!« Tanja unterbrach Chris aufgeregt. »Ich habe sie nicht gefragt.«

»Du bist einfach abgehauen.«

»Ganz genau.«

»Wow.« Er nickte anerkennend.

Sie hingen einige Minuten ihren Gedanken nach. Tanja verlor sich im Anblick der auf dem Wasser glitzernden Sonnenstrahlen. Es war schön auf der Insel.

»Ich habe keine Ahnung, was meine Mutter sagen wird, wenn ich plötzlich vor ihr stehe«, fuhr sie schließlich in ihren Überlegungen fort und trank einen Schluck Bier.

»Geh davon aus, dass sie sich freut«, erwiderte Chris ruhig. »Die alten Geschichten sind längst verjährt.«

»Vielleicht ist sie gar nicht mehr auf der Insel.«

»Ich würde sagen, bevor du weiterrätselst, liest du dir zuerst die restlichen Briefe durch. Wie hältst du das nur aus, sie die ganze Zeit unangetastet mit dir herumzuschleppen?«

»Das hab ich doch schon gesagt«, erwiderte Tanja. »Ich habe Angst, etwas zu erfahren, was ich nicht wissen möchte. Mein Leben ist ohnehin schon …«

»Was?«

»Nichts Besonderes. Und es macht die Sache nicht besser, zu erfahren, dass ich von meiner Mutter nicht gewollt wurde.«

Chris schüttelte lachend den Kopf. »Du phantasierst zu viel. Und du weißt zu wenig.«

Tanja zuckte die Schultern. »Vielleicht ist sie inzwischen sogar wirklich gestorben«, brachte sie ängstlich hervor und stopfte sich, als wollte sie weitere Worte mit aller Macht unterbinden, zwei Garnelen in den Mund. Kaute gierig. Doch die vertraute Methode, sich zu beruhigen, half nicht. Plötzlich begann sie zu weinen.

»Hey …« Chris schob seine Hand über den Tisch, streichelte ihren Arm. »Weißt du, was ich sehe?«

»Was denn?«

»So ein Rätsel zu lösen, ist gar nichts Schlechtes. Im Gegenteil, es ist spannend, es gibt dir die Chance, etwas ganz Neues zu erleben. Und dich selbst besser kennenzulernen.«

»So hab ich das noch gar nicht gesehen.«

»Na also! Wie fast immer kommt es auf die eigene Einstellung an, ob die Dinge in einem guten oder schlechten Licht erscheinen.«

»Vielleicht hast du recht.«

»Und noch was.«

»Ja?«

»Sag nie wieder, dass du nichts Besonderes bist. Mutig bist du. Entschlossen. Und … verdammt hübsch.«

»Danke«, erwiderte Tanja, während ihr angesichts seines unerwarteten Kompliments ganz heiß wurde und sie hoffte, nicht allzu sichtbar zu erröten. »Jetzt geht es mir schon besser, auch wenn ich noch immer nicht genau weiß, wo ich mit meiner Suche beginnen soll.«

»Fangen wir am Anfang an«, ermutigte Chris sie noch einmal. »Hast du eine Adresse?«

12

Berlin, Herbst 1985

»Valentina!« Die Angesprochene reagierte nicht. »Hey, bist du taub?«

Die pummelige Blonde, die Valentina jetzt über die Schulter sah, wirkte leicht beleidigt.

»Karin!«

»Wo warst du bloß mit deinen Gedanken?«, fragte Karin und ließ sich in der Straßenbahn auf den freien Sitz neben Valentina fallen.

»Anatomie.«

»Schon wieder beim Lernen?«

»Ich hab gestern nicht viel geschafft. Ich bin zu lange bei Christoph hängen geblieben.«

Karin grinste. »Schwer verliebt, was?«

Valentina hob die Schultern. »Scheint so. Und bist du vorbereitet?«

Soweit sie das mitbekam, nahm ihre Kommilitonin Karin das Tiermedizinstudium an der Humboldt-Universität weitaus weniger ernst als sie selbst.

»Vorbereitet? Ehrlich?«, stöhnte Karin und schüttelte sich. »Wie kann man sich auf diesen Frankenstein-Horror vorbereiten? Ich bin beim letzten Mal fast umgekippt. Am liebsten würde ich kneifen und mit dir schön

Kaffee trinken gehen.« Sie schaute Valentina herausfordernd von der Seite an. »Und? Wollen wir?«

Valentina spürte bei dem Gedanken an die vor ihnen liegende Anatomiestunde einen leichten Würgereiz. Doch sie schüttelte den Kopf. »Besser nicht«, antwortete sie. »Das ist zu wichtig.«

Wenig später betraten die beiden jungen Frauen den Seziersaal. Sie hatten sich lange Gummischürzen über die Kleidung gezogen. Der durchdringende Formalingeruch, den Valentina bereits in der Umkleide wahrgenommen hatte, schlug förmlich über ihr zusammen, als sie die Tür hinter sich schloss.

»Ich kotz gleich«, stöhnte Karin und hielt sich eine Hand vor den Mund.

Valentina versuchte, ihren Geruchssinn so gut wie möglich auszuschalten.

Ich muss da durch, versuchte sie sich Mut zu machen. *Um später Tieren helfen zu können. Ich schaffe das!*

Drei Kommilitonen, die vor ihr und Karin eingetroffen waren, hatten ihr zu sezierendes Objekt bereits aus der Kühltruhe geholt und auf einen Metalltisch gelegt. Sven und Thomas beugten sich über den Körper eines Hundes und betrachteten eingehend die Muskeln, die nach der Häutung, welche sie in der letzten Anatomiestunde vorgenommen hatten, deutlich sichtbar frei lagen. Andreas stand daneben und sah ihnen zu.

Mit einem gepressten »Hallo« gesellten sich Karin und Valentina zu ihrer Arbeitsgruppe an den Tisch.

»Gut gefrühstückt?«, scherzte Sven und legte einen Arm um Valentinas Schultern.

Sie wand sich aus der Umarmung und griff nach einem OP-Besteck.

»Ich werde jetzt den Bauchschnitt vornehmen«, sagte sie so nüchtern, wie es ihr möglich war, während sie versuchte, nur durch den Mund zu atmen. Sie schluckte. Der scharfe Geruch im Raum nahm ihr die Luft, trotz aller Bemühungen ihn auszublenden.

Unter Aufbietung all ihrer Willenskraft unterdrückte sie den Würgereiz. Dennoch machte sich Panik in ihr breit, als sie das Skalpell ansetzte und mit kräftigem Druck in das Fleisch des toten Tieres schnitt.

Ihre Kommilitonen standen mit angespannten Gesichtern um den Tisch herum. Karin erbleichte und stöhnte gequält auf, als mit einem leisen Zischgeräusch eine faulige Gaswolke dem Bauchraum des Tieres entwich.

Vergeblich kämpfte Valentina gegen Schwindel und Übelkeit an. Ihre Knie wurden weich, und sie schwankte.

Sven nahm ihr das Skalpell aus der Hand und stützte sie. Doch seine freundliche Geste genügte nicht. Das Würgen in Valentinas Kehle verstärkte sich zu einem Brechreiz. Sie riss sich die Gummischürze vom Leib. Panisch rannte sie aus dem Seziersaal, stürzte ins Freie und erbrach sich mitten auf den Gehweg, wo Passanten angeekelt auswichen.

Tränen liefen über ihr Gesicht, während sie nach Luft rang und sich selbst eine Versagerin schimpfte.

»Geht's besser?«

Sven war ihr gefolgt, trat jetzt an ihre Seite und hielt ihr ein ordentlich gefaltetes Stofftaschentuch hin. Dankbar wischte sie damit über ihr Gesicht und tupfte sich die Lippen ab.

Er nahm erneut ihren Arm und führte sie mit sanftem Druck von der besudelten Stelle weg. Valentina ließ es geschehen. Sie gingen einige Schritte und setzten sich auf eine Bank.

»Willst du einen Schluck?« Er hielt ihr eine Thermosflasche hin. »Schwarzer Tee mit viel Zucker und Milch.«

»Das hätte nicht passieren dürfen«, schluchzte Valentina.

»Das ist normal«, tröstete Sven, während er den Drehverschluss öffnete und die heiße Flüssigkeit in einen Becher laufen ließ. »Mach dir keinen Kopf deswegen. Beim letzten Mal war mir kotzübel und du bist total gelassen geblieben.«

»Danke«, schniefte Valentina und nippte am Tee, dessen kräftiges Aroma und milde Süße tröstlich schmeckten. »Ich habe keine Ahnung, was heute mit mir los ist.«

»Wollen wir nachher zusammen lernen? Botanik, Zoologie, Chemie … Ich habe den Eindruck, mir fliegt schon das Grundstudium um die Ohren, wenn ich nicht Gas gebe. Und du bist in allen Fächern die Beste.«

»Nicht doch«, wehrte Valentina ab. »Ich will auf keinen Fall zu denen gehören, die die Vorklinik nicht überstehen, deshalb lerne ich so viel. Aber die Beste bin ich ganz bestimmt nicht, wie man gerade deutlich gesehen hat.«

Lernen machte ihr nichts aus. Sie war schon immer ehrgeizig gewesen und daran gewöhnt, für ihre Erfolge hart zu kämpfen. Dass sie eben die Kontrolle verloren hatte, war ihr einerseits peinlich. Andererseits erschreckte sie das Gefühl der eigenen Ohnmacht.

»Danke für den Tee, Sven«, wiederholte sie und reichte ihrem Kommilitonen den Becher zurück. »Ich meine das nicht böse, aber ich kann besser alleine lernen.«

Er zuckte die Schultern. »Schade. Aber wie du willst. Gehen wir wieder rein?«

Sie war ein wenig von sich selbst überrascht, als sie den Kopf schüttelte. »Heute nicht. Ich … ich muss das erst einmal verdauen. Beim nächsten Mal bin ich wieder fit.«

Sven nickte ihr aufmunternd zu, bevor er aufstand und mit festen Schritten in das Unigebäude zurückging.

Die Temperaturen waren für Mitte September außergewöhnlich hoch. Obwohl Valentina nur ein dünnes Baumwollkleid trug, lief ihr ein Rinnsal von Schweiß den Rücken hinab, als sie nach 20 Minuten Fahrt aus der Straßenbahn stieg und die Stargarder Straße hinunter zu Christophs Wohnung lief, die sie vor zwei Stunden erst verlassen hatte. Ihr erneuter Besuch würde eine Überraschung für ihn sein, schließlich hatte sie ursprünglich geplant, den Tag in der Uni zu verbringen und abends zu ihren Eltern zu fahren. Doch Valentina sehnte sich nach der Wärme seiner Umarmung, die sie heute nötiger brauchte als eine Vorlesung in Chemie und Zoologie. Sie hoffte, ihren Freund noch zu Hause anzutreffen.

Als sie den kühlen Durchgang des grauen Mietshauses betrat, ließ die Übelkeit, die sie seit nunmehr einer Stunde quälte, endlich nach. Valentina verharrte einen Augenblick, genoss das vorfreudige Prickeln auf ihrer Haut. Sie wühlte in ihrer Handtasche, zog einen Lippenstift und einen Spiegel hervor. Christoph mochte es, wenn sie sich schminkte.

Obwohl die Erinnerung an den Gestank des toten Tieres noch immer nicht ganz verblasst war, fühlte sie sich merklich besser.

Im Innenhof jagten mehrere Kinder laut kreischend um den Stamm einer dicken, alten Kastanie, die dem grauen Gemäuer zwar Charme verlieh, aber während der Vegetationsperiode für eine gewisse Düsternis sorgte, besonders in den Parterrewohnungen, von denen Christoph vor drei Monaten eine bezogen hatte. Nicht einmal 40 Quadratmeter, ein großer Raum, eine schmale Küche und ein noch schmaleres Badezimmer nannte er sein Eigen. Immerhin verfügte seine Studentenbude über den Luxus einer Gasheizung, was mitten im Prenzlauer Berg, wo für gewöhnlich mit Kohlen geheizt wurde, beinahe an ein Wunder grenzte.

Erleichtert registrierte Valentina, dass das Küchenfenster offen stand und Christoph demzufolge zu Hause sein musste. Ihr Freund studierte im vierten Jahr, doch seine Vorlesungen begannen erst in einer Woche.

»Überraschung«, rief Valentina und schaute durch das Fenster, zuckte jedoch im selben Augenblick zurück. An der Spüle lehnte eine ihr unbekannte Frau und rauchte.

Christoph war überaus gesellig und bekam laufend und zudem meist unangemeldeten Besuch. Wenn Valentina sich bei ihm aufhielt, blieben sie selten lange allein. Nach anfänglichem Befremden – ihre Eltern luden nur zu ausgewählten Terminen Gäste in ihr großes Haus ein – hatte sie sich daran gewöhnt. Es gefiel ihr, rund um die Uhr von diskutierenden, rauchenden und feiernden Menschen umgeben zu sein, die oft genug über Nacht blieben. Da der Platz in Christophs Wohnung begrenzt war, mussten die Besucher im selben Raum schlafen wie sie und ihr Freund.

Am Anfang ihrer Beziehung hatte Valentina sich

verweigert, wenn Christoph sich unter der Decke an sie presste und in Gegenwart der anderen mit ihr schlafen wollte. »Wir können doch nicht ...«

Christoph hatte sie ausgelacht. »Und wenn schon«, flüsterte er. »Die pennen und kriegen nichts mit. Oder die treiben es selbst. Also, komm schon.« Valentina hatte nachgegeben und nach einigen Wochen sogar einen gewissen Reiz an dem pikanten Spiel entdeckt.

Die halb nackte Frau in Christophs Küche irritierte sie jedoch. Lediglich mit Unterwäsche bekleidet, wirkte die Besucherin dennoch überhaupt nicht befangen. Wie selbstverständlich trat sie mit fragendem Gesichtsausdruck auf Valentina zu. Nach einem prüfenden Blick lächelte sie.

»Ich bin Franzi«, sagte sie, zog an ihrer Zigarette und blies den Rauch lässig wieder aus. »Willst du nicht reinkommen?«

»Ist Christoph nicht da?«

»Auf'm Klo. Du bist Valle, stimmt's?«

»Valentina.« Sie hasste es, wenn jemand ihren Namen auf diese Weise abkürzte. Und sie begriff beim besten Willen nicht, was die Halbnackte in der Küche ihres Freundes zu suchen hatte.

Als hätte Franzi ihre Gedanken gelesen, sagte sie grinsend: »Wir haben ein bisschen zusammen gelernt.«

»Ach ja?«

Die Übelkeit kehrte zurück. Valentina fühlte sich nicht in der Lage, den Kapriolen ihres Magens etwas entgegenzusetzen.

Christoph, der jetzt ebenfalls die Küche betrat, blieb überrascht stehen, als er Valentina sah. Er war nackt.

»Ups«, kicherte Franzi.

»Was machst du schon wieder hier?«, fragte er. »Du wolltest den Tag in der Uni verbringen.«

»Ich …« Valentina kämpfte hilflos gegen die Tränen an.

»Ich geh dann mal«, beschloss Franzi in diesem Moment. Sie brauchte nicht mehr als drei Minuten, um ihren Vorsatz in die Tat umzusetzen. Ihr Blick streifte Valentina mitleidig, als sie an ihr vorbei über den Innenhof zur Straße lief.

Valentina, die hilflos am Küchenfenster ausharrte, starrte ihren Freund sprachlos an.

»Was für ein Scheiß«, sagte Christoph und ließ offen, ob er seinen Treuebruch, Valentinas überraschendes Auftauchen oder Franzis eiligen Aufbruch damit meinte.

Ohne ein weiteres Wort drehte Valentina sich um und ließ ihn stehen.

Nach ein paar Schritten war er hinter ihr. Nur mit einem Handtuch um die Hüften bekleidet, griff er nach ihrem Arm und hielt sie fest.

Die Kinder im Hof unterbrachen ihr Spiel, beobachteten die beiden neugierig, dann kicherten sie. »Der is ja nackig«, hörte Valentina eins der Kleinen flüstern.

»Was soll das?«, fragte Christoph.

»Was soll was?«

»Warum läufst du davon?«

Valentina gab es auf, ihre Emotionen unterdrücken zu wollen. »Hast du mit ihr geschlafen?«

Er zuckte die Schultern. »Können wir das drin besprechen?«

Widerwillig folgte sie ihm. Wenn auch erleichtert, dass er ihr nachgelaufen war.

Die Kinder starrten sie mit weit aufgerissenen Augen an. »Buh«, schrie Christoph, woraufhin sie kreischend auseinanderstoben. Wohl oder übel musste Valentina lachen.

Vier Monate war Valentina mit dem klugen, umtriebigen und redegewandten Theologiestudenten zusammen, den sie auf der Party einer Freundin kennengelernt und sofort ungeheuer interessant gefunden hatte, versammelte er doch stets einen Kreis gebannter Zuhörer um sich, wenn er zu reden begann.

Valentina hatte niemals zuvor jemanden getroffen, der dem politischen System in der DDR derart kritisch gegenüberstand und völlig offen und ungeniert darüber sprach. Staunend und überwältigt saß sie dabei, wenn er mit Freunden diskutierte. Bis vor wenigen Wochen hatte sie nicht einmal gewusst, dass es in ihrem Land aktive Umwelt- und Friedensgruppen gab, die sich zumeist unter dem Dach der Kirche versammelten. Christoph und seine Freunde eröffneten ihr eine neue Welt. Schritt für Schritt tastete sie sich an die Denkweise der Freigeister heran, lernte, dass es legitim war, eine eigene Meinung zu haben und diese zu äußern.

Der Unterschied zu ihrem Zuhause, in dem Diskutieren eher als Unart denn als Bereicherung angesehen wurde, konnte kaum größer sein.

Ihre Eltern hatten sie nach Valentina Tereschkowa, der russischen Raumfahrtpionierin, benannt, die 1963 als erste Frau in den Weltraum geflogen und damit weltberühmt geworden war. Politik stellte kein vordergründiges Thema in ihrem Elternhaus dar, umso mehr zählten Leistung und der unbedingte Wille, den einmal eingeschlagenen Weg konsequent zu verfolgen und die selbst gesteckten Ziele zu erreichen. Uta und Lutz lebten Valentina vor, was sie meinten. Sie als Ärztin, er als Pathologe und Rechtsmediziner. Beide sprachen mit Überzeugung von ihren Pflichten, von dem Platz, an den sie gestellt worden waren, und sie hinterfragten nicht gern.

»Es gibt Leute, die wollen nicht handeln, die wollen lieber alles zerreden«, lautete die stereotype Antwort ihrer Eltern, wenn Valentinas Meinung von ihrer eigenen abwich. »Aber davon dreht sich die Welt auch nicht schneller.«

Christoph und seine Freunde hingegen hinterfragten alles. Unentwegt. Valentina fühlte sich magisch von ihrem offenen Geist angezogen. Christophs direkte Art tat ihr Übriges.

»Du bist schön«, hatte er am ersten Abend ihrer Bekanntschaft zu ihr gesagt und dabei eine Strähne ihres langen blonden Haares um seinen Zeigefinger gewickelt. »Ich will mit dir schlafen.«

Während sie ihn überrumpelt anstarrte, zog er leicht an ihrem Haar, bis ihre Gesichter einander ganz nah waren. Er küsste sie.

Noch am gleichen Abend nahm er sie mit zu sich, wo er sie langsam auszog, berührte und betrachtete und nicht müde wurde, zu beteuern, dass sie die schönste Frau sei, der er bisher begegnet war. Verschämt gestand sie ihm, dass sie noch Jungfrau war.

Christoph schloss sie in die Arme und nahm sie sanft. Valentina ließ es geschehen, denn es gefiel ihr, was er tat. Aus seinem Mund klang jedes Wort wie eine Verheißung. Jede seiner zärtlichen Berührungen empfand sie wie ein Versprechen. Sie entdeckte, dass ein bisher unentdeckter reicher Quell an Gefühlen in ihr sprudelte.

Christoph erklärte ihr die Welt, sie vertraute und folgte ihm. Vier Monate hatten sie auf diese Weise miteinander verbracht.

Jetzt, als sie mit ihm in seiner Küche saß, regte sich zum ersten Mal Widerstand ihm gegenüber in ihr. Christoph hatte inzwischen eine Unterhose angezogen. Teetassen, Bierflaschen und ein überquellender Aschenbecher standen auf dem Tisch. Valentina ekelte sich vor dem Gestank.

»Ich kann nicht nur mit dir allein schlafen«, begann er übergangslos. Sie schluckte. »Wenn man länger zusammen ist, ist das ganz normal, dass sich Appetit auf andere Körper einstellt. Weißt du, Kleines, ich kann das trennen. Liebe und Sex. Und du solltest das auch lernen. Ich denke, dass du bald so weit bist.«

»Wie bitte?« Valentina war nicht sicher, ob sie ihn richtig verstand.

Christoph lachte. »Spielst du noch ein bisschen den Unschuldsengel?«

»Ich spiele nicht«, erwiderte sie, als sie begriff. »Ich habe keinen Appetit auf andere Körper, und wir sind nicht ›lange‹ zusammen, sondern erst seit vier Monaten.«

»Pst.« Er stand auf, kniete sich vor sie hin und legte einen Finger auf ihre Lippen. »Es steht dir nicht, wenn du prüde bist. Wir haben bisher alles ausprobiert, und es war immer schön, oder?«

Sie hatten ausprobiert, was *er* wollte, ging ihr durch den Kopf. Dennoch nickte Valentina. Überwältigt und zu schwach, ihm zu widersprechen.

»Du bist meine kleine Herzensfrau«, beteuerte Christoph. »Ich weiß, was dir guttut, und ich passe auf dich auf, keine Sorge!« Er legte seine Arme um ihren Hals und zog sie vom Stuhl, um sie zu küssen. Sie roch seinen Atem – kalter Rauch und Alkohol …

Er ließ sie los, schob seine Hände unter ihren Pulli und begann ihre Brüste zu kneten.

Nur Sekunden später hockte sie vor der Toilette und erbrach sich erneut.

Sechs Wochen später

Natürlich hatte Valentina sich denken können, dass Uta ihr ständiges Erbrechen nicht verborgen bleiben würde. Wortlos sah ihre Mutter zu, wie Valentina sich ein paar Löffel Haferflocken mit Milch herunterquälte, nachdem sie zuvor eine Viertelstunde würgend im Bad verbracht hatte.

Valentina bekam eine Gänsehaut, als Uta sich laut vernehmlich räusperte.

»Was ist denn, Mama?« Valentina schrumpfte unter dem strengen Blick förmlich auf Daumengröße.

»Ist es nicht an der Zeit, dass du die Karten auf den Tisch legst?«

»Ich habe einen Freund.« Valentina versuchte nicht länger, irgendetwas zu vertuschen. Sie ahnte längst, was mit ihr los war. »Er heißt Christoph. Dass ich … dass mir immerzu schlecht ist, das habe ich erst seit kurzem.«

»Wie lange?«

»Ein oder zwei Wochen.«

»Habt ihr nicht verhütet?«

»Doch … ich …« Sie schüttelte den Kopf. »Nein.«

Christoph mochte keine Kondome, und sie selbst hatte den längst fälligen Besuch bei einem Frauenarzt, um sich die Pille verschreiben zu lassen, immer wieder aufgeschoben. Ihre knapp bemessenen freien Stunden auf Grund des aufwendigen Studiums wollte sie bei Christoph verbringen, nicht in einem Wartezimmer beim Arzt.

»Ich mache einen Termin bei Bernhard. Wir werden uns zunächst Gewissheit verschaffen und anschließend die nötigen Schritte einleiten.«

»Du meinst …?«

»Ich muss jetzt los!« Von draußen tönte lang anhaltend eine Hupe. Ihre Eltern fuhren jeden Morgen zusammen zur Arbeit. Lutz mochte es nicht, wenn man ihn warten ließ. Uta nahm einen letzten Schluck Kaffee, musterte ihre Tochter kopfschüttelnd und setzte die Tasse hart ab, bevor sie eilig das Haus verließ.

Stunden später lag Valentina mit weit gespreizten Beinen rücklings auf dem Untersuchungsstuhl ihres Frauenarztes und verfolgte, wie ihre Mutter mit Bernhard, einem langjährigen Freund der Familie, sprach. Hauptgegenstand des Gesprächs war sie selbst, dennoch wurde es nicht mit ihr, sondern über ihren Kopf hinweg geführt.

»Uta, du hast recht. Deine Tochter ist schwanger«, sagte Bernhard und räusperte sich.

»Und daran besteht kein Zweifel? Wie viel Zeit haben wir noch?«, fragte Uta.

Das kalte Metall des Untersuchungsspiegels ließ Valentina frösteln.

»Nicht mehr lange«, antwortete Bernhard. »Sie ist im dritten Monat.«

Ich bekomme ein Kind.

Ganz langsam tröpfelte die Nachricht in Valentinas Verstand, verdichtete sich, formte sich, trat klar und deutlich hervor und setzte sich ohne zu zögern in Bewegung.

Mitten hinein in Valentinas Herz.

»Du kannst dich wieder anziehen, Valentina«, forderte Bernhard sie auf, nachdem er die Untersuchung beendet hatte. »Das Rezept für die Pille gebe ich dir gleich mit. Am ersten Tag der Regel nach dem Abbruch beginnst du mit der Einnahme. Du wirst zunächst etwas heftiger bluten, aber das gibt sich mit der Zeit.«

Keiner der beiden hat mich gefragt, was ich möchte!

»Ich werde nicht abtreiben!«

Hatte sie das wirklich gesagt? Sie, Valentina, die blasse, schmale Frau von nicht einmal 20 Jahren, die müde und erschöpft, aber wild entschlossen vom Stuhl stieg und sich Unterhose und Rock überstreifte?

»Mach dich nicht lächerlich!« Utas Stimme klang schneidend scharf. »Bernhard, wir nehmen das Rezept.«

»Nein!« Sie sah, wie die beiden sie entgeistert anstarrten. »Es ist mein Körper, mein Kind. Ihr könnt mir nicht vorschreiben, was ich zu tun habe.«

»Nimm Vernunft an«, bat der Frauenarzt. »Du hast gerade dein Studium begonnen. In ein paar Jahren …«

»Das wirst du bereuen«, fiel ihm Uta ins Wort. »Du hast keine Ahnung, was auf dich zukommt!«

Valentina schüttelte den Kopf, als sie leise die Tür hinter sich zuzog.

Woher sie die feste Entschlossenheit nahm, sich zum ersten Mal im Leben nichts vorschreiben zu lassen, wusste sie nicht. Sie wusste nur, dass es sich unvergleichlich gut anfühlte, eine eigene Meinung zu vertreten.

Der Rauch im Zimmer war wie eine Wand, als Valentina Christophs Wohnung betrat. Mindestens zehn Leute hatten sich hier versammelt. Während draußen ein Herbststurm die letzten Blätter von den Bäumen riss, stand in der kleinen Wohnung die Luft. Wortfetzen flogen Valentina entgegen. Die Anwesenden waren wie stets in eine politische Diskussion verstrickt.

Christoph, der sie eingelassen und mit einem flüchtigen Kuss begrüßt hatte, strebte auf die Gruppe zu. Sie hielt ihn am Ärmel fest. »Ich muss dir was sagen!«

»Valli, du siehst doch …«

»Es ist wichtig! In der Küche … nur kurz«, bat sie.

Unwillig folgte Christoph ihr. Er setzte sich auf einen Stuhl und sah sie herausfordernd an.

Valentina wusste, er würde ihr keine Zeit für lange Erklärungen geben. Und sie brachte ganz sicher nicht die Geduld auf, um mit ihrer Enthüllung bis in die Nacht zu warten. Alleine wären sie so oder so nicht.

»Wir kriegen ein Kind«, platzte sie heraus.

Einen Moment lang starrte Christoph Valentina ungläubig an, dann sprang er auf und packte sie an den Schultern. »Nimmst du nicht die Pille, verdammt?«

Sie hatte ihn noch nie seinen Gleichmut verlieren sehen und blickte nun verschreckt in sein wutverzerrtes Gesicht. »Nein, ich …«

»Ich fasse es nicht!«

»Christoph, hör mal. Wir schaffen das. Ich …«

»Wir?«

»Also …«

Christoph nahm sich zusammen, glättete seine Züge und ließ sich auf den Stuhl zurückfallen. »Du bist so unfassbar naiv.« Er schüttelte den Kopf.

»Was willst du damit sagen?«, fragte Valentina, erschüttert über die Wendung des Gesprächs. Erst vor ein paar Stunden hatte sie sich erfolgreich gegen die Übermacht ihrer Mutter zur Wehr gesetzt, sich unabhängig, stolz und selbstbestimmt gefühlt. Und jetzt nannte er sie blauäugig und unreif?

»Erstens: Ich halte es für unverantwortlich, Kinder in diese kaputte Welt zu setzen«, erklärte Christoph. »Umweltzerstörung, Wettrüsten, ein politisches System, das vom Kopf her stinkt und weder Freiheit noch demokratische Grundrechte gewährt. Denkst du ernsthaft, ich gehöre zu diesen Narren, die vor den gesellschaftlichen Problemen die Augen verschließen und sich stattdessen in ein spießbürgerliches Familienidyll flüchten?«

Valentina fühlte sich seiner Argumentation nicht gewachsen. Genau wie zu Hause, wenn ihre Eltern sich weigerten, eine andere Meinung als ihre eigene gelten zu lassen. Sie fühlte sich wie ein Mädchen, das hilflos und unwissend vor seinem Lehrer stand.

»Aber es ist unser Kind und wir … ich liebe dich!«

»Wenn wir uns von Gefühlen das Hirn vernebeln lassen, wird unser Widerstand bereits im Keim ersticken. Valli, ich kann das nicht. Und ich will das nicht.«

»Aber …«

»Bitte sei vernünftig. Es gibt Mittel und Wege, dem Zustand ein Ende zu bereiten.«

Ihr Herzschlag dröhnte ihr in den Ohren. »Nein«, hauchte sie.

»Und dann ist da noch etwas, Valli. Ich wollte es dir schonend beibringen, aber jetzt …«

»Ich will es nicht hören!«

Christoph lachte leise. »Ich denke, es ist besser, wenn

wir Schluss machen. Es hat nichts damit zu tun, dass du schwanger bist. Wir zwei passen einfach nicht zusammen.«

Valentina krampfte ihre Hände um die Tischkante, um nicht zu fallen. »Das ist nicht wahr, oder?« Sie hatte doch alles getan, alles, was er von ihr verlangt hatte!

Er stand auf, schloss sie in die Arme. »Du bist selbst noch ein Kind, kleine Valli. Nimm Vernunft an. Sprich mit deinen Eltern, die werden dir sagen, was zu tun ist. Ich hab dich lieb, aber ich kann nicht länger mit dir zusammen sein.«

Sie lehnte ihren Kopf an seine Brust und schluchzte.

Natürlich. Er hatte recht. Ihre Mutter hatte recht. Die Vernünftigen, die Wissenden, die saßen in ihrem Elfenbeinturm, blickten auf sie und alle anderen Unwissenden herab und erklärten ihnen die Welt.

Und sie selbst? Durfte sie gar nichts dazu sagen? Zählte nur der Verstand, nicht das Herz, wenn es galt, eine Entscheidung zu treffen?

Und mein Herz, das hat sich längst entschieden.

»Ich werde das Baby zur Welt bringen«, hörte Valentina sich sagen. Sie wand sich aus Christophs Umarmung, wischte sich mit dem Ärmel ihres Pullovers über die Augen und blickte ihm ins Gesicht.

»Du wirst … Das ist …«

»… naiv, ich weiß! Nenn es, wie du willst, aber ich möchte nicht länger, dass andere über mich bestimmen. Ich habe genug davon, mir sagen zu lassen, was ich tun soll. Und egal, wie sehr ich versuche, alles richtig zu machen, am Ende ist es in euren Augen doch wieder falsch. Warum? Weil ihr meint, ihr seid viel schlauer als ich.«

»So wie du dich gerade aufführst …«

»Ich führe mich nicht auf!« Valentina geriet in Fahrt. »Ich bin kein kleines Mädchen mehr, und ich habe mir eine Menge Gedanken gemacht, seit ich weiß, dass ich ein Kind erwarte.«

»Ach ja?« Aus seinem Blick war jede Zärtlichkeit gewichen. »Da bin ich gespannt.«

»Du und die anderen, ihr wollt die Welt verbessern, nicht wahr? Ihr sitzt hier und diskutiert und raucht und trinkt, und ihr – nur ihr – wisst natürlich ganz genau, wie die Welt sich dreht. Und was euch nicht in den Kram passt, das nennt ihr spießbürgerlich. Das sieht ungeheuer überlegen aus, in Wirklichkeit ist es schön bequem. Weil ihr nämlich gar keine Lust auf Veränderungen habt.«

»Ich werde jetzt wieder zu den anderen gehen.«

»Mach das«, erwiderte sie leise, griff nach ihrer Tasche und wandte sich zum Gehen. »Du könntest dein Kind mit Liebe aufziehen, du könntest ihm beibringen, was es heißt, frei zu sein und frei zu denken. Du könntest …«

»Valli!« Er hielt sie am Arm fest. »Hör auf damit.«

»Veränderung fängt nicht im Kopf an.«

»… sagst du, und aus deinem Mund wundert mich das nicht.«

Zum ersten Mal nahm Valentina wahr, dass aus seinem Lächeln kalte Herablassung sprach. Doch sie ließ sich nicht beirren.

»Veränderung fängt mit Liebe an. Und mit Respekt. Ist die Nächstenliebe nicht einer der Grundpfeiler des Christentums?«

Christoph schluckte. »Du machst einen großen Fehler! Du wirst deinen Entschluss bereuen«, wich er ihrer Frage aus.

»Vielleicht«, erwiderte Valentina und wandte sich zur Tür. »Aber das ist dann wohl meine Sache.«

Das Klappen der Tür, die sie von außen schloss, klang nach Schmerz, klang nach Endgültigkeit. Während sie zur Straßenbahn lief, begriff Valentina, dass sie ab sofort allein dastand. Dennoch wankte sie nicht in ihrem Entschluss. Sie würde ihr Kind zur Welt bringen. Sollten sie doch die Köpfe schütteln.

Ihre Entscheidung ganz allein zu treffen, das fühlte sich nach wahrer Freiheit an!

13

»Hast du endlich die restlichen Briefe gelesen?«

Mit Chris' Eintreten drang ein Schwall warme Luft in den Bungalow, der Tanja daran erinnerte, dass sie sich in den Tropen aufhielt, allerdings bisher kaum mehr als ihr Guesthouse und den Strand von Pantai Cenang gesehen hatte.

Ihr Mitbewohner bedrängte sie nicht. Er packte morgens nach dem Frühstück seinen Rucksack und verabschiedete sich, um die Insel zu erkunden. Bei Einbruch der Dunkelheit kehrte er zurück und die beiden gingen zusammen in einem Lokal am Strand essen. Seit drei Tagen verfuhren sie so.

Auf seine Frage schüttelte Tanja den Kopf. »Nicht alle«, antwortete sie. »Genau genommen erst zwei. Das hat gereicht.«

»Und? Hast du schon eine Adresse gefunden?«

Erneut verneinte Tanja. »Nichts Genaues.« Sie erhob sich vom Bett, auf dem sie mehr als die Hälfte des Tages verbracht hatte. »Nur einen kleinen Anhaltspunkt.«

»Und der wäre?«

Chris streifte sich sein T-Shirt über den Kopf und ließ es auf den Boden fallen. Wieder blieb Tanjas Aufmerksamkeit an seinem Tattoo hängen.

»Tanjung Rhu«, antwortete sie und senkte den Blick. »Sie erwähnt in einem Nebensatz, wie schön es dort ist. Ich habe im Reiseführer nachgesehen. Es ist ein Strandabschnitt im Norden der Insel.«

»Das ist ein Anhaltspunkt, findest du nicht?« Er griff nach seinem Handtuch. »Lass uns morgen hinfahren«, schlug er vor, als er schon fast im Bad verschwunden war. »Ich habe einen Roller gemietet.«

»Du willst …?«

»Keine Sorge!«, unterbrach Chris sie, als würde er ihre Bedenken ahnen. »Das ist das absolut beste, unkomplizierteste und vor allem billigste Verkehrsmittel, um die Insel zu erkunden.«

Tanja hörte das Wasser in der Dusche rauschen und Chris fröhlich pfeifen und wünschte sich, sie würde nur einmal so unbeschwert den Tag genießen, wie er es tat. Stattdessen fühlte sie sich beklommen, ängstlich, fremd und entwurzelt.

Gewiss. Ihrem Leben in Berlin fehlte es an Abwechslung, sie war manchmal schon bei dem Gedanken an ihren Alltag müde und gelangweilt. Aber die spontane Reise auf die tropische Insel überforderte sie, und sie fürchtete sich noch immer vor dem, was sie womöglich über den Verbleib ihrer Mutter erfahren würde. Würde das noch im Dunkeln liegende Familiengeheimnis, wenn sie es lüftete, nicht noch viel mehr Narben auf ihrer Seele hinterlassen?

Sie hatte Uta und Lutz bei Nacht und Nebel verlassen, nichts als einen Zettel zur Erklärung dagelassen – fünf Sätze voller Wut und Unverständnis, von Tränen verschmiert. Mittlerweile schämte sie sich für ihr ruppiges Verhalten.

Andererseits – hatte sie nicht jedes Recht gehabt, sich so zu verhalten?

Waren die beiden nicht schuld daran, dass sie sich schwach und entwurzelt fühlte? Sich ein Leben lang nach ihrer Mutter gesehnt hatte? Sie hatten sich das Recht herausgenommen, Tanja über den Verbleib ihrer Mutter zu belügen. War ihnen wirklich nicht klar gewesen, was sie damit angerichtet hatten?

Dennoch: Tanjas Wut auf ihre Großeltern war schnell verraucht. Die beiden hatten ihr ein Zuhause gegeben, sie durch die Schulzeit begleitet und für sie gesorgt. Tanja verdankte Uta und Lutz alles; alles, was ihre Mutter versäumt hatte. Statt sich zu kümmern, hatte sie 10 000 Kilometer zwischen sich und ihr Kind gebracht und entgegen ihren Beteuerungen nichts unternommen, um ihre Tochter zu sich zu holen. Warum war sie nicht nach Berlin gekommen und hatte Tanja einfach mitgenommen?

Die Großeltern hatten gern Urlaub auf Rügen gemacht. Manchmal waren sie sogar spontan, nur über das Wochenende, hingefahren. Utas Schwester Waltraud lebte in Binz, und sie durften sie jederzeit besuchen. Tanja erinnerte sich an lange Strandspaziergänge mit Waltrauds Hund, an ihre Fossiliensammlung, die sie über Jahre zusammengetragen und in einer Holzkiste aufbewahrt hatte. Auch wenn ihre Kindheit vom Verlust der Mutter überschattet gewesen war, es hatte dennoch viele glückliche Momente gegeben. Ihre Großeltern waren streng gewesen, aber sie hatten gut für sie gesorgt.

Doch was genau war zwischen ihnen und ihrer Mutter Valentina vorgefallen? Was hatte die damals 24-Jährige ans andere Ende der Welt getrieben? Tanja konnte sich keinen Reim darauf machen, warum die Großeltern ihre eigene Tochter für tot erklärt hatten. Wo sie doch offensichtlich am Leben war und Kontakt zu ihnen wünschte.

Tanja presste ihre Finger an die Schläfen. »Ich hab Kopfweh«, stöhnte sie.

Chris, der eben aus der Dusche kam und sich schüttelte wie ein nasser Hund, musterte sie. Dann sah er sie nachsichtig lächelnd an. »Kein Wunder«, sagte er. »Das kommt davon, weil du den ganzen Tag in diesem Bungalow hockst und grübelst.«

Tanja wusste, dass er recht hatte. Die Lähmung, die von ihr Besitz ergriffen hatte, seit sie auf Langkawi gelandet war, würde nicht dazu beitragen, das Rätsel um das Verschwinden ihrer Mutter aufzuklären. Dennoch fehlte ihr der Mut, die schützenden vier Wände zu verlassen.

Als hätte Chris ihren letzten Gedanken gelesen, griff er nach ihrer Hand und zog sie vom Bett. »Wir zwei gehen jetzt aus!«

»Wie bitte?«

»Essen, trinken, tanzen … Spaß haben. Schon mal was davon gehört?«

Tanja musste wohl oder übel lachen, während sie den Kopf schüttelte. Chris' Lebensfreude war ansteckend. »Nein, aber ich komme trotzdem mit. Gib mir fünf Minuten.«

Chris pfiff durch die Zähne, als sie den Bungalow verließ und zu ihm auf die Terrasse trat, wo er lässig am Geländer lehnend auf sie wartete.

»Du siehst toll aus«, sagte er, während sein Blick über ihre Gestalt glitt.

»Danke«, hauchte sie. Zum ersten Mal seit Tagen hatte Tanja sich Mühe mit ihrem Äußeren gegeben. Der quälende Hunger, der sie stets durch ihr Leben begleitete, war ausgeblieben. Sie fühlte sich erstaunlich leicht. Auch wenn ein Blick in den Spiegel sie darüber belehrte, dass die überflüssigen Pfunde an Bauch, Hüften und Oberschenkeln weiterhin deutlich sichtbar waren.

Sie trug ein türkisfarbenes Kleid, knielang und mit tiefem Ausschnitt, und hatte ihr volles Haar zu einem Pferdeschwanz gebunden. Einzelne lose Strähnen umrahmten ihr Gesicht. Sorgfältig, aber dezent, hatte sie etwas Make-up zum Einsatz gebracht – Eyeliner und Wimperntusche, Puder, ein Hauch Rouge und reichlich Lipgloss.

Erneut griff Chris nach ihrer Hand. Es fühlte sich an, als würden sie sich seit Monaten und nicht erst seit vier Tagen kennen. Was war dieser Mann nur für ein Zauberer!

Tanja sperrte den Bungalow ab. Wenig später nahmen sie in einem gemütlichen Strandrestaurant Platz. Das eiskalte Bier, das sie sich bestellte, stieg Tanja sogleich zu Kopf, zumal sie seit dem Frühstück nichts gegessen hatte.

Das Gefühl von Leichtigkeit verstärkte sich. Sie lachte, als Chris Anekdoten aus seinem Leben erzählte, nahm sein Angebot an, die scharf gewürzten Garnelen von seinem Teller zu probieren, bestellte ein weiteres Bier und genoss das Gefühl, ihre Sorgen mit jedem Schluck ein klein wenig schrumpfen zu lassen. Heute Abend würde sie das Grübeln vergessen, sie würde sich nicht fragen, warum sie hier war und ob ihre Flucht aus Berlin ein anderes Resultat zur Folge haben würde, als sich am Ende noch verzweifelter zu fühlen. Heute war alles egal! Heute würde sie leben!

Nach dem Essen schlenderten sie am Strand von Pantai Cenang entlang, der aufgrund der gerade herrschenden Ebbe besonders breit, weiß und feinsandig vor ihnen lag. Als Chris' Schulter ihre wie zufällig streifte, ergriff Tanja ein warmer Schauer. Als die Dämmerung einsetzte, ließen sie sich an der Poolbar eines Hotels nieder.

»Es ist so unglaublich schön hier«, hauchte Tanja und kämpfte mit den Tränen, während die Sonne rotleuchtend in das Meer eintauchte. »So unglaublich schön.«

Chris legte eine Hand an ihre Wange. Mit sanftem Druck drehte er Tanjas Gesicht zu sich. »Nicht weinen«, sagte er lächelnd, »das Leben ist doch wunderbar!« Er küsste die Tränen auf ihren Wangen weg. Sie ließ es geschehen. Nur einen Wimpernschlag dauerte es, bis ihre Lippen sich fanden. Sanft und warm fühlte ihr erster Kuss sich an. Und so selbstverständlich, dass Tanja, überrollt von ihren Gefühlen, alle Zurückhaltung vergaß und sich an Chris schmiegte. In diesem Moment ergab alles einen Sinn – ihre übereilte Flucht, der Zusammenbruch am Flughafen, ihre Willenlosigkeit und Erschöpfung. All das war geschehen, damit sie hier und jetzt Chris in die Arme sinken konnte, der sie retten und auffangen würde.

»Gehen wir zum Bungalow?«, flüsterte er, seinen Mund dicht an ihrem Ohr. »Willst du?«

»Ja«, hauchte sie. »Ich will.«

Chris atmete ruhig und gleichmäßig. Tanja lag mit offenen Augen neben ihm und betrachtete sein ebenmäßiges Gesicht mit dem kantigen Kinn und seiner von der Sonne geröteten Haut, auf der unzählige Sommersprossen deutlich hervortraten. 24 Jahre alt war er, fünf Jahre jünger als Tanja selbst, die sich manchmal uralt fühlte und sich kaum daran erinnern konnte, einmal so unbeschwert gewesen zu sein wie der Mann neben ihr, der noch vor einer Stunde ihren Körper neugierig, fordernd und stürmisch in Besitz genommen hatte.

Chris kannte scheinbar keine Scheu. Genauso selbstverständlich wie er sie am Flughafen angesprochen hatte und sie regelmäßig aus der gemeinsamen Unterkunft lockte, um mit ihr essen zu gehen, so hatte er mit ihr geschlafen. Tanja genoss seine Art, ihr einfach keine Wahl zu lassen. Keine Sekunde hatte sie darüber nachgedacht, ob das, was sie taten, richtig oder falsch war. Sie ließen es einfach geschehen, und es fühlte sich gut an.

Ihre Lippen brannten, ihre Brüste schmerzten ein wenig, und zwischen ihren Schenkeln spürte sie warme Feuchtigkeit. Tanja war den Tränen nahe – dieses Mal vor Seligkeit.

Bis zum Morgengrauen lag sie wach, um jeden ihrer Atemzüge neben Chris zu genießen und auszukosten. Überwältigt von diesem unerwarteten Geschenk.

»Du schläfst nicht?« Dass er sie ansprach, kam unerwartet.

Sie lächelte, schüttelte leicht den Kopf. »Nein«, erwiderte sie. »Ich lebe.«

Er zog sie an sich, drückte einen Kuss auf ihre Stirn. »Gut so«, lobte er. »Nachher fahren wir nach Tanjung Rhu, also solltest du versuchen, dich ein bisschen auszuruhen.«

Sie kuschelte sich in Chris' Arme und schloss die Augen. »Wenn du das sagst«, hauchte sie und schlummerte sanft ein.

Als Tanja erwachte, strahlte die Sonne in den Bungalow. Sie räkelte sich und schlug in freudiger Erwartung, Chris neben sich zu sehen, die Augen auf. Das Bett war zerwühlt, aber leer.

Tanja unterdrückte den Anflug von Panik, der in ihr aufkam. Es war 10 Uhr. Um diese Zeit hatte Chris bisher immer den Bungalow längst verlassen und war zu einer Erkundungstour aufgebrochen. Hatte er nicht versprochen, heute *mit ihr* über die Insel zu fahren?

Tanja erhob sich und tappte ins Bad, wo sie die Dusche anstellte und mit leisem Bedauern den Duft der vergangenen Liebesnacht von ihrem Körper spülte. Sie sehnte sich nach Chris, hoffte inständig, er hätte sich nicht ohne sie auf den Weg gemacht.

Als sie sich anzog und vor dem Spiegel die nassen Haare kämmte, stürmte er ins Zimmer.

»Ich hab dir etwas zu essen mitgebracht«, sagte er und balancierte ein Tablett vor sich her, auf dem sich mehrere abgedeckte Teller und eine Kanne befanden. »Denn du verschläfst selbst das längste Langschläferfrühstück.« Er stellte das Essen auf dem Bett ab und lüftete die Deckel. »Et voilà: Papaya, Rambutan und Mango, ein Curry aus roten Linsen, dazu Roti Canai, frisch gebacken natürlich, Kaffee und einen Muffin. Gut so?«

»Danke!« Erneut machte sich Seligkeit in Tanja breit. Natürlich war Chris nicht ohne sie aufgebrochen. Im Gegenteil, er hatte für sie gesorgt und ihr Frühstück mitgebracht. »Wollen wir zusammen …?«

»Ich hab schon gegessen«, unterbrach er sie. »Wir spielen jetzt eine Runde Basketball.«

»Wir?«

»Tim, Claire, Louise und die anderen. Kennst du alle nicht.« Er wandte sich zum Gehen. »Wenn du fertig bist, können wir fahren, okay?«

Sie blieb allein im Bungalow zurück. Ein wenig lustlos tauchte sie das knusprige Fladenbrot in die Linsensoße, naschte ein paar Obststückchen. Tanja ärgerte sich, dass sie so lange geschlafen hatte, denn viel lieber hätte sie mit Chris im kleinen Restaurant des Guesthouse gesessen und gefrühstückt. Stattdessen war er allein losgezogen und hatte andere Leute getroffen, mit denen er sich nun am Strand vergnügte. Leute, die sie selbst nicht kannte.

Natürlich nicht. Wie sollte sie auch, wenn sie fast nie den Bungalow verließ!

Sie beendete ihre Mahlzeit und machte sich auf, um Chris zu suchen. Es dauerte kaum fünf Minuten, da hatte sie ihn gefunden. Schließlich war das Spiel der Urlauber am Strand schon von weitem zu hören. Mit Badesachen bekleidet tobten sie ausgelassen auf dem Spielfeld herum. Tanja blieb stehen und beobachtete die Sportler. Chris' auffällig rote Haare leuchteten in der Sonne. Lachend hechtete er dem Ball hinterher, der ihm jedoch von einer sportlichen Blondine abgejagt wurde, die sich triumphierend nach ihm umdrehte und ihm zuzwinkerte.

Als Chris Tanja entdeckte, winkte er ihr zu und verließ das Spielfeld. »Da bist du ja!« Er wischte sich den Schweiß von der Stirn. »Ich hüpfe noch eine Runde ins Meer, dann können wir los.«

»Hey, Chris, what are you doing?« Die hübsche Blonde war ihm gefolgt und stand nur wenige Meter entfernt.

Chris lachte und antwortete auf Englisch. Tanja verstand weniger als die Hälfte von dem, was er sagte. Ihr Schulenglisch reichte zwar für die nötigste Verständigung, zu locker hingeworfenen Gesprächen fühlte sie sich jedoch nicht in der Lage.

»Ich geh schon vor«, sagte sie, »und warte am Bungalow auf dich.«

»Komm doch mit ins Wasser«, forderte Chris sie auf und griff nach ihrer Hand, um sie mit sich zu ziehen. Doch dieses Mal weigerte Tanja sich. Sie trug unter ihrer Tunika zwar einen Badeanzug, aber sich vor den sportlich schlanken Basketballern auszuziehen und dabei die kräftige Wölbung ihrer Oberschenkel zu entblößen, brachte sie nicht über sich. Sie schüttelte den Kopf. Die Leichtigkeit der letzten Nacht war den üblichen Selbstzweifeln gewichen.

Chris akzeptierte ihre Entscheidung und ließ sie los.

Tanja drehte sich noch einmal um, während sie zurücklief. Ihr Gefährte tollte mit der hübschen Blondine im Wasser herum. Jagte ihr lachend nach, während sie untertauchte, um an einer anderen Stelle den Kopf wieder aus dem Wasser zu strecken und ihn zu rufen.

Sie zieht ihn in ihren Bann. Wie eine Wassernixe.

Tanja unterdrückte mit Mühe ein Schluchzen.

»Nobel, nobel«, bemerkte Chris, als sie vom Roller stiegen und einen ersten Blick auf das Foyer des 5-Sterne-Resorts warfen, vor dem sie gerade hielten.

Tanja war noch vollends damit beschäftigt, die Eindrücke der rasanten Fahrt zu verarbeiten. Mehrmals hatten sie auf der Straße sitzenden Affenhorden ausweichen müssen, einmal sogar einer stattlichen, mehr als einen Meter langen, grauen Echse. Was Chris jedes Mal zu einem fröhlichen Jauchzen veranlasst und sie selbst mit einem spitzen Schrei begleitet hatte.

»Keine Sorge«, hatte er ihr einmal zugerufen. »Ich passe auf. Den Tieren passiert nichts.«

»Guck nach vorne«, hatte sie gequiekt und sich ängstlich an ihm festgeklammert. Zu allem Überfluss hatte es kurz vor ihrem Aufbruch geregnet. Auch wenn längst wieder die Sonne schien, so wirkten die Straßen noch überaus rutschig.

Chris kramte eine Karte der Insel aus seinem Rucksack und faltete sie auseinander. »Wir sind richtig«, sagte er und hielt Tanja das zerknitterte Papier hin, dem man ansah, dass es mehrmals täglich auseinander- und wieder zusammengefaltet wurde.

Tanja runzelte die Stirn. »Das Hotel allein hilft uns allerdings nicht weiter«, stellte sie fest. »Ich vermute, meine Mutter wird nicht seit 23 Jahren hier leben.«

»So alt scheint das Hotel außerdem noch gar nicht zu sein«, ergänzte Chris. »Aber es bietet immerhin einen super Zugang zum Strand und zur Bucht. Oder wolltest du dich mit mir durch den Dschungel schlagen?«

Tanja schüttelte den Kopf. Tatsächlich hatten sie in dem dichten Urwald keine andere Abfahrt in Richtung Meer entdeckt.

»Ich bin total nervös«, flüsterte sie.

»Das musst du nicht sein«, beruhigte er sie und fasste wie stets nach ihrer Hand. »Wir machen einen Strandbummel und sehen uns ein bisschen um. Danach lade ich dich auf eine Cola ein. Es ist alles ganz einfach.«

»Warum machst du das?«

»Was?«

»Mit mir auf die Suche gehen, meine Last mit mir zusammen tragen. Das musst du doch nicht.«

Chris zuckte die Schultern. »Ganz ehrlich?«

Ihr Herz machte einen aufgeregten Satz.

»Ich denke gar nicht groß darüber nach, ich handele einfach.«

Tanja nickte. »Das hast du mir voraus.«

»Sieh es einfach als Vorsehung an! Wir zwei sind uns über den Weg gelaufen, und das sollte so sein.«

»Daran glaubst du?«

Chris lachte. »Tanja, das war nur ein Spruch. Du musst nicht jedes Wort auf die Goldwaage legen.«

Sie beließ es dabei, obwohl seine Aussage sie zum Widerspruch reizte. Denn sie war durchaus der Meinung, dass Worte nicht ohne Überlegung hervorgebracht werden sollten. Dafür besaßen sie viel zu viel Gewicht. Ihr Treffen als Vorsehung zu bezeichnen wäre ihr niemals in den Sinn gekommen. Aber der Gedanke gefiel ihr. Anscheinend hatte es die Vorsehung gewollt, dass ihr Leben noch vor ihrem 30. Geburtstag eine aufregende Wendung nahm.

Oder hatte sie das selbst gewollt?

Den Flug nach Langkawi hatte sie schließlich ganz allein gebucht. Mutig, hatte Chris sie genannt. Ein Hauch von Stolz keimte in ihr auf.

»Hey, träumst du?«

Eilig lief Tanja Chris hinterher. Sie betraten die schön gestaltete Hotellobby, die nach wenigen Schritten bereits den Blick auf eine Bucht freigab, die jedem Klischee vom Tropenstrand zur Ehre gereichte. Weiß, feinsandig, von Palmen und Kasuarinen gesäumt – so lag Tanjung Rhu vor ihnen.

»Wow«, sagte Tanjas Begleiter und blieb stehen. »Das ist bei weitem der schönste Strand, den ich gesehen habe, seit ich die Insel erkunde.«

Tanja schwieg. *Das Meer hier in der Bucht ist ruhig, es gibt kaum Wellen, dafür Sand über Sand. Baumaterial für Hunderte von prächtigen Kleckerburgen,* hatte ihre Mutter vor mehr als 20 Jahren geschrieben und dabei möglicherweise genau diesen Anblick vor sich gehabt.

Die Härchen in Tanjas Nacken richteten sich auf. Sie konnte ihre Mutter spüren. Hier an diesem Ort.

Oder bildete sie sich das nur ein?

»Alles okay?« Chris musterte sie aufmerksam, während sie die luxuriöse und weiträumige Poolanlage des Hotels durchquerten und den Strand betraten.

»Ja«, antwortete Tanja knapp. Sie ließ sich von ihrem Instinkt leiten, wie von selbst lenkte sie ihre Schritte nach links, und dieses Mal war es Chris, der *ihr* folgte. »Sie hat geschrieben, dass sie und dieser Mann … also der Mann, den sie liebte, ein Haus am Strand bauen wollten.«

»Die Bucht ist überschaubar. Wenn hier neben den Hotels ein einzelnes Haus steht, dann finden wir es.«

»Es ist so unfassbar schön hier«, sagte Tanja und schluckte.

»Weinst du?«, fragte Chris.

»Nein. Jedenfalls noch nicht.«

»Bei Gelegenheit musst du mir mal eine Frage beantworten.«

»Was denn für eine?«

»Warum fangen Frauen, wenn etwas Schönes geschieht, eigentlich immer zu weinen an?«

»Ich hatte gerade das Gefühl, dass meine Mutter hier ist. Den Gedanken, dass sie jeden Moment über den Strand auf mich zukommen kann. Das ist überwältigend, verstehst du?«

Chris stellte sich ihr in den Weg und legte seine Arme um ihre Hüften. »Hey«, sagte er. »Jetzt wird alles gut!«

Tanja nickte tapfer.

Sie setzten ihren Weg fort, ließen schon kurz darauf den Hotelstrand hinter sich.

»Schau mal! Dahinten.« Vor neugierigen Blicken verborgen, leicht erhöht gebaut, lugte das Dach eines Gebäudes aus dem Dschungel hervor. Sie waren am Ende der Bucht angekommen. Eine simple Treppe, bestehend aus in den Boden eingelassenen Trittsteinen, führte vom Strand weg hinauf zum Haus.

Ratlos blieb Tanja stehen. »Meinst du, wir dürfen da einfach raufgehen?«, wandte sie sich an Chris.

»Dürfen nicht, aber müssen«, sagte Chris. In seiner Stimme lag ein drängender Unterton.

»Müssen?« Tanja folgte seinem Blick und entdeckte Heerscharen brauner Insekten, die emsig und zielsicher von einem Baum zum nächsten krabbelten. »In Reih und Glied. Wie kleine Soldaten«, staunte sie.

»Verdammt!«, fluchte Chris. »Wir stehen mitten in einer Termitenstraße. Autsch! Die kleinen Soldaten beißen.«

Tanja kicherte. Als allerdings einige der Tierchen Kurs auf ihre Füße nahmen, setzte sie sich, ohne länger nachzudenken, in Bewegung. Chris folgte ihr leise fluchend.

Nach Luft ringend erreichten sie wenig später ein großes, zweistöckiges Haus. Ein geschmackvoll angelegter Garten ließ den Ehrgeiz eines Gärtners vermuten, der alles daransetzte, dem wuchernden Dschungel dieses Wunderwerk an Gartenkunst abzutrotzen.

Hier wohnte jemand, der sichtlich Geld besaß. Tanja kam sich wie ein Eindringling vor, obwohl sie das eingezäunte Grundstück noch nicht einmal betreten hatten.

»Excuse me«, rief Chris neben ihr auf seine übliche unbeschwerte Art und gestikulierte. Ein hochgewachsener, sportlich schlanker Mann, der auf der Terrasse des Hauses an der Brüstung lehnte und mit einem Glas in der Hand aufs Meer blickte, wandte überrascht seinen Kopf in ihre Richtung.

»Chris«, sagte Tanja erschrocken. »Du kannst doch nicht einfach …« Weiter kam sie nicht.

»Can you help us?«, fuhr Chris fort, ohne ihren Einwand zu beachten. »We're looking for …«

Tanja hörte das Blut in ihren Ohren rauschen. Ihr Herzschlag verdoppelte sich.

Wahrscheinlich würde der Besitzer des Anwesens sie gleich zum Teufel jagen. Und wenn nicht? Was, wenn er Valentina Wellenstein kannte? Was, wenn sie am Ziel war?

14

Berlin, Herbst 1986

»Du siehst ja fürchterlich aus!«, rief Karin und schlug die Hände über dem Kopf zusammen.

»Sehr sensibel«, spottete Andreas.

»Lasst sie in Ruhe!« Wie immer war es Sven, der Partei für Valentina ergriff.

Valentina winkte ab. Es war ihr gleichgültig, wie sie aussah. Sie hatte seit Monaten keinen genauen Blick mehr in einen Spiegel geworfen. Ihr letzter Friseurbesuch war beinahe ein Jahr her. Dass ihre Haare kaputt und ungepflegt wirkten, störte sie nicht, zumal sie die blonde Fülle nach ein paar Strichen mit der Bürste fast immer zu einem Zopf zusammenband.

Bevor sie in die Uni ging, versuchte sie wenigstens die Zeit zu finden, um zu duschen. Auch wenn sie die fünf Minuten, die sie unter dem heißen Wasserstrahl verbrachte, vor lauter Zeitdruck kaum genießen konnte.

»Was ist los?«, fragte Sven mitleidig und führte sie ein Stück von den anderen weg.

»Ich hab nicht viel geschlafen«, hauchte Valentina. »In meinem Kopf ist nur Watte, obwohl ich versucht habe zu lernen.«

»Wir können gern zusammen lernen.«

»Ich weiß.« Sie nickte dankbar. Eine Träne drängelte sich aus ihrem Augenwinkel. »Die Kleine ist so unruhig. Ich habe das Gefühl, dass ich alles falsch mache, dabei gebe ich mir die allergrößte Mühe, alles richtig zu machen.«

»Warst du mal beim Kinderarzt?«

»Tanja ist vollkommen gesund, falls du das meinst.«

Sven legte einen Arm um Valentina und drückte sie leicht. »Das wird schon wieder.«

Keiner ihrer Kommilitonen wusste, was sie durchmachte, seit Tanja auf der Welt war.

Die Kleine schrie. Sie begann zu weinen, sobald sie ihre Mutter zu Gesicht bekam. Aber wenn Valentina es wagte, sich einen Moment abzuwenden, verstärkte sich das Schluchzen zu haltlosem Brüllen.

»Bei uns ist sie ganz lieb«, beteuerten die Erzieherinnen in Tanjas Kinderkrippe, was Valentina wie blanker Hohn vorkam. »Ein ruhiges kleines Mäuschen.«

Valentina erlebte ihre Tochter einzig in jenen Augenblicken still, wenn sie erschöpft für ein oder zwei Stunden in tiefen Schlaf sank. Nur um danach mit gleicher Kraft weiterzubrüllen.

Sofort nachdem sich das Baby nach zwölf Stunden Wehen den Weg ins Leben erkämpft hatte, hatte es zu schreien begonnen. Mit rotem Gesicht, zu Fäustchen geballten Händen und einer schier unendlichen Wut im Bauch. Das Wort »Stillen« wurde für die junge Mutter zum roten Tuch, denn all ihre Versuche, die Tochter an die Brust zu legen, scheiterten.

»Manche Frauen können ihre Kinder nicht nähren«, erklärte die Hebamme, die Valentina verzweifelt um Rat fragte. »Da reicht die Milch nicht. Sie müssen zufüttern.«

Mehrere Stunden am Tag und die ganze Nacht verbrachte ihr Neugeborenes auf der Säuglingsstation. Wenn die Schwestern ihr die Kleine brachten, frisch gewickelt und in einen weißen Strampelanzug gehüllt, wirkte sie satt und zufrieden.

Valentinas Brüste schmerzten. Doch jeden Versuch, Tanja anzulegen, quittierte das Baby mit lautem Gebrüll.

Nach zwei Wochen vergeblicher Mühe gab Valentina enttäuscht und entmutigt auf. Sie konnte ihr Kind schließlich nicht verhungern lassen, und die Flasche mit Säuglingsnahrung, nach der die Kleine stets gierig schnappte, ließ sich ohne viel Aufheben zubereiten und geben.

Schon einen Monat nach Tanjas Geburt fühlte sich Valentina so ausgelaugt und erschöpft wie niemals zuvor in ihrem Leben.

»Nun löffelst du die Suppe aus, die du dir eingebrockt hast«, kommentierte ihre Mutter lakonisch, wenn Tanja mit dem schreienden Bündel im Arm die Treppe hinaufkam und um Hilfe bat.

Uta und Lutz hatten, auch wenn sie Valentinas Entscheidung, das Kind zu bekommen, letztlich nicht verstanden, das Souterrain ihres Hauses zu einer kleinen Wohnung für Tochter und Enkelkind umbauen lassen. Sie verfügte über ein geräumiges Kinderzimmer, ein Wohn- und Schlafzimmer, eine Küche, ein Bad mit Wanne, eine schmale Ecke in der Diele, in die Valentina ihren Schreibtisch quetschte, und ein Regal mit Büchern und Studienmaterial. An Tanjas Betreuung beteiligten sich Uta und Lutz jedoch äußerst selten.

Valentina setzte nur wenige Wochen mit dem Studium der Veterinärmedizin aus. Dann kehrte sie an die

Uni zurück, mit dem gleichen hohen Anspruch an sich selbst und ihre Leistungen wie vor der Geburt ihrer Tochter. Sie hatte genug von den Nörglern und Zweiflern, wollte ihnen beweisen, dass sie es schaffen konnte. Schließlich war sie nicht die einzige Frau auf der Welt, die ihr Kind ohne Hilfe eines Partners großziehen und daneben die Kraft aufbringen musste, eine Ausbildung zu absolvieren oder arbeiten zu gehen.

Für Tanja bekam sie problemlos einen Krippenplatz. Alles hätte gut sein können, denn sie war jung und ehrgeizig.

Aber die Kleine schrie. Tag und Nacht, egal ob Valentina schlafen, essen oder lernen wollte.

Valentina fragte sich, wie lange sie diese Tortur noch durchstehen würde. Allein der Anblick des feuerroten Babygesichtchens, das sie niemals anlächelte oder glucksend anlachte, sondern stets wütend anbrüllte, stimmte sie zutiefst verzweifelt. Ohnmächtig musste sie mit ansehen, dass sich ihr geliebtes Kind offensichtlich vollkommen haltlos und unglücklich fühlte.

Erst in der Nacht zuvor, als Valentina versucht hatte, ein paar Seiten für Anatomie zu lernen, hatte sie sich bei dem Gedanken ertappt, es wäre besser gewesen, das Baby nicht gegen alle Vernunft zur Welt zu bringen. Denn leider hatten die Zweifler recht behalten. Es war schwer. Es war fast übermenschlich schwer.

Noch im gleichen Augenblick hatte sie den Gedanken abgeschüttelt und war vor Scham in Tränen ausgebrochen.

Wenn Tanja schlief, was selten genug vorkam, trat Valentina an ihr Bettchen und betrachtete ihr Kind. Das wirre, für ihr Alter erstaunlich volle blonde Haar, das pausbäckige Gesichtchen, winzige Finger und eine niedliche Stupsnase. Valentina liebte ihre Tochter, doch sie war der Gesamtsituation nicht gewachsen. Und der Druck wuchs mit jedem Tag. Das Studium alleine hätte ihre hundertprozentige Aufmerksamkeit gefordert, doch nun gehörten zu ihrem Leben ein sechs Monate altes Baby und ein umfangreicher Zwei-Personen-Haushalt.

Wie sie es drehte und wendete, ihre Situation war zum Verzweifeln.

»Ich wage kaum zu fragen«, unterbrach Sven ihre wenig ermutigenden Gedanken.

»Was denn?« Valentina mochte ihren Kommilitonen, der die Ausstrahlung eines großen, starken Bären besaß und von dem Karin standhaft behauptete, er sei seit dem ersten Tag des Studiums in Valentina verliebt.

»Ich habe morgen Geburtstag und will eine kleine Fete geben. Nur ein paar Leute. Meinst du, du könntest dich ein oder zwei Stunden von zu Hause loseisen?«

Valentina sah zu ihm auf, lächelte. Unbewusst strich sie über ihr Haar, als wollte sie es glätten. Mit einem Mal überkam sie eine gewaltige Sehnsucht. Seit Monaten hatte sie keine Party mitgefeiert, keine Sekunde länger als nötig mit ihren Kommilitonen verbracht. Geschweige denn, dass sie mit ihnen nach den Vorlesungen an der Spree entlanggeschlendert wäre und dabei genüsslich ein Eis verputzt hätte. Sie war noch nicht einmal 20 Jahre alt, und ihr Leben fühlte sich an wie ein zu eng geschnürtes Korsett.

»Ich möchte so gern« erwiderte sie.

»Wirst du es versuchen?«

»Ich könnte meine Eltern fragen, ob sie Tanja für einen Abend …«

Schon während sie es aussprach, ahnte sie die Aussichtslosigkeit ihres Unterfangens. Ihre Eltern hatten kaum Zeit, sich um ihr Enkelkind zu kümmern. Beide arbeiteten in Vollzeit, ihre Mutter sogar im Schichtdienst. Ihre knappe Freizeit verbrachten Uta und Lutz gern zu zweit, bei einem guten Buch, bei einem Restaurant- oder Theaterbesuch. Beinahe jede Premiere des von ihnen glühend verehrten Ensembles vom »Deutschen Theater« in der Reinhardtstraße besuchten sie. Manche Vorstellungen sahen sie sich mehrmals an, um sich noch Tage später angeregt darüber auszutauschen.

Valentina wusste, dass sie sich ungern in ihrer Welt stören ließen. Sie hatten mit dem Ausbau des Souterrains in ihrem Haus das ihrige für Tochter und Enkelkind getan. Darüber hinaus lag die Verantwortung für Tanja allein bei Valentina.

»Schließlich hast *du* mit dem Kopf durch die Wand gewollt«, schmetterte Uta in der Regel Fragen ihrer Tochter nach Unterstützung bei der Betreuung der Kleinen ab.

Valentina seufzte. Wäre Tanja nur ein wenig pflegeleichter! Wie schön könnte das Leben mit ihr sein! Sie würde sie herzen und küssen, mit ihr zusammen die Kommilitonen treffen und lernen, während die Kleine glucksend vor Zufriedenheit auf einer Decke neben ihnen lag und spielte. Doch nichts von dem geschah! Im Gegenteil! Die anderen begannen, sie zu meiden. Schließlich war auf sie kein Verlass mehr. Valentina wusste, dass Karin und die anderen sie von ganzem Herzen bedauerten, wenn sie abgehetzt, verschwitzt und blass im Hörsaal erschien und vor Müdigkeit kaum den Ausführungen des Dozenten folgen konnte.

»Ich versuche zu kommen«, versprach Valentina.

Sie würde, wenn nötig, ihre Eltern auf Knien darum bitten, einmal ausgehen zu dürfen. Sie würde sich die Haare waschen, eine Hochsteckfrisur, etwas Schmuck und ein Kleid tragen. Vielleicht würde sie eine Flasche Bier trinken, aus Übermut eine Zigarette rauchen und ein bisschen tanzen. Nur einen einzigen Abend lang!

»Ihre Tochter ist ein richtiger kleiner Sonnenschein!«

Trotz ihrer eigenen Verzagtheit freute Valentina sich, dass die Krippenerzieherinnen ihre Tochter so gern hatten und nur lobende Worte für sie fanden.

Mit ernstem Gesicht ließ das sechs Monate alte Mädchen die Verabschiedung geschehen. Valentina wappnete sich innerlich für die nächste Schreiattacke, als sie ihr Kind auf den Arm nahm und aus dem Krippengebäude trug, doch Tanja sah sie nur mit einem unergründlichen Ausdruck an. Sie setzte die Kleine in den bereitstehenden Kinderwagen.

»Heute scheint so schön die Sonne, meine Süße«, sagte Valentina, bemüht, fröhlich und unbeschwert zu klingen. »Da gehen wir zwei ein bisschen in den Garten und bauen eine richtig große Sandburg.«

Vorher musste sie jedoch ein paar Kleinigkeiten einkaufen. Die Straßenbahnfahrt überstanden sie problemlos. Tanja saß auf Valentinas Schoß, blickte aufmerksam aus dem Fenster und ließ sich vom Quietschen, Schaukeln und Rattern des Gefährts nicht beeindrucken. Doch beim Betreten der Kaufhalle, als sie zurück in den Kinderwagen gelegt wurde, runzelte sie kurz die Stirn und begann übergangslos durchdringend zu schreien.

Valentina hob Tanja erneut aus dem Wagen und nahm sie auf den Arm. »Mama macht ganz schnell«, versuchte sie das Mädchen zu beruhigen, während sich Panik in ihrem Innern breitmachte, wieder einmal machtlos zu sein. Wenn Tanja einmal in Fahrt geriet, hörte sie so bald nicht auf zu weinen.

Sie erntete die üblichen Reaktionen – Schulterzucken, Kopfschütteln, gewisperte Vorwürfe und natürlich gutgemeinte Ratschläge –, während sie in aller Eile Kartoffeln, Möhren und eine Packung Babynahrung in ihren Kinderwagen warf.

Valentina spürte, wie sich Schweiß unter ihren Achseln und in ihrem Nacken sammelte. Die Kleine wurde immer schwerer, das Gebrüll verursachte einen schrillen Pfeifton in ihren Ohren, der nach jeder Schreiattacke stärker wurde und manchmal über Stunden anhielt.

»Wenn Sie Ihr Kind jedes Mal aus dem Wagen nehmen, sobald es Theater macht, dann wird das immer schlimmer.«

»Kinder kriegen Kinder.«

»Kann man nicht mal in Ruhe einkaufen gehen?«

»Mal einen Klaps auf den Hintern …«

Die üblichen Kommentare prasselten auf sie ein. Als sie die Konsum-Kaufhalle verließ, fühlte sie sich der Verzweiflung nahe.

Und Tanja brüllte.

»Man hört euch schon von weitem«, begrüßte Uta sie, als Valentina die Tür aufschloss.

Das gab Valentina den Rest, und sie begann zu schluchzen. »Ich kann nicht mehr, Mama«, brachte sie hervor und schämte sich gleichzeitig des Eingeständnisses ihrer eigenen Schwäche. »Ich weiß nicht, was ich falsch mache, dass mein Baby immer nur schreit, wenn es mich sieht.«

Utas gelassene Ausstrahlung bewirkte, dass Tanja sich beruhigte und ihr schrilles Kreischen in herzzerreißendes, ruckartiges Schluchzen überging. Valentina fühlte sich erbärmlich, als sie in die rotgeweinten Augen ihrer Tochter blickte, die jetzt auf dem Arm ihrer Großmutter langsam zur Ruhe kam.

»Ich nehme sie eine Stunde mit zu mir«, bot Uta an. »Und du solltest die Gelegenheit nutzen, dich zu waschen.«

Ihr angeekeltes Gesicht sprach Bände. Valentina nickte dankbar.

Sie hatte ihren strengen Schweißgeruch längst selbst bemerkt und sehnte sich nach ein bisschen Zeit für Körperpflege und eine Tasse Tee.

Wenig später, als sie die Dusche verließ, sich kräftig abrubbelte und ein Handtuch um ihr nasses Haar wickelte, fühlte sie sich besser. Sie lauschte, doch außer dem leisen Piepen in ihrem Ohr vernahm sie nichts.

Sie war ihrer Mutter dankbar für die kurze Auszeit und setze sich mit den Unterlagen der letzten Vorlesung an ihren Schreibtisch, um den Stoff nachzuarbeiten. Wenn sie Glück hatte, könnte sie ihr Pensum schnell erledigen und danach ihre Mutter fragen, ob sie abends für ein paar Stunden auf die Geburtstagsfeier von Sven gehen durfte.

»Du möchtest auf eine Party gehen?« Schon der Klang von Utas Stimme ließ Valentinas Hoffnung schmelzen wie Eis in der Sonne.

»Nur das eine Mal«, bat sie dennoch. »Es ist doch

Sven. Er hilft mir manchmal beim Lernen und schreibt in der Vorlesung für mich mit, wenn ich … wenn ich zu spät komme.«

Tanja lag ruhig auf dem Rücken in dem hölzernen Laufstall, der einst Valentina gehört hatte und an den sie sich überraschend gut erinnern konnte, betastete eine bunte Rassel aus Plastik und steckte sie sich schließlich in den Mund.

»Ich habe das kommen sehen«, sagte Uta und musterte Valentina. »Dass du nicht bereit bist, die Konsequenzen für die Durchsetzung deines Dickkopfs zu tragen.«

»Mama, ich … ich mache doch alles, ohne zu klagen. Nur einmal, nur eine Stunde! Bitte!«

Ihre Mutter schüttelte den Kopf. »Du hast es selbst so gewollt, Valentina! Ich kann dir die Bürde, die du dir auferlegt hast, nicht abnehmen.«

Tanja zog die Rassel ruckartig aus dem Mund und schlug sich damit an die Stirn. Sie begann zu weinen. Valentina hob sie hoch, um sie zu trösten, auch wenn sie ahnte, dass es keinen Zweck haben würde.

Eine Erinnerung holte sie mit Macht ein.

Sie selbst im Laufgitter, weinend, die Hände nach der Mutter ausgestreckt, die nur wenige Meter von ihr entfernt über Büchern saß und sich die Ohren zuhielt.

War das der Grund? Ließ Uta sie jetzt für alles büßen, was ihr vor 19 Jahren widerfahren war? Ihre Mutter war 23 gewesen, als Valentina zur Welt kam. Noch nicht ganz fertig mit dem Studium der Humanmedizin. Auch sie hatte sich durchbeißen müssen, wenngleich mit Unterstützung von Lutz, mit dem sie zu diesem Zeitpunkt schon zwei Jahre verheiratet war.

»Ich habe noch zu arbeiten.«

»Ja, Mama.«

Langsam verließ Valentina das Zimmer, das schreiende Baby auf dem Arm, das sich aller Voraussicht nach erst beruhigen würde, wenn sich nicht das kleinste bisschen Kraft mehr in seinen Lungen befinden würde.

15

Der Whiskey brannte in seiner Kehle. War es das dritte, das vierte oder fünfte Glas? Jonathan wusste es nicht, und es war ihm gleichgültig.

Valentina lag seit zwei Wochen mit einer schweren Kopfverletzung im Koma. Es schien, als hielten allein die medizinischen Geräte sie am Leben.

Er machte sich nichts vor, mit jedem Tag, der verging, sank die Chance, dass sie aufwachen und gesund werden würde. Die Ärzte wollten keinerlei Prognosen abgeben und hielten mit ihrer Meinung hinter dem Berg.

Mühsam beherrschte sich Jo, wenn er mit ihnen sprach, obwohl ihn ihre Hilflosigkeit nach jedem Gespräch ein Stück wütender und verzweifelter zurückließ. Warum waren sie so verdammt machtlos?

Dennoch, er fuhr jeden Tag ins Krankenhaus. Er saß mehrere Stunden an Valentinas Bett. Er hielt ihr die Hand, die sich kühl und leblos anfühlte. Er betupfte ihre aufgesprungenen Lippen mit Wasser, glättete ihr stumpfes Haar mit einer weichen Bürste. Und trotz seiner wachsenden Verzweiflung hoffte Jo, sie würde bei seinem nächsten Besuch aufrecht im Bett sitzen, ihn ansehen und lächeln, wenn er das Zimmer betrat.

Nichts davon geschah.

Doch Jo zügelte sich.

Er schluckte Ärger, Wut, Enttäuschung und Angst herunter und hielt durch. Seine Eltern wussten Bescheid und übernahmen in stillschweigendem Einverständnis seine Geschäfte, so wie er sie vor Jahren von ihnen übernommen hatte.

»Jetzt ist Valentina wichtig«, hatte seine Mutter gesagt, als er ihr am Telefon von dem Unfall erzählte. Die beiden Frauen hatten sich vom ersten Moment an gern gehabt und ihren Kontakt selbst nach der Trennung aufrechterhalten. »Nimm dir Zeit für sie, mein Junge.« Sie sagte es derart selbstverständlich, als wäre Valentina noch immer ihre Schwiegertochter, so wie sie keine Gelegenheit ausließ zu bekräftigen, dass die Scheidung der beiden ein Fehler gewesen sei.

Jo wusste, dass seine Mutter recht hatte.

Valentina war wichtig.

Sie war es immer gewesen.

Sie würde es immer sein!

Selbst als er mit Kendra vorm Traualtar gestanden hatte, war es Tina gewesen, nach der Jo sich gesehnt hatte. Er würde lügen, wenn er das Gegenteil behauptete. Warum hatte er sich von Valentina getrennt, wenn er doch in jeder freien Minute an sie dachte? Wie widersinnig das gewesen war, begriff er erst jetzt, wo er sie für immer zu verlieren drohte.

Das heftig anbrandende Meer spiegelte seinen Aufruhr.

Bis vor ein paar Stunden hatte er durchgehalten und das innere Chaos mühsam beherrscht. Doch dann waren diese zwei jungen Leute in sein Leben geplatzt und hatten ihn nach Valentina gefragt.

Auf den ersten Blick hatten die beiden sympathisch gewirkt. Jo hatte auf ihr Rufen und Winken reagiert und war zu ihnen an den Zaun seines Grundstücks getreten. Es kam öfter vor, dass sich Touristen bei einer Strandwanderung dorthin verirrten, staunend stehen blieben und wissen wollten, ob man in diesem Luxus-Anwesen ein Zimmer mieten könne.

»Wir suchen nach einer Frau«, sagte der junge Mann, als Jo vor ihm stand. »Sie ist vor vielen Jahren nach Langkawi gekommen. Ihr Name ist Valentina. Valentina Wellenstein.«

Jo zuckte bei der Erwähnung ihres Namens zusammen. »Ja?«

»Sie ist Deutsche«, fuhr der Mann fort. Sein Englisch klang einwandfrei, seine Augen blickten ihn offen an. »Wissen Sie etwas von ihr? Wir haben leider wenig Anhaltspunkte, aber wir haben gehört, dass sie möglicherweise hier am Strand von Tanjung Rhu wohnen könnte.«

Die junge Frau in seiner Begleitung, die sichtlich schwitzte und ihren Blick auf den Boden geheftet hielt, sah Jo plötzlich an.

»Sie ist meine Mutter«, hauchte sie mehr, als dass sie sprach, mit dem harten deutschen Akzent, den Jo so gut kannte. »Ich habe ein Briefe unter dem Tisch finden«, fuhr sie holprig in schlechtem Englisch fort, während sie nervös von einem Fuß auf den anderen trat.

Es fühlte sich an, als ob eine Faust sich in Jonathans Magen grub. Für einen Moment blieb ihm die Luft weg, und er starrte das Pärchen überrumpelt an.

Hatte sich so schnell herumgesprochen, dass Valentina mit dem Tod rang? Flogen jetzt schon die Aasgeier über ihrem Körper, der zwar leblos wirkte, aber noch nicht erkaltet war? Außer ihrem kleinen Haus besaß Valentina nichts. Den ihr nach der Scheidung zustehenden Unterhalt lehnte sie ab. Sie wollte auf eigenen Füßen stehen, beteuerte sie, wenn Jo sie bat, wenigstens gelegentliche Zuwendungen für die Klinik oder den Erhalt ihres Hauses entgegenzunehmen. Die zwei Gauner, die sich hier als ihre Familie ausgaben, würden kaum etwas vorfinden, das sie sich in die Taschen stecken konnten. Valentina lebte bescheiden und investierte jeden verdienten Ringgit in ihre Tierklinik.

Was wollten diese Leute von ihr?

Sollte er sie anschreien? Wütend von seinem Grundstück jagen, das sie noch nicht einmal betreten hatten? Sollte er sie hereinbitten, um ihnen zu versichern, dass sie lebte, und somit jeglichen Spekulationen Einhalt gebieten?

»Ich bitte Sie zu gehen«, sagte er nach kurzer Überlegung kalt. »Hier gibt es keine Valentina Wellenstein. Ich habe noch nie von ihr gehört.« Er drehte sich um und ließ die beiden einfach stehen.

»Hören Sie …«, rief der junge Mann.

»Gehen Sie jetzt!« Jonathans Stimme klang schärfer, als er sich noch einmal umwandte. Sein Blick glitt kurz über die Gestalt der fülligen jungen Frau, deren blonde Haare im Sonnenlicht schimmerten. Valentinas Tochter? Allein der Gedanke war aberwitzig.

Valentina hatte niemals ein Kind gewollt!

Die Faust in seinem Magen setzte sich in Bewegung, griff nach seinem Herz und drohte, es in Stücke zu reißen.

Jahrelang hatte er gehofft, sie umstimmen zu können. Wie sehr hatte er sich gewünscht, das Glück ihrer Liebe mit einem gemeinsamen Kind zu krönen! Doch jedes Mal, wenn er das Thema angeschnitten hatte, war sie ausgewichen, nahezu vor ihm geflüchtet.

Valentina hatte keine Tochter. Verdammt!

Aufgebracht ging er ins Wohnzimmer seines Hauses, wo er in einem Anfall von Wut die Whiskeykaraffe vom Tisch fegte. Bessi, seine blinde Katze, stob aufgeschreckt davon.

Jonathan ließ sich erschöpft auf die Knie nieder. Es störte ihn nicht, dass die Glasscherben sich in seine Haut bohrten und Blut aus den Schnitten trat. Der Schmerz half ihm, seine Sinne zu schärfen und seinen Verstand zu klären.

Langkawi, Dezember 1992

Als Jonathan erwachte, sah er sie auf der Terrasse stehen und auf das Meer schauen – reglos, während das Mondlicht silbern schimmernde Reflexe auf ihr geflochtenes Haar malte und der Nachtwind mit einzelnen losen Strähnen spielte. So feenhaft schön seine Frau gerade aussah, Jonathan hatte gelernt, diesen Anblick zu fürchten. Wenn sie nachts aus ihrem Bett flüchtete, war Valentina nicht ansprechbar. Sie befand sich in einer Welt, zu der er keinen Zutritt besaß, in die sie ihn nicht hineinlassen konnte oder wollte. Valentina hatte von Anfang an Momente des inneren Rückzugs gehabt. Manchmal verkroch sie sich in sich selbst, wurde still und unzugänglich, doch wenn er sich sorgte, wich sie ihm aus.

»Du kannst mit mir über alles sprechen, was dich

quält«, versicherte Jonathan seiner Frau bei jeder Gelegenheit.

»Ich weiß«, antwortete sie und beließ es dabei. Was auch immer sie belastete, sie hatte es tief in ihrem Innern eingeschlossen.

Jo erklärte sich ihr Verhalten mit Heimweh und wartete jedes Mal geduldig, bis sie sich ihm wieder zuwandte.

Leise schlüpfte er nun aus dem Bett und trat zu Valentina auf die Terrasse.

»Bald ist Weihnachten«, flüsterte sie, als er einen Arm um ihre Schultern legte und sie sanft an sich zog.

»Möchtest du, dass wir beide nach Deutschland fliegen?«, fragte er. »Um dort das Christfest zu feiern, mit einem geschmückten Tannenbaum und dem Bach-Oratorium, das du so liebst. Weihnachten ohne Palmen, so wie es sich gehört?«

Sie schüttelte den Kopf. »Nein«, hauchte sie und begann leise zu summen.

»Ist das ein deutsches Weihnachtslied?«

Sie hob den Kopf, aber sie antwortete nicht. Der Ausdruck in ihren Augen war unergründlich, doch die Tränen, die darin glitzerten, waren beredt genug.

Es ließ sich nicht länger leugnen. Valentinas schwierige Phasen wurden häufiger und dauerten länger. Langsam war es an der Zeit, dass sich etwas änderte.

Etwa zwei Monate zuvor war sie ihm, als er die Villa betrat, die unterdessen die kleine Hütte am Strand ersetzte, mit glücklichem Strahlen im Gesicht und voller Energie entgegengekommen. Im Eingangsbereich stand ein gepackter Koffer.

»Wir verreisen?«, hatte er gefragt.

»Ich werde nach Deutschland fliegen«, antwortete sie. »Es gibt etwas, das ich noch dringend erledigen muss.«

»Soll ich dich begleiten?«, wollte Jonathan wissen, der ihren spontanen Entschluss und den wilden Glanz in ihren Augen genauso wenig einordnen konnte wie das gelegentliche stumme Brüten zuvor.

Sie schüttelte den Kopf, dann küsste sie ihn. »Nein«, sagte sie. »Ich werde nicht lange weg sein. Vielleicht eine Woche.«

Er fühlte sich innerlich zerrissen, als er sie schließlich zum Flughafen brachte. Einerseits verspürte er das Bedürfnis, sie zu beschützen, fragil und empfindsam, wie sie war. Andererseits verstand er ihren Wunsch, die Dinge, die sie nach Deutschland trieben, allein zu regeln.

Er hatte seine Schwiegereltern nie kennengelernt, da sie hartnäckig den Kontakt zu ihm verweigerten und sogar ihrer Hochzeit, die sie im großen Kreis auf dem Anwesen seiner Eltern in den Cameron Highlands gefeiert hatten, ferngeblieben waren.

Kurz darauf hatten Valentinas Beschwerden sich verstärkt.

Sie klagte über Herzrasen, litt abwechselnd unter Schüttelfrost und Schweißausbrüchen, magerte zusehends ab und konnte nachts nicht schlafen.

Er hielt seine Frau lange im Arm, küsste sie wieder und wieder, bis das Boarding begann. Ihm blutete das Herz, als er sie entschlossenen Schrittes zur Passkontrolle gehen sah. Ihr langes Haar, die spitzen Schultern, ihr schmaler Körper, der sich Nacht für Nacht voller Begehren an ihn schmiegte, wenn es ihr gutging.

Jonathan liebte Valentina mehr als sein Leben.

Sie drehte sich noch einmal zu ihm um. »Auf bald«, formten ihre Lippen.

»Ich liebe dich«, erwiderte er.

Wie angekündigt kehrte sie eine Woche später zu ihm zurück. Doch seine Hoffnung, sie würde sich endlich besser fühlen, erfüllte sich nicht.

Nachdem sämtliche in Kuala Lumpur konsultierten Fachärzte keine organischen Ursachen finden konnten, wandten sie sich schließlich an einen Facharzt für seelische Erkrankungen.

»Rezidivierende depressive Störung«, diagnostizierte der Psychiater, bei dem sie Rat suchten. »Ihre Frau wirkt über alle Maßen haltlos«, fuhr er fort, nachdem Valentina das Sprechzimmer für weitere Tests verlassen hatte, und sah Jonathan über seine Brille hinweg an. »Sie treibt wie ein Geisterschiff im Ozean, wenn Sie mir diesen Vergleich erlauben.«

»Was soll das heißen?«, fragte Jonathan, der sich angegriffen fühlte. »Sie ist rund um die Uhr von Menschen umgeben, die sie lieben und verstehen. Wenn ich arbeite, kümmert sich meine Mutter um sie. Die Wochenenden verbringen wir in unserem Haus auf Langkawi. Meine Frau hat alles, was sie braucht.«

»Was ist bei dem Deutschlandaufenthalt, den Sie vorhin erwähnten, vorgefallen?«

Der Arzt traf mit dieser Frage einen wunden Punkt. Hatte Valentina vor ihrem Abflug zeitweise labil und angeschlagen gewirkt, so war sie nach ihrer Rückkehr vollkommen zusammengebrochen. Leblos wie eine Puppe verbrachte sie ihre Tage in ihrem Zimmer oder auf der Terrasse, wo sie sich Tee bringen ließ und gelegentlich ein wenig Reis oder etwas Obst zu sich nahm, ansonsten jedoch schweigend vor sich hin starrte und die ewig gleiche Melodie summte, die Jo nicht kannte. Sie sprach nicht, sie vernachlässigte ihr Äußeres, und nachts verriegelte sie ihr Zimmer und ließ Jonathan nicht zu sich.

Schon von ihrem ersten Aufenthalt in Berlin, kurz nachdem sie sich kennengelernt hatten, war Valentina blass, schweigsam und sichtlich angeschlagen zurückgekehrt. Ihren Plan, dass er ihr nachreisen sollte, um ihre Eltern kennenzulernen, hatte sie ohne weitere Erklärung platzen lassen.

Auf seine Frage hin, ob etwas passiert sei, hatte sie ausweichend geantwortet und ihm versichert, dass alles in Ordnung sei. Doch ihr damaliger Zustand war nicht zu vergleichen mit dem Zusammenbruch, den sie nach ihrer zweiten Reise erlitten hatte.

»Ich weiß nicht, was vorgefallen ist«, antwortete Jonathan wahrheitsgemäß. »Ich weiß nicht einmal, warum sie überhaupt nach Berlin geflogen ist. Um ehrlich zu sein, ist mir außer Eckdaten fast nichts aus ihrem früheren Leben bekannt. Sie selbst hat Tiermedizin studiert, und ihre Eltern sind Humanmediziner. Ansonsten … Sie erzählt nicht viel.«

»Ich bin fast sicher, dass wir dort die Ursache ihrer Depression zu suchen haben.«

»Schon möglich«, erwiderte Jo. »Wenn man bedenkt, dass ihre Eltern sich von Anfang an weigerten, mich und meine Familie kennenzulernen. Doch viel wichtiger ist: Was kann ich tun?«

»Wenig, wenn Ihre Frau nicht zustimmt. Ich denke,

sie hat sich in einer Art Kokon eingeschlossen, um eine belastende Erfahrung zu verarbeiten.«

Geisterschiff, Kokon … Was sollte er davon halten?

»Besteht Hoffnung, dass sie diesen Kokon, wie Sie das nennen, irgendwann wieder verlässt?«

Der Arzt nickte. »Die besteht durchaus.«

»Wodurch?«

»Da gibt es mehrere Möglichkeiten. Die eine wäre ein Anlass.«

»Was für ein Anlass?«

»Haben Sie über Kinder nachgedacht?«

Jonathan schluckte. Erneut hatte der Arzt einen wunden Punkt getroffen. Er schüttelte den Kopf. »Bis jetzt nicht«, erwiderte er. »Sie weicht mir aus, wenn ich darüber sprechen möchte.«

Womöglich hatte der Mediziner recht. Was auch immer Valentina quälte, eine Aufgabe würde sie mit Sicherheit zurück ins Leben holen.

Ob ein Baby die Lösung wäre?

Jo liebte Valentina mehr als sein Leben, und die Vorstellung, ihr gemeinsames Kind in seinen Armen zu wiegen und später mit ihm am Strand von Tanjung Rhu herumzutoben, erweckte in ihm große Vorfreude.

Wenn er Valentina jedoch vorschlug, die Pille abzusetzen, reagierte sie ärgerlich, verkroch sich in ihr Schneckenhaus und redete tagelang nicht mit ihm.

»Es wäre möglich, Ihre Frau für eine Weile in eine Klinik einzuweisen«, erklärte der Arzt abschließend. »Damit sie im geschützten Raum zu sich finden kann.«

»Ich bin nicht sicher …« Die Vorstellung bedrückte Jonathan. »Vielmehr möchte *ich* ihr helfen, eine Struktur und eine Aufgabe zu finden.«

»Es ist Ihre Entscheidung.«

Wenig später verließen sie die Arztpraxis und machten sich auf den Weg in Jos Elternhaus.

»Der Arzt hat vorgeschlagen, dass du für eine Weile in eine Klinik …«, begann Jo, nachdem er ihren Wagen eine Zeitlang schweigend durch den Stadtverkehr gelenkt hatte.

»Nein«, unterbrach sie ihn und schüttelte energisch den Kopf.

»Es wäre nur, damit du …«

»Willst du das? Mich in eine Klinik bringen?«

Er sah sie an. »Ich möchte vor allem, dass es dir wieder gutgeht, Valentina!«

»Ich werde aufhören, mich selbst zu zerstören«, versprach sie und griff nach seiner Hand. »Du musst dir nicht länger Sorgen um mich machen. Ich habe endlos viele Stunden nachgedacht, ich habe die Diagnose des Arztes gehört, und ich habe begriffen, dass ich mich nicht weiter gehen lassen darf, dass ich für mein Glück selbst verantwortlich bin.«

»Ich bin immer für dich da!«

»Ich weiß.« Sie lehnte einen Moment lang ihren Kopf an seine Schulter, dann sah sie ihn an. »Alles wird gut. Ich werde etwas Zeit brauchen. Ich denke, ich werde eine Weile die Medikamente einnehmen, die der Psychiater mir verschrieben hat, aber über kurz oder lang werde ich es alleine schaffen.«

»Bist du sicher?«

»Ganz sicher«, antwortete sie. »Ich weiß noch nicht so recht wie, aber dass ich es schaffe, steht außer Frage.«

In ihren Worten und in ihrem Gesicht erkannte er

einen Abglanz der lebenslustigen, mutigen Frau, der er am Flughafen von Kuala Lumpur begegnet war. Und er glaubte ihr.

Valentina behielt recht.

Im Haus seiner Eltern angekommen, begann sie den Kokon abzulegen. Sie aß, trank, plauderte und pflegte sich. Nachts lagen sie einander in den Armen, liebten sich voller Leidenschaft und Hingabe. Jonathan konnte sein Glück kaum fassen.

Kurz darauf kehrten sie nach Langkawi zurück, wo Valentina ihren schon länger gehegten Plan in die Tat umsetzte, sich um die Straßenhunde zu kümmern, die sich abgemagert, teilweise verletzt und krank in der Nähe ihres Hauses herumtrieben.

Die Arbeit mit den Tieren ließ sie zusehends gesunden. Der Psychiater hatte richtiggelegen, die Aufgabe tat ihr gut. Valentina blühte von Tag zu Tag mehr auf.

Jonathan besorgte Ausstattung und Medikamente, ließ einen kleinen Behandlungsraum und einen Zwinger auf ihrem Grundstück bauen, in dem sich kranke Tiere auskurieren konnten. Er kümmerte sich um Futter und half seiner Frau, ein Zuhause für die genesenen Patienten zu finden.

Nur um sie glücklich zu sehen.

»Es werden immer mehr«, sagte Valentina eines Tages. »Und jetzt weiß ich endlich, was ich zu tun habe.«

Innerhalb eines Jahres absolvierte Valentina mehrere Fortbildungen, die ihr tiermedizinisches Examen komplettierten. Sie suchten ein geeignetes Grundstück und fanden es nahe des Kampung Padang Matsirat im Westen der Insel. Jonathan ließ das darauf stehende Gebäude nach Valentinas Plänen zu einer kleinen Tierklinik umbauen, und wenig später nahm sie ihre Arbeit auf.

Langkawi Animal Clinic & Shelter wurde Valentinas zweites Zuhause auf der Insel, und seit sie dort arbeitete, behielt sie ihre Depression im Griff.

Nur gelegentlich quälten sie Alpträume und Schlaflosigkeit. Nur noch selten fand Jo sie nachts auf der Terrasse, wo sie aufs Meer starrte, die ewig gleiche Melodie summte und nicht ansprechbar war, während Tränen über ihr Gesicht liefen.

Valentina hatte ihre Aufgabe gefunden, indem sie sich der Rettung der Tiere dieser Insel verschrieb.

Jonathan fühlte sich glücklich, wenn sie nach zwölf Stunden Arbeit geschafft, aber zufrieden nach Hause kam, sie beide in ihrer Bucht schwimmen gingen, sich neckten, liebten, miteinander lachten, aßen, tranken … glücklich waren. Endlich besaß die Krankheit keine Macht mehr über seine geliebte Frau.

Aber Jo machte sich nichts vor. Ihm war klar, dass er seinen Wunsch nach einem Kind an Valentinas Arbeit verloren hatte. Manchmal tat ihm das weh. Manchmal fragte er sich, wo in ihrer Ehe er und seine Wünsche geblieben waren. Manchmal stritten sie, weil er eifersüchtig auf ihre übergroße Liebe zu den Tieren reagierte.

Doch Valentina war endlich glücklich. Deshalb schwieg er meistens, wenn es ihm schlechtging. Ihr zuliebe.

***

Das Blut an seinen Knien fühlte sich klebrig an. Jonathan biss die Zähne zusammen, als er sich erhob, sich auf einem Sessel niederließ und die Glassplitter aus den Wunden zog, die daraufhin erneut zu bluten begannen.

Dass er sich selbst verletzt hatte, war verrückt gewesen, doch der körperliche Schmerz hatte ihm zu der Erkenntnis verholfen, dass er so wie bisher nicht weitermachen konnte und wollte. Sein Leben fühlte sich wie eine Lüge an. Nun war es an der Zeit, die Wahrheit herauszufinden.

Im Bad betupfte er die Schnitte mit einem kalten Tuch, bis sie zu bluten aufhörten. Er duschte, desinfizierte und verband seine Wunden und zog sich an. Mit einer Tasse Kaffee begab er sich auf die Terrasse.

Er blickte auf die Andamanensee und versuchte zu begreifen, was Valentina gesehen hatte, wenn sie dort gestanden und in die Ferne geblickt hatte. Warum hatte er nie versucht, sie zu verstehen? Warum hatte er allein danach gefragt, was ihre Krankheit mit ihm machte? Warum hatte er nicht darauf bestanden, sie nach Deutschland zu begleiten, ihre Eltern kennenzulernen und zu sehen, wo sie aufgewachsen war und studiert hatte?

Bessi wich ihm nicht von der Seite, seit er ausgerastet war. Jo nahm sie auf den Arm, als sie miaute, und kraulte ihr weiches Fell.

»Ich hab verdammt viel falsch gemacht«, sagte er verzweifelt.

Die Katze wandte ihm ihren Kopf zu. Obwohl ihre bernsteinfarbenen, von einem milchigen Schleier überzogenen Augen blind waren, schienen sie mitten in seine Seele zu blicken und die Wahrheit zu kennen. Die Wahrheit, für die er sich mit einem Mal bitterlich schämte.

Er hatte vorgegeben, Valentina zu lieben, doch tatsächlich hatte er sie im Stich gelassen und die Augen vor ihren Problemen verschlossen.

Jonathan hatte sich sofort in sie verliebt, als er diese zarte Frau am Gepäckband des Flughafens hatte stehen sehen. Ihren Mut, ganz allein durch Asien zu reisen, hatte er bewundert. Ihren Duft, ihr Lachen, ihren unersättlichen Appetit auf Mangos ... Er hatte alles an ihr geliebt.

Oder war das, was er liebte, nicht in erster Linie *sein Bild* von ihr gewesen? Nach ihr selbst, der wirklichen Valentina, ihrem Leben, bevor sie sich begegneten, hatte er niemals gefragt.

Wenn es also stimmte? Wenn die junge Deutsche wirklich Valentinas Tochter war?

Nach einem kurzen Moment der Besinnung setzte er Bessi vorsichtig ab, verließ die Terrasse und lief mit langen Schritten hinunter zum Meer – jedoch nicht zu seinem kleinen privaten Abschnitt der Bucht, der versteckt vor neugierigen Blicken ein wenig abseits lag und wo er und Valentina sich unzählige Male im warmen Wasser geliebt hatten.

Jonathan lenkte seine Schritte zum größeren Teil der Bucht, dahin, wo die Hotels lagen und wo er mit ein wenig Glück die beiden jungen Leute antreffen würde und mit ihnen sprechen könnte.

Er ärgerte sich, dass er unbeherrscht und emotional reagiert hatte. Valentina trug ein Geheimnis mit sich herum. Er schämte sich, dass er mehr als 20 Jahre gebraucht hatte, um das zu begreifen.

Langsam ging er am Strand entlang und musterte die Menschen, vornehmlich Urlauber aus aller Herren Länder, die sich hier in 5-Sterne-Resorts vergnügten. Das junge Pärchen hatte nicht so ausgesehen, als könnte es sich eine der teuren Unterkünfte auf der Insel leisten. Allerdings konnte dieser Eindruck täuschen. Kleider sagten nicht alles. Jo selbst bevorzugte in seiner Freizeit einen eher lässigen Look.

Über ihm flog kreischend ein Schwarm Nashornvögel. Eine Gruppe Brillenlanguren hangelte sich am offenen Restaurant des Hotels entlang, und obwohl mehrere Schilder darauf hinwiesen, die Affen nicht zu füttern, taten die Touristen es dennoch. Jo musste zugeben, dass dem Charme der possierlichen Tiere, die den Hotelgästen die gereichten Erdnüsse brav, beinahe diszipliniert aus den Händen nahmen, tatsächlich schwer zu widerstehen war.

Er richtete seine Aufmerksamkeit wieder auf die Personen am Strand. Doch die Gesuchten konnte er nicht entdecken.

Systematisch begann er die einzelnen Restaurants und Bars der Anlage abzuklappern, danach widmete er sich den Pools. Vergebens.

Trotz der vergeblichen Suche behielt Jo die Ruhe. Sein Ziel stand klar vor seinen Augen, so schnell würde er sich nicht entmutigen lassen. Nachdem er die Lobby des einen Hotels erfolglos durchkämmt hatte, betrat er die des nächsten.

Und endlich geschah das, worauf er nicht mehr zu hoffen gewagt hatte. Er sah das junge Pärchen. Die beiden fuhren mit einem Roller vom Hotelgelände und waren binnen Sekunden aus seinem Blickfeld verschwunden.

»Stopp«, schrie Jo gegen die Erkenntnis an, nur Sekunden zu spät gekommen zu sein, und winkte vergeblich. Er ließ enttäuscht den Arm sinken und drehte sich um.

Eine ausgesprochen hübsche Frau, etwa in seinem Alter, vielleicht ein wenig jünger, beobachtete ihn neugierig. Sie trug ein weißes Neckholderkleid, das ihre braungebrannte Haut besonders gut zur Geltung brachte. Ihr auffällig langes Haar fiel in weichen Wellen über Schultern und Rücken.

Sekundenlang musterten sie sich.

»Das war Pech«, sagte Jo schließlich und zuckte die Schultern.

»Kennen Sie die beiden?«, fragte die Frau.

Da war er wieder, der harte, ein wenig steif klingende Akzent, der selbst bei sicher englisch sprechenden Deutschen seinen Niederschlag fand. Jo bekam eine Gänsehaut. »Kennen *Sie* sie?«, fragte er, während sein Herz wild gegen seinen Brustkorb hämmerte.

»Flüchtig«, entgegnete die Fremde. »Die junge Frau und ich, wir sind uns im Flugzeug begegnet, haben uns eben durch Zufall wiedergetroffen und zusammen etwas getrunken.«

»Ich … ja, wenn ich nur ein paar Minuten eher …« Jo wusste nicht weiter. Wie ausgeleert fühlte sich sein Verstand an.

»Also dann.« Die Frau machte Anstalten zu gehen.

»Warten Sie!«, bat Jo und rief sich selbst zur Ordnung. »Ich kann das jetzt nicht erklären. Es ist … eine lange Geschichte.«

»Ich mag lange Geschichten«, sagte die Frau lachend. »Und Sie sehen aus, als könnten Sie einen Drink vertragen.«

Ihre Ungezwungenheit wirkte ansteckend. »Das kann ich wirklich«, antwortete er. »Ich bin Jonathan. Für Sie gern Jo.«

»Mein Name ist Helena.«

Sie schüttelten sich die Hände.

»Kennen Sie …?«, Jo räusperte sich, während er sich in Begleitung der Deutschen in Bewegung setzte. »Kennen Sie zufällig den Namen der … der Frau, die eben auf dem Roller davongefahren ist?«

Er sah sie nicken. Seine Hände begannen zu schwitzen. Und als sie schließlich antwortete, wurden seine Knie weich wie Gummi.

»Sie heißt Tanja. Tanja Wellenstein. Warum fragen Sie?«

16

»Es deutet also einiges darauf hin, dass die Frau, die vorhin auf dem Roller weggefahren ist, die Tochter Ihrer Frau ist?« Helena sah ihr Gegenüber aufmerksam an. »Von deren Existenz sie Ihnen nie etwas erzählt hat?«

»Dem Namen nach ja. Aber ansonsten …« Er schwieg mitten im Satz und schüttelte fassungslos den Kopf.

»… glauben Sie nicht wirklich daran, dass Ihre Frau dieses Geheimnis über so viele Jahre gehütet haben könnte, nicht wahr?«, beendete Helena seinen Satz.

»Meine Exfrau«, antwortete Jonathan und setzte sein Glas so hart ab, dass dessen Inhalt – Whiskey auf Eis – beinahe über den Rand schwappte. »Die zudem seit 14 Tagen im Koma liegt und die Wahrscheinlichkeit, dass sie aufwachen wird …« Er schluckte. »Es ergibt alles überhaupt keinen Sinn.«

»Schon gut«, sagte Helena und berührte kurz seine Hand.

Dafür, dass sie sich erst vor einer Stunde kennengelernt hatten, fühlte sie sich diesem fremden Mann seltsam nah. Vielleicht, weil sie sein Schicksal berührte – seine tief empfundene Liebe zu einer Frau, die sich ihm auf die eine oder andere Weise seit vielen Jahren immer wieder entzog. Seine Treue rührte sie, seine Verzweiflung wühlte sie auf.

Jo saß ihr gegenüber und erzählte mit stockender Stimme seine Geschichte. Trotz der Bräune wirkte seine Haut fahl, die Hände zitterten.

»Ich war ein Idiot. Und ein Feigling«, sagte er.

»Warum?«

»Ich hatte Angst, sie zu fragen …« Er räusperte sich. »Angst, herauszufinden, was wirklich mit ihr los ist. Ihre Depressionen, ihr Schweigen, die Arbeit in der Tierklinik rund um die Uhr … Ich habe oft überlegt, warum sie so getrieben, so unglücklich wirkte, dennoch, es war viel bequemer für mich, die wahren Gründe nicht zu kennen.«

Helena schüttelte den Kopf. »Sie müssen nachsichtig mit sich selbst sein«, beschwor sie ihn. »Ehrlichkeit ist in der Theorie sehr viel leichter einzufordern und auszuhalten als in der Praxis, das kennen und wissen wir doch alle.«

Wie oft war sie selbst Diskussionen mit Martin ausgewichen, weil sie keine Lust verspürte, sich ernsthaft damit auseinanderzusetzen, welche Probleme sie hatten und wie diese zu lösen seien. Solange ihre Ehe im Großen und Ganzen funktionierte, vermied sie es nach Kräften, schlafende Hunde zu wecken.

Doch hatte ihr Vermeidungsverhalten sie glücklicher und zufriedener gemacht? Helena seufzte leise auf, als sie sich die ernüchternde Antwort selbst gab.

Sie hatte ihr Leben lediglich *ausgehalten;* um die Karten zusammen mit Martin neu zu mischen und gemeinsam zu *leben,* fehlte ihr der Mut. Der Alltag hatte sie träge gemacht.

»Ich muss diese junge Deutsche finden«, unterbrach Jonathan Helenas Überlegungen, während er sich seine

Sonnenbrille in die Stirn schob, so dass sie zum ersten Mal seine Augen sehen konnte. Angst und Unruhe flackerten in ihnen. »Ich muss sie finden und die Wahrheit herausbekommen. Selbst wenn sie unbequem ist. Sie sehen, meine Bequemlichkeit hat Tina und mich an den Abgrund gebracht.«

Noch immer fand Helena, dass Jonathan zu hart mit sich ins Gericht ging, dennoch gaben seine Worte einen Teil von dem wieder, was sie selbst empfand.

Standen sie und Martin nicht ebenfalls am Abgrund? Weil sie viel zu lange geschwiegen hatten und ausgewichen waren? Weil Martin seinen Kummer betäubte, indem er sie mit Liebe und Fürsorge beinahe erstickte, und sie sich vor ihm hinter nie enden wollender Arbeit versteckte? Fragen über Fragen.

»Ich wünsche Ihnen Glück, Jo«, sagte Helena.

Sie erhoben sich und schüttelten sich die Hände.

Er reichte ihr seine Visitenkarte. »Es hat gutgetan, mit Ihnen zu reden«, sagte Jo herzlich. »Danke für Ihre Zeit! Und für Ihre Geduld mit einem verzweifelten alten Mann. Wenn Sie die beiden jungen Leute noch einmal zufällig treffen, rufen Sie mich an und lassen Sie sie nicht gehen, ehe ich da bin. Die Insel ist klein. Ich werde nicht lange brauchen.«

»Mache ich«, versprach Helena. »Auch wenn die Chancen nicht sehr gut stehen. Ich denke nicht, dass uns der Zufall noch ein weiteres Mal in die Hände spielt.«

»Und diese Tanja hat wirklich nichts darüber verlauten lassen, wo sie hier auf der Insel abgestiegen ist?«

Helena schüttelte den Kopf. »Tut mir leid«, erwiderte sie. »Wie gesagt, wir kennen uns nur ausgesprochen flüchtig. Sie hat mir bei unserer Ankunft erzählt, dass sie auf Langkawi ihre Mutter besucht. Daraufhin habe ich nicht weiter nachgefragt.«

»Danke!« Sie umarmten sich kurz. »Ich werde in Tinas Haus nachsehen, ob ich irgendetwas finde, was mir weiterhilft.«

»Alles Gute!«

»Und wenn Sie ...«

»Wenn ich etwas höre, rufe ich an«, wiederholte Helena und zwinkerte ihm aufmunternd zu. »Versprochen!«

Er hob die Hand zum Gruß, als er sich abwandte und mit langen Schritten über den Strand zu seinem Haus ging.

Helena sah ihm nach, dann setzte sie sich und bestellte einen weiteren Drink.

»Wo kommst du jetzt her?« Michael, der lebende Beweis des Scheiterns ihrer Ehe, saß auf der Terrasse des Bungalows und schoss ein Foto von ihr, als sie auf ihn zuging.

»Aus der Hotelbar«, antwortete sie. »Ich habe zwei Gin Tonic getrunken.«

»So früh am Tage?« Er zwinkerte ihr zu, grinste schelmisch.

Helena kämpfte gegen den Impuls, sich in den Bungalow zu verkriechen und die Decke über den Kopf zu ziehen, um ungestört nachdenken zu können, zumal sie ahnte, dass sie so schnell keine Antworten auf ihre Fragen finden würde.

»Jetzt hör schon auf, mich laufend zu fotografieren«, sagte sie, während sie vor Michael stehen blieb, die Schleife ihres Kleides im Nacken öffnete und es abstreifte.

Sein Blick glitt über ihren Körper, als sie im Bikini vor ihm stand. Sie konnte sehen, dass er sich ebenfalls gern in ihr Schlafzimmer zurückziehen würde, jedoch aus anderen Gründen als sie selbst.

»Gehen wir schwimmen?«, fragte sie, um Lässigkeit bemüht.

Er legte die Kamera weg und erhob sich. »Warum nicht?«

Sie tollten und tobten im warmen Meer herum wie kleine Kinder.

Eine halbe Stunde später ließen sie sich lachend und prustend auf ihre Sonnenliegen fallen.

Auch wenn sich Helena in den ersten Minuten noch erdenschwer und bedrückt gefühlt hatte, im Wasser war ihre Lebenslust zurückgekehrt. Michaels Unbeschwertheit und seine stets ansteckend gute Laune hatten sie mitgerissen.

Vor zwei Tagen war Michael auf Langkawi gelandet. Sie hatte am Flughafen auf ihn gewartet. Zur Begrüßung umarmten sie sich wie gute alte Freunde. Dann stiegen sie schweigend in ein Taxi, wo sie während der Fahrt ihre Hände ineinanderlegten und aus dem Fenster sahen. In dem Moment, als Helena ihm am Telefon die Adresse ihres Hotels genannt hatte, war ihr klar gewesen, dass er kommen und worauf sein Besuch hinauslaufen würde.

Sie war ein bisschen aufgeregt gewesen, als sie im Bungalow einander gegenüberstanden, sich in die Arme nahmen und küssten. Seit sie mit Martin zusammen war, hatte Helena mit keinem anderen Mann geschlafen. Nach den ersten recht aktiven Jahren beschränkte sich ihr Sexleben seit einiger Zeit auf ein oder zwei Begegnungen im Monat, bei denen Helena zwar Erfüllung fand, jedoch seltsam leidenschaftslos blieb.

Sie wartete darauf, dass ihr Gewissen sich melden und protestieren würde, als Michael ihr, nur wenige Minuten nachdem sie im Hotel angekommen waren, das Kleid von den Schultern streifte, sie streichelte, küsste und gleichermaßen entschlossen wie erfahren in Besitz nahm. Doch nichts geschah. Sie erwiderte seine Leidenschaft, sie schenkte sich ihm und genoss es, ihr Denken auszuschalten und sich der Sprache ihres Körpers zu bedienen.

Während der folgenden zwei Tage und Nächte bekamen sie kaum genug voneinander, gaben sich leidenschaftlich ihrer Lust hin und machten erst Pause, wenn sie sich vollkommen erschöpft fühlten.

Helena spürte jede Faser ihres Körpers, seit Michael bei ihr war.

Sie hatte Urlaub genommen – von Berlin, von Deutschland, von ihrer Ehe und sogar von sich selbst. Doch jetzt hatte die Wirklichkeit sie eingeholt.

»Wir müssen reden«, hörte Helena sich plötzlich sagen, während die Sonne die Tropfen auf ihrer Haut trocknete und Michaels Hand langsam von ihrer Schulter abwärts wanderte, um sich einen Weg unter Helenas Bikinitop zu bahnen. Sie wehrte sich gegen das aufflammende Begehren. »Bitte …«

Er seufzte. »Ich hab schon darauf gewartet«, erwiderte Michael ergeben und ließ von ihr ab. »Schieß los!«

Als Helena Michael jetzt in die Augen sah, schlug das schlechte Gewissen ein wie eine Bombe. Schockiert wandte sie ihren Kopf ab. »Du musst abfahren«, hauchte sie, überwältigt von der Macht ihres Schuldgefühls.

Michael lachte. »Das weiß ich«, sagte er. »Mein Flug geht morgen. Schon vergessen?«

»Natürlich weiß ich das«, antwortete sie. Michael reiste wegen der Dreharbeiten für eine Dokumentation nach Singapur. Dieser Auftrag in Fernost hatte es ihm überhaupt erst ermöglicht, zuvor einen Abstecher nach Langkawi zu unternehmen. »Aber das meine ich nicht.«

»Sondern?«

»Diese Reise. Du und ich. Es ist alles falsch …«, Helena öffnete die Augen und sah ihn an, »vollkommen falsch, was ich hier tue. Ich sollte nicht hier sein. Und du erst recht nicht.«

»Es geht uns gut miteinander, und wir sprechen gerade einmal von drei Tagen, was genau genommen nicht mehr als ein Wimpernschlag ist. Warum musst du plötzlich Probleme heraufbeschwören?«, fragte Michael. Dann griff er nach ihrer Hand, drückte sie. »Ich bitte dich, tu das nicht!«

»Ich schäme mich.«

»Warum?«

»Das weißt du doch«, erwiderte Helena.

Er nickte. »Du hast ein Problem, weil du deinen Mann hintergangen hast. Das war abzusehen. Aber glaub mir, alles, was zwischen uns geschehen ist, wird deiner Ehe viel mehr nützen als schaden, wenn du es richtig angehst.«

»Du meinst, ich soll das, was in den letzten Tagen passiert ist, vor Martin verheimlichen?«

Er zuckte die Schultern. »Scheint in *eurem* Fall die beste Lösung zu sein.«

»Du verstehst es, unheimlich überlegen zu wirken«,

erwiderte Helena ärgerlich. »Mit eurer lustigen Idee von der offenen Zweierbeziehung …«

»Dieses ganze Konstrukt von Ehe und Treue und Bis-dass-der-Tod-euch-scheidet … Warum willst du nicht zugeben, dass es nicht funktioniert?«

»Weil es allein deine Behauptung ist. Weil es dir gut in den Kram passt.«

»Verstehe, *dir* hat es gar nicht gepasst, deine kriselnde Ehe mal eine Zeitlang hinter dir zu lassen«, spottete Michael.

Helena merkte, dass sie errötete. »Doch, das hat es«, rief sie und sprang auf. »Das hat es, verdammt, und genau deshalb schäme ich mich. Ich habe Martin, der mir seit mehr als 20 Jahren die Treue hält, verraten und verkauft.«

»Und was hast du jetzt vor? Willst du dich scheiden lassen?«

»Natürlich nicht!« Helena staunte, wie selbstverständlich ihr diese Antwort über die Lippen kam.

»Wo liegt dann das Problem? Du hast dir ein kleines Stückchen von einem Kuchen abgeschnitten, ein bisschen genascht. Ich hab gesehen, wie gut es dir ging. Warum willst du dich im Nachhinein unbedingt dafür bestrafen?«

»Du verstehst das nicht.«

»Erklär es mir!«

»Es ist nicht einfach nur der Sex. Es ist viel mehr, was gerade in mir vorgeht. Weißt du, ich habe vorhin in der Bar einen Mann getroffen …«, setzte Helena an, während sie unruhig auf und ab lief.

»Aha, noch ein Mann. Das wird langsam richtig spannend.«

»Hör doch mal zu!«, fauchte sie.

»Okay, okay!« Er hob abwehrend die Hände, grinste jedoch dabei. »Ich bin ganz Ohr.«

»Wir haben geredet. Er hat mir seine Geschichte erzählt, ziemlich ausführlich, aber zusammengefasst lautet sie so: Ein Mann und eine Frau verlieben sich ineinander. Sie heiraten, sie leben miteinander, sie leben manchmal aneinander vorbei, also nichts, was andere Paare nicht auch tun. Sie sind glücklich, arbeiten beide viel, eigentlich ist alles in Ordnung. Nur ... er wünscht sich ein Kind und sie nicht.«

Michael sah sie an und nickte. »Verstehe! Da hat dir jemand seine Geschichte erzählt, die rein zufällig deiner gleicht, stimmt's?«

»Ja«, gab Helena tonlos zurück und setzte sich. »So sieht's aus.«

»Und wie geht sie weiter?«

Helena war Michael dankbar, dass er nicht länger grinste, sondern ihr aufmerksam zuhörte. »Der Mann verlässt die Frau. Sie arbeitet noch mehr, kauft sich ein Haus, bleibt allein. Er ...«

»... heiratet eine andere und bekommt Kinder mit ihr.«

Helena nickte. »Ein Klassiker, stimmt's?«

»Und jetzt hast du Angst, dass Martin ...«

»Ja! Er ... er meldet sich nicht, gibt nicht das kleinste Lebenszeichen von sich. Er ist tagsüber nicht im Büro, was vollkommen ungewöhnlich ist ... Ich hab plötzlich Angst. Dabei habe ich zu Hause, wenn er jeden Abend mit dem Essen auf mich wartete, tausendmal gedacht, dass ich auf ihn und unsere ewig gleichen Tage gerne verzichten könnte.«

»Wer zwingt euch beide denn, diese ewig gleichen Tage beizubehalten?«

Helena blies die Backen auf. »Niemand«, antwortete sie leise. »Wir sind nur zu eingefahren, etwas Neues auszuprobieren.«

»Und der Mann in der Bar?«

»Er hat zwei kleine Töchter mit seiner neuen Frau, die sind sein Ein und Alles. Aber die Ehe ist eine Katastrophe.«

»Natürlich ist sie das, sie wurde allein als Mittel zum Zweck geschlossen.«

»Ich will nicht den gleichen Fehler machen wie dieser Fremde. Ich will nicht meine Ehe wegwerfen und ein Jahr später feststellen, dass ich ein Idiot gewesen bin.«

»Dein Mann ist clever. Er hat einen Anfang gewagt, um das, was du ›eingefahren‹ nennst, ein wenig aufzulockern.«

»Indem er mich weggeschickt hat?«

Michael nickte. »All das, was du mir gerade gesagt hast, das solltest du ihm sagen, sobald du zurück bist. Die Tatsache, dass unser kleines Intermezzo eine Rolle bei deiner Erkenntnis gespielt hat, kannst du gerne aussparen. Solltest du sogar.«

Sie lächelten sich an.

»Danke«, sagte Helena.

Michael sah sie fragend an. »Wofür?«

»Dass du zugehört hast und von deinem hohen Ross gestiegen bist.«

»Kein Thema.«

»Was du und deine Lebensgefährtin durchziehen, das ist nichts für den Großteil der Paare.«

»Ich weiß«, erwiderte Michael und zwinkerte ihr zu.

»Abgesehen davon wären die Regale mit den Liebesromanen in den Buchhandlungen leer. Hunderte arbeitsloser Autoren würden hungernd die Städte durchkämmen. Nicht auszudenken dieses Elend!«

Sie lachte. »Ich gehe kurz duschen. Dabei kann ich so gut nachdenken.«

Helena stand auf und lief ins Bad. Während kühles Wasser über ihren Körper lief, fragte sie sich, ob Michael recht hatte. Sollte sie nach Hause fahren, die Erkenntnis, dass sie ihren Mann noch immer liebte, im Gepäck, und was auf der Insel geschehen war, einfach verschweigen? War ihre Sehnsucht nach Martin erwacht, weil sie sich einem anderen Mann hingegeben hatte? War der Sex mit Michael die Frischzellenkur für ihre jahrzehntelange Partnerschaft gewesen? Oder einfach die Tatsache, dass Martin ihr fehlte? Dass ihnen eine gemeinsame Reise gutgetan hätte? Wie standen ihre Chancen, dass sie ihre Partnerschaft aus der Routine befreien und wieder leben konnten?

Helenas schlechtes Gewissen ließ sich nicht betäuben. Sie schämte sich, dass sie in Michaels Armen so viel Begehren empfand wie schon seit Jahren nicht mehr in ihrem Ehebett. Dennoch half es ihr zu erkennen, dass ihr Verlangen nach Michael rein gar nichts mit Liebe zu tun hatte, zu fühlen, wie viel ihr Martin bedeutete.

»Bevor dir Schwimmhäute wachsen …«, Michael steckte seinen Kopf durch die Tür des Badezimmers. »Kommst du raus und wir machen einen Ausflug? Ich hab, seit ich hier bin, noch nichts von der Insel gesehen.«

»Okay«, antwortete Helena und stellte das Wasser aus. »Ich bin gleich bei dir.«

»Da rauf?«

Michael, die unvermeidliche Kamera um den Hals, lächelte. »Das ist *die* Attraktion auf Langkawi.«

»Ich weiß«, erwiderte Helena. Natürlich hatte sie im Reiseführer über die Sehenswürdigkeit der Insel gelesen – Langkawi Cable Car –, eine über 2000 Meter lange Seilbahn, die sich auf den zweithöchsten Berg der Insel, den Mat Cincang, wand.

»Du hast Höhenangst?«

»Ein bisschen.«

Vor dem Eingang zur Seilbahn hatte sich bereits eine ansehnliche Warteschlange gebildet.

»Komm schon! Sei kein Schisser!«

Helena wollte sich keine Blöße geben und nickte tapfer. Schließlich hatte sie sich vor wenigen Minuten erst vorgenommen, ihre Routine zu lockern und den Horizont ihres Lebens ab sofort zu erweitern.

Am Nachmittagshimmel stand nicht eine Wolke, mit Sicherheit würde der Blick von dem etwa 700 Meter hohen Berg atemberaubend sein.

Wenn sie nur erst lebend hinaufgekommen wären!

Als sie nach einer Viertelstunde Wartezeit in die gläserne Gondel stieg, zitterten ihre Knie, und der Schweiß brach ihr aus allen Poren, was sicher nicht allein der tropischen Hitze zuzuschreiben war.

Michael schien im Gegensatz zu ihr keinerlei Angst zu verspüren, als sich die Tür schloss und die kleine Kabine zwar gemächlich, aber steil aus der Talstation in die Höhe glitt.

»O mein Gott!« Helena gab sich keine Mühe, ihren Aufschrei zu unterdrücken. Sie hörte das Klicken von Michaels Kamera und bewunderte ihn für seine scheinbar unerschöpfliche Gelassenheit. Während er fotografierte, saß sie wie erstarrt auf einer Bank und wagte nicht, sich zu bewegen, geschweige denn nach draußen zu schauen.

»Großartig«, sprach er mehr mit sich als mit ihr. »Das ist einmalig.« Selbst wenn ihm mulmig sein sollte, seine Leidenschaft für gute Bilder ließ ihn das vergessen.

»Sind wir bald oben?«, fragte sie mit piepsiger Stimme.

Michael hörte auf zu fotografieren, beugte sich zu ihr hinüber und strich ihr sanft eine feuchte Strähne aus dem Gesicht.

»Warum solche Angst?«

»Ich weiß es nicht«, hauchte Helena und starrte auf ihre ineinander verkrampften Hände.

Als er aufstand und sich zu ihr hinübersetzte, kreischte sie auf. »Nicht bewegen!«

Michael sah sie belustigt an. »Es passiert nichts, hörst du«, beschwor er sie und legte einen Arm um ihre Schultern. »Lehn dich an mich!«

Helena gehorchte. »Jetzt tief ein- und wieder ausatmen. Geht schon besser, stimmt's?« Seine Gelassenheit half ihr, die Panik zu überwinden. »Guck mal unter uns!«

Zögerlich riskierte Helena einen Blick aus der Gondel, die ruhig und mit leisem Surren nach oben glitt. Obwohl sie angesichts der immensen Höhe, mit der sie über dem satten, dichten Grün des Dschungels schwebten, eine neue Angstwelle überflutete, registrierte sie die Schönheit der Umgebung.

»Der älteste Regenwald der Erde«, sagte Michael, der ihrem Blick gefolgt war, »wächst hier in Malaysia.«

»Es sieht wunderschön aus«, flüsterte Helena.

»Und jetzt, schau mal nach vorne!«

Helena holte tief Luft, hob den Kopf und ließ ihren Blick in die Ferne schweifen – abwechselnd türkisblau und hellgrün schimmerte das Meer bis zum Horizont. Winzige dunkelgrüne Inseln wirkten wie hingetupft, weiße Segel auf langsam über das Wasser gleitenden Booten schufen einen Anblick vollkommener Idylle.

»Es ist wie im Märchen.«

»Siehst du.«

Dankbar lehnte sie ihren Kopf an seine Schulter.

Wenn sie jetzt abstürzten, wären ihre letzten Gedanken immerhin von Weisheit gekennzeichnet, dachte sie sich mit Galgenhumor: Das Gute war da; um es zu erkennen, musste sie nur ihren Blickwinkel ändern.

An der Zwischenstation stiegen sie aus. Helena betrat die Aussichtsplattform, lehnte sich an das Geländer und holte tief Luft. Dann lachte sie. »O Gott, meine Knie sind aus Pudding!«

Michael schoss wenige Meter von ihr entfernt bereits weitere Fotos. Die Aussicht war hier auf rund 600 Meter Höhe großartig.

»Die Skybridge ist heute gesperrt«, bedauerte er, als er sich nach einem Erkundigungsgang wieder bei Helena einfand.

»Ach ja?« Sie zwinkerte ihm zu. »So ein Ärger!« Keine zehn Pferde hätten sie auf das luftige, nur von einem einzigen Mast getragene Bauwerk bekommen, mochte der Ausblick auf sattgrüne Dschungelschluchten auch noch so einzigartig sein.

»Aber das letzte Stück Seilbahn fahren wir noch!«, beharrte Michael und sah sie herausfordernd an.

»Okay«, gab Helena nach. »Und anschließend machen wir den Rest des Tages, was *ich* sage.«

»Soll mir recht sein.«

Wenig später erreichten sie den Gipfel des Mat Cincang.

Helena überließ Michael sich selbst. Sie setzte sich auf eine Bank und genoss das Gefühl, wieder festen Boden unter den Füßen zu haben.

Unwillkürlich schweiften ihre Gedanken erneut zu Martin und ihrer Ehe. Ihr Wunsch nach Veränderung fühlte sich beinahe übermächtig an. Noch einmal wurde ihr in aller Deutlichkeit klar, dass sie ihr neues Leben *mit* Martin aufbauen wollte. Auch wenn sich im Laufe ihrer Ehe ein Gefühl von Routine und Langeweile eingeschlichen hatte, seit Martin sie weggeschickt hatte, fehlte er ihr.

Michael war ein besonderer Mann – attraktiv, abenteuerlustig, noch dazu unkonventionell, ein guter Liebhaber und aufmerksamer Gesprächspartner, jedenfalls, wenn man von einer leichten Tendenz zur Selbstgefälligkeit absah. Doch trotz der großen Anziehung, die sie aufeinander ausübten, passten sie im Grunde nicht zusammen.

Helena zog ihr Handy aus der Tasche. Ihre Hände zitterten leicht, sie war plötzlich nervös. Ihr Aufenthalt auf der Insel, ihr Zusammensein mit Michael, ihre Zufallsbekanntschaft mit Jo, der die Frau, die er liebte, gehen lassen hatte … all das führte ihr mit einem Mal klar vor Augen, wohin sie gehörte.

Vielleicht erfüllte Martin, ihr ruhiger, zuverlässiger und manchmal etwas steifer Ehemann, nicht all ihre Sehnsüchte und Träume, aber musste er das? Reichte es nicht, dass er stets an ihrer Seite stand, dass er sie seit Jahren liebte und unterstützte?

Es war kostbar, nicht langweilig, dass es jemanden gab, der jeden Abend auf sie wartete.

Helena musste mit Martin sprechen.

Jetzt.

Die Verbindung nach Deutschland ließ sich nicht herstellen. Nach mehreren Versuchen gab Helena enttäuscht auf. Sie hatte sich seit Michaels Ankunft nicht mehr bei Martin gemeldet, er jedoch auch nicht bei ihr. Wieder griff Angst nach ihr.

Ihr Mann war seit Jahren der Grund, auf dem sie stand. Egal, was sie plante, er trug es mit. Wäre sie ohne ihn so erfolgreich geworden? Hätte sie sich ohne ihn getraut, eine eigene Klinik zu eröffnen?

»Ach, Martin, Martin …«, flüsterte sie, und eine Träne lief ihre Wange hinunter. Was, wenn er plötzlich aufgegeben hatte? Wenn ihm ihre Kühle, ihre Launen, ihre Zurückweisung genug waren und er die Trennung wollte?

»Alles okay mit dir?« Michael stand vor ihr und sah ihr prüfend ins Gesicht.

»Im Grunde ja«, antwortete Helena. »Es ist nur verdammt viel, was gerade auf mich einströmt. Ein riesiges Durcheinander aus Schuld und Scham und Wünschen und Ideen.«

Er hob seine Kamera und drückte den Auslöser. »Steht dir gut«, sagte er. »Das neuerwachte Leben.«

»Danke!«, sagte Helena. »Fühlt sich nur gerade etwas anstrengend an.«

»Du hast noch eine Weile, um alles sacken zu lassen«, fuhr Michael fort. »Das bringt mich zu der Frage:

Was planst du für unsere letzten gemeinsamen Stunden?«

Wie immer schaffte er es, ihre Sorgen auf Zwergengröße schrumpfen zu lassen.

»Okay«, sagte Helena und erhob sich entschlossen von ihrer Bank. »Zuerst fahren wir vom Berg herunter. Sollten wir das lebend überstehen, nehmen wir ein Taxi nach Kuah, weil ich nämlich Lust zum Shoppen habe. Anschließend entführst du mich zum Essen und später in eine Bar, wo wir wie zwei gute Freunde trinken und ein bisschen tanzen werden!«

»Das ist ein Deal!«

An ihrem letzten Abend zu zweit vergnügten sie sich so, wie Helena es vorgeschlagen hatte. Mit Tüten voller Einkäufe kamen sie im Bungalow an. Sie duschten, und Michael packte seine Sachen, während Helena sich zurechtmachte.

Sie fuhren erneut nach Kuah, in die kleine Inselhauptstadt, wo sie mit ein paar anderen Touristen am Yachthafen auf einem Segelschiff eincheckten, das eine mehrstündige Tour mit Dinner im Sonnenuntergang anbot.

Während die Sonne rotgolden leuchtend am Horizont verschwand, um ihre Reise auf die andere Hälfte des Erdballs fortzusetzen, gab sich Helena ein stilles Versprechen, bestehend aus einem einzigen Wort:

Leben

Nach dem Essen tranken und tanzten sie an Bord der mit bunten Lichtern geschmückten Segelyacht. Sanfter Nachtwind streichelte ihre Haut. Weiche Tropenluft hüllte sie ein, während sie sich im Arm hielten und zu leisen Jazzklängen wiegten.

Zurück im Hotel legten sie sich ins Bett. Michael schloss sie in die Arme, unternahm jedoch keinen Versuch, mit ihr zu schlafen. Er küsste sanft ihren Nacken.

»Schlaf schön, süße Lena!«, flüsterte er.

»Danke für alles«, hauchte sie und kuschelte sich an ihn.

»Ich hab dich lieb!«

»Ich dich auch.«

Als sie am nächsten Morgen erwachte, war er fort.

17

»Ich ziehe heute weiter.«

Sie saßen beim Frühstück, als Chris Tanja mit seinem Entschluss konfrontierte.

»Weiter?«, fragte sie begriffsstutzig. »Wie meinst du das?«

»Hier auf Langkawi habe ich alles gesehen. Ich finde, eine Woche ist für die Insel genug, jedenfalls wenn man nicht ewig Zeit hat.«

Tanjas Herz hämmerte gegen ihren Brustkorb. Ihre Hände begannen zu zittern. Sie stellte ihre Kaffeetasse ab, ehe die heiße Flüssigkeit ihr die Finger verbrannte.

»Wohin willst du?«, fragte sie.

»In zwei Stunden geht's los, mit der Fähre rüber nach Penang.«

»Und ich?« Ihre Stimme klang kläglicher, als sie es beabsichtigt hatte.

Chris lächelte sie nachsichtig an. »Ich weiß nicht«, antwortete er. »Sag du es mir!«

»Ich weiß es doch auch nicht«, rief Tanja verzweifelt. »Ich hatte gehofft, du und ich … Wir …« Sie kam sich plötzlich albern vor. »Entschuldige«, fuhr sie fort, bemüht, ihre Emotionen herunterzukämpfen. »Ich … ich komme schon klar. In ein paar Tagen fliege ich sowieso wieder nach Berlin zurück.«

»Es tut mir leid, dass du deine Mutter noch nicht gefunden hast«, sagte Chris. »Aber ich verstehe nicht, warum du schon aufgeben willst. Wir haben bisher nur einen einzigen Versuch unternommen.«

»Ebendeshalb! Weil die einzige kleine Spur direkt ins Leere geführt hat«, erwiderte Tanja, »und in den Briefen keine weiteren Anhaltspunkte zu finden sind.«

Chris runzelte die Stirn. »Ich bin kein Psychologe«, fuhr er nachdenklich fort, »aber ich bin ziemlich sicher, dass der Typ, den wir in seiner Nobelvilla angesprochen haben, uns angelogen hat.«

»Wie kommst du darauf?«, fragte Tanja. »Warum sollte er so etwas tun?«

»Hast du seinen Gesichtsausdruck gesehen, als ich ihn nach deiner Mutter gefragt habe?«

»Er war ärgerlich.«

»Mag sein. Aber ich habe ihn genau beobachtet. Für eine Zehntelsekunde, bis er sich wieder im Griff hatte, sind ihm seine Züge total entgleist. Dass er behauptete, deine Mutter nicht zu kennen, war eine glatte Lüge. Warum auch immer.«

»Warum auch immer ...«, wiederholte Tanja Chris' letzte Worte. »Das kann tausend Gründe haben.«

»Das ist der Punkt, an dem du ansetzen musst, Kleines!«

»Was soll ich deiner Meinung nach tun?« Die Beschäftigung mit dem fremden Mann und seinem ruppigen Verhalten lenkte Tanja von dem erneut aufkeimenden Gefühl absoluter Verlassenheit ab, das sich seit Chris' Ankündigung in ihr Raum zu verschaffen versuchte.

»Du musst herausfinden, was er zu verbergen hat! Denn da gibt es etwas. Eindeutig.«

»Was macht dich so sicher?«

»Seine heftige Reaktion! Wenn er deine Mutter nicht kennen würde, hätte er gelassen antworten können. *Valentina … lassen Sie mich nachdenken … Nein, noch nie gehört.* So oder so ähnlich.«

Tanja gab Chris recht. Es hatte keinen Grund gegeben, sie vom Rand seines Grundstücks wegzuscheuchen wie räudige Hunde. Sie hatten lediglich eine Frage gestellt.

»Fahr noch mal zu ihm hin!«, schlug Chris vor. »Lass nicht locker!«

»Aber ich kann nicht einmal vernünftig englisch sprechen!« Tanjas Emotionen gingen nun doch mit ihr durch. »Wie soll ich ihm begreiflich machen, was ich will, wenn ich keine zwei zusammenhängenden Sätze herausbringen kann?« Sie schluchzte auf.

Der Kellner stellte zwei Teller mit Rührei vor sie auf den Tisch.

Chris zuckte die Schultern. »Zeig ihm die Briefe«, sagte er, während er mit gutem Appetit zu essen begann. »Er wird ihre Schrift erkennen. Wenn er begreift, dass du nicht gelogen hast, dann wirst du das an seinem Gesicht sehen. Und dazu brauchst du kein Englisch. Außerdem ist es nicht unwahrscheinlich, dass er deutsch sprechen kann, wenn er wirklich mit deiner Mutter zusammen ist. Oder war.«

»War?«, fragte Tanja, während sie das Ei auf ihrem Teller hin und her schob, ohne zu essen. »Du meinst, sie ist tot?«

»Tot?« Chris hörte auf zu kauen und sah sie überrascht an. »Weshalb denn das? Ich dachte, es wäre eine Möglichkeit, dass sie sich getrennt haben.«

»Ja, natürlich! Du hast recht.«

Er runzelte die Stirn. »Tanja, Tanja, in deinem Kopf möchte ich echt nicht stecken.«

»Du musst nicht so überheblich tun«, verteidigte sie sich. »Ich bin fast 30, und eine Ewigkeit wurde ich in dem Glauben gelassen, dass meine Mutter nicht mehr lebt. Und bis jetzt habe ich keinerlei Beweise dafür, dass es anders ist.«

»Du hast die Briefe!«

»Der letzte ist von Oktober 1992, da war ich sechs und habe gerade erst lesen und schreiben gelernt. Meine Mutter kündigt in diesem Brief an, dass sie kommen wird, um mich zu holen. Aber sie ist nicht gekommen, stattdessen reißen mit einem Schlag ihre Nachrichten ab. Vielleicht hat sich die Lüge meiner Großeltern doch in Wahrheit verkehrt, vielleicht ist etwas geschehen und sie hat aufgegeben.«

»Warum fragst du nicht deine Großeltern?«

Tanja schüttelte den Kopf. »Erstens: Im Augenblick bin ich nicht in der Lage, ihnen zu vertrauen. Und zweitens: Da sie seit Jahren nichts mehr von ihr gehört haben, wissen sie logischerweise selbst nichts über ihren Verbleib. Wie es aussieht, haben sie sich nie bemüht, wieder mit ihr in Kontakt zu treten. Meine Großmutter … Sie ist unfassbar stur.«

»Wie auch immer«, sagte Chris und widmete sich erneut seinem Frühstück. »Deine Suche ist erst zu Ende, wenn du dein Familiengeheimnis gelüftet hast.«

Tanja verzichtete darauf, ihn zu fragen, warum er jetzt ging. Warum er sie allein ließ, obwohl sie ihn so nötig brauchte. Auch wenn ihr Herz weh tat, ihr Verstand arbeitete klar.

Chris war nicht mehr als eine Zufallsbekanntschaft. Es hatte gut gepasst, dass sie sich ein Taxi zum Guesthouse geteilt hatten, dass sie gemeinsam einen Bungalow bewohnten. Er war Student, besaß nicht viel Geld. Dass er sich mit ihr zusammengetan hatte, war allein aus praktischen Überlegungen heraus geschehen.

Es stimmte, was er sagte. Etwas über den Verbleib ihrer Mutter herauszufinden, war letztlich ganz allein ihre Aufgabe.

Tanja begann schweigend zu essen.

»Bist du sauer?«, fragte Chris.

Sie ließ sich einen Moment Zeit, um in sich hineinzuhorchen. Dann schüttelte sie den Kopf. »Nein«, antwortete sie. »Du hast in allen Punkten recht.«

Dennoch hatte sie einen Kloß im Hals, als sie wenig später zusammen in ihren Bungalow gingen und Chris fröhlich pfeifend zu packen begann.

Sie betrachtete das große Bett, in dem sie sich letzte Nacht in einer Mischung aus Verlangen und Verzweiflung an ihn gepresst hatte. Geschämt hatte sie sich, nachdem der fremde Mann sie wütend von seinem Grundstück verscheucht hatte. Als wären sie Diebe oder lästige Fliegen. Dabei hatte Chris ganz freundlich nachgefragt.

Das Zusammentreffen mit Helena Sander, ihrer Sitznachbarin auf dem Flug von Berlin nach Doha, hatte sie einen Moment lang abgelenkt, zumal sich die attraktive Ärztin bei ihrem Anblick scheinbar aufrichtig gefreut und sie auf eine Cola in die Hotelbar eingeladen hatte.

Auf dem Rückweg von Tanjung Rhu in ihr kleines Guesthouse hatte dennoch die Resignation in ihr gesiegt. Ihre Reise erschien ihr mit jedem Moment sinnloser – das Ergebnis einer kindischen Kurzschlussreaktion. Mehr nicht.

Tanja war Chris dankbar, dass er sich um sie gekümmert hatte. Es war in Ordnung und zudem sein gutes Recht, dass er jetzt weiterreiste.

Dennoch – die Tatsache, dass sie in wenigen Minuten allein im Bungalow zurückbleiben würde, drohte sie erneut in Verzweiflung zu stürzen. So sehr sie sich bemühte, Gefühl und Verstand ließen sich beim besten Willen nicht unter einen Hut bringen.

»Mach's gut«, hörte sie sich selbst sagen, als sie begann, fahrig ein paar Sachen in ihre Handtasche zu werfen.

Chris lugte überrascht aus dem Bad, in dem er gerade Rasierzeug und Zahnbürste einpackte. »Wo willst du so plötzlich hin?«, fragte er.

»Ich … ich will mir die Insel an… ansehen«, stotterte Tanja.

»Gut so«, erwiderte Chris, kam auf sie zu und schloss sie in seine Arme. »Lass dich nicht aufhalten!«

Sie unterdrückte mit aller Macht ein Schluchzen.

Es ist gut. Es ist alles gut, beruhigte sie sich selbst.

»Danke«, presste sie hervor und kniff die Lippen zusammen, um nicht zu schreien. »Dass … dass wir uns getroffen haben, hat mir wirklich weitergeholfen.«

»Du wirst sie finden, nicht wahr?«

»Das werde ich«, sagte Tanja bestimmt. »Ganz sicher.«

Sie drehte sich um und verließ hastig den Bungalow.

Vor der Tür saß die hübsche Blondine vom Beach-Basketballfeld wartend auf ihrem Rucksack. Ihre Anwesenheit machte Chris' spontanen Aufbruch um einiges verständlicher.

»Hi«, grüßte sie lässig. »Where is Chris?«

»He isn't here«, knurrte Tanja und freute sich, dass ihr mageres Englisch immerhin für eine kleine Gehässigkeit reichte. Sie war schließlich keine Heilige. »He's in Penang«, fügte sie hinzu, bevor sie sich rasch auf den Weg machte.

Es fühlte sich ungewohnt, aber nicht schlecht an, als sie an der Rezeption ein Taxi bestellte und sich wenige Minuten später in den weichen Sitz der Rückbank sinken ließ.

Als der Fahrer fragte, wohin er sie bringen dürfe, schluckte sie. Wohin wollte sie eigentlich? Sie ärgerte sich über ihren kopflosen Aufbruch. Wenigstens den Reiseführer hätte sie einstecken können. Aber Chris' plötzlicher Entschluss, weiterzureisen, hatte sie einfach zu sehr aus der Fassung gebracht. Wenn sie nachher in den Bungalow zurückkehren würde, wäre sie allein.

»I don't know«, antwortete sie dem Taxifahrer, der sie geduldig lächelnd über den Rückspiegel ansah. »Sightseeing.«

»Where are you from?«, fragte er, als er den Motor anließ.

»Germany.«

»Ah«, erwiderte der Mann und grinste breit. »Good football. Good football.«

»Yes.«

Sie hätte ihn gern gefragt, wohin er mit ihr fahren würde, aber da sie ihrem Englisch nicht traute, lehnte sie sich zurück und sah schweigend aus dem Fenster. Was für eine verrückte Situation!

Seltsamerweise gab der Ausflug ins Blaue Tanja ihre Ruhe zurück. Der gemächlich dahingleitende Wagen vermittelte ihr ein Gefühl von Sicherheit. Hin und wieder bremste der Fahrer leicht ab und wies sie auf die eine oder andere Sehenswürdigkeit hin.

Sattgrüne endlose Felder erstreckten sich links und rechts der breit ausgebauten Straßen in der Inselmitte. »Paddy fields«, sagte der Fahrer. »Paddy fields«, wiederholte er deutlich. »Rice«, ergänzte er auf ihr ratloses Schulterzucken hin.

»Ah. Rice.«

Sein breites Grinsen zeigte ihr, dass er sich freute, sich ihr verständlich gemacht zu haben. Mitten im Reisfeld sah sie ein großes, graues Tier, ähnlich einem Rind, aber mit beeindruckend ausladenden, nach außen gebogenen Hörnern. Ein Wasserbüffel.

Der Fahrer setzte seine Fahrt fort. Die Landschaft veränderte sich, und sie durchquerten einige Kilometer Dschungellandschaft. Der Anblick von an der Straße sitzenden Makakenhorden überraschte sie bei weitem nicht mehr so sehr wie am Tag zuvor, dennoch machte ihr Herz jedes Mal einen Satz, wenn die Tiere erst kurz, bevor das Taxi sie erreichte, von der Straße sprangen.

»Oriental Village«, sagte der Taxifahrer und bog von der Hauptstraße in einen Seitenweg ein. »Shopping?«

Tanja schüttelte den Kopf. »No shopping«, sagte sie.

Sie erinnerte sich, im Reiseführer über das bunte, künstlich angelegte Touristendorf gelesen zu haben, wo sich neben unzähligen Läden und Restaurants die Talstation der berühmten Langkawi Cable Car befand.

»Ah. Waterfall. Better you go to the Waterfall. I show you.«

Der Taxifahrer hielt auf einem weiträumigen Parkplatz. Doch anstatt sein Geld zu kassieren und sie sich selbst zu überlassen, stieg er mit Tanja aus und begleitete sie.

Ein wenig ratlos lief sie an seiner Seite durch das belebte Dorf.

»Please wait«, bat der Fahrer vor einem Lebensmittelladen. Er ging hinein und kaufte zwei Plastikflaschen Wasser, die er ihr in die Hand drückte. Zielsicher geleitete er sie über von Blumenbeeten gesäumte, gepflasterte und saubere Straßen, über eine Brücke, an Restaurants vorbei. Nach wenigen Minuten gelangten sie an den Saum eines dichten Dschungels.

Tanja folgte dem Taxifahrer, bis er stoppte und mit der Hand geradeaus wies. »Waterfall«, sagte er erneut. »Seven wells. Very nice.«

»Your money?«, fragte Tanja.

Er schüttelte den Kopf. »No money. I'll wait for you.«

Sie war nicht sicher, ob sie ihn richtig verstanden hatte. Er wollte auf sie warten, bis sie zurückkehrte? Sie fand das äußerst ungewöhnlich und fragte sich ängstlich, wie viel diese Dienstleistung sie wohl kosten würde. Andererseits war ihr auf diese Weise ein Taxi sicher und sie musste sich keine Gedanken machen, wie sie zurück zum Guesthouse kommen würde. Zudem hatte sie, seit sie sich auf Langkawi aufhielt, kaum Geld ausgegeben. Ihre Reisekasse war noch mehr als gut gefüllt.

Tanja nickte beherzt und setzte sich in die angegebene Richtung in Bewegung, wo sie schon kurz darauf vom Urwald verschluckt wurde und die Zivilisation hinter sich ließ. Jedenfalls kam es ihr so vor, denn bis auf das endlose laute Sirren der Zikaden war hier kein Laut zu vernehmen. Der Weg durch den Wald – nicht mehr als ein etwas breiterer Trampelpfad – lag deutlich vor ihr. Tanja folgte ihm beherzt, auch wenn sie keinerlei Ahnung hatte, wohin er sie führen würde und wie lange sie bis zum Wasserfall laufen musste.

An einer kleinen Lichtung traf sie auf eine Gruppe Brillenlanguren, die jedoch im Gegensatz zu ihren Artgenossen um das Hotel die Flucht auf die Bäume ergriffen, als sie sich ihnen näherte.

Wenig später öffnete sich das dichte Blätterdach, und sie betrat einen Parkplatz, an dessen Rand einzelne Holzhäuschen standen, in denen Getränke und Souvenirs verkauft wurden.

Tanja, die nach dem kurzen Spaziergang ziemlich schwitzte, ihren kleinen Abenteuerausflug jedoch zusehends zu genießen begann, kaufte sich eine Kokosnuss, setzte sich auf einen der bereitgestellten Plastikstühle und trank die leicht süße, gut gekühlte Flüssigkeit in tiefen Zügen.

Während Tanja sich umsah, machte sie sich zum ersten Mal klar, wie sehr die tropische Insel ihr gefiel. Vor kurzem hatte sie in ihrem Supermarkt an der Kasse gesessen und die ewig gleichen Tätigkeiten ausgeführt, jetzt erkundete sie einen Landstrich am anderen Ende der Welt. Ganz spontan, ganz allein. Das fühlte sich überraschend gut an.

Die niederdrückende Unsicherheit der letzten Tage verschwand wie der Vorhang vor einer Theaterbühne und machte einem euphorischen Gefühl von Freiheit und Selbstbestimmung Platz, wie sie es nie zuvor erlebt hatte. Sie begriff, dass Chris' spontaner Aufbruch sein Gutes gehabt hatte, denn mit ihm an ihrer Seite wäre sie nicht ins Taxi gestiegen und hierhergefahren. Sie hätte sich hinter ihm versteckt und abgewartet, was *er* vorschlug.

Übermütig nahm Tanja ihr Handy und schoss ein Foto von sich vor dem Hintergrund des dichten grünen Waldes. Das würde sie später ihrer Freundin Melanie schicken. Sie trank ihre Kokosmilch aus und erhob sich, um ihre Erkundung fortzusetzen.

Nach wenigen Metern entdeckte sie einen Wegweiser, der wie vom Taxifahrer angekündigt zum Seven-Wells-Wasserfall zeigte, und ein Hinweisschild, sich vor frechen Affen in Acht zu nehmen.

Vor ihr lag eine rechts und links von dichtem Wald gesäumte Treppe, deren Ende sich im Dschungel verlor. Entschlossen begann sie den Aufstieg. Bereits nach wenigen Metern lief ihr der Schweiß in Strömen herab. Nie hätte sie für möglich gehalten, dass ihr die relativ flach und breit angelegten Stufen aus Holz und Erde so viel abverlangen würden. Doch da sie nicht die Einzige war, die sich mühte, hielt sie tapfer durch. Auch weitaus schlankere Personen ächzten nicht weniger als sie, während sie die Steigung erklommen.

Nachdem sie zweimal Pause gemacht und Luft geschöpft hatte, verriet ein weiteres Hinweisschild: *Noch 238 Meter bis zur Spitze*. Tanja ließ sich auf eine Bank plumpsen und leerte in einem Zug die erste der zwei Wasserflaschen, die ihr der vorausschauende Taxifahrer gekauft hatte. Ihr Atem ging schwer, und die drückend schwüle Hitze machte ihr zu schaffen. Dennoch empfand sie einen leisen Stolz darauf, dass sie den Mut fand, an ihre Grenzen zu gehen. Sie wollte den Wasserfall sehen, und sie würde den Aufstieg schaffen.

Nach fünf Minuten Pause fühlte sie sich besser und setzte den Weg nach oben fort.

Wenig später erreichte sie ein Plateau, in dem klares Wasser sich zuerst in mehreren über Millionen Jahre in den Stein gewaschenen Wannen sammelte, um von da aus in die Tiefe zu rauschen. Mühsam schleppte sich Tanja bis zu einem flachen Fels, auf den sie sich sinken ließ und liegen blieb, bis ihr Atem wieder ruhig und gleichmäßig ging. Währenddessen blinzelte sie in einen makellos blauen Himmel, hörte dem Plätschern des Wassers und dem entfernten Gemurmel von Touristen zu, die sich hier oben mit Picknickkörben und Decken ein Stelldichein gaben. Die Idylle rechtfertigte den schweißtreibenden Aufstieg auf jeden Fall.

Als Tanja sich besser fühlte, zog sie ihre Schuhe aus und begann in dem kühlen Wasser herumzuwaten.

Lautes Rufen schreckte sie auf. Sie hob den Kopf, einige Leute – offensichtlich Einheimische – winkten ihr zu. War das Betreten der Naturwasserbecken etwa gefährlich? Ihr Herzschlag beschleunigte sich vor Angst.

Sie folgte den Blicken der Gruppe und sah, dass ein hellbrauner großer Affe – einer der weniger scheuen Makaken – sich an ihrer auf dem Fels zurückgelassenen Tasche zu schaffen machte. Er hatte sie bereits vom Stein herunter-, ein paar Meter weit weggezogen, wo er sie eifrig durchwühlte. Jetzt verstand sie den Warnhinweis im Tal. Die Taschendiebe auf Langkawi waren nicht menschlicher, sondern tierischer Art.

Tanja eilte, so schnell es ihr möglich war, aus dem rutschigen Wasserbecken zu dem Makaken. Einer der Einheimischen setzte sich ebenfalls in Bewegung, um ihr zu helfen.

Der Affe, der wahrscheinlich auf der Suche nach Essbarem gewesen war, ließ von Tanjas Habe ab, als er nichts fand, und flüchtete eilig auf einen Baum.

»Was war das denn?« Tanja, so erschrocken sie eben noch gewesen war, begann zu lachen, während sie ihre verstreuten Habseligkeiten einsammelte.

»Ein Taschendieb.« Der Mann, der ihr zu Hilfe geeilt war, hob ihr Brillenetui auf und reichte es ihr. »Sie sind Deutsche?«

Tanja nickte, überrascht, dass der einheimisch aussehende Mann fließend ihre Sprache sprach. »Ich mache hier Urlaub.«

»Meine Familie und ich auch«, erwiderte er. »Möchten Sie sich ein wenig zu uns setzen?«

Kurz darauf nahm Tanja auf einer Picknickdecke Platz, wo sie von ihm und seiner Familie mit Sandwiches, Saft und Obst bewirtet wurde.

Der Mann, der sich als Roslan vorstellte, war in Kuala Lumpur geboren, hatte in England Wirtschaftswissenschaften studiert und einige Jahre in Deutschland gelebt, von wo aus er vor kurzem in sein Heimatland zurückgekehrt war.

Tanja bewunderte die weltgewandte Familie, in der schon die zwei halbwüchsigen Kinder sich sicher in drei verschiedenen Sprachen unterhielten. Tanja zuliebe sprachen alle vier Deutsch.

Recht schnell taute sie auf, nahm ein paar Kleinigkeiten von den angebotenen Speisen, spielte mit den Kindern eine Runde Karten und stellte einige Fragen, die ihr unter den Nägeln brannten.

»Dass der Taxifahrer wartet, ist hier ganz normal«, erklärte Roslan. »Du kannst ein Taxi für den ganzen Tag mieten, um mehrere Sehenswürdigkeiten der Insel anzusteuern. Dabei kommst du billiger weg, als wenn du dir jedes Mal einen neuen Fahrer suchst. Am besten, du handelst den Preis für den ganzen Tag schon zu Beginn der Fahrt aus.«

Tanja fühlte sich erleichtert.

»Heute ist Nachtmarkt in Padang Matsirat«, sagte Roslans Frau, eine zarte Schönheit, deren dunkles Haar im Sonnenlicht glänzte. »Das solltest du dir ansehen. Der Markt wandert über die Insel, wird immer wieder in einem anderen Ort der Insel aufgebaut und ist auf jeden Fall einen Besuch wert.«

Tanja bedankte sich für die Informationen, bevor sie den Rückweg antrat, der wesentlich weniger anstrengend zu werden versprach als der Aufstieg.

Kurz bevor sie Abschied nahm, gelang es einem der frechen Makaken doch noch, sich anzuschleichen und eine Lunchbox zu stehlen, die er geschickt öffnete und mit vier Sandwiches als Beute auf einen Baum eilte, wo er sie genüsslich verschlang.

Die zwei Kinder holten die liegen gebliebene Box zurück, während Tanja, Roslan und seine Frau herzlich lachten.

Was für ein großartiger Ausflug!

Zurück im Taxi – ihr Fahrer hatte wie versprochen gewartet und sie am Parkplatz mit breitem Lächeln in Empfang genommen –, ließ sie sich in den Rücksitz sinken und genoss nach der tropischen Hitze draußen die Kühle der Klimaanlage.

»Night market, please«, bat sie, als der Taxifahrer sie fragend ansah.

»Good idea«, lobte er und gab Gas.

Der sogenannte Nachtmarkt war am späten Nachmittag, als Tanja ihn erreichte, bereits in vollem Gange. Der Taxifahrer wandte seine bewährte Methode an, ließ Tanja aussteigen und signalisierte ihr, dass er auf sie warten würde. Nach dem vergleichsweise ruhigen Aufenthalt am Wasserfall schreckte sie etwas vor dem Gewirr aus Einkaufsständen und Menschenmassen zurück, das sich ihr auf dem kleinen Marktflecken bot. Hilfesuchend sah sie sich nach ihrem Taxi um, doch der Fahrer hatte sich bereits entfernt, anscheinend um etwas weiter entfernt einen Parkplatz zu suchen.

Warum fürchtete sie sich plötzlich?

Tanja holte einmal tief Luft und setzte schließlich entschlossen ihren Weg fort – mitten hinein ins Getümmel. Was sollte ihr schon passieren? Seit sie sich auf der Insel befand, hatte es nicht ein einziges Mal Anlass zu Sorge oder gar Unannehmlichkeiten gegeben. Die Bewohner von Langkawi zeigten sich als ausgesprochen freundliche Gastgeber.

Der einzige Mensch, der sie unfreundlich behandelt hatte, war der Villenbesitzer auf dem gepflegten Grundstück am Strand von Tanjung Rhu gewesen. Ausgerechnet derjenige, von dem sie sich Aufklärung über den Verbleib ihrer Mutter versprochen hatte.

Vielleicht war er so nervös, weil er sich vor Einbrechern fürchtete. Ein derart prächtiges Anwesen, noch dazu in direkter Strandlage, hatte sie auf Langkawi bisher nicht gesehen. Tanja versuchte, sich ihre Mutter auf der weiträumigen Terrasse mit Meerblick vorzustellen, doch es gelang ihr nicht.

Sie schluckte schwer, kämpfte mit aufkommender Resignation. Die Erinnerung an ihre gemeinsame Zeit war blass, glich täglich mehr einem Traumgespinst als etwas, was Tanja wirklich erlebt hatte. Sie konnte den Anblick des lachenden Gesichts ihrer Mutter, selbst wenn sie die Augen schloss und sich darauf konzentrierte, kaum noch heraufbeschwören. Bald würde er ganz verschwunden sein.

Um sich von ihren betrüblichen Gedanken abzulenken, richtete Tanja ihre Aufmerksamkeit wieder auf den Marktplatz, auf dem dicht an dicht unter freiem Himmel Stände mit verschiedenen Angeboten aufgereiht waren. In erster Linie handelte es sich bei den Auslagen um Speisen und Getränke. Es duftete verführerisch aus Töpfen und Pfannen.

Tanjas Magen begann sich bemerkbar zu machen. Sie beschloss, sich mehrere Gerichte einpacken zu lassen und sie später, wenn sie auf ihrer Terrasse saß, zu verspeisen. Der Gedanke an ihren Bungalow ließ sie erneut vor Gram zusammenzucken. Wenn sie zurückkehrte, würde sie ihre Behausung verlassen vorfinden. Chris wäre mit der sportlichen Basketballerin längst auf dem Weg nach Penang, wo er die nächste Nacht mit *ihr* in einem Hotel oder Guesthouse verbringen würde.

Als sie sich in eine Schlange einreihte, um in Kokosfett ausgebackene Hähnchenteile zu erwerben, horchte sie in sich hinein.

Würden sich Angst und Mutlosigkeit für immer in ihr breitmachen? Würde sie schon bald im Flugzeug sitzen und nach Hause fliegen, ohne auch nur das kleinste bisschen über den Verbleib ihrer Mutter erfahren zu haben, um anschließend ihr altes Leben sang- und klanglos wieder aufzunehmen?

Nein! Das durfte nicht passieren! Niemals!

Tanja erkannte mit aller Deutlichkeit, dass sie ihrem Dasein eine neue Wendung geben musste, ob sie nun herausfand, was mit ihrer Mutter geschehen war, oder nicht.

Sollte ihre Suche auf Langkawi erfolglos bleiben, würde sie wenigstens Uta und Lutz entlocken, was zwischen ihnen und ihrer Tochter vorgefallen war. Gleich nachher vom Guesthouse aus würde sie die beiden anrufen. Sie waren ihr, verdammt noch mal, eine Erklärung schuldig.

Ein weiteres bisher kaum gekanntes Gefühl breitete sich in Tanja aus, die beschlossen hatte, sich nicht länger gegen ihr Inneres zu wehren, und kommen ließ, was kommen wollte.

Wut!

Wie konnten Uta und Lutz ihre eigene Tochter verleugnen? Wie konnten sie behaupten, sie wäre nicht mehr am Leben? Selbst wenn sie selbst keinen Kontakt zu ihr wünschten – wer gab ihnen das Recht, Mutter und Tochter mit einer dreisten Lüge zu trennen?

Tanja stellte sich das entsetzte Gesicht ihrer Großmutter vor, als sie am Morgen den zerstörten Schreibtisch in ihrem Arbeitszimmer entdeckt hatte und ohne zu zögern mit energischen Schritten ins Souterrain gestiegen war, um Tanja zur Rede zu stellen. Oder hatte sie Tanjas Zettel mit den hastig hingekritzelten Zeilen schon vorher gefunden? Hatte Uta sich hingesetzt, den Kopf in die Hände gestützt und bereut, was sie getan hatte, während sich ihre Enkelin gerade auf dem Weg zum Flughafen befand?

Hätte sie versucht, Tanja aufzuhalten, um ihr Angst einzujagen vor dem, was sie erwarten würde, wenn sie ihre Mutter wiedersah? Uta war gut darin, Tanja zu bremsen.

Auch wenn sie ihre Großeltern liebte, sie hatte ein Recht auf ihre Wut. Viel zu oft hatten sie sich eingemischt. Viel zu oft hatte Tanja es hingenommen.

Hätte sie auch nur eine Minute lang nachgedacht, wäre sie niemals nach Malaysia geflogen. Hätte sie gegrübelt, ob sie richtig handelte, wäre sie niemals mit Chris mitgegangen, hätte sie niemals den wunderbaren Wasserfall gesehen … Nichts, aber auch gar nichts Gutes geschah, wenn man immerzu Angst vor allem Ungewissen hatte, anderen die Entscheidung überließ und sich hinter ihnen versteckte.

Der Hähnchenverkäufer riss sie aus ihren Überlegungen. Sie bezahlte und schlenderte gleich darauf mit einer Plastiktüte in der Hand weiter über den Markt, kaufte sich noch etwas Obst und eine Dose Cola. An einem Stand mit Kuchen verweilte sie länger, um in Ruhe auszuwählen, denn an Süßem kam sie seit jeher ausgesprochen schwer vorbei. Die Verkäuferin, in ein langes, buntes Kleid gehüllt mit einem farblich passenden Kopftuch, machte eine einladende Handbewegung. Im Gegensatz zu den arabischen Touristinnen, die in Begleitung ihrer Männer die Insel erkundeten und ihr Antlitz, bis auf die Augen, vollkommen hinter einem schwarzen Schleier verbargen, trugen die malaysischen Muslima bunte Kopftücher, die das Gesicht frei ließen.

»Nice«, sagte Tanja und verfluchte einmal mehr ihr mangelhaftes Englisch. »Really nice.« Viel lieber hätte sie der Frau wortreich Komplimente für die lecker aussehenden Kuchen gemacht.

Die einzelnen Stücke waren in kleine Pappschalen

verpackt. Schokoladig braun, kunterbunt oder honiggelb lagen sie vor ihr. Tanja tat sich schwer mit der Entscheidung und kaufte schließlich ein Stück Schokoladenkuchen.

Mittlerweile trug sie bereits vier Plastiktüten mit sich herum und beschloss, um weitere Stände mit verlockenden Speisen einen großen Bogen zu machen. Sie hatte etwas abgenommen, das spürte sie. Das gute Gefühl um ihren Bauch herum wollte sie nicht sofort wieder aufs Spiel setzen. Ihre neuen Ernährungsgewohnheiten taten ihr gut.

Nach dem großen Frühstück, das sie sich täglich nach dem Ausschlafen gönnte und bei dem sie sich reichlich an den auf einer heißen Platte gebackenen frischen Pfannkuchen namens Roti Canai bediente, blieb der Hunger für den Rest des Tages aufgrund der schwülen Hitze aus. Zudem füllte sie ihren Magen mit Wasser. Das ständige Schwitzen erforderte, auf die Flüssigkeitszufuhr zu achten. Zu Hause trank sie nicht einmal die Hälfte von dem, was sie hier benötigte. Erst gegen Abend, wenn es ein wenig kühler wurde, nahm sie die nächste größere Mahlzeit zu sich. Bisher in Gesellschaft von Chris, ab heute dann allein.

Tanja wandte sich nun den Ständen zu, an denen die Händler Stoffe und Kleidung verkauften. Sie stöberte ein wenig herum, konnte sich jedoch zu keinem Kauf entschließen. Wahrscheinlich würden ihr die schmalen Wickelkleider, die ihr gut gefielen, sowieso nicht passen.

»Also, das … das ist jetzt wirklich ein Riesenzufall«, sagte Tanja überrumpelt, als sich jemand neben ihr räusperte, sie den Kopf hob und Dr. Sander mit breitem Grinsen vor ihr stand.

»So ein großer Zufall ist es eigentlich nicht«, entgegnete die Ärztin und hielt Tanja zur Begrüßung freudig strahlend die Hand hin. »Der Nachtmarkt erfreut sich bei Touristen großer Beliebtheit. Kein Wunder also, dass es uns beide hierher getrieben hat.«

Tanja war glücklich über die nette Begegnung. Vor allem, weil die schöne Ärztin genau wie sie alleine unterwegs war.

»Sind Sie …?«, setzte sie an. »Sind Sie …?« Was, wenn ihre Frage ungeschickt, frech und tölpelhaft wirkte?

»Ja?« Helena Sander sah sie erwartungsvoll an.

»Sind Sie wirklich alleine auf Langkawi?«, platzte Tanja heraus. »Ich meine, die ganze Zeit?«

Das offenherzige Lächeln der Ärztin erlosch zum Glück nicht, wie Tanja erleichtert feststellte. Im Gegenteil, sie grinste noch ein wenig breiter, bevor sie schließlich nickte. »Ich hatte ein paar Tage Besuch, der ist inzwischen aber abgefahren.«

»Ist … ist bei mir genauso. Ich bin seit heute Morgen ganz allein in meinem Guesthouse.«

»Der junge Mann?«

»Ist vorhin weitergereist«, sagte Tanja, die sich beinahe auf die Zunge biss, als ihr einfiel, dass sie der Ärztin am Flughafen gesagt hatte, sie würde auf Langkawi ihre Mutter besuchen. Bei ihrem Treffen in der Hotelbar hatten sie andere Themen besprochen beziehungsweise hatte Tanja dem angeregten Gespräch von Chris und Dr. Sander gelauscht, die sich über die urwüchsige Schönheit Langkawis ausgetauscht hatten.

»Ich habe … äh …«, lenkte sie rasch von ihrem Patzer ab und hob ihre vier Tüten auf Augenhöhe. »Ich habe eingekauft. Haben Sie Lust …? Ich meine, es ist für mich allein viel zu viel. Wollen Sie …?« Plötzlich kam sie sich wie eine Idiotin vor. Dr. Sander wohnte in einem Luxushotel, sie verspürte bestimmt keinen Appetit auf Hähnchenschenkel aus einer Plastiktüte.

»Und ob ich will!« Dr. Sander klatschte fröhlich in die Hände. »Das ist eine großartige Idee!«

Tanja fand, dass diese Reaktion fast ein wenig zu aufgekratzt ausfiel, aber im Grunde war ihr das egal.

Sie würde den Abend nicht allein verbringen.

Sie würde nicht herumsitzen, viel zu viel essen und währenddessen das gleichermaßen nötige, wie beängstigende Telefonat mit ihren Großeltern wieder und wieder vor sich herschieben.

Sie hätte Gesellschaft, und das wäre gut so.

Tanja fiel auf, dass Helena Sander sie ausgiebig musterte. Lag da eine Spur Neugier in ihrem Blick?

»Das freut mich echt«, sagte sie leicht verunsichert.

Die Ärztin nickte lächelnd. »Wir fahren in mein Hotel, wenn Sie nichts dagegen haben, decken uns den Tisch auf der Terrasse, essen und lassen uns Cocktails kommen, so viel wir wollen«, schlug sie vor.

»Sehr gerne!«

»Ich bin froh, dass ich Sie getroffen habe«, beteuerte Helena Sander, während sie gemeinsam ins Taxi stiegen, »denn ich wollte sowieso mit Ihnen reden.«

18

Jonathan erinnerte sich noch genau an den Moment, als er Valentinas Haus vor Jahren, kurz nach ihrer Scheidung, zum ersten und letzten Mal betreten hatte.

Damals hatte ihm der Anblick der bescheidenen Behausung weh getan, ihn beinahe wütend gemacht. Von ihrer gemeinsamen prächtigen Strandvilla war seine Frau in ein winziges Holzhaus gezogen. Statt zehn Zimmern nannte sie nun lediglich drei ihr Eigen. Statt auf Sonnenuntergänge über dem Meer fiel ihr Blick auf vereinzelte Palmen und die umliegenden schlicht wirkenden Holzhäuschen der Siedlung, die dem Valentinas glichen wie ein Ei dem anderen.

Ein paar Stufen führten in ihr Zuhause, das auf niedrigen Pfählen errichtet und von einem kleinen Garten umgeben war. Mit jedem Schritt nach oben wuchsen seine Wut und Verzweiflung.

Wie konnte sie nur?

Er traf sie zwischen Kisten und geöffneten Schränken an. Das zufriedene Glitzern in ihren Augen, während sie ihr Hab und Gut im neuen Zuhause verteilte, hatte ihn noch tiefer ins Elend gestürzt.

»So sieht also dein zukünftiges Leben aus?«

»So sieht es aus.« Ihre Antwort klang schlicht und emotionslos, Jonathan jedoch musste mühsam um seine

Beherrschung kämpfen. Am liebsten hätte er alles kurz und klein geschlagen. Er hasste es, dass Valentina so zufrieden wirkte, während ihn seine Verzweiflung beinahe um den Verstand brachte.

Nach dieser Begegnung mied er Valentinas neues Zuhause. Sie trafen sich dennoch regelmäßig.

Manchmal kreuzte er unter einem Vorwand an ihrem Arbeitsplatz auf.

Ab und zu rief sie an, in der Regel dann, wenn das Geld für den Erhalt der Klinik nicht ausreichte und sie finanzielle Hilfe brauchte. Valentina schaffte es jedes Mal, ihm wenige Monate später das Darlehen zurückzuzahlen, obwohl er beteuerte, sie müsse das nicht tun. Er besaß genug Geld, um unzählige Tierkliniken zu unterhalten, aber ihm war klar, dass sie ihren Stolz hatte und zudem seine Großzügigkeit nicht ausnutzen wollte. Die einzige Zuwendung, die sie zuließ, war von seiner Mutter auf Charity-Veranstaltungen für die Tierklinik gesammeltes Geld und gelegentliche kleine Sachspenden. Dass Jo die Spendensumme jedes Mal um einen größeren Betrag aufstockte, blieb sein Geheimnis.

Als Jonathan Kendra kennenlernte und wenig später heiratete, sahen er und Valentina sich anschließend eine Zeitlang nicht. Valentina gratulierte ihm, wünschte alles Liebe und meldete sich fortan nicht mehr.

Es war Jonathan, der es ein Jahr nach seiner Hochzeit nicht länger aushielt und sie in der Tierklinik besuchte, wo er sie inmitten von Käfigen mit einem blinden Kätzchen auf dem Arm antraf.

In ihrem blonden Haar schimmerten neuerdings erste graue Strähnen. Sie trug Jeans, einen hellblauen Kittel und klobige Gummischuhe an den Füßen. Auf ihrem

Gesicht lag ein Schweißfilm. In der Klinik roch es nach den Ausdünstungen der Tiere, überlagert vom strengen Geruch nach Desinfektionsmitteln. Die Luft war stickig heiß – natürlich, er wusste, dass sie kein Geld für eine Klimaanlage besaß –, dennoch hatte Jonathan das Gefühl, eben nach Hause gekommen zu sein.

Valentina sah ihn mit einem unergründlichen Ausdruck in ihren Augen an. Dann lächelte sie, und er hätte vor Freude am liebsten geweint.

Valentina! Endlich!

Nein, verglichen mit Kendra war sie nicht mehr jung, sie wirkte mager und abgekämpft, sie arbeitete hart, aber Himmel, wie er diese Frau liebte!

»Eine … eine Katze«, stammelte er. »Ich … ich möchte eine Katze adoptieren. Für Kendra … Sie … sie langweilt sich, wenn ich nicht zu Hause bin …«

Kendra sah das blinde Tierchen, das er wenig später in der Strandvilla absetzte, angewidert an. »Was soll ich damit?«, fragte sie und strafte Bessi, wie Jo die grau-schwarz getigerte Katze zärtlich nannte, fortan mit Nichtachtung. Jo jedoch liebte das behinderte, nichtsdestotrotz enorm selbstbewusste und zutrauliche Tier über alles.

Von diesem Tag an hatten Jo und Valentina sich in größeren Abständen wiedergesehen – nicht regelmäßig, nicht verabredet, sondern eher spontan, wenn einer von beiden spürte, dass der andere ihn brauchte.

***

Während die Bilder seiner Erinnerungen ihn überfluteten, stand Jonathan auf Valentinas kleiner, gemütlich möblierter Terrasse, hielt den Schlüssel, den ihre Freundin Nazira ihm ausgehändigt hatte, in der Hand und atmete schwer.

Er würde jetzt in dieses Haus gehen. Er musste es tun.

Seine Welt, die ohne Valentina kaum erträglich gewesen war, drohte nach ihrem Unfall und dem Auftauchen der jungen Deutschen endgültig im Chaos zu versinken.

Tanja Wellenstein hieß die blonde Frau, die vor etwa 24 Stunden vor ihm gestanden und behauptet hatte, Valentinas Tochter zu sein. Sein Herzschlag hatte beinahe ausgesetzt, als die deutsche Ärztin, die er zufällig in der Hotelbar getroffen hatte, ihm diesen Namen genannt hatte.

Jo machte sich wenig Hoffnung, die junge Frau auf der Insel ein weiteres Mal anzutreffen. Er wusste nicht einmal mehr, ob er das überhaupt wollte. Nur eines war ihm jetzt wichtig: Er musste herausfinden, ob Valentina, bevor sie sich kennengelernt hatten, ein Kind bekommen hatte – ob Tanja Wellenstein wirklich die leibliche Tochter von Valentina Williams, geborene Wellenstein, sein konnte.

Wenn er die Wahrheit herausgefunden hätte, würde er, so seine Hoffnung, vieles von dem, was geschehen war, verstehen. Begreifen würde er es jedoch nie.

Mit zitternden Händen schloss er die Tür auf.

Die Luft im Haus roch leicht abgestanden. Jo betätigte den Schalter des Deckenventilators, der sich mit leichtem Brummen in Bewegung setzte. Zögerlich betrat er Valentinas Reich – sauber, aufgeräumt, behaglich eingerichtet. Auf dem dunklen Holzboden lagen bunte Teppiche, drei orange Sessel luden zum Lesen und Relaxen ein. Ein Esstisch mit sechs Stühlen befand sich nahe der offenen Küche. Jo wusste, dass Valentina in ihrer knappen Freizeit gern Gäste einlud.

Bodentiefe Fenster gaben den Blick auf einen kleinen Garten frei, in dem ein kräftiger Mangobaum für steten Nachschub ihrer Lieblingsfrucht sorgte. Wahrscheinlich war dieser Baum der Hauptgrund für Valentina gewesen, das bescheidene Häuschen zu erwerben.

Im Schlafzimmer nahm ein Futon den größten Teil des Platzes ein, die Patchwork-Decken darauf waren zerwühlt. Ob sie dort mit jemandem …

Soweit Jo wusste, hatte es nach der Scheidung keinen Mann mehr in Valentinas Leben gegeben. Oder? Beim Anblick ihres Bettes fragte er sich, was ihn so sicher machte. Er selbst hatte schließlich nicht gezögert, sich nach ihrer Trennung neu zu binden. Welchen Grund sollte es geben, dass Valentina allein blieb beziehungsweise sich mit den wenigen heimlichen Treffen zwischen ihnen begnügte?

Der kleine Schreibtisch am Fenster des Schlafraums war der einzige Ort im Haus, an dem Unordnung herrschte. In einer Vitrine daneben stapelten sich Bücher, Aktenordner und lose Papiere.

Hier würde Jonathan zu suchen anfangen.

Er schämte sich, als er die Tür des Glasschrankes öffnete. Das hier war Valentinas Reich, und er fühlte sich wie ein Eindringling. Doch die Not seiner Seele war stärker als sein Schamgefühl. Sollte Valentina jemals wieder erwachen, sollte das Schicksal ihnen gewogen sein und ihnen eine zweite Chance gewähren, dürfte kein Geheimnis von solcher Tragweite zwischen ihnen stehen.

Jo nahm einen Aktenordner nach dem nächsten in

die Hand und öffnete ihn. Sauber abgeheftete Berichte, Buchhaltung, Finanzen – Valentina führte ihre Klinik in jeder Hinsicht mit großer Sorgfalt. Wie viel Nächte sie wohl allein an ihrem Schreibtisch verbracht hatte? Kein Wunder, dass sie so müde aussah, wenn sie sich trafen.

Nachdem er die Vitrine durchkämmt und ordentlich wieder eingeräumt hatte, öffnete er die Schublade des Schreibtisches und suchte darin weiter. Bis auf ein paar alte, aus Deutschland stammende Zeugnisse fand er nichts von Bedeutung. Für einen Moment drohte ihn die Verzweiflung zu übermannen.

Was, wenn es keine Geheimnisse gab? Wenn Hirngespinste ihn marterten? Was, wenn sie sterben würde und er sie niemals mehr voller Zärtlichkeit und Verlangen in seine Arme schließen und lieben könnte? Wenn sie ihn nie wieder anlächeln würde, wobei sich unzählige zarte Glücksfältchen um ihre Augen legten?

Er schluchzte auf.

Sein Blick fiel auf eine Kinderzeichnung. Sorgfältig hinter Glas gerahmt hing sie an der Wand über dem Schreibtisch. Krakelig und ungelenk auf das Papier gebracht, das Motiv jedoch klar erkennbar. Eine Frau und ein Kind – ein Mädchen –, beide mit blonden, starr vom Kopf abstehenden Haaren, hinter ihnen Wasser, leuchtend blau. Die zwei hielten sich an den Händen, die beinahe die Größe ihrer Köpfe erreichten, mit langen Fingern, strahlenförmig abgespreizt.

Valentina und ihre Tochter Tanja, nicht wahr?

Instinktgetrieben öffnete Jonathan Valentinas Kleiderschrank.

Der Anblick einer buntgemusterten Metalldose versetzte ihm einen Stich. Das kitschige alte Teil hatte Tina ganz am Anfang ihrer Beziehung bei einem Besuch in Melaka erworben und von da an stets und ständig mit sich herumgeschleppt. Er hatte gelacht, als sie das Ding ihre »Schatzkiste« taufte, dem Ganzen jedoch keine weitere Beachtung geschenkt. Geschweige denn, dass er auf die Idee gekommen wäre, hineinzusehen. Erst jetzt, mehr als 20 Jahre später, verstand er, dass in dieser leicht verbeulten Schatulle wahrscheinlich der Schlüssel zu Valentinas Geheimnis verborgen lag.

Vorsichtig, fast andächtig, hob er die Dose aus dem Schrank, setzte sich auf den Futon, holte einmal tief Luft und öffnete den Deckel.

Etwas ist geschehen, mein Liebster, nicht wahr?

Ich habe es gespürt, als du hereingekommen bist. Die Luft, die mit dir ins Zimmer strömte, fühlte sich anders an als sonst. Kalt vor Enttäuschung, flirrend vor Angst und schneidend vor Schmerz.

Glaub mir, nichts würde ich lieber tun, als deine Hand zu halten, weil ich weiß, dass dich das trösten würde. Die steile Falte auf deiner Stirn würde ich streicheln und versuchen, sie zu glätten, indem ich anfange, dir alles zu erklären.

Du hoffst, dass ich endlich aufwache.

Du wünschst, dass wir noch einmal Zeit miteinander bekommen, um die Dinge geradezubiegen. Wiedergutzumachen.

Zeit hat keine Bedeutung. Das weiß ich, seit ich in diesem Bett liege.

Ich bin hier, ich bin in der Vergangenheit, ich kann überall sein. Ich bin frei. Zeit und Raum, alles, was geschehen ist und noch geschehen wird, verschmelzen in uns zu dem, was wir unsere unsterbliche Seele nennen. Zu unserem ureigensten inneren Kern als Teil des Ganzen, des Kosmos.

Spürst du, dass meine Seele bei dir ist? Immer sein wird?

Meinst du wirklich, dass Zeit noch irgendeine Bedeutung für uns beide und unsere Liebe hat?

Berlin, Sommer 1987

»Backe, backe Kuchen, der Bäcker hat gerufen. Wer will guten Kuchen backen, der muss haben sieben Sachen …«

Die einjährige Tanja lag still in ihrem Bettchen und sah Valentina mit großen Augen an.

»Eier und Schmalz,
Butter und Salz,
Milch und Mehl,
Safran macht den Kuchen gehl.«

Während Valentina sang, begann die Kleine zu strahlen, steckte ihre Hände in den Mund, sabberte und lachte glucksend, denn sie kannte das Spiel und wusste, gleich würde ihre Lieblingsstelle folgen.

»Schieb, schieb in 'n Ofen rein.«

Valentina hatte entdeckt, wie sie ihre Tochter glücklich machen konnte. Sie sang ihr vor, immer das gleiche Kinderlied, und bei der letzten Zeile kitzelte sie Tanja am Bäuchlein, worauf die Kleine lauthals zu lachen begann.

Valentina liebte ihr abendliches Ritual, weil sie ihre Tochter fröhlich und entspannt erlebte und Tanja kurz darauf, wenn sie lange und ausgiebig gekuschelt hatten, in der Regel friedlich einschlief.

Endlich spürten sie eine enge Verbindung zueinander!

Von nun an würde alles gut werden!

Müde legte Valentina ihren Kopf auf die Arme.

Es war schon fast Mitternacht. Tanja hatte heute länger als sonst gebraucht, um zur Ruhe zu finden. Valentina gähnte herzhaft, als sie aufstand, aus dem Kinderzimmer schlich, Teewasser aufsetzte und zu ihrem Schreibtisch ging. Zu gern hätte sie sich neben ihre Tochter gelegt und ebenfalls geschlafen, aber sie musste unbedingt für ihr bevorstehendes Physikum lernen. Noch drei Wochen, dann hatte sie die zwei vorklinischen Jahre des Studiums hinter sich und konnte zur Erholung mehrere Wochen mit Tanja bei ihrer Tante auf Rügen verbringen.

Bis dahin musste sie durchhalten und vor allem die Prüfungen bestehen. Es würde kein entspannter Sommer werden, wenn sie es nicht schaffte. Nachprüfungen verlängerten die Qual, also setzte Valentina alles daran, jedes Examen im ersten Anlauf zu bestehen.

Sie zog ihre Jeans aus und nahm sich einen sauberen Schlafanzug aus dem Schrank. Die Hose war ihr viel zu weit und rutschte fast von ihren Hüften auf den Boden. Von Woche zu Woche verlor sie mehr an Gewicht.

Unglücklich betrachtete sich Valentina im Spiegel. Ihr war klar, dass sie mehr essen musste, doch der Gedanke an Nahrung löste eher Unbehagen als Appetit in ihr aus. Unter ihrer Haut spürte sie die Knochen, ihre Brüste glichen nur winzigen Knospen.

Selbst Sven, der seit Beginn des Studiums ihr bester Freund und Fels in der Brandung gewesen war, hatte sich vor kurzem von ihr abgewandt.

»Du bist besessen«, hatte er vor wenigen Tagen wütend zu ihr gesagt. Sie waren mit Tanja, die im Kinderwagen döste, spazieren gegangen. Er hatte den Wagen geschoben und ihr ein Softeis spendiert, das sie jedoch nach der Hälfte nicht mehr hinunterbekam und wegwerfen musste.

Sie legten eine Decke auf einen sonnigen Fleck im Monbijoupark, setzten sich, redeten und beobachteten die Passanten, während Tanja friedlich in ihrem Wagen ausharrte. Valentina spürte, dass Sven sie mochte, dass er gern mehr Zeit mit ihr verbringen würde und ihn die Existenz ihrer Tochter nicht störte. Sie genoss die warmen Sonnenstrahlen auf ihrer Haut, legte ihren Kopf auf seine Beine und schloss die Augen. Er kitzelte die Haut an ihrem Hals mit einem Grashalm. Ein wohliges Prickeln lief über ihren Körper. Sven beugte sich über sie. Gleich würde er sie küssen.

Sie verstand selbst nicht, warum sie diesen Moment zerstörte, indem sie »Ich muss noch für Anatomie lernen, und du?« ausrief, aufsprang und ihre Bücher auspackte. »Fragst du mich ab? Danach werde ich dein unerbittlicher Professor in Botanik sein. Ich weiß genau, wo du noch Schwächen hast.«

Sven sah sie einen Moment lang verdutzt an. Sein Lachen klang bitter, als er ebenfalls aufstand und sagte: »Nein danke! Ich brauche deine Hilfe nicht, und ich bin sicher, du schaffst dein Pensum ganz alleine. Du schaffst ja alles ganz alleine, nicht wahr?«

»Was ist denn mit dir los?«, fragte sie, obwohl sie ihn gut verstand. Sie hätte sich ihm erklären, sich entschuldigen müssen, doch die Worte blieben ihr im Hals stecken. »Ich muss lernen, das weißt du doch«, sagte sie stattdessen.

Wütend schleuderte er ihr seine Enttäuschung entgegen. »Du bist überehrgeizig, geradezu besessen.« Dann ließ er sie stehen.

Einen Tag später hatte er sich für seinen letzten Satz entschuldigt, doch trotzdem mied er sie von da an.

Valentina fühlte sich schrecklich einsam ohne Sven. Wie wichtig sein unaufgeregter, aber stetiger Beistand ihr gewesen war, begriff sie erst jetzt, da er ihr fehlte. Doch sie brachte es nicht fertig, ihn anzusprechen und ihm die Gründe ihrer »Besessenheit« verständlich zu machen. Sie verstand sie ja selbst nicht. Manchmal wünschte sie sich, jemand würde ihr helfen, sich zu stoppen, würde ihr beibringen, ein wenig gelassener zu werden, doch sobald es tatsächlich jemand versuchte, lehnte sie jede Hilfe ab. Es war wie ein Teufelskreis, den sie nicht durchbrechen konnte. Stattdessen verdoppelte sie ihre Anstrengungen, um Studium, Kind und Haushalt unter einen Hut zu bekommen. Sie würde allen zeigen, was sie schaffen konnte.

Fing sie in all ihrer Unerbittlichkeit nicht an, ihren Eltern zu gleichen?

Oh, nein! Nein! Diesen Gedanken verwarf Valentina so schnell, wie er gekommen war.

Leise seufzte sie, als sie sich von ihrem Spiegel abwandte. Der magere Leib, die glanzlosen Haare, die eingefallenen Wangen und ihre nachlässige Kleidung – ein Blinder sah, dass sie als Frau nicht viel hermachte. Als sie sich ihr Schlafshirt über den Kopf streifte, zog sich ihr Magen vor Kummer zusammen. Von Valentina, dem lebenslustigen, romantischen Mädchen, war nicht mehr viel übriggeblieben.

Aber es würden bessere Zeiten kommen.

Der jährliche Ostseeurlaub war zum Greifen nahe.

Bei ihrer Tante würde sie für einige Wochen Seeluft tanken, sie würde mit Tanja am Strand spielen, endlos viele Burgen bauen und Sandkuchen backen. Ihre Eltern würden mit Tanja spazieren gehen, während sie selbst am Strand lag oder ein paar Züge im kühlen Ostseewasser schwamm. Tante Waltraud würde sie mit Pfannkuchen und selbstgemachter Sanddornmarmelade aufpäppeln, und abends würde sie zeitig ins Bett gehen und schlafen, bis die Sonne sie wachkitzelte.

Nach dem Sommer, wenn sie erholt ins nächste Semester startete, würde sie sich bei Sven entschuldigen. Sie würde ihm alles erklären. Und dann … dann würde sie ihn küssen.

Das schrille Pfeifen des Teekessels auf ihrem Herd riss Tanja aus ihren Überlegungen. Eilig lief sie in die Küche, um den Lärm zu beenden, ehe ihre Kleine davon aufwachte. Sie brühte sich eine halbe Kanne schwarzen Tee, füllte sie mit Milch auf, löffelte Zucker hinein, nahm eine Tasse und setzte sich endlich an den Schreibtisch.

Der Pfeifton des Wasserkessels hatte einen unangenehmen Nachhall in ihren Ohren hinterlassen. Zudem zog vom Nacken her ein schneidender Schmerz Richtung Stirn.

Valentina öffnete ihre Mitschrift der letzten Vorlesung und begann sie durchzugehen.

Der Zug setzte sich in Bewegung, und Valentina erreichte ihn nicht rechtzeitig. »Halt«, schrie sie. »Halt! Ich muss noch mit!«

Der Lokführer lachte und winkte ihr zu. Dann begann die Dampflok zu pfeifen und zu schnaufen. Der Zug fuhr ratternd davon, doch Valentina, die weinend am Bahnsteig stand, hörte die Lok noch immer pfeifen und pfeifen und pfeifen …

Valentina schreckte hoch und sah auf die Uhr. 3 Uhr nachts. Sie stand auf, um nach ihrer Tochter zu sehen.

Die Kleine schlief friedlich, und Valentina legte sich zurück in ihr Bett. Schlafen, nur schlafen! Die Prüfungen lagen hinter ihr. Ihre Professoren hatten ihr einhellig zu herausragenden Leistungen gratuliert. Sie hatte alle Hürden mit Bravour genommen.

Endlich Semesterferien. Endlich ein wenig Zeit und Ruhe.

Sie rieb ihr Ohr, weil der schrille Ton aus ihrem Traum sie verfolgte und nicht nachließ. Aber selbst diese extreme Missempfindung hinderte Valentina nicht daran, umgehend wieder einzuschlafen, sobald ihr Kopf das Kissen berührte.

Jemand rüttelte sie an der Schulter.

»Was? Was ist los?«, fragte sie und blinzelte verwirrt.

Ihre Mutter stand an ihrem Bett. »Bist du taub, oder was ist mit dir?«

Valentina verstand sie kaum. Die Welt schien wie in Watte gepackt, seltsam gedämpft drangen die Geräusche der Umgebung zu ihr durch. Nur das unerträgliche schrille Pfeifen war immer noch da.

Ihr Vater kam mit Tanja auf dem Arm in ihr Schlafzimmer. Ihre Tochter war feuerrot im Gesicht, sie schluckte und rieb sich mit den Fäustchen über die tränenfeuchten Wangen.

»Wolltest du nicht aufstehen und ihr die Windeln wechseln?«, fragte Uta mit ihrer Wattestimme.

»Ich kann nichts hören, Mama«, erwiderte Valentina und klopfte sich mit der flachen Hand gegen ihr rechtes Ohr. »Ich höre nichts.«

Verzweiflung wallte in ihr auf. Was war passiert? Sie hatte geschlafen wie ein Stein und das Rufen ihres eigenen Kindes nicht gehört, obwohl es sich gerade einmal drei Meter von ihr entfernt aufhielt.

Ihre Eltern wechselten einen Blick.

»Du bleibst liegen«, befahl Uta, »und ruhst dich aus. Wir nehmen Tanja mit hoch und kümmern uns um sie.«

»Ich muss noch packen«, sagte Valentina und unternahm Anstalten, aus dem Bett zu steigen. »Wir fahren doch in ein paar Stunden nach Binz.«

Ihre Mutter schüttelte den Kopf. »Ich vermute einen Hörsturz, Valentina! Du musst dringend zum Arzt.« Sie redete laut und deutlich, so dass Valentina sie verstehen konnte.

»Aber ich muss doch …«

Uta schüttelte nachdrücklich den Kopf. »Dein Vater und ich sind uns einig, dass es so nicht weitergeht und dass wir dir helfen müssen. Du machst einen vollkommen überlasteten Eindruck. Das ist nicht gut – nicht für dich und nicht für dein Kind.«

Lag es an dem Wattegefühl in ihrem Ohr oder dem schrillen Pfeifen, dass die Worte ihrer Mutter nicht wie ein Hilfsangebot, sondern wie eine Drohung klangen?

»Mama, ich … ich hab die Prüfungen alle mit Eins … und Tanja ist viel ruhiger …«

»Das ändert nichts an der Tatsache, dass du krank bist. Wir nehmen Tanja heute mit nach Binz, und du kommst nach, wenn du dich ausgeruht hast und wieder gesund bist.«

Nein, das war kein Hilfsangebot. Das war ein Befehl.

Valentina fühlte sich müde und unendlich erschöpft. Sie würde noch einen Moment Schlaf brauchen, nur ein paar Minuten, dann würde sie aufstehen und die Koffer packen.

Ihre Mutter erhob sich. »Ruh dich aus!«, sagte sie und ging.

Schon in wenigen Stunden würde Valentina die Ostsee sehen. Sie würde die würzige Luft einatmen, Sonnenstrahlen und Wind auf ihrer Haut spüren, und sie würde die Wellen rauschen hören. Natürlich würde sie HÖREN!

Nur etwas Schlaf. Zwei, drei Minuten vielleicht.

Valentina erwachte, als es draußen bereits dunkelte. »Ach herrje, wie lange hab ich geschlafen?«, wunderte sie sich und rieb sich den Schlaf aus den Augen.

Energisch schwang sie die Beine über den Bettrand. Der Pfeifton in ihrem Ohr war erträglicher geworden. Rasch lief sie zur Toilette.

»Tanja«, rief sie, während sie sich die Hände wusch und abtrocknete. »Lass uns deine Spielsachen einpacken, und dann fahren wir los.«

Es blieb still.

Erst jetzt erinnerte sie sich an das Auftauchen ihrer Eltern, ihre strengen Gesichter. Ihr Kopfschütteln.

Tanja war seit heute Morgen oben bei Uta und Lutz. Und Valentina hatte geschlafen wie ein Stein. Ihretwegen würden sie nun erst einen Tag später losfahren können. Sie schämte sich ein bisschen, andererseits lagen ganze vier Wochen Urlaub vor ihnen. Da kam es auf ein paar Stunden nicht an.

Ein wenig wackelig auf den Beinen fühlte sie sich, als sie die Treppen zur Wohnung ihrer Eltern hinaufstieg. Ihre Schritte klangen gedämpft in ihren Ohren, sie war noch nicht in Ordnung. »Hörsturz« hatte ihre Mutter die Symptome genannt. Sie würde im Urlaub tatsächlich einen Arzt aufsuchen müssen.

»Mama?«, rief sie. »Entschuldigt, ich hab geschlafen wie ein … Mama? Papa? Tanja? … Wo seid ihr?«

Die obere Etage ihres Elternhauses lag still und verlassen da. Die Kühlschranktür stand offen. Uta räumte den Kühlschrank immer leer und schaltete ihn aus, wenn sie verreisten.

Valentinas Herz begann hektisch zu pochen.

Sie mussten in der Garage sein, wahrscheinlich trugen sie gerade die Koffer … »Mama?«

In einem Anfall von Panik lief Valentina die Treppen wieder hinunter und stürmte ins Kinderzimmer. Die Schranktüren standen offen, Tanjas Kleidchen fehlten ebenso wie der bunte Plastikeimer, die Förmchen und die Schippe, die Valentina gestern voller Vorfreude nach ihrer letzten Prüfung im Centrum Warenhaus am Alexanderplatz gekauft hatte.

»Wir nehmen Tanja mit nach Binz«, hatte ihre Mutter gesagt, aber das konnte sie doch unmöglich ernst gemeint haben. Sie wollten alle zusammen den Sommer an der Ostsee verbringen. Niemals würden sie Valentina alleine zurücklassen.

Ein Zettel auf ihrem Küchentisch ließ ihr das Blut in den Adern gefrieren.

Wir sind heute Mittag losgefahren. Geh zum Arzt! Ruh dich richtig aus! Wir kümmern uns gut um dein Kind.

Mehr nicht. Keine Erklärung, keine Entschuldigung.

Uta und Lutz hatten sich abgesetzt und Tanja einfach mitgenommen. Valentina ließ sich auf einen Stuhl in der Küche fallen und schluchzte.

Endlos lange ließ sie ihre Tränen laufen. Alle Anstrengungen waren umsonst gewesen! Sie hatte versagt. Ihre Eltern vertrauten ihr nicht, sie waren nicht stolz auf sie, sondern nahmen ihr Tanja weg, weil sie bei ihnen besser aufgehoben war als bei ihrer 20-jährigen, völlig überforderten Mutter.

Hilflos vor Wut schleuderte Valentina eine Teetasse vom Tisch.

Erst zwei Tage später machte sie sich auf den Weg zu einem Arzt.

Seit der Abreise ihrer Eltern hatte sie die Stunden in einem Nebel aus Schuld und Scham verbracht. Sie hatte geschlafen, Tee getrunken, die Wände angestarrt. Für mehr hatte ihre Kraft nicht ausgereicht. Bis sie anfing, sich vor ihrem eigenen Körpergeruch und den fettigen Haaren zu ekeln, und ihr das klapperdürre Mädchen, das ihr hohlwangig aus dem Spiegel entgegenblickte, Angst einjagte.

Mühsam schleppte Valentina sich in die Dusche, wo sie sich gründlich wusch und eincremte. Sie wählte ein Kleid aus, das ihren mageren Körper umschmeichelte, und flocht sich die Haare zu Zöpfen.

Danach zwang sie sich, eine Portion Makkaroni mit Tomatensoße zu essen, und machte sich auf den Weg zur Poliklinik.

»Hörsturz«, bestätigte der Arzt die Vermutung ihrer Mutter, nachdem er ihre Ohren untersucht und einen Hörtest durchgeführt hatte. Er begleitete Valentina in einen ruhigen Raum, wo eine rundliche, freundlich lächelnde Schwester ihr eine Kanüle in den Arm stach und einen Tropf legte.

»Blutverdünner«, sagte sie. »Dein Blut ist das Einzige, was an dir nicht dünn ist. Du musst essen, um mal ein bisschen was auf die Rippen zu kriegen, Kleene!«

Während die Flüssigkeit in Valentinas Vene tropfte, setzte sich der Arzt zu ihr. »Organische Ursachen für den Vorfall habe ich nicht gefunden«, erklärte er. »Was ist passiert?«

Valentina sah ihn hilflos an und schwieg.

»Ein Knall? Zu laute Musik?«

Sie schüttelte den Kopf.

»Könnte Stress der Auslöser gewesen sein?«, half er ihr weiter.

Valentina dachte kurz nach. Für einen Moment sah sie sich selbst von Vorlesung zu Vorlesung hetzen, sie sah sich nächtelang lernen, ihr Kind aus der Krippe holen, nach Hause sausen. Sie sah ihre verzweifelten Versuche, das brüllende Mädchen zu beruhigen. Sie sah sich kochen und waschen und aufräumen und putzen.

Mehr als ein Jahr hatte sie nun so gelebt, und ja, sie fühlte sich furchtbar gestresst. Zum ersten Mal ließ Valentina den Gedanken zu, dass sie sich viel zu viel zumutete und es an der Zeit war, Wege zu finden, um sich ihr Leben zurückzuholen. Sie kannte niemanden in ihrem Alter, der 18 Stunden am Tag ohne Pause lernte und arbeitete.

Eine Träne drängelte sich aus ihrem Augenwinkel, als sie nickte. »Es geht mir nicht gut«, sagte sie.

»Ich verordne Ihnen Ruhe und ein Abendessen.«

Sie begriff nicht. »Ein Abendessen?«

»Ärztliche Anweisung.«

Valentina wischte sich über ihre Augen und sah dem Arzt ins Gesicht. Er war ein paar Jahre älter als sie, vielleicht Anfang 30. In seinen Augen lag ein warmer Glanz.

»Hab ich das richtig verstanden?«, hauchte sie. »Ich soll mit Ihnen essen gehen?«

Er nickte in gespielter Strenge. »So lautet die Verordnung. Da kann man nichts machen.«

»Nein, das kann man nicht.« Sie lächelte.

Am nächsten Tag traf ein Brief aus Binz ein. Kurz und knapp wie immer, wenn ihre Mutter etwas schrieb. Es gehe ihnen gut. Die Anreise sei problemlos verlaufen, die Kleine erhole sich prächtig und sei ein richtiger Sonnenschein.

Keine Frage, wann Valentina nachkommen würde, nur ein kurzer Gruß und die Anweisung, sich weiterhin zu schonen und dreimal wöchentlich den Garten zu wässern. Wollten sie ihre Tochter wirklich nicht im Urlaub dabeihaben?

Matthias, der HNO-Arzt, den sie nach dem gemeinsamen Essen am Vorabend gleich noch einmal traf, gab sich Mühe, ihre Bedenken zu zerstreuen.

»Sie haben doch recht. Du erholst dich besser, wenn du mal eine Weile frei und ohne Verpflichtungen bist«, beteuerte er, als sie bei einer Berliner Weiße am Spreeufer hockten. »Freu dich doch, wenn deine Eltern ein Einsehen haben und dir helfen, indem sie sich um deine Tochter kümmern.« Er strich sanft über ihre Wange. »Im Übrigen stört es mich nicht, wenn du hierbleibst.«

Sie wich, ein wenig befremdet, vor seiner Berührung zurück.

Er registrierte ihr Unbehagen, setzte sich bequem hin und hörte ihr zu.

»Ich habe immer abgeliefert«, sprudelte es aus Valentina heraus, als hätte sie nur darauf gewartet, sich das Ergebnis ihrer langen Überlegungen von der Seele zu reden. »Musik, Sport, Schule … immer wollte ich, wenn nicht die Erste, so doch eine der Besten sein. Und dafür hab ich alles getan. Meine Eltern haben mich nach Kräften unterstützt, wir waren eine glückliche Familie, so lange jedenfalls, bis ich mich entschied, mit 19 ein Kind zur Welt zu bringen.«

»Der Vater …«

Valentina schüttelte den Kopf. »Das war ganz allein meine Entscheidung. Und in der Folge habe ich alles verloren. Niemand war da, um mir zur Seite zu stehen.« Sie dachte an Sven. »Na ja, fast niemand. Aber ich wollte auch das schaffen, ich musste es schaffen, um den anderen zu zeigen, dass ich erwachsen bin und alleine entscheiden kann. Damit sie aufhören, mir in alles hineinzureden und mich wie ein Kind zu behandeln.«

Matthias nickte. »Dein Hörsturz wundert mich nicht.«

»Warum?«

»Weil du zwar schlau bist und eine Kämpfernatur, aber keine Ahnung davon hast, dass du nicht nur abliefern, sondern gleichzeitig auf dich aufpassen musst. Das Leben besteht nicht nur aus Leistung.«

Dieser Satz löste einen Nachhall in Valentina aus. Sie begriff, dass es zwischen Ehrgeiz und Faulheit einen gewaltigen Spielraum gab.

Würde sie lernen, den zu nutzen?

Vor ihr lagen noch fast vier Wochen. Es war Sommer in Berlin. Sie hatte einen netten Mann kennengelernt, der sie akzeptierte, wie sie war, und dessen unaufgeregte Fürsorge ihr guttat. Ihre Tochter war in Binz. Gut versorgt, und nach Utas Bekunden vermisste sie ihre Mama überhaupt nicht.

Sie hatte Zeit!

»Bringst du mir das bei?«

»Was?«

»Auf mich selbst aufzupassen. Ich möchte es lernen.«

Matthias schob seine Hand erneut über den Tisch. Valentina nahm sie und drückte sie. »Einen Freund …«, sagte sie. »Ich brauche in nächster Zeit einen richtig guten Freund. Meinst du, das kannst du für mich sein?«

Er seufzte leise. »Du bist verdammt süß, und dir ist schon klar, dass eine platonische Beziehung echt viel verlangt ist.«

»Bitte!«

Er zwinkerte ihr zu. »Ich versuch's, aber ich garantiere für nichts.«

Valentina lernte innerhalb von wenigen Wochen, während sie sich langsam von ihrer Hörschädigung erholte, während sie sich ausruhte, las, zum Frisör und zur Kosmetik ging, die Langsamkeit kennen und genießen.

Matthias hielt Wort, stand ihr zur Seite und unternahm, außer gelegentlichen Neckereien, keine weiteren Annäherungsversuche.

»Ich krieg dich schon noch«, drohte er lachend, als sie zusammen am Müggelsee auf einer Decke lagen und den vorüberziehenden Wolken nachsahen.

Valentina ging nicht darauf ein. »Ich würde gerne auf

einer draufsitzen«, sagte sie und zeigte nach oben. »Auf der da!«

»Und dann?«

»Wegfliegen. Irgendwohin, wo alles ein bisschen schöner ist, ein bisschen einfacher …«

»Du würdest aber nicht weit kommen. Nach ein paar Kilometern würden sie dich von deiner Wolke runterschießen und wegen widerrechtlichen Grenzübertritts einsperren.«

»Du bist so unromantisch«, erwiderte Valentina kichernd. »Wolken kann man doch nicht vom Himmel schießen. Außerdem will ich nur nach Binz. Zu Tanja. Und von da aus mit ihr zusammen weiter, vielleicht nach Spanien. Zum Apfelsinenessen.«

»Du bist unfassbar süß.« Er beugte sich über sie.

»Meinst du, ich kann Tanja, wenn sie größer ist, die Welt zeigen?«

Matthias legte sich zurück auf die Decke. »Wenn du das mit der Wolke hinbekommst. Ansonsten sehe ich schwarz.«

»Wo würdest du hinfliegen?«

»Mit der Wolke? Ganz klar: nach Amerika. Und dort mit dem Motorrad über die Route 66.«

»Was ist das?«

»Eine Straße von Chicago nach Kalifornien, fast 4000 Kilometer lang.«

»Das klingt nach echtem Männerabenteuer.« Valentina nickte. »Ich möchte mal nach Afrika, schon allein der Tierwelt wegen.«

»Welchen Landstrich würdest du dir ansehen?«

»Die Serengeti natürlich. Das Okavangodelta …« Sie schloss die Augen.

Eine Weile schwiegen sie. Dann gingen sie schwimmen.

»Das tut mir unglaublich gut«, kam Valentina auf ihr Gespräch zurück, als sie wenig später ihre Sachen zusammenpackten und aufbrachen. »Mit dir ein bisschen zu träumen.«

»Du klingst so überrascht. Hast du das vorher nie gemacht?«

»Nein«, antwortete sie schlicht. »Bei mir zu Hause, da … da ist das nicht so. Wir sind Realisten, weißt du.« Sie kicherte die aufkommende Beklemmung weg und hakte sich bei Matthias unter, während sie zur Bushaltestelle liefen. »Das hab ich, wie so einige schöne Sachen, von dir gelernt.«

Matthias hatte es irgendwann aufgegeben, zu seufzen, wenn sie so redete. Sie schenkte ihm erkennbar ihr Vertrauen, ihre Zuneigung, ihr Lächeln. Doch ihre Liebe bewahrte sie für jemand anders auf.

An ihrem letzten gemeinsamen Abend vor der Rückkehr ihrer Familie gingen sie tanzen.

»Du siehst vollkommen anders aus als vor ein paar Wochen«, sagte er, während er sie sanft in den Armen wiegte. »Und du fühlst dich anders an.« Er kniff sie in die Seite, grinste schelmisch.

»Es geht mir viel besser«, antwortete Valentina lachend. »Ich bin richtig fett geworden. Das verdanke ich dir und deiner Fähigkeit, unvergleichlich leckere Picknickkörbe zu packen.«

Als sie sich verabschiedeten, küsste sie ihn.

»Pass auf dich auf«, sagte er leise.

»Das werd ich«, versprach sie.

Dann ging er, ohne sich noch einmal umzusehen.

Valentina hatte sich verändert – innerlich und äußerlich –, als sie ihre Tochter nach vier Wochen Trennung wiedersah.

Sie wog drei Kilo mehr als zuvor. Ihre Haare trug sie kürzer, die Haut war sonnengebräunt.

Während sie vor dem Spiegel stand und sich sorgfältig zurechtmachte und kleidete, schwor sie sich, die Erfahrungen des letzten Sommers mit ins nächste Semester zu nehmen, das Studium von nun an etwas ruhiger angehen zu lassen und mehr Zeit mit ihrer Tochter zu verbringen.

Als sie das Auto ihrer Eltern kommen hörte, stürmte Valentina die Treppe hinunter, um ihre Familie zu begrüßen. Sosehr sie eine Pause benötigt hatte, die Kleine hatte ihr gefehlt. Sie sehnte sich danach, Tanja in die Arme zu schließen, ihre Nase in die weichen, blonden Locken zu drücken und den süßen, unnachahmlichen Duft ihrer Tochter einzuatmen.

Jetzt würde alles gut werden.

Doch die Kleine schreckte bei Valentinas Anblick zurück und begann zu weinen. Ängstlich schlang sie ihre Ärmchen um den Hals der Großmutter.

»Sie fremdelt«, sagte Uta und trug Tanja ins Haus. »Ich denke, es ist gut, wenn sie in den nächsten Wochen noch oben bei uns bleibt.«

Nicht allein Valentina hatte in diesem Sommer eine Veränderung durchgemacht.

Langkawi, West-Malaysia

Als sein Handy klingelte, schreckte Jonathan auf und ließ Valentinas Hand los. Er wusste nicht, wie lange er schon reglos an ihrem Bett gesessen, ihr eingefallenes Gesicht angestarrt und versucht hatte, darin ihre Geschichte zu lesen, von der er offensichtlich so wenig wusste.

Valentina. Wer war die Frau, die er seit Jahren unvermindert liebte?

Er hatte Fotos in ihrer »Schatzkiste« gefunden, ein kleines Pappschild, vermutlich aus dem Krankenhaus, mit Namen, Geburtsdatum, Größe und Gewicht ihres Kindes. Die junge Frau, die unsicher und nervös vor ihm gestanden hatte, war tatsächlich Valentinas leibliche Tochter.

Tanja Maria Wellenstein – mittlerweile 29 Jahre alt.

Warum nur hatte er nichts von ihrer Existenz gewusst?

»Ja«, knurrte er in sein Handy.

»Jonathan? Hier ist Helena. Sie erinnern sich?«

»Natürlich!«, rief er erfreut und spürte, wie sein Puls zu jagen begann.

»Tanja!« Helena klang atemlos. »Sie ist hier. Bei mir im Bungalow. Ich hab sie gefunden.«

Sein Stuhl kippte auf die Fliesen, als er aufsprang und fluchtartig das Zimmer verließ. »Ich komme!«

19

»Worüber wollten Sie eigentlich mit mir reden?«, fragte Tanja und nippte an ihrem Cocktailglas. Ein herrlich fruchtiger Pineapple Fizz kitzelte ihren Gaumen.

Sie hatte im Taxi ihre Neugier gezügelt, denn möglicherweise war die Ankündigung der Ärztin, mit Tanja reden zu müssen, nur so dahingesagt gewesen. Was sollte es außer Urlaubseindrücken zwischen ihnen zu besprechen geben?

»Zuerst einmal schaffen wir dieses sperrige Sie ab«, schlug Helena vor. »Aus irgendeinem Grund hat uns das Schicksal zusammengeführt, und die förmliche Anrede stört doch nur. Also! Ich bin Helena.«

»Tanja«, sagte Tanja überrascht, beugte sich vor und stieß mit der Ärztin an.

Wenn sie das Melanie erzählte! Die hielt Schönheitsoperationen zwar für »überflüssigen Bockmist«, aber manchmal sah sie Tanja zuliebe eine Folge von *Aschenputtel wird Prinzessin* mit an und bescheinigte immerhin, dass Dr. Sander eine sympathische Chirurgin sei, die »gar nicht so geldgeil wirkte, wie man bei ihrer Berufswahl annehmen könnte«.

Tanja fühlte sich, wenn Melanie ihre Vorbehalte äußerte, stets bemüßigt, die Schönheitschirurgie zu verteidigen, schließlich konnte man sehen, dass die Ärztin auf jede ihrer Patientinnen einging und diese in der Regel glücklich und mit gestärktem Selbstbewusstsein die Klinik verließen.

Und jetzt bot diese prominente Frau Tanja das Du an!

Und nicht nur das. Sie saßen auf der Terrasse eines Luxusbungalows am schönsten Strand von Langkawi, der westmalaysischen Trauminsel. Das Tageslicht erlosch langsam, die Dämmerung setzte ein. Gleich würde der Sonnenuntergang die Welt mit leuchtenden Farben verzaubern. Sanfter Abendwind umspielte sie, die Luft roch angenehm würzig nach Meer und Salz und der schweren Süße des Dschungels. Auf dem Dach des Nachbarbungalows hockte ein Makak und verspeiste genüsslich eine Mango, während ein großes Eichhörnchen mit auffällig schwarz-orangem Fell von Ast zu Ast der umliegenden Bäume sprang.

Idyllischer konnte ein Tag nicht ausklingen.

Selbst wenn Tanja nichts über den Verbleib ihrer Mutter erfahren würde, was ihr im Moment mehr als wahrscheinlich erschien, die Tage auf der Insel würden ihr dennoch in unvergesslicher Erinnerung bleiben.

Ein wenig unsicher wirkte Helena Sander, als sie jetzt ihr Glas abstellte, einen gebackenen Hühnerflügel nahm und daran herumzuknabbern begann, während sie Tanja verstohlen musterte.

Warum sagte sie nicht einfach, was ihr auf dem Herzen lag?

»Du hast mir erzählt, als wir uns am Flughafen getroffen haben, dass du hier deine Mutter besuchst«, begann sie schließlich, nachdem sie ihre Hände an einer Serviette abgewischt hatte.

Tanja stutzte und sah Helena überrascht an, während

sie bis zu den Haarwurzeln errötete. Mit allem hatte sie gerechnet, aber nicht damit, dass Helena Sander sich ihre hastig hingeworfene Schwindelei gemerkt hatte und jetzt darüber sprechen wollte.

»Das stimmt nicht ganz«, rückte Tanja umgehend mit der Wahrheit heraus. »Ich wollte Sie … dich … nicht langweilen. Es ist … ist ein wenig komplizierter.«

»Willst du es mir erzählen?«

»Ich weiß nicht … Ich …«, druckste sie unsicher herum. »Interessiert dich das denn?«

Helena nickte. »Unbedingt.«

Selbst wenn Tanja ein wenig verwundert über das Interesse ihrer neuen Bekannten war, so beschloss sie doch, diese unerwartete Chance zu einem Gespräch zu nutzen. Sie hatte so viel auf dem Herzen und seit Chris' Abreise auf der Insel niemanden, dem sie sich anvertrauen konnte.

»Ich bin bei meinen Großeltern aufgewachsen. An meine Mutter habe ich nur wenige Erinnerungen.«

Backe, backe Kuchen …

Tanja schluckte. »Sie … sie verschwand, als ich gerade fünf war«, fuhr sie langsam und bedächtig fort, wog jedes Wort ab. Tanja versuchte mit aller Kraft, nicht von ihren Emotionen übermannt zu werden, hier an diesem Strand, an dem sie sich ihrer Mutter so seltsam nahe fühlte.

»Das tut mir leid.«

»Meine Großeltern waren lieb zu mir, haben versucht, den Verlust von Mama auszugleichen. Ich hatte ein riesiges Kinderzimmer, Spielzeug in Hülle und Fülle. Wir sind jeden Sommer wochenlang an die Ostsee gefahren. Das war wunderschön! Großmutter hat meinetwegen ihre Stunden in der Klinik reduziert, jedenfalls solange ich klein war, um sich um mich kümmern zu können.«

»Sie haben sich sehr bemüht.«

Tanja nickte. »Es lief eine Zeitlang wirklich alles gut. Ich weiß nicht mehr genau, wann unser Verhältnis schwierig wurde. Ich … ich war keine besonders gute Schülerin. Großmutter und Großvater sind Ärzte, so wie du. Mama hat Tiermedizin studiert und ein ausgezeichnetes Examen gemacht. Ich denke, es war jedes Mal wie ein Schlag ins Gesicht, wenn ich ein Zeugnis mit lauter schlechten Noten nach Hause brachte. Ich weiß selbst nicht, was mit mir los ist, aber ich habe … ich habe nie besonderen Ehrgeiz besessen. Ich glaube, dass ich sie enttäuscht habe.«

Tanja sah, dass Helena ihr aufmerksam zuhörte. Das ermunterte sie, weiterzureden, obwohl die folgenden Worte ihr plötzlich unglaublich vorkamen. »Ich habe Briefe gefunden von meiner Mutter. Nicht viele, nur zehn, um genau zu sein. Sie stammen aus einer Zeit, als sie angeblich schon tot war und …«

Tanja registrierte Helenas bestürzten Blick.

»Verstehe ich das richtig?«, fragte die Ärztin atemlos. »Deine Großeltern haben dir gesagt, dass deine Mutter gestorben ist, obwohl sie wussten, dass sie lebte?«

»So sieht es aus«, erwiderte sie. »Die Briefe beweisen es. Deshalb weiß ich, dass meine Mutter auf Langkawi lebte, damals, 1991, als sie aus meinem Leben verschwand. Sie hat einen Mann kennengelernt, sie hat sich verliebt und beschlossen hierzubleiben. In den Briefen schreibt sie, dass sie mich zu sich holen möchte …«

Tanja sah sich außerstande weiterzureden. Sie würgte den Kloß in ihrem Hals herunter und nahm einen weiteren tiefen Schluck von ihrem Drink.

»Hast du eine Ahnung, warum deine Großeltern dir verschwiegen haben, dass deine Mutter lebt?«, fragte Helena.

Tanja schüttelte den Kopf. »Nein. Wir haben nicht viel über sie geredet. Manchmal fühlte es sich an, als hätte es sie nicht gegeben. Als ich klein war, da habe ich das so hingenommen. Später, als ich älter wurde, habe ich Fragen gestellt.«

Helenas Gesicht verzog sich schmerzlich. »Und keine Antworten bekommen?«, fragte sie vorsichtig.

»Nur der Zufall hat mich auf die richtige Fährte gebracht, doch obwohl ich 10 000 Kilometer gereist bin, weiß ich genauso wenig wie vor meiner Abreise, die eigentlich mehr einer Flucht glich. Ich hab nicht besonders planvoll gehandelt, sondern mich einfach ins Flugzeug gesetzt. Das war dumm, nicht wahr?«

»Nein, keineswegs«, widersprach Helena. »Ich bewundere dich für diesen Entschluss. Manchmal verpasst man, das Richtige zu tun, indem man zu lange nachdenkt.«

»Danke!« Helenas Lob hinterließ einen beruhigenden Nachhall in Tanja. »Das Problem ist, dass ich nicht weiterkomme, und egal, wie ich die Sache betrachte – in diesem Spiel bin ich der absolute Verlierer«, fuhr sie fort. »Ich verstehe niemanden. Meine Großeltern nicht, die mich lange Zeit belogen haben, aus welchen Gründen auch immer. Meine Mutter nicht, die schrieb, dass sie mich holen will, und es niemals getan hat.«

»Bist du sicher, dass sie es nicht versucht hat?«

Tanja zuckte die Schultern. »Ziemlich«, antwortete sie. »Meinst du nicht, ich würde mich daran erinnern?«

»Schwer zu sagen. Du warst sehr klein.«

»Genau das macht es so hart. Ich kann meine Mutter nicht vor mir sehen, ich weiß nicht, was wir gespielt haben, was wir gegessen haben, ob sie mit mir zusammen Sandburgen gebaut hat. Ich weiß fast gar nichts mehr.«

Backe, backe Kuchen … Tanja griff nach ihrer Tasche. »Ich hab ein Foto.« Sie reichte die leicht zerknitterte Aufnahme an Helena weiter. »Das hilft mir, meine mageren Erinnerungen festzuhalten.«

»Sie ist wunderschön.«

Tanja nickte. »Das war in Binz. Es muss unsere letzte Begegnung gewesen sein.«

»Vielleicht wollte sie dich damals zu sich holen.«

»Ich weiß es nicht«, antwortete Tanja. »Und wenn es so gewesen ist, warum hat sie mich nicht mitgenommen?«

Helena schwieg.

Tanja leerte ihr Glas in einem Zug.

»Noch einen?«

»Ja, gerne!«, erwiderte Tanja. »Warum fragst du mich das alles?«

Helena Sander suchte sichtlich nach Worten. »Ich möchte dir gern jemanden vorstellen, der dir vielleicht weiterhelfen kann.«

»Wie bitte?« Tanja hielt es nicht länger auf ihrem Stuhl. »Hast du meine Mutter …?«

Helena schüttelte den Kopf. »Nein, nicht sie. Das tut mir leid. Aber einen Mann, der dir deine Fragen beantworten kann. Zumindest einen Teil davon.«

»Wer ist das?«

»Er heißt Jonathan. Jonathan Williams. Er ist mir vor zwei Tagen hier in der Hotelbar in die Arme gelaufen, als er …«

»Ja?«

»Er war auf der Suche nach dir.«

»Nach mir? Warum?«

Helena holte tief Luft. »Er war der Mann deiner Mutter.«

»War? Das heißt, sie ist …?«

»Sie ist nicht tot«, sagte Helena hastig und schüttelte den Kopf.

Tanja schluckte. »Ist sie hier?«, hauchte sie, als könnte ein lautes Wort ihre Hoffnung zerplatzen lassen wie eine Seifenblase. »Ist sie also wirklich hier?«

Helena, die sichtlich bewegt war, erhob sich nun ebenfalls, trat nah an Tanja heran und legte einen Arm um ihre Schultern.

»Ja, das ist sie«, antwortete sie. »Du bist am Ziel deiner Reise angekommen.«

Tanja ließ einen Moment lang ihren Kopf an Helenas Schulter sinken. »Ich kann das nicht glauben.« Ein Schauer lief über Tanjas Körper, und heftiges Schluchzen schüttelte sie. Übelkeit kroch in ihr hoch. Es fühlte sich an, als würde sie im nächsten Augenblick die Kontrolle über sich verlieren und zusammenbrechen. »Mir ist schlecht«, japste sie.

»Pst …«, machte die Ärztin und strich ihr sanft über den Rücken. »Atme tief ein und aus. Ganz ruhig, hörst du! Es wird alles gut.«

Tanja gehorchte, holte tief Luft, und überraschenderweise fühlte sie sich besser.

»Wenn du erlaubst, rufe ich jetzt Jo an, damit er sich auf den Weg hierher macht«, sagte Helena, die jede ihrer Regungen aufmerksam beobachtete. »Ihr könnt gleich in Ruhe miteinander reden.«

Tanjas Kraft kehrte zurück. Was auch immer gleich geschehen würde, sie war bereit. »Hilf mir mal auf die Sprünge!«, bat sie.

»Ja?«

»Wieso weißt *du* das alles?«

Helena lächelte. »Ich hab dir vorhin gesagt, unsere Begegnung war Schicksal. Davon bin ich überzeugt.«

Tanja nahm diese Erklärung hin, denn während sie sprach, griff Helena nach ihrem Handy, scrollte sich durch ihr Adressbuch, und wenig später sprach sie einige Sätze auf Englisch in den Lautsprecher.

»Er ist sozusagen schon auf dem Weg«, sagte sie, als sie auflegte. »Er wird dir vieles erzählen können.«

»Ich spreche kaum Englisch«, gab Tanja zu, während sie ihren Herzschlag laut wie eine gewaltige Maschine dröhnen hörte. Sie war so gut wie am Ziel. Schon in wenigen Augenblicken würde sie den Mann ihrer Mutter kennenlernen.

»Ich übersetze für dich«, bot Helena an. »Und jetzt bestelle ich uns erst einmal Cocktails.«

Er war es!

Der Mann, der sie böse angesehen und verjagt hatte, nachdem sie und Chris nach Valentina gefragt hatten, war tatsächlich der geschiedene Mann ihrer Mutter. Er hatte sie angelogen und somit riskiert, dass sie unverrichteter Dinge abreiste und die Wahrheit niemals erfuhr.

Ein heftiger Würgereiz übermannte Tanja. Hilflos beugte sie sich über die Toilette, vor der sie seit einer halben Stunde kniete und alles, was in den letzten Stunden auf sie eingeprasselt war, buchstäblich wieder von sich gab, weil sie es nicht verdauen konnte.

»Willst du nicht bei mir bleiben?«, hatte Helena mit besorgter Miene gefragt, als Tanja bereits kurz nach Jonathans Eintreffen und mitten in einem mühsamen, verkrampften Gespräch beschlossen hatte, in ihr Guesthouse aufzubrechen.

Dieser Jonathan war ebenfalls aufgesprungen.

»Er bittet dich um Entschuldigung für neulich und möchte, dass du bleibst, um noch weiter mit ihm zu reden«, übersetzte Helena. »Außerdem bietet er dir an, bei ihm zu wohnen, so lange du möchtest.«

Auf einmal!

Tanja spürte, wie erneut Übelkeit in ihr aufstieg. Sie sah seinen betroffenen Gesichtsausdruck, sie registrierte das Zittern seiner Hände. Er tat ihr leid, doch sie fühlte sich nicht in der Lage, ihm ohne weiteres zu verzeihen, dass er sie wie eine lästige Fliege verscheucht hatte.

Wenn er nicht durch Zufall Helena begegnet wäre …

»Ich muss gehen«, antwortete sie fest. »Ich muss jetzt alleine sein. Morgen … morgen komme ich wieder her, und dann … dann können wir weiterreden.«

Sie hatte nicht einmal geduldet, dass Jonathan sie zu ihrem Guesthouse brachte, sondern hartnäckig darauf bestanden, sich ein Taxi zu nehmen.

Morgen würde alles anders sein.

Morgen hätte sie ihre Mutter zurück. Oder auch nicht.

Bei der Erinnerung an Helenas betroffenes Gesicht, während sie mit stockender Stimme von Valentinas Unfall berichtet hatte, musste Tanja erneut spucken.

»Ich kann nicht mehr«, wimmerte sie, als die Übelkeit sie wieder und wieder überrollte. »Ich kann einfach nicht mehr.«

Eine Stunde später, als es ihr etwas besser ging, kaufte sie an der Bar ihres Guesthouse eine Cola. Nachdem sie die ersten Schlucke langsam getrunken hatte, um ihren angeschlagenen Magen nicht zu belasten, nahm sie die Flasche und setzte sich damit an den öffentlichen Computer in der Lobby, in der sich kurz vor Mitternacht kaum noch Leute aufhielten.

Sie öffnete die Seite von Google. Ihre Hände wurden schweißfeucht vor Nervosität, als sie »Valentina Williams« in die Suchmaske eingab.

Helena hatte jeden Satz dieses Jonathans übersetzt, und nun wusste Tanja, dass ihre Mutter eine Tierklinik auf Langkawi betrieb, ein kleines Haus besaß, seit ein paar Jahren geschieden war und – bei diesen Worten hatte Jonathan sie seltsam angesehen – keine weiteren Kinder hatte.

Sie fühlte sich ruhiger als noch vor zwei Stunden, als sie halb betäubt von den Neuigkeiten ihren Bungalow betreten hatte.

Langsam drückte sie die Enter-Taste. In weniger als einer Sekunde zeigte die Suchmaschine ihr die Ergebnisse an.

Langkawi Animal Clinic & Shelter war der erste Treffer. Tanja holte tief Luft, als sie die Homepage anklickte. Natürlich war die Seite auf Englisch verfasst – wie Tanja wusste, die zweite Amtssprache von Malaysia, die deshalb neben der Landessprache Bahasa von den meisten Einwohnern fließend gesprochen wurde. Doch der Inhalt interessierte Tanja ohnehin weniger als die Fotos.

Ihre Hand begann zu zittern, als sie den Menüpunkt *Team* anklickte.

»Mama«, hauchte sie leise, als sie in das fremd-vertraute Gesicht der Mutter blickte, das dem aus ihrer Erinnerung glich. Strahlend blaue Augen schienen ihr direkt ins Herz zu sehen, das vor Freude zu zerspringen drohte.

Als wären sie aus jahrelanger Haft befreit, strömten die Erinnerungen mit Macht auf Tanja ein. Endlich kehrten die vergessenen Bilder zurück.

Sie erhob sich, nahm ihre Cola, lief so schnell sie konnte hinüber zum Strand. Sie brauchte jetzt Luft, Weite, das Rauschen der Wellen. Nachdem Tanja tief durchgeatmet hatte, setzte sie sich in den warmen Sand.

Während sie der Brandung lauschte, schloss sie die Augen und badete in Erinnerungen. Für einen Augenblick war sie wieder Kind – mit Mama am Strand in Binz, mit Mama beim Spaghettiessen, bei einem Spaziergang im Zoo, wo eins der wenigen gemeinsamen Fotos entstanden war.

Tanja hatte es geschafft, sie hatte das Unmögliche möglich gemacht und ihre Mutter gefunden!

Doch Valentina lag nach einem Unfall im Koma. Niemand wusste, was die nächsten Tage und Wochen bringen würden. Hatte Tanja sie nur gefunden, um sie gleich wieder zu verlieren? Das durfte nicht geschehen!

»Mama«, flüsterte Tanja. »Mama, morgen bin ich bei dir. Du darfst jetzt nicht sterben. Hörst du!«

Glück, gepaart mit Angst und Verzweiflung, strömte durch ihre Adern, sie fühlte sich – trotz des Schmerzes – lebendig wie nie zuvor.

Der Wind hörte ihre Worte, nahm sie, spielte mit ihnen und trug sie schließlich mit sich fort.

20

Leise betrat die Nachtschwester Valentinas Zimmer. Sie hatte sich angewöhnt, während ihrer Schicht mehrmals nach ihrer Patientin zu sehen, denn sie sorgte sich um die bekannte und beliebte Tierärztin, die sich jeden Tag ein wenig mehr vom Leben zu entfernen schien. Es wäre ein Verlust für die Insel, wenn sie es nicht schaffen würde.

Die Nachtschwester trat etwas näher an das Bett heran und musterte Valentina aufmerksam. Jahrzehntelange Erfahrung hatte sie gelehrt, selbst kleinste Veränderungen am Zustand von Schwerkranken wahrzunehmen.

Etwas geschah.

Die Patientin wirkte, obwohl sie still lag, innerlich unruhig. Trotz der Kühle im klimatisierten Raum stand ein leichter Schweißfilm auf ihrer Stirn. Die Schwester tupfte Valentinas Gesicht mit einem Tuch vorsichtig trocken. Ein leises Wispern ließ sie lauschend innehalten.

Was hatte sie gehört?

Das Spiel des Windes? Das Rascheln des Laubes? Das Flüstern der Ahnen?

War da nicht eine Bewegung am Fenster gewesen?

Die Krankenschwester blickte durch die Scheibe nach

draußen. Niemand war zu sehen, doch nun begriff sie, dass der Moment der Entscheidung gekommen war. Sie öffnete die Fensterflügel so weit, wie es möglich war. Auch die ausgefeiltesten medizinischen Apparate konnten eine Seele, die fliegen wollte, nicht aufhalten. Wenn es so weit war, musste man beiseitetreten und sie loslassen.

Der Nachtwind drang ins Zimmer, trug den süßlichen Duft fedriger Mahagonibaumblüten mit sich.

Die Krankenschwester schloss die Augen und sog die warme Luft tief ein, als sie hinter sich ein leises Seufzen vernahm. Ruckartig drehte sie sich um und erreichte mit zwei langen Schritten das Bett der Patientin. Deren Augenlider flackerten, ihre Hände schienen nach etwas greifen zu wollen. Lächelte sie?

Umgehend betätigte die Schwester den Notruf.

Valentina Williams wollte nicht gehen, sie kam zurück.

Sie brauchte dringend einen Arzt.

»Sie ist noch sehr schwach«, hörte Valentina den Arzt leise sagen, als sich die Tür öffnete und er zusammen mit Jonathan in ihr Zimmer trat.

Die Schwester hatte ihren Oberkörper etwas aufgerichtet. Auch wenn ihr jede noch so kleine Bewegung Mühe bereitete, streckte sie ihre Hand aus und lächelte, als sie ihn sah.

Das Krankenhauspersonal verließ den Raum, nicht ohne zu mahnen, dass die Patientin noch der Schonung bedürfe, und anzuweisen, ihr keinerlei Anstrengungen gleich welcher Art zuzumuten.

»Ach was, von wegen Schonung«, sagte Valentina

leise, als Jonathan an ihr Bett trat. »Ich hab ja wohl genug herumgelegen.« Sie räusperte sich. »Meine Stimme ist hinüber. Oje. Und mein Hals tut schrecklich weh.«

Sie sah Tränen in seinen Augen schimmern.

Er goss Wasser in einen Becher und reichte ihn ihr. »Du klingst wie ein Rockstar«, sagte er und half ihr zu trinken, als er merkte, wie sehr ihre Hände zitterten.

Sein Bemühen, ruhig und gefasst zu wirken, rührte Valentina.

»Ich war lange weg, nicht wahr?«

»Viel zu lange.«

Ein Blick genügte ihnen, um zu wissen, dass sie nicht allein von der Zeit der Bewusstlosigkeit sprachen.

»Erzähl mir von meiner Klinik!«, bat Valentina und ließ sich zurück in ihr Kissen sinken. »Den Tieren. Meinen Leuten. Ich möchte wissen, wie es ihnen geht.«

»Sie haben gejubelt, als sie hörten, dass du heute Nacht aufgewacht bist. Es war ein Kreischen, Bellen und Miauen, das glaubst du nicht.«

Valentina lachte leise. »Das will ich meinen. Und sonst?«

»Sonst?« Er zwinkerte ihr zu, als er fortfuhr. »Es herrscht wie immer ein reges Kommen und Gehen, so dass der Platz für all die Hilfsbedürftigen kaum ausreicht. Die Luft ist schlecht. Es ist zu heiß. Deine Leute arbeiten wie verrückt rund um die Uhr. Wie du siehst, ist alles in bester Ordnung!«

»Ich bin erleichtert«, seufzte Valentina. »Und jetzt will ich so schnell wie möglich hier heraus.«

Jo legte eine Hand auf ihren Arm. »Langsam, Tina, sie haben dir sicher schon gesagt, dass du nicht gerade Bagatellverletzungen hattest. Du brauchst Zeit, um wieder richtig auf die Beine zu kommen. Und selbst dann …«, er zögerte. »Willst du wirklich weiter jeden Tag zwölf bis vierzehn Stunden arbeiten?«

Sie zuckte die Schultern. »Ich kann gar nicht anders. Die Tiere und die Klinik sind mein Leben, das weißt du doch.«

Seine Züge verhärteten sich bei diesen Worten.

Valentina legte ihre Hand in seine und sah ihn fest an. »Ich weiß, dass du jeden Tag hier warst«, sagte sie leise.

Jo ließ ihren Blick nicht los. Dann nickte er. »Das war ich. 24 Stunden am Tag, ob nun in Gedanken, in meinen Träumen oder direkt hier, neben dir.«

»Und ich bei dir!«

»Das ist schön.«

»Ich konnte nicht reden, aber begreifen. Was richtig war und … was falsch.«

Jonathan beugte sich vor, strich ihr eine Haarsträhne hinter das Ohr, wie er das immer tat, wenn er bewegt war. Valentina liebte diese zärtliche Geste über alles. »Es fühlte sich an, als würde ich schlafen und wäre dennoch wach …«, fuhr sie fort, während sie seine sanfte Berührung genoss und Lebenslust wie eine Welle durch sie hindurch wogte.

»Tina«, unterbrach Jo sie sanft. »Du musst nichts erklären. Nicht jetzt.«

Valentina sah ihn aufmerksam an. »Hast du etwas auf dem Herzen?«, fragte sie, die neben ihrer Vertrautheit seine Unruhe spürte und wusste, dass ihn abgesehen von ihrem Gesundheitszustand etwas beschäftigte.

»Ich?« Er lachte, ein wenig zu laut, wie sie fand. »Ich hab gerade beschlossen, dass ich euch die Klimaanlage finanzieren werde. Und damit du keinen Aufstand machst, werde ich dich gar nicht erst fragen, ob du einverstanden bist.«

Er verbarg etwas vor ihr. Doch sie bedrängte ihn nicht.

Wenn sie sich kräftiger fühlte, würden sie sowieso reden müssen. Für die Wahrheit war es nie zu spät.

Die Krankenschwester half ihr aufzustehen und zu duschen, nachdem Jo sich verabschiedet hatte. Auch wenn sich Valentinas Glieder bleiern anfühlten und ihre Kräfte schon nach kurzer Zeit spürbar nachließen, genoss sie dennoch das Gefühl des warmen Wassers auf ihrer Haut und den blumigen Duft des Shampoos, als die Schwester ihr vorsichtig die Pflaster von den Schürfwunden löste und anschließend das Haar wusch.

»Ich würde gern ein wenig draußen sitzen«, bat Valentina, nachdem sie abgetrocknet und in bequeme Sachen gehüllt aus dem Bad gebracht wurde. »Wäre das möglich?«

»Natürlich!« Die Krankenschwester lächelte freundlich.

Wenig später kehrte sie mit einem Rollstuhl zurück, und nachdem sie Valentina geholfen hatte, ihr Handy, eine Zeitung und ihre Lesebrille einzusammeln, schob sie ihre Patientin hinaus in den weitläufigen, gepflegten Garten der Anlage.

Unter einem riesigen Mahagonibaum bat Valentina darum, verweilen zu dürfen. »Die Blüten duften so schön«, sagte sie und wunderte sich über die intensiven

Gefühle, die der süße Duft bei ihr auslöste. Sehnsucht. Glück. Erinnerungen.

»In einer Stunde hole ich Sie wieder ab, ist das recht?«, fragte die Schwester, während sie Valentina auf eine der bereitstehenden Liegen half und sie mit einem leichten Baumwolltuch zudeckte.

Valentina nickte. Für das, was sie vorhatte, würde sie weniger als eine Minute brauchen.

Als sie allein war, griff sie ihr Handy, surfte im Internet und fand wenig später, was sie gesucht hatte.

Eine Telefonnummer – noch die gleiche wie damals.

Sie lächelte. Natürlich. Wie könnte es auch anders sein.

Ihre Hände zitterten nicht. Ihr Herz klopfte in ruhigem Rhythmus. Wenn sie sich räusperte, dann nicht aus Verlegenheit, sondern allein wegen der durchgestandenen Strapazen und den Nachwirkungen des Beatmungsschlauches in ihrem Hals.

Valentina wählte die Nummer, die sie in all den Jahren nicht vergessen hatte. Wenig später erklang das Freizeichen. Nach dreimaligem Klingeln wurde abgehoben.

»Wellenstein.«

Wie nah die Stimme klang! Dabei lagen Tausende Kilometer und mehr als 20 Jahre zwischen ihnen.

»Ich bin's. Valentina«, sagte sie so selbstverständlich, als hätte sie erst gestern mit ihrer Mutter telefoniert. Sie hörte ein überraschtes, schnappendes Einatmen und redete ruhig weiter. »Ich hatte einen Unfall.«

»Was ist passiert?« Valentina konnte an der belegten Stimme der Mutter hören, wie sehr sie um Fassung rang.

»Es geschah auf dem Heimweg mit dem Auto. Ich bin auf dem Weg der Besserung.«

»Das freut mich zu hören.«

»Wie geht es Papa?«

»Gut. Uns beiden geht es gut.«

Sie schwiegen. Als Valentina schon glaubte, ihnen würden die Worte fehlen, um die gewaltige Distanz zwischen ihnen zu überbrücken, sprach ihre Mutter weiter: »Ich kann mir denken, weshalb du anrufst.«

Valentina hatte sich ihr Vorgehen überlegt, bevor sie die Nummer ihrer Eltern gewählt hatte. Sie würde nicht nach Tanja fragen, noch nicht.

»Ich möchte mit dir reden«, sagte sie ruhig. »Ich möchte verstehen, warum wir damals alles so falsch angepackt haben.«

»Wer sagt dir, dass es falsch war?«

»Das weißt du doch längst. Wir beide wissen es.«

»Du bist seit über 20 Jahren weg.« Utas Stimme klang scharf, doch Valentina hörte die Beherrschung der Mutter trotzdem bröckeln, während sie fortfuhr: »Über einiges, was in der Zwischenzeit geschehen ist, kannst du dir kein Urteil erlauben.«

»Ach, Mama! Genug gekämpft«, erwiderte sie sanft. »Lass uns nicht urteilen, sondern einander die Hände reichen.«

Am anderen Ende der Welt erklang nach einem kurzen Moment des Innehaltens ein tiefer, erleichterter Atemzug. »Du hast recht, Kind«, gab Uta endlich leise zu. »Wir haben es verdammt falsch angepackt.«

Berlin, Frühling 1991

»Ich habe bis 17 Uhr Seminar«, sprach Valentina hektisch ins Telefon, nahm eine Brötchenhälfte, biss hinein, klemmte sich den Hörer unter ihr Kinn und warf, während sie weitersprach, ein paar Hefter in eine lederne Umhängetasche. »Ich werde es nicht rechtzeitig zum Sommerfest im Kindergarten schaffen.«

»Das macht nichts«, erwiderte Uta am anderen Ende der Leitung. »Dein Vater hat sich freigenommen, *wir* beide gehen mit Tanja zusammen hin.«

Valentina hörte den stummen Vorwurf in der Stimme ihrer Mutter, schluckte eine Erwiderung jedoch hinunter. Sie hatte schließlich noch mehr auf dem Herzen. »Am Wochenende muss ich für meine Abschlussprüfung in Innerer Medizin ziemlich viel lernen«, fuhr sie fort. »Ich wollte fragen, ob …«

»Wir wollen sowieso spontan nach Binz«, unterbrach Uta. »Das Wetter soll absolut großartig werden.«

»Ach so?« Und warum fragte sie niemand, ob sie mitfahren wollte?

»Warum wohl?«, sagte wenig später Karin, die sie in der Straßenbahn getroffen und der sie von dem frustrierenden Telefonat erzählt hatte. »Weil du sowieso nicht mitgefahren wärst«, beantwortete sie die Frage selbst.

Valentina wand sich unter den direkten Worten der Freundin, musste jedoch widerstrebend zugeben, dass Karin recht hatte. Kurz vor ihrem Examen war die Zeit, die sie für ihr Studium aufwenden musste, explosionsartig angestiegen – die Zeit, die sie für ihre Tochter übrighatte, dementsprechend gering.

»Du siehst unglücklich aus«, sagte Karin. »Läuft es nicht gut mit dir und Sven?«

Sie und ihr Kommilitone lebten seit fast vier Jahren zusammen in einer winzigen Wohnung im Friedrichshain. Seine Anwesenheit tat ihr gut, sie waren ein unkompliziertes Paar, und es half Valentina, sich in seine Arme flüchten zu können, wenn ihre Pflichten überhandnahmen und zeitgleich ihr schlechtes Gewissen gegenüber ihrer Tochter sie quälte.

»Es läuft gut«, erwiderte Valentina. »Es ist nur … Tanja.« Sie schluckte. »Es fühlt sich manchmal gar nicht mehr so an, als sei sie *mein* Kind.«

»Sie verbringt nun mal den Großteil der Zeit mit deinen Eltern«, erwiderte Karin.

Valentina nickte unglücklich. Die letzten vier Jahre ließen sich nicht ungeschehen machen. Dass Tanja sich bei ihren Großeltern und nicht bei ihr zu Hause fühlte, hatte sie letztlich selbst zu verantworten.

Oder?

Berlin, Sommer 1987

Aufgrund von Valentinas Hörsturz gaben Uta und Lutz ihre starre Haltung auf und stiegen in die Betreuung der Kleinen mit ein. Die gemeinsamen Wochen an der Ostsee von Uta, Lutz und Tanja leiteten eine schleichende Veränderung ein. Mit dem ihnen eigenen Engagement und Anspruch übernahmen Valentinas Eltern nicht nur einen Teil der Betreuung ihrer Enkelin, sondern auch das Sagen.

Und Valentina wehrte sich nicht. Tanjas fortwährendes Fremdeln verunsicherte sie. Die Kleine wirkte unruhig in ihrer Gegenwart, sie fragte ständig nach Oma und Opa – die ersten Wörter, die sie klar auszusprechen gelernt hatte –, so dass Valentina sich angewöhnte, nachdem sie Tanja aus der Kinderkrippe abgeholt hatte, nicht mehr in ihre eigene Wohnung im Untergeschoss zu gehen, sondern ohne Umweg in die Etage der Großeltern, da Tanja früher oder später sowieso dahin verschwand.

Das Semester begann und damit Valentinas zeitliche Schwierigkeiten. Bis eines Tages Uta und Lutz sie zu sich baten und ihr eröffneten, dass sie sich eine dauerhafte Lösung des ständigen Dilemmas überlegt hätten.

»Ich reduziere meine Stunden im Krankenhaus«, sagte Uta. »Ich werde mich an deiner Stelle um Tanja kümmern, damit du den Rücken frei hast für dein Studium.«

Valentina fühlte sich unbehaglich, weil Uta und Lutz wieder einmal nicht fragten, sondern ihre Zustimmung voraussetzten, aber die Aussicht auf Hilfe erschien ihr wie ein Rettungsanker. Sie sah ein, dass ihr nichts anderes übrigblieb, wollte sie nicht über kurz oder lang erneut zusammenbrechen, und stimmte zu.

Von da an holte Uta die Kleine vom Kindergarten ab und betreute sie. Abends, wenn sie aus der Uni kam, nahm Valentina ihre Tochter zu sich und die beiden verbrachten die restlichen ein, zwei Stunden miteinander, bis Tanja ins Bett musste.

Es funktionierte, bis wenig später weitere tiefgreifende Veränderungen eingeläutet wurden.

Sie sah Sven zum ersten Mal nach den Ferien in der Uni-Bibliothek wieder. Über Bücher gebeugt, machte er sich Notizen. Während er las, kaute er auf dem Ende seines Stiftes herum.

Valentina lächelte. Seine Schreibgeräte sahen aufgrund dieser Angewohnheit alle ziemlich unschön aus. Weshalb auch niemand auf die Idee kam, sie sich auszuborgen.

Er stützte seinen Kopf in eine Hand. Sein braunes, leicht gewelltes Haar war strubblig, über die Sommermonate hatte seine Haut eine tiefdunkle Farbe angenommen. Bis auf eine Stelle an der Stirn, dicht am Haaransatz – eine Narbe, die immer weiß blieb.

Alles an ihm war ihr so vertraut. Valentina hörte den Klang seiner Stimme, selbst wenn er nicht sprach. Sie wusste, wie er lachte, wie er duftete, wie er die Gabel hielt, wenn er aß … und sie hatte ihn in den letzten Wochen, während ihrer Funkstille, vermisst.

»Du stehst im Weg«, sagte jemand unfreundlich und schob sich an ihr vorbei.

Sven hob den Kopf. Ihre Blicke trafen sich.

Dass sein Gesicht sofort einen verschlossenen Ausdruck annahm, als er sie sah, tat ihr weh.

Sie war eine solche Idiotin gewesen!

»Hallo, Sven«, sagte Valentina, nahm einen Stuhl und schob ihn an seinen Tisch.

»Hallo«, erwiderte er tonlos. »Ich muss …«

»Es tut mir leid«, unterbrach Valentina ihn hastig. »Ich … ich hab den ganzen Sommer an dich … Du hast mir gefehlt.«

»Hör mal …«

Noch einmal unterbrach sie ihn, bevor er etwas sagen konnte, was ihren Vorsatz ins Wanken brachte. »Kommst du heute Abend bei mir vorbei? Ich … ich würde für uns kochen, und einen Wein habe ich auch. Tanja ist mit meinen Eltern …«

»Du musst nicht …«

»Ich will aber. Ich hab einen Fehler gemacht, und ich möchte ihn wiedergutmachen.«

»Könnt ihr mal leise sein«, rief jemand ärgerlich.

»Bitte«, flüsterte Valentina. Mit Erleichterung sah sie, dass sich ein zaghaftes Lächeln auf seine Lippen stahl. »19 Uhr, ja?«

Er nickte, und Valentina verließ die Bibliothek, ehe Sven es sich anders überlegen konnte.

»Ich bin so froh, dass du gekommen bist!«

Valentina hätte sich gern in Svens Arme geworfen, doch die Zweifel in seinem Blick hielten sie zurück. Wie oft hatte sie seine Annäherung abgewiesen. Kein Wunder, dass er ihr nicht mit offenen Armen entgegenkam.

»Es riecht gut!« Immerhin lächelte er.

»Spaghetti mit Tomatensoße. Und Rotwein!« Sie wusste, dass er dieses schlichte Essen liebte.

Der Septemberabend war ungewöhnlich mild. Uta und Lutz waren mit Tanja zu einer Verwandten nach Potsdam gefahren und würden erst am nächsten Tag zurückkommen. Valentina hatte den Tisch auf der Terrasse mit ihrem schönsten Geschirr gedeckt. Zwei Kerzen flackerten.

»Du hast dich verändert«, sagte Sven, nachdem sie Platz genommen hatten, und sah sie lange an.

»Ich war fast den ganzen Sommer über alleine, und ich hab mir Zeit genommen. Zeit für mich.«

Er lächelte schief. »Das klingt ungewohnt aus deinem Mund.«

»Ich werde nie gut darin sein, entspannt zu sein und mich nicht pausenlos zu verausgaben. Wenn ich an die nächsten Prüfungen denke, wird mir schlecht vor Aufregung. Aber ich war krank, und der Arzt hat mir gesagt, dass ich zu viel Stress habe.«

»Kein Wunder! Du bist enorm ehrgeizig, und du hast ein Kind.«

»Tanja verbringt ab sofort die meiste Zeit bei meinen Eltern. Meine Mutter hat sich vor kurzem entschieden, beruflich kürzerzutreten, damit ich mein Studium packe.«

»Das ist doch großartig.«

Valentina ließ seinen letzten Satz unkommentiert. Stattdessen schenkte sie ihnen Wein ein und reichte Sven die Schüssel mit den Spaghetti.

Natürlich war die Hilfe ihrer Eltern ein Segen. Schon allein die Semesterferien hatten bewirkt, dass sie sich besser fühlte, besser aussah. Dennoch, Valentina beschämte dieses Arrangement mehr, als dass es sie erleichterte. Sie war sich nicht sicher, ob Sven ihre Gefühle verstehen würde, deshalb schwieg sie.

Er hatte den Sommer mit Freunden am Balaton verbracht.

Valentina lachte über seine Anekdoten. »Ich möchte da auch mal hin«, sagte sie schließlich. »Das klingt so toll!«

»Ich fahr mit dir hin, wenn du willst. Und mit Tanja natürlich. Der See ist so flach – die reinste Badewanne für deine Kleine.«

»Das würdest du machen?« Sie griff nach seiner Hand.

»Verdammt, Valentina«, antwortete Sven. »Du hast es noch immer nicht begriffen, oder?«

»Was denn?«

»Dass ich so ziemlich alles mit dir und für dich machen würde.«

Sie standen gleichzeitig auf. Voller Erleichterung ließ Valentina sich nun doch in Svens Arme sinken. Sie hob den Kopf, und ihre Lippen fanden sich. Ihr erster Kuss fühlte sich weich an und war voller Verheißung.

Valentina seufzte leise, als Sven sie hochhob und ins Schlafzimmer trug. Endlich gab es jemanden, der ihr ohne Wenn und Aber eine Schulter zum Anlehnen bot. Und endlich war sie selbst bereit, dieses Angebot anzunehmen.

Sven wurde binnen weniger Wochen Tanjas Ersatzpapa. In seiner Gegenwart wirkte die Kleine spürbar ausgeglichen. Valentina fühlte sich glücklich, wenn sie die beiden herumtollen sah, und fasste neuen Mut.

Sie traf eine Entscheidung, und ehe diese durch langes Abwägen ins Wanken geraten konnte, sprach sie mit ihren Eltern.

»Ich werde ausziehen.« Ihre Eltern saßen lesend im Arbeitszimmer, als Valentina sie mit ihrem Entschluss konfrontierte.

Uta hob den Kopf. »Bitte?«

»Ich werde zu Sven ziehen. Er hat eine eigene Wohnung. Im Friedrichshain. Ich … wir haben alles besprochen. Und für euch ist es auch viel leichter, wenn Tanja …«

»Du willst Tanja mitnehmen?«

»Mama?« Valentina sah ihre Mutter fragend und fassungslos an. Natürlich wollte sie ihre Tochter mitnehmen.

»Das hast du dir nicht gut überlegt.«

Valentina stand noch immer im Türrahmen. Weder Uta noch Lutz baten sie einzutreten und Platz zu nehmen. Und Valentina wagte es nicht. Sie konnte nicht sagen, warum, doch sie empfand Scheu vor diesem Raum, den sie im Stillen immer das »Allerheiligste« nannte.

»Ich habe mir das sogar sehr gut überlegt«, widersprach sie. »Sven und ich werden für sie sorgen. Ihr wisst, wie sehr Tanja ihn liebt.«

»Wie lange seid ihr jetzt zusammen?«

Wäre die Fähigkeit ihrer Mutter, immer ins Schwarze zu treffen, nicht so schmerzhaft gewesen, Valentina hätte sie dafür bewundert.

»Ich kenne ihn lange genug«, wich sie aus.

Lutz räusperte sich.

»Papa?«

»Die Wohnung? Ist sie geeignet für ein Kleinkind?«, fragte er.

»Natürlich«, behauptete Valentina, während sie rot anlief.

Uta und Lutz hielten entsetzt die Luft an, als sie das einfache Quartier zwei Tage nach Valentinas Auszug zum ersten Mal betraten.

Sie hatten Kuchen mitgebracht, was ihrem Besuch einen Anstrich von Gemütlichkeit verleihen sollte, Valentina jedoch nicht darüber hinwegtäuschte, dass sie sie kontrollieren wollten. Sie sah ihr neues Zuhause mit den Augen ihrer Eltern: unsanierter Altbau, eine 37 Quadratmeter große Behausung mit Ofenheizung, Seitenflügel, oberster Stock, so dass es zwar hell, dafür aber zugig und kalt war. Toilette im Hausflur eine halbe Treppe tiefer.

Ausgerechnet an diesem Tag hatte es zum ersten Mal Frost gegeben. Valentina fror, als sie Kaffee kochte und sich zu den anderen an den Tisch setzte, wo allein Sven, der die angespannte Stimmung nicht zu spüren schien oder sie bewusst ignorierte, mit Appetit zulangte.

Einzig die Tatsache, dass Tanja, nachdem sie ihre Großeltern umarmt hatte, auf Svens Schoß krabbelte und sich von ihm mit Butterstreuseln füttern ließ, während sie zufrieden brabbelte, half Valentina über die zweifelnden Blicke ihrer Eltern hinwegzusehen und das bemühte Gespräch durchzustehen.

Als sie sich verabschiedeten, sah sie Tränen in Utas Augen schimmern.

»Warum wundert dich das?«, fragte Sven, als Valentina ihm davon erzählte. »Deine Eltern lieben Tanja. Ich wette, ihr großes Haus kommt ihnen ziemlich leer vor, seit ihr beide weg seid.«

»Die Wörter ›Uta‹ und ›Liebe‹ in einem Satz unterzubringen, fällt mir ehrlich gesagt schwer«, sagte Valentina.

»Das ist doch Unsinn«, lachte Sven. »Natürlich liebt sie euch. Sie zeigt es nur nicht so.« Er zwinkerte ihr zu.

Valentina gelang es nicht, sich von seiner Fröhlichkeit anstecken zu lassen. »Ich muss Tanja baden«, sagte sie. »Legst du bitte Kohlen nach? Es zieht so.«

Während Sven heizte, stellte sie eine Plastikwanne auf den Küchentisch und füllte sie mit warmem Wasser, etwas Badezusatz und einigen Spielsachen. Über ihrem kleinen Ofen wärmte sie ein Badetuch. Ein alter Wollschal wurde zum Zugluftstopper vor dem Fenster umfunktioniert.

Tanja, die normalerweise gerne im Wasser planschte,

war nörgelig und beruhigte sich erst, als sie warm eingepackt in ihrem Bettchen lag und Valentina ihr Backe-backe-Kuchen-Lied sang.

Schon wenige Wochen nach Einbruch des Winters erkrankte Tanja an einer schweren Bronchitis.

»Sie ist nur knapp an einer Lungenentzündung vorbeigekommen«, schimpfte Uta, als Valentina mit ihrer Tochter, deren Atem laut vernehmbar rasselte, übers Wochenende ins warme Haus der Eltern flüchtete. »Ich hab mich bisher zurückgehalten, aber jetzt muss ich dir sagen, dass ihr in unmöglichen Zuständen lebt.«

»Dann wohnt halb Berlin in unmöglichen Zuständen«, verteidigte sich Valentina matt.

»Du tust es freiwillig«, gab Uta ungerührt zurück. »Weil du wie immer einen Dickkopf hast und dir nichts sagen lässt. Ich verstehe nicht, was dir daran liegt, deine Tochter mit Gewalt aus ihren geordneten Bahnen zu reißen.«

Während sich Tanjas gequälter Husten kaum stillen ließ, schämte Valentina sich einmal mehr. Sie war als Mutter eine Versagerin – es fehlte ihr an Zeit, sie besaß nicht genügend Platz für ein kuschlig warmes Kinderzimmer, und nun war sie auch noch schuld, dass ihre Tochter sich in der eiskalten, zugigen Wohnung furchtbar erkältet hatte.

»Willst du Tanja nicht über den Winter bei uns lassen?«, bot ihr Vater an. »Deine Mutter hat Zeit. Wenn es Sommer wird, holst du sie zu dir zurück.«

»Und wann soll *ich* mein Kind sehen?«

»Du kannst zurückkommen und wieder hier wohnen«, mischte sich Uta ein. »Ich verstehe sowieso nicht, warum du und Sven das vehement ablehnt und lieber in diesem …« Sie schluckte herunter, was ihr auf der Zunge lag. »Ihr seid jederzeit willkommen.«

Weil ich endlich auf eigenen Beinen stehen will. Weil eure Hilfe sich wie ein steter, stummer Vorwurf anfühlt. Weil ich mich in eurer Gegenwart so schrecklich unperfekt fühle.

Niemals hätte Valentina ausgesprochen, was sie dachte. Sie war ihren Eltern zu Dank verpflichtet. Wie würde es aussehen, wenn sie ihnen Vorwürfe machte?

Schweren Herzens stimmte Valentina dem Vorschlag ihres Vaters zu. Tanja zog zurück zu Oma und Opa. Sooft sie konnte, besuchte Valentina ihre Tochter. Doch wenn sie mit ihr spielte, am Abendbrottisch saß oder sie ins Bett brachte, fühlte sie sich mehr und mehr wie ein Gast, nicht wie ihre Mutter.

Uta, Lutz und Tanja bildeten schon bald erneut eine geschlossene Einheit. Selbst die Erzieherinnen im Kindergarten wandten sich bei Entscheidungen und Fragen nach kurzer Zeit ausschließlich an Uta.

Sven, der Valentinas Zerrissenheit bemerkte, schlug vor, das Angebot von Uta und Lutz anzunehmen.

»Tanja wird dir immer fremder«, sagte er. »Ich sehe doch, wie du darunter leidest, und ich habe nichts dagegen, bis zum Ende unseres Studiums im Haus deiner Eltern zu wohnen. Lass uns das ganz pragmatisch angehen. Die Wohnung in ihrem Haus ist in Ordnung. Wir müssen nichts zahlen …«

»Niemals«, fauchte Valentina ihn an. »Das sind noch fast vier Jahre!«

Sven blieb ruhig. »Vier Jahre, in denen wir in Ruhe studieren, zusammen sein und uns trotzdem um Tanja kümmern können«, argumentierte er. »So schlecht ist das Angebot nicht.«

»Das sagst du, weil du die beiden nicht kennst«, erwiderte Valentina. »Ich kann nicht zu ihnen zurückgehen.«

»Warum nicht?«

»Weil sie dann ...« Sie suchte nach Worten. »Dann haben sie schon wieder recht gehabt. Sie haben einfach immer recht, verstehst du?«, rief Valentina verzweifelt.

Sven schüttelte den Kopf. »Du bist auf dem Holzweg, Liebste! Es geht doch nicht um deine Eltern und deine Beziehung zu ihnen, sondern in erster Linie um dich und dein Kind.«

Seine Aussage versetzte sie in Wut. »Du hast kein Recht, dich einzumischen«, schimpfte sie. Obwohl sie wusste, dass sie sich Sven gegenüber ungerecht verhielt und ihre Worte ihn verletzen mussten, igelte sie sich ein und wich nicht von ihrer Entscheidung ab. Die Überlegung, in ihr Elternhaus zurückzuziehen, war trotz der vermeintlich besseren Bedingungen eine Qual für sie. »Wir müssen eine andere Lösung finden.«

»Woran hast du gedacht?«

»Eine eigene größere Wohnung mit mehr Platz, weniger zugig. Dann kann Tanja wieder bei uns wohnen, und bis dahin ist es vielleicht wirklich besser, dass sie bei meinen Eltern bleibt.«

Sie sah Sven an, dass er ihrer Logik nicht folgen konnte. Sie konnte es ja selbst nicht; das Einzige, was sie sicher wusste, war, dass sie sich mit einer Rückkehr ins Haus der Eltern für den Rest ihres Lebens als Versagerin fühlen würde.

Doch ihre Hoffnung war chancenlos: Im Ost-Berlin

der späten 80er Jahre gab es keinen größeren Wohnraum für ein unverheiratetes Paar.

Tanja war, abgesehen davon, dass sie keine sehr stabile Gesundheit hatte, ein munteres Mädchen. Uta und Lutz widmeten sich ihr mit Hingabe. Es fiel Valentina nicht leicht, doch sie ließ das Arrangement mit ihren Eltern stillschweigend bestehen.

Berlin, Frühling 1991

Nun war es lediglich ein paar Wochen hin, bis sich ihr Leben erneut von Grund auf ändern würde. Sobald sie ihr Examen in der Tasche hatte, arbeiten ging und endlich eigenes Geld besaß, würde Valentina ihr Kind für immer zu sich holen.

Sie und Sven hatten beschlossen, nach Beendigung ihres Studiums ohne großes Aufheben zu heiraten. Ihre Hochzeitsreise sollte jedoch etwas Besonderes sein.

Im November 1989 war aus ihrer kleinen eine große Welt geworden. Nie würde Valentina vergessen, wie sie und Sven Hand in Hand das erste Mal über den Kurfürstendamm gelaufen waren. Staunend, betrunken von der Überfülle der neuen Eindrücke.

Nun brauchte sie keine Wolke mehr, um davonzufliegen. Plötzlich war alles möglich. Sooft es ihre Zeit erlaubte, studierte Valentina die Kataloge verschiedener Reiseanbieter.

Sven teilte ihre neu entdeckte Leidenschaft.

»Wollen wir uns ein Interrail-Ticket kaufen und durch Europa tingeln?«, fragte er.

Valentina nickte. »Klingt nicht schlecht.«

»Aber so richtig überzeugt bist du nicht.«

»Guck mal hier!«

»Südostasien?«

»Thailand, Malaysia, Bali, Java …« Sie dachte kurz an den Sommer mit Matthias. Er hatte recht behalten. Es gab sie doch – die Träume, die sich erfüllten. »Klingt das nicht genau wie ›Paradies‹?«

»Da brauchen wir aber ein dickes Sparschwein.«

»Wir müssen ja nicht in schicken Hotels wohnen«, schlug Valentina vor. »Wir kaufen uns nur die Flugtickets, und im jeweiligen Land suchen wir uns billige Unterkünfte. Die wird es doch geben, meinst du nicht?«

Es dauerte nur einen Wimpernschlag, bis er sich entschloss: »Ich bin dabei.«

Valentina schmiegte sich an ihn. »Danke!«, sagte sie selig.

Seit Sven sie gefragt hatte, ob sie ihn heiraten wollte, und sie ja gesagt hatte, hatten manchmal Zweifel angeklopft, und sie hatte darüber nachgedacht, ob ihre Einwilligung nicht mehr der Vernunft als ihren Gefühlen entsprungen war. Valentina lebte gern mit Sven zusammen, jedoch glichen ihre Empfindungen nicht im Mindesten denen, die sie Christoph gegenüber gehabt hatte.

Sven war vor allem ihr allerbester Freund.

Aber in dem Moment, als er einwilligte, mit ihr Asien zu bereisen, war sie sicher, dass sie ihn liebte. Einfach dafür, dass er da sein wollte, wo sie war. Und sei es in einer Bambushütte am anderen Ende der Welt.

Tanja würde den Sommer wie gewohnt mit Uta und Lutz in Binz verbringen.

Valentinas Idee, Tanja auf die große Reise mitzunehmen, war von Uta abgeschmettert worden. »In die Tropen mit einem kleinen Kind? Hast du dich mal kundig gemacht, was für Krankheiten Tanja sich dort einfangen kann?«

Da die Kleine vor kurzem die Windpocken überstanden hatte und noch recht weinerlich war, gab Valentina einmal mehr nach.

Wie Kinder freuten sie und Sven sich und sparten eisern jeden Pfennig für ihren Trip. Ein paar Wochen lang würden sie jung und unbeschwert sein dürfen. Abenteurer! Weltenbummler!

Möglicherweise war Tanja an der geliebten Ostsee wirklich besser aufgehoben.

Die Übelkeit überfiel Valentina im Fleischergeschäft. Seit zwei Tagen reagierte sie seltsam empfindlich auf Gerüche, doch sie hatte dem keine besondere Bedeutung beigemessen und gab ihrem Examensstress die Schuld.

Sie war angespannt und überreizt.

Valentina stürzte ins Freie, wo es ihr mit Mühe und Not gelang, den Würgereiz zu unterdrücken. Sie fuhr ohne Einkauf nach Hause, es würde keine Spaghetti Bolognese geben. Allein der Gedanke an rohes Fleisch ließ sie vor Ekel schaudern.

»Alles okay mit dir?«, fragte Sven, als sie sich nach Luft ringend auf einen Stuhl in der Küche fallen ließ. »Du siehst blass aus.«

Ihre Wohnung unter dem Dach, die im Winter nie richtig warm wurde, glühte im Sommer vor Hitze. Valentina streifte sich ihr T-Shirt über den Kopf. »Mir ist so heiß.«

»Mir auch!« Sie folgte seinem Blick, der an ihren Brüsten hängen geblieben war, und lächelte.

Valentina schlief gern mit Sven, der ein ausgesprochen zärtlicher Liebhaber war. Ihre Erschöpfung machte Erregung Platz. Sie erhob sich, legte ihre Arme um seinen Hals und schmiegte sich an ihn. Er öffnete ihren BH und umfasste verlangend ihre Brüste.

»Du hast zugenommen«, bemerkte er zwischen zwei Küssen. »Und zwar genau an den richtigen Stellen.«

Sie stieß ihn von sich. »So ein Quatsch!«

»Was ist los?« Er sah sie überrascht an.

»Nichts«, fauchte Valentina. Verdammt! Sie hatte die Anzeichen längst selbst bemerkt und mit Macht zu verdrängen versucht. »Ich schwitze, ich muss mich waschen.«

»Hey …« Sven folgte ihr ans Waschbecken und presste sich von hinten an sie. »Ich mag das, wenn du …«

»Lass mich in Ruhe!«

Er zog sich zurück, sah verletzt aus.

Sie sprachen nur noch das Nötigste an diesem Abend.

Sven wusste, dass seine Freundin manchmal launisch reagierte, und er war nicht der Typ, der darauf bestand, einen Streit auszudiskutieren. Also gingen sie einander aus dem Weg, bis sie sich beruhigt hatten.

»Es tut mir leid«, sagte Valentina, als sie nach langem Grübeln zu ihm ins Bett kam.

»Schon okay«, knurrte er.

Wenig später schlief er ein, während Valentina noch Stunden wach lag.

»Du bist schwanger?«

Das glückliche Funkeln in Svens Augen verursachte Valentina Herzstiche. Sie hatten vor zwei Tagen ihre letzten Prüfungen bestanden, es war Zeit, ihn einzuweihen. »Ich habe nächste Woche einen Termin …«

Er ließ sie nicht ausreden. »Ich komme mit«, rief er freudig und lief in ihrer winzigen Küche auf und ab. Dann kniete er vor ihr nieder, nahm ihre Hände und drückte sie. »Das ist … Mensch, Valentina, du machst mich zum glücklichsten Mann der Welt! Ich werde dabei sein, bei den Untersuchungen, bei der Geburt. Ich …«

»… zur Abtreibung.«

Ihre Worte hatten entschlossen klingen sollen, aber nicht hart. Doch ihre Stimme hatte wie von selbst diesen scharfen, schneidenden, beinahe gehässigen Ton angenommen, ohne dass Valentina es beabsichtigt hatte.

Er starrte sie an, als hätte er einen Geist gesehen. »Wie bitte?«

Sie löste ihre Hände aus den seinen und sprang auf. »Ich habe einen Termin zur Abtreibung gemacht. Es wird noch vor unserer Hochzeit geschehen.«

»Nein!« Sven stellte sich ihr in den Weg, so dass sie nicht ausweichen oder in ein anderes Zimmer laufen konnte. Er packte sie an den Schultern. »Sag, dass das nicht die Wahrheit ist!«

»Was ist denn los mit dir? Du tust mir weh«, wehrte sich Valentina, aber es gelang ihr nicht, sich seinem Griff zu entwinden. »Es ist der denkbar unpassendste Moment für ein Kind. Wir wollen heiraten, verreisen, anfangen zu arbeiten. Ich will eine Doktorarbeit …«

»Unpassend? Du nennst deine Schwangerschaft unpassend?«

Sie stöhnte leise. »Sven, das musst du doch nicht auf die Goldwaage legen. Es ist kein guter Zeitpunkt, du weißt, ich habe das alles schon einmal durchgemacht.«

»Ja, eben! Du hast ein Kind unter schwierigen Bedingungen zur Welt gebracht und erzogen. Warum soll es dieses Mal nicht funktionieren?«

»Weil ich es eben nicht erzogen habe«, rief Valentina, die nicht länger ruhig bleiben konnte. »Weil es mehr das Kind meiner Eltern ist, weil Tanja manchmal ›Mama‹ zu ihrer Großmutter sagt. Weil ich nicht den gleichen Fehler zwei Mal machen will.«

»Aber es ist nicht das Gleiche. Du bist älter, erwachsen, und dieses Mal hast du mich. Wir heiraten und wir packen das! Zusammen.«

Valentina schüttelte den Kopf. »Nein, Sven! Nicht jetzt. Wir können später … in ein paar Jahren …«

Doch er gab nicht auf. »Nein, Valentina! Dieses Kind ist deins genauso wie meins. Du stellst mich nicht vor vollendete Tatsachen! Dazu hast du kein Recht!«

Valentina hatte ihren Freund noch nie so außer sich erlebt. Sein Gesicht war rot vor Wut. Er wandte sich ab, steckte sein Portemonnaie und die Wohnungsschlüssel in die Taschen seiner Jeans und knallte die Tür hinter sich zu.

Sie lag wach, als er nachts zurückkam. Er roch nach Alkohol und Zigaretten.

»Es tut mir leid«, sagte er, als er sich neben sie legte. »Ich hab dich angeschrien, das war nicht in Ordnung.« Er streichelte ihr Haar.

»Ist schon okay«, sagte Valentina. »Es wird alles gut.«

Am nächsten Morgen verlegte sie den Termin der Abtreibung nach vorn. Als er für einige Stunden seine Eltern besuchte, packte sie ein paar Sachen zusammen. Bevor sie verschwand, schrieb sie ihm einen Zettel.

Bin bei Karin. Kuss V.

Er würde keinen Verdacht schöpfen. Sven war nicht so.

Als sie aus der Narkose aufwachte, saß er schluchzend an ihrem Bett. Sie weinte nicht. Sie fühlte sich leer.

Und schuldig.

Doch sie hielt dem stummen Vorwurf in seinem Blick stand.

Es war sein Kind, aber ihr Leben!

Dass Sven sie nicht aus der Klinik abholte, die sie bereits am nächsten Tag verlassen durfte, konnte Valentina verstehen. Sie schulterte ihren Rucksack, ignorierte das bedrückende Gefühl von Leere, das sich in ihr breitmachte, und machte sich auf den Weg nach Hause.

Unterwegs kaufte sie ein. Sie würde Svens Lieblingsessen zubereiten: Nudeln mit Pesto und viel Parmesan und zum Nachtisch Pfirsiche mit Schlagsahne.

Bei einer Flasche Weißwein könnten sie zusammensitzen und reden. Es gab mehr als genug zu besprechen. Valentina schämte sich dafür, dass sie Sven übergangen hatte. Umso mehr musste sie ihm jetzt ihre Gründe begreiflich machen. Und ihn um Verzeihung bitten.

Sie schwitzte, nachdem sie die fünf Treppen zu ihrer Wohnung hinaufgestiegen war. Ihre Hände zitterten leicht, während sie aufschloss. Dennoch zwang sie sich, ihrer Stimme einen heiteren Klang zu verleihen.

»Sven? Ich … ich bin zurück. Ich hab uns … Sven?«

Die Stille dröhnte in ihren Ohren.

Sie ahnte nicht nur, nein, sie wusste, dass er weg war, noch bevor sie ihr Gepäck im Flur abstellte und einen Blick in die halb leeren Zimmer warf.

Er hatte alle seine Sachen, sogar einen Teil der wenigen Möbel mitgenommen. Auf dem Tisch lag sein Flugticket nach Jakarta. Und ein Zettel. Eine fahrig hingeworfene, kaum leserliche Zeile:

Ich habe den Termin beim Standesamt abgesagt. S.

Konnte ein lächerlich kurzer Satz vier gemeinsame Jahre beenden?

Valentina zerriss das Papier und warf die Schnipsel in den Müll. Sie war noch nicht bereit aufzugeben.

»Ich kann gar nichts für euch tun«, sagte Karin zum wiederholten Mal. »Sven hat mir kein Wort darüber gesagt, wohin er gegangen ist.«

»Er war also hier, nachdem …«, Valentina schluckte, »nachdem ich abgetrieben habe?«

»Wenn du mich schon als Alibi benutzt, wäre es besser gewesen, du hättest mich eingeweiht. Wir haben uns in der Uni getroffen, und es hat keine 10 Sekunden gedauert, bis er gemerkt hat, dass du nicht bei mir bist.«

»Ich war kopflos. Sogar den Zettel mit Anschrift und Telefonnummer des Krankenhauses hab ich auf dem Schreibtisch liegen lassen. Sven war da, als ich aus der Narkose aufgewacht bin.« Valentina schüttelte sich. »Es war … es war alles so furchtbar.«

Karin, die ihr Leben auf bewundernswert sorglose Weise anpackte und eigentlich immer fröhlich war, wirkte, seit Valentina in ihre Wohnung geplatzt war, ausgesprochen bedrückt. Den mitgebrachten Wein hatte sie nicht einmal angerührt.

»Du hast dir ein Ding geleistet, das ist dir klar, oder?«, fragte sie zurück. Ihre Hände spannten sich so fest um die Lehne ihres Sessels, auf dem sie normalerweise mit angezogenen Beinen gemütlich lümmelte, dass die Knöchel ihrer Finger weiß hervortraten.

»Du verstehst mich also auch nicht?«, fragte Valentina kläglich.

»Verstehst du dich denn selbst?«

»Ja!« Valentina presste die Hände an ihre Schläfen, um nicht vor Verzweiflung aufzuschreien.

Sie schwiegen.

»Und nein«, brachte sie schließlich hervor, während Tränen aus ihren Augen tropften. »Aber er muss doch nicht unser Leben wegschmeißen. Er hat sogar die Hochzeit abgesagt.«

»Bist du sicher, dass nicht *du* diejenige warst, die es weggeschmissen hat?«

»Wolltet ihr mich zwingen, ein weiteres Kind zu bekommen?«, fragte Valentina und sah ihre Freundin fassungslos an.

»Bleib ruhig!«, erwiderte Karin. »Es ist doch so, dass in dieser Situation niemand gewinnen oder einen Vorteil haben konnte. Er leidet. Du leidest. Die Frage ist: Was willst du jetzt machen?«

Valentina fühlte sich, als würde ihre Überzeugung, dass ihre Entscheidung ihr gutes Recht gewesen war, unter all der Last auf ihren Schultern, unter all den Fragen und Zweifeln von Minute zu Minute kleiner werden. Zusammenschrumpfen, so lange, bis selbst der allerkleinste Rest verschwunden wäre. Hatte sie wirklich das Recht gehabt?

Angst griff nach ihr.

Sven hatte sie verlassen.

Karin brachte ihr ganz gegen ihre Gewohnheit kaum Verständnis entgegen. Sie hatte sie nicht in den Arm genommen und ihr zugeflüstert, dass alles gut werden würde.

»Ich werde Sven suchen«, sagte Valentina, um die aufkommende Verzweiflung zu unterdrücken. »Irgendwo muss er ja sein.«

»Und eure Reise?«

»Ich werde ihn darum bitten, dass wir trotz allem, was geschehen ist, fliegen.«

»Meinst du, das ist eine gute Idee?« Karin sah nicht überzeugt aus, während Valentina entschlossen nickte.

»Wir müssen eine Menge klären.« Sie fasste etwas Mut, als sie weitersprach. »Und die Reise wird uns dabei helfen.«

Sie und Sven hatten noch eine Chance. Das Einzige, was sie dafür brauchten, war etwas Zeit.

Am Tag des Abflugs packte Valentina langsam und sorgfältig ihren Rucksack. Uta und Lutz waren mit Tanja schon vor einer Woche an die Ostsee aufgebrochen. Sie selbst war während ihrer Suche nach Sven fortwährend gegen Wände gelaufen, egal wohin sie sich wandte. Scheinbar wusste niemand, wo er sich aufhielt. Nicht einmal seine Eltern hatten ihr geholfen. Sie hatten sie zwar höflich hereingebeten und mit Zitronenlimonade bewirtet, aber ansonsten schmallippig jede Auskunft verweigert.

Valentina hatte überall, wo sie ihn aufzustöbern hoffte, Nachrichten hinterlassen. Sie hatte erklärt, gefleht, um Verzeihung gebeten. Doch Sven ließ sich nicht greifen. Oder wollten die anderen ihn vor ihr beschützen und schirmten ihn ab?

Sie hielt ihre Tickets fest umklammert, als sie am Flughafen unruhig auf und ab lief und hoffte, Sven würde jeden Moment mit gepacktem Rucksack vor ihr stehen.

Sie legte ihr Gepäck auf das Band und checkte ein. Er kam nicht.

Sie durchschritt Pass- und Sicherheitskontrollen. Nichts von ihm zu sehen.

Die Fluggäste wurden zum Boarding aufgerufen. Kein Sven.

Leer geweint, völlig erschöpft und überreizt, begann sich Valentina zu fragen, ob ihr gemeinsames Leben überhaupt real gewesen war, so entschlossen und vollständig hatte er sich daraus entfernt.

Die letzten Jahre ihres Lebens hatten einem Marathonlauf geglichen. Für jeden Schritt hatte sie kämpfen müssen, mehrmals war sie kurz davor gewesen zu stürzen.

Und jetzt?

War etwa dieser Augenblick das Ziel gewesen? Sie allein, ein tausendmal berührtes und glücklich bestauntes Flugticket in der Hand? Den Marathon hinter sich? Ein neues Leben, die ganze Welt vor sich?

Die Erkenntnis, dass sie bereit war, auch ohne Sven nach Asien aufzubrechen, und sich sogar darauf freute, überkam sie plötzlich und mit Macht.

Aber sie liebte ihn doch.

Weshalb fehlte er ihr nicht?

Weshalb beschloss sie, dass, wenn er nicht käme, hier und jetzt ihre Suche nach ihm zu Ende wäre? Nach ihrer Rückkehr wäre es an ihm, den ersten Schritt zu gehen, für den Fall, dass sie überhaupt noch einmal einen Versuch miteinander unternehmen würden.

»Geht es Ihnen nicht gut?«, fragte die Stewardess

freundlich, als Valentina über die Gangway das Flugzeug betrat und sich dabei am Türrahmen festhalten musste, um nicht zu stürzen. So sehr zitterten ihre Knie.

»Es geht schon«, wich Valentina um Fassung bemüht aus. »Ich … ich hab noch nichts gegessen heute.«

Der Gedanke, dass ihr Leben auch ohne Sven gut werden würde, war noch zu neu, um ihr zu gefallen.

Sie fühlte sich ein wenig besser, als sie sich auf den schmalen Sitz fallen ließ. Der Platz neben ihr blieb erwartungsgemäß leer. Die Stewardess brachte ihr lächelnd ein Päckchen Erdnüsse.

»Abendessen dauert noch einen Moment«, sagte sie.

Wie aufmerksam!

Valentina holte tief Luft, als die Türen geschlossen wurden und die Maschine der British Airways langsam in Richtung Startbahn rollte, um wenig später zum ersten Zwischenziel London abzuheben.

Als Berlin schließlich aus ihrem Blickfeld verschwand, ahnte Valentina noch nicht, dass ihr Gefühl die Wirklichkeit bereits vorweggenommen hatte. Sie schloss die Augen. Der Marathon war vorbei.

Während sie langsam einschlief, sah sie sich selbst auf einer Wolke sitzen und davonfliegen.

Das, und nur das, fühlte sich gut und richtig an.

***

Valentina ließ das Handy sinken und legte ihre Hände in den Schoß. Die Erinnerung an die Geschehnisse von damals war so präsent, dass es weh tat.

Sie hatte Sven mit der gleichen Rücksichtslosigkeit

vor vollendete Tatsachen gestellt, die sie an ihren Eltern stets beklagt hatte.

Als sie damals allein durch Asien gereist war, hatte sie sich zum ersten Mal in ihrem Leben vollkommen frei und selbstbestimmt gefühlt.

Dennoch hatte sie oft an Sven gedacht. Manchmal legte sie vor dem Einschlafen die Hände auf ihren Bauch und horchte in sich hinein.

»Es tut mir leid«, wisperte sie dann. Sie fühlte sich schuldig, gegenüber Sven und gegenüber ihrem Kind, das nun niemals geboren werden würde.

Es hatte wie Härte und Herzlosigkeit ausgesehen, als sie sich über Sven und seinen Wunsch, eine Familie zu gründen, hinweggesetzt hatte. Dabei trieb sie nicht Bosheit, sondern Angst, erneut als Mutter zu versagen, weil es zu viel war, was sie sich vorgenommen hatte.

Er hätte das wissen müssen. Und akzeptieren können.

Sie nahm ihre Trennung als endgültig hin, dennoch hoffte sie, er würde ihr die Gelegenheit geben, sich nach ihrer Rückkehr auszusprechen. Er war ihr bester Freund gewesen. Sie wünschte, er könnte es bleiben.

Dann traf sie Jonathan.

Die Karten wurden neu gemischt.

Ein neues Spiel begann, eins, bei dem sie gewinnen konnte. Oder verlieren.

Sie hatte beides getan. Gewonnen und verloren.

Wenn ein Spiel begann, konnte niemand wissen, wie es ausging.

Und erst jetzt, so viele Jahre später, begriff Valentina, dass dies der Lauf jedes Spiels, ja der Lauf des Lebens war.

Es war wichtig, sich die begangenen Fehler zu verzeihen.

Und die Zeit, die vor ihr lag, zu nutzen.

Ihr Unfall markierte den Start eines neuen Spiels. Und sie wusste ganz genau, wie sie es beginnen würde.

»Morgen ist ein neues Leben«, hauchte Valentina, bevor sie die Augen schloss und eingehüllt in die Tropenluft, die sie so liebte, langsam einschlief.

Die Krankenschwester, die sie wenig später zurück ins Zimmer holen wollte, beschloss, den tiefen Frieden im Gesicht ihrer Patientin nicht zu stören, und ließ sie schlafen.

21

London, Sommer 2010

»Himmel, Jo, du siehst nicht nur aus wie ein alter Mönch, du benimmst dich auch so!«

Will war sein ältester Freund, sie hatten Jahre in Oxford miteinander verbracht, und er, nur er, durfte so mit ihm reden.

Sie hatten sich in der Tate Modern die neue Ausstellung angesehen und saßen nun beim Dinner in einem nahegelegenen Restaurant. Es war Sommer. London brodelte vor Leben. Touristen aus aller Welt und Einheimische bevölkerten die Straßen der Stadt.

Jo war auf Geschäftsreise, sah kaum nach rechts und links und sehnte sich nach Langkawi.

»Es geht mir gut«, sagte er und räusperte sich.

Will runzelte die Stirn. »Ach ja?«

»Na gut. Es läuft bescheiden.«

»Dabei bist du endlich frei.«

Sollte er Will versuchen zu erklären, wie armselig sich Freiheit anfühlte, wenn man sie gar nicht gewollt hatte? Wenn sie einem leer und leblos erschien?

»Tina …«

»Vergiss sie!«, unterbrach ihn Will. »Sie hat dich mit deutscher Gründlichkeit in einen Schatten deiner selbst verwandelt. Ich muss jetzt. Gehen wir heute Abend aus?«

Jo nickte, als Will sich erhob, um zurück in seine Kanzlei zu fahren. Beim Rausgehen klopfte sein Freund ihm auf die Schulter. »Gut so.«

Wenig später beglich er die Rechnung, warf sein Sakko, das für die sommerlichen Temperaturen viel zu warm war, über die Schulter und machte sich auf den Weg.

Fast wäre er lang hingeschlagen, als von hinten jemand gegen ihn rempelte. Es gelang ihm mit Mühe, sich zu fangen. Ärgerlich drehte er sich um.

»Ich hab … Das tut mir leid.«

Sie war klein. Gut gebaut. Rötliches Haar, weiße Haut mit Sommersprossen. Und sie war jung. Mit einem Blick erfasste Jo ihre Gestalt. Was ihn verblüffte. Auf diese Weise hatte er jahrelang keine Frau außer Valentina mehr angesehen.

Hinreißend.

Sie hielt ein Eis in der Hand. »Ich bin gestolpert«, sagte sie. »Mein Eis … Also, Ihr Sakko. Es ist …«

Er nahm seine Jacke von der Schulter und betrachtete die Bescherung.

Sie zückte ein Taschentuch und begann damit, in dem Gemisch aus Sahne und Früchten auf dem Stoff herumzutupfen, was die Sache eher schlechter als besser machte.

Er hielt ihre Hand fest. »Ist schon in Ordnung«, brummte er. »Ich geb es in die Reinigung.«

Sie hielt inne, doch während ihre Züge noch Betroffenheit spiegelten, begann es in ihren Augen verräterisch zu glitzern, als sie den Kopf hob und zu ihm aufsah.

Sie lachten gleichzeitig los.

»Ich hab die Straßenmaler bewundert«, sagte sie und wischte sich eine Lachträne aus dem Augenwinkel, »und nicht nach vorn gesehen. Entschuldigung!«

»Wie wär's mit einem neuen Eis?«, hörte Jo sich fragen.

Sie errötete. »Gerne, ich … Also, mein Name ist Kendra.«

Der altmodische Name gefiel ihm. *Sie* gefiel ihm.

»Jonathan.«

Nur eine Stunde später rief er Will an. »Ich werd nicht kommen heute Abend.«

»Du willst dich nicht etwa in deinem Hotel verkriechen?«

»Keine Sorge, alter Freund.« Jo staunte, wie leicht er sich bei den folgenden Worten fühlte, die fremd, doch unvergleichlich köstlich auf seiner Zunge perlten. »Ich hab ein Date.«

Kendra war anders.

Sie lachte, wo Valentina ernst bleiben würde.

Sie redete, wenn Valentina schweigen würde.

Sie staunte, wenn Valentina nicht einmal die Schultern zucken würde.

Jonathan verliebte sich in Kendra.

Sie verbrachten zwei Wochen in seinem Hotel miteinander, in denen Jo das Bett nur verließ, wenn er einen Termin wahrnehmen musste. Und bei seiner Rückkehr wartete sie auf ihn. Schön, sinnlich, schuldig unschuldig und allein mit ihrem Haar bekleidet, wie die Venus auf BotticLisas berühmtem Gemälde.

Ihr jugendlich üppiger Körper machte ihn ebenso glücklich, wie es ihre unausgesetzte Bewunderung für ihn tat. Er merkte erst jetzt, dass er vergessen hatte, wie unkompliziert es sein konnte, mit einer Frau zusammen zu sein.

Kendra schenkte sich ihm. Und er nahm alles, was sie ihm gab.

Sie blieben in Kontakt, nachdem er zurückgeflogen war. Mehrmals täglich rief er sie an, manchmal nur, um ihr einen guten Morgen zu wünschen, weil die freudige Erregung in ihrer Stimme ihm den Tag rettete, wenn er wieder einmal von Valentina geträumt hatte.

Als er wenig später auf Langkawi Valentina zum Essen traf, tat er etwas, für das er sich noch Jahre später schämte. Er verglich die beiden Frauen miteinander. Valentinas spitze Schultern mit den weichen Rundungen Kendras. Ihre steile Falte über der Nasenwurzel mit der zarten Porzellanhaut der Jüngeren. Deren üppige Brüste mit den winzigen Knospen seiner Exfrau.

»Ich hab nicht viel Zeit«, sagte Valentina schon bei der Vorspeise. »Tut mir leid.«

»Wir sind geschieden«, erwiderte er. »Du kannst gehen, wann und wohin du willst.«

Er hatte bitterer geklungen, als es seine Absicht gewesen war. Sie zuckte leicht zusammen.

Als sie ging, verdrängte er das Ziehen in seiner Herzgegend mit der Vorstellung, wie er schon bald in Kendras langem Haar wühlen, sie kosten, küssen und kneten würde, während sie sich leise stöhnend an ihn presste.

Kaum zu Hause, rief er sie an. Hielt sich nicht lange mit Vorreden auf, als sie schlaftrunken den Hörer abnahm. »Komm her!«, forderte er. »Ich lass dir von meiner Sekretärin ein Ticket buchen.«

Sie ließ sich nicht lange bitten.

»Ich bin schwanger«, sagte sie, nachdem sie zwei Monate in seiner Wohnung in Kuala Lumpur verbracht hatten. Nach Langkawi wollte er sie nicht bringen. Noch nicht.

Kurze Zeit später bat er sie, seine Frau zu werden.

Langkawi, West-Malaysia

Wie oft in den letzten Tagen saß Jonathan draußen und starrte aufs Meer, während er alle Gedanken und Gefühle, die sich einstellten, unzensiert kommen und gehen ließ.

Seine Ehe mit Kendra, die er vor Jahren zwar übereilt, dennoch voller Hoffnung geschlossen hatte, war am Ende. Es nützte nichts, sich darüber hinwegzutäuschen. Selbst wenn er und Valentina nie wieder den Weg zueinander zurückfinden würden, müsste er die Konsequenz besitzen, sich von Kendra zu trennen. Sie verdiente einen Mann, der sie wirklich liebte. Für ihre Töchter würden sie eine gute Lösung finden. Möglicherweise könnten sie einen Teil des Jahres bei ihm verbringen. Im Augenblick telefonierte oder skypte er täglich mit den beiden, sei es auch nur für wenige Minuten, um ihren kurzen, unbeholfenen Sätzen zu lauschen. Er liebte es, wenn sie »Papa, Papa« riefen und sich um den Hörer oder den besten Platz vor der Kamera balgten.

Kendra hielt sich währenddessen im Hintergrund.

»Es ist Ihre Frau!« Seine Haushälterin riss ihn aus seinen Gedanken, als sie zu ihm auf die Terrasse trat, das Telefon in der Hand. Jonathan hatte das Klingeln nicht gehört. Sein Herz machte einen freudigen Satz.

Erst als er sich den Hörer ans Ohr hielt, bemerkte er seinen Fehler.

Auch wenn er sich Valentina so viel verbundener fühlte, seine Frau war noch immer Kendra.

»Was gibt's?«, fragte er und schämte sich augenblicklich dafür, dass seiner Stimme keinerlei Freude anzumerken war. Er war es, der das Gefühl hatte, sein Leben stecke seit Jahren in einer Sackgasse. Es war ungerecht, seine junge Frau dafür büßen zu lassen.

»Wir sind in Littlestone«, erwiderte Kendra.

Er wusste, dass sie den kleinen, unspektakulären Ort in Kent, der eine gewisse Besonderheit lediglich seiner direkten Lage an der Kanalküste verdankte, über alles liebte.

»Wie schön«, sagte er.

Er hörte den Wind pfeifen.

»Die Mädchen spielen den ganzen Tag an der frischen Luft. Richtig rosig sehen sie aus und …« Sie unterbrach sich.

»Ja?«, fragte er höflich.

»Ich kann nicht zurückkommen, Jo«, wechselte sie übergangslos das Thema. »Ich habe immerzu nachgedacht, seit ich wieder hier bin. Es ist nicht deinetwegen … Es ist dieses Land … Ich werde es niemals so lieben können, wie du das tust.«

»Ich weiß.« Er blieb ruhig. Viel zu ruhig.

»Und da ist noch etwas.« Sie hatte sich manchmal bockig wie ein Kleinkind benommen, wenn ihr etwas nicht passte. Doch jetzt klang sie erwachsen, als sie weitersprach. »Ich weiß, dass du mich nicht liebst.«

»Kendra, ich …«

»Pst … Mach es nicht noch schlimmer, indem du

Ausflüchte suchst. Mag sein, dass ich unerfahren auf dich wirke, weil ich 20 Jahre jünger bin, mag sein, dass ich keine besondere Bildung genossen habe, aber ich habe Augen im Kopf und ein Herz in der Brust.«

»Es tut mir leid, ich hab gedacht, ich könnte …«

»… *sie* meinetwegen vergessen?« Kendra lachte leise. »Das wird dir nicht gelingen. Du wirst sie immer lieben. Und sie liebt dich. Und die Zeit, in der mir diese Erkenntnis weh getan hat, ist endlich vorüber.«

»Es tut mir leid. Ich war nicht ehrlich zu dir. Ich hätte es dir längst sagen sollen.«

»Das hättest du«, erwiderte Kendra. »Aber vielleicht hast du, genau wie ich, noch Hoffnung für uns gehabt.«

»Die hatte ich. Du bist eine wunderbare Frau.«

»Lass es, Jonathan!«

Er hörte, wie ihre Stimme zitterte.

»Wie soll es weitergehen?«, fragte er.

»Die Mädchen können zu dir nach Langkawi kommen, sooft du das möchtest. Ich … ich werde mein Studium wiederaufnehmen. Ich bitte dich um nichts, ich will kein Geld. Nur deine Töchter …«

Er hörte sie leise schluchzen. »Kendra, ich bitte dich. Natürlich werde ich mein Leben lang für euch sorgen.«

Wenn er könnte, würde er sie jetzt in den Arm nehmen und ihr weiches rötliches Haar streicheln – die schöne junge Frau, die Mutter seiner Töchter, die viel eher begriffen hatte als er selbst, wo sein Herz wirklich zu Hause war.

»Ich werde jetzt auflegen«, sagte sie leise. »Wir wollen uns ein bisschen aufwärmen und danach Fish and Chips essen gehen. Mach's gut, Jonathan!«

»Mach's gut, Kendra!«

Scheiden tut weh.

Scheiden tut immer weh.

Die Träne, die über seine Wange lief, wischte er nicht weg.

Wenig später erhob er sich.

In einer Stunde würde Valentinas Tochter in Begleitung der Ärztin Helena zu ihm kommen. Er hatte nicht vergessen, wie die Gesichtszüge der jungen Deutschen bei seinem Anblick versteinert waren, wie sie mit Mühe und Not eine Weile durchgehalten hatte und dann fluchtartig verschwunden war. Er verstand sie, sein Benehmen ihr gegenüber war unter aller Würde gewesen. Er musste ihr begreiflich machen, dass sein Verhalten nicht ihr gegolten hatte, sondern seiner Angst um Valentina geschuldet gewesen war.

Sie würden reden müssen, so gut es ging und mit der Hilfe der deutschen Ärztin, die mit liebenswerter Selbstverständlichkeit die Kommunikation zwischen ihnen erleichterte.

Und dann würden sie ins Krankenhaus zu Valentina fahren.

Sein Herz begann zu rasen bei dem Gedanken, dass Mutter und Tochter sich nach endlos langer Zeit wiedersehen würden.

War es richtig gewesen, Valentina zu verheimlichen, dass Tanja sich auf der Insel aufhielt und sie suchte?

Sie wirkte nach ihrem Unfall so zerbrechlich.

Er hatte nicht gewagt, ihr zu sagen, dass er von der Existenz ihrer Tochter wusste. Wahrscheinlich hätte er seine Emotionen nicht im Griff gehabt und seine Stimme hätte vorwurfsvoll und enttäuscht geklungen. Doch das wollte er nicht. So wenig er begriff, warum sie all die Jahre geschwiegen hatte, umso mehr war ihm klar, dass er abwarten und sie erklären lassen musste.

Sie würden reden. Heute. Morgen. Irgendwann. Natürlich wollte er alles wissen, um zu verstehen und ihnen die Chance für einen neuen Anfang zu ermöglichen. Dass er das wollte, stand außer Frage.

Doch zuerst würde er Valentina ihre Tochter zurückbringen.

22

Berlin, September 1991

Backe, backe Kuchen, der Bäcker hat gerufen …

Was für ein hinreißendes Lachen ihre Kleine hatte. Valentina kitzelte sie. »Ich hab dich soooo lieb, mein kleiner Schatz!«

»Wir befinden uns im Landeanflug auf Berlin. Bitte bringen Sie Ihre Rückenlehne in eine aufrechte Position und legen Sie den Sicherheitsgurt an.«

Valentina ließ ihre Traumbilder nur widerwillig los. Wie sehr ihre Tochter ihr fehlte! Ob das Telegramm, das sie in Kuala Lumpur aufgegeben hatte, bei den Eltern angekommen war? Würden sie mit Tanja am Flughafen auf sie warten?

Valentina schnallte sich an, lehnte ihren Kopf an das Flugzeugfenster und sah hinaus.

Berlin!

Sie hatte ihre Heimatstadt nicht besonders vermisst. Zu viel war geschehen, seit sie abgereist war. Das Schicksal hatte etwas mit ihr vorgehabt, als es sie trotz ihrer Angst allein in das Flugzeug steigen ließ. Hätte Sven sie wie geplant begleitet, wäre alles anders gekommen.

Doch so …

Valentina hatte die Liebe ihres Lebens getroffen, und

sie hatte sich in sechs Wochen auf Langkawi mehr zu Hause gefühlt als in den Jahren zuvor in Berlin.

In zwei Wochen würde Jonathan ihr nach Berlin hinterherfliegen.

Sie wollte ihre Eltern und Tanja in Ruhe auf ihre Pläne vorbereiten, bevor sie ihn ihnen vorstellte.

Natürlich würde Jo überrascht, vielleicht auch ein wenig enttäuscht von ihr sein, wenn er bei seiner Ankunft erfuhr, dass sie seit fünf Jahren Mutter war. Dennoch glaubte sie fest daran, dass er ihr Kind akzeptieren und lieben würde.

Sie nahm sich vor, nicht länger über seine mögliche Reaktion nachzugrübeln, denn bevor Jonathan anreiste, bevor sie ihre neue Familie gründete, musste sie ihr altes Leben abschließen und in Ordnung bringen. Zuallererst hieß das: Sven finden und mit ihm sprechen. Alles andere wäre ihr falsch vorgekommen.

Zwar war es Sven gewesen, der die Hochzeit abgeblasen und sich still und heimlich davongemacht hatte, aber Valentina wollte nicht gehen, ohne noch ein letztes klärendes Gespräch mit ihm zu führen. Sie hatte ihm sehr weh getan. Das war sie ihm schuldig!

Ach, Sven! Er war über Jahre ihr Halt, ihre Stärke, ihr Trost gewesen! Für immer würde er einen Platz in ihrem Herzen behalten, aber ihre Liebe gehörte von nun an Jonathan.

Christoph und Sven … Sie waren wichtig für Valentina gewesen, sie hatten Spuren in ihrem Leben hinterlassen, aber mit keinem der beiden hatte sie sich je so eins gefühlt wie mit Jo.

Mit einem Ruck setzte die Maschine auf dem Rollfeld auf.

Valentinas Herz begann vor Spannung laut zu pochen. Sie kramte einen kleinen Taschenspiegel hervor und überprüfte ihre Frisur. Hübsch wollte sie aussehen, wenn sie nach Monaten ihre Eltern und ihr Kind wiedersah. Obwohl der Flug lang und anstrengend gewesen war, war ihr Körper erfüllt von Energie und Optimismus.

Gleich würde sie Tanja in die Arme schließen und niemals wieder loslassen!

»Valli! Hey, Valli!«

Valentina, die angestrengt nach ihren Eltern Ausschau hielt, wandte den Kopf in die Richtung, aus der das schrille Rufen erklang. Die Stimme hätte sie unter Tausenden erkannt.

»Karin!«

Sie fielen sich in die Arme, drückten sich, lachten und weinten vor Freude.

»Du siehst wahnsinnig toll aus«, sagte Karin, als sie sich losgelassen hatten, und umkreiste die Freundin. »So strahlend, so weiblich … Die drei Monate haben einen ganz anderen Menschen aus dir gemacht.«

Valentina nickte. »Das stimmt«, sagte sie. »Ich muss dir … O Gott, wir werden Stunden brauchen, bis ich dir alles erzählt habe.«

»Ich bin echt gespannt!«

»Sag mal, meine Eltern …«

Ein Schatten legte sich auf Karins strahlendes Gesicht. »Sie haben mich geschickt«, antwortete sie. »Kennst sie doch. Immer viel zu tun.«

»O ja!« Valentina lachte, obwohl es ihrem Herzen einen Stich versetzte. Wie lange musste sie wegbleiben, wohin fliegen, damit sie in der Prioritätenliste von Lutz und Uta ein Mal an die erste Stelle trat?

Karin hakte sich bei Valentina ein, und die zwei Freundinnen schlenderten gemeinsam durch die Halle.

»Ich habe den Führerschein«, sagte Karin stolz.

»Nein!«

»Und … Überraschung … ein Auto!«, jubelte sie.

»Das glaub ich nicht.«

»Na ja, genau genommen ist es auch gar kein Auto, sondern eine 100 Jahre alte Blechbüchse, aber sie fährt. Meistens jedenfalls.«

Karin lenkte Valentina durch die Halle zum Parkplatz und steuerte auf einen großen, knallroten Wagen zu.

»Ford Taunus«, quiekte Karin. »Baujahr 1976. Ist er nicht prachtvoll?«

»Der sieht phantastisch aus«, antwortete Valentina, während sie ihren Rucksack im Kofferraum verstaute.

»Hat noch zwei Jahre TÜV, so lange fahre ich damit. Ich hab ihn geschenkt bekommen.«

»Einem geschenkten Gaul …«

»Du sagst es!«

Sie stiegen kichernd ein, Karin startete den Motor und lenkte den Wagen gekonnt aus der Parklücke.

»Versteh mich nicht falsch«, sagte Valentina, nachdem sie das Flughafengelände verlassen hatten und über die Stadtautobahn Richtung Stadtmitte rollten. »Ich freue mich riesig, dich zu sehen, aber ich hatte natürlich meine Eltern erwartet. Und Tanja.«

Karins Lächeln erlosch urplötzlich. »Deine Mutter hat mich angerufen«, antwortete sie.

»Wie, ein Telefon hast du jetzt auch?«, fragte Valentina grinsend. »Was hast du noch alles für Neuigkeiten? Es kommt mir vor, als wäre ich eine Ewigkeit weg gewesen.«

Sie schlug einen bewusst munteren Ton an, der ihr selbst aufgesetzt vorkam, ahnte sie doch längst, dass etwas nicht in Ordnung war. Was auch immer sie zu Hause erwartete, sie wollte den Moment der Wahrheit noch ein klein wenig hinauszögern. Sie hatte sich doch so auf das Wiedersehen gefreut!

»Warst du ja auch«, bestätigte Karin leise.

»Du klingst so …«

»Sie muss bis abends arbeiten und hat mich deshalb gefragt, ob ich dich abholen kann«, unterbrach Karin sie.

Valentinas Hände wurden feucht. »Klar«, sagte sie. »Mama und ihre Arbeit.« Ihr Lächeln misslang nun gründlich.

»Gehen wir einen Kaffee trinken?«, fragte Karin.

»Ich dachte … Willst du mich nicht nach Hause bringen und wir quatschen da noch ein bisschen weiter?«

Karin schüttelte den Kopf. »Besser nicht«, antwortete sie. »Ich muss dir etwas sagen … das … das …«

»Ist etwas mit Tanja?«, schrie Valentina. Panik erfasste sie.

»Nein!« Karin reagierte ebenso aufgeregt. »Es geht ihr gut. Jetzt warte einen Moment! Ich will dir nicht, während ich fahre … Es ist nicht so einfach.« Sie setzte den Blinker und nahm die nächste Ausfahrt. »Hier geht's zum Teufelssee«, fuhr sie ruhiger fort.

»Was wollen wir da?« Valentina versuchte gar nicht erst, Angst und Verzagtheit in ihrer Stimme zu unterdrücken.

»Spazieren gehen und reden.«

Sie fuhren am Messegelände vorbei bis zur Teufelsseechaussee, wo Karin nach einer endlos erscheinenden Fahrt den großen Wagen auf einem Parkplatz abstellte.

»Du kennst dich schon richtig gut aus«, stellte Valentina fest, als sie ausstiegen, um irgendetwas zu sagen.

»Man tut, was man kann«, gab Karin zurück und heftete ihren Blick auf den Boden, während sie in den Wald hineinliefen.

Die Spannung zwischen ihnen wurde unerträglich.

»Jetzt rede schon«, flehte Valentina und fing an zu weinen. »Du machst mir furchtbare Angst. Ich bin die Nacht über um den halben Erdball geflogen, und ich …«

»Ja, schön weit weg bist du gewesen.«

»Karin …« Valentina wischte sich mit dem Ärmel ihrer Bluse die Tränen vom Gesicht. »Sag endlich, was los ist!«

»Sven ist tot«, erwiderte Karin leise. »Das ist los.«

Es war, als hätte ihr jemand eine Faust in den Magen geschlagen. Valentina schnappte nach Luft. Schwindel erfasste sie. »Nein …«

»Setz dich«, bat Karin, griff den Arm der Freundin und zog sie zu einem umgestürzten Baumstamm.

Ein gequälter Schrei drang aus Valentinas Kehle. »Nein!«

»Schsch …«, machte Karin, die jetzt auch zu weinen begonnen hatte.

»Ich hab ihn … Es ist meine …«, stammelte Valentina. »Hat er sich …? Hat er sich umgebracht?«

»Es war ein Unfall«, antwortete Karin, während dicke Tränen aus ihren Augen tropften. »Er war mit Freunden im Urlaub. Sie … sie haben an der Müritz gecampt. Es war heiß in diesem Jahr, sie haben viel gebadet. Es ging ihm gut, haben die anderen gesagt. Man hat ihm … nicht viel angemerkt von eurer … Du weißt schon.«

»Sie haben gewusst, dass wir uns getrennt haben?«

»Ihr euch getrennt?« Karins Augen funkelten zornig. Sie zog die Nase hoch. »Ihr habt euch nicht getrennt. Du hast ihm … Herrgott, Valentina, ist dir eigentlich klar, was du ihm angetan hast?«

»Ich konnte das nicht!«, schrie Valentina verzweifelt. »Und du weißt das. Du weißt, wie schwer es für mich war. Ich konnte kein Baby bekommen. Nicht jetzt … Ich hab versucht, es ihm zu erklären, aber er wollte mir nicht zuhören, mich nicht verstehen. Ich habe ihm gesagt, dass wir später ein Kind haben können. Er war sauer auf mich. Und dann ist *er* weggelaufen. Nicht ich. Ich hab ihn überall gesucht, aber niemand wollte mir helfen. Du auch nicht. Ich habe bis zuletzt gehofft, er würde am Flughafen …«

»Natürlich hat er dich nicht verstanden«, rief Karin. »Er hat dich so geliebt, er hätte jede Last auf deinen Schultern mit dir zusammen getragen. Und du hast ihn einfach vor vollendete Tatsachen gestellt.«

Valentina schluchzte auf. »Was hätte ich denn tun sollen? Ich war nicht bereit für ein zweites Kind. Noch nicht. Was hätte ich denn tun sollen?«, wiederholte sie. »Sag du es mir!«

Karin schüttelte den Kopf. »Das kann ich dir nicht sagen, und ich will es auch nicht. Erstens ist es zu spät, und zweitens hast du jetzt genug zu verkraften.«

»Wie lange ist es her?«

»Acht Wochen.«

»Acht Wochen? Warum habt ihr mir nicht Bescheid gesagt?«

»Wie denn? Wenn wir gar nicht wussten, wo du bist?«

Valentinas schlechtes Gewissen schlug erbarmungslos zu. Sie hatte in Glück und Liebe gebadet, während Sven gestorben war.

»Was genau ist passiert?«, fragte sie zu Tode erschöpft. Auch wenn es ihr das Herz zerreißen würde, sie musste wissen, wie er gestorben war.

»Sie sind mit einem Ruderboot am Ufer entlanggefahren und haben eine Badestelle gesucht«, berichtete Karin mit brechender Stimme. »Als sie eine gefunden hatten, sind sie ausgestiegen und Sven hat sich … Er ist auf einen Baum geklettert und kopfüber ins Wasser gesprungen. Die Leute am Strand haben noch versucht, ihn zu warnen, aber er hat sie nicht gehört.«

»Nein«, hauchte Valentina. Sven, der immer ruhig, klug und besonnen gewesen war? Solche Unvernunft passte nicht zu ihm!

»Doch …«, fuhr Karin fort. »Das Wasser war nicht tief an der Stelle. Er ist … Er hat sich … Er war sofort tot. Es war ein Unfall, Tina! Ein beschissener, scheißdrecks Unfall. Du hast keine Schuld, aber …«

»Er wäre niemals an die Müritz gefahren, wenn ich nicht …«

»Hör bitte auf damit!«

»Wir wären jetzt verheiratet und würden ein Kind erwarten.«

»Ja.«

»Es ist meine Schuld, das denkst du doch, oder? Das denken alle!«

Karin sah ihr fest in die Augen. »Was wäre wenn …«, antwortete sie. »Das ist der Teil der Geschichte, mit dem du alleine fertigwerden musst, Valli. Es war ein Unfall, aber dein Schuldgefühl … Das kann dir keiner abnehmen.«

Sie lehnten sich aneinander und weinten, bis sie beide erschöpft und leer waren.

»Meine Eltern?«, fragte Valentina, als sie den Rückweg antraten.

»Sie wissen Bescheid. Natürlich. Svens Eltern haben sie angerufen. Du weißt ja, deine Mutter macht nicht viel Aufhebens, aber es ging ihr nicht gut, das hab ich trotz ihrer Beherrschung gemerkt.«

»Sie mochten Sven«, sagte Valentina. »Und Tanja hat ihn unheimlich liebgehabt. Sie werden mich hassen.«

»Niemand hasst dich«, sagte Karin leise, als sie ihr Auto aufschloss und die beiden noch einen Augenblick beieinandersaßen, bevor sie den Motor startete. »Aber es ist schwer für alle.«

»Wie geht es Tanja?«, fragte Valentina, nachdem sie die halbstündige Fahrt schweigend zurückgelegt hatten. »Schon in den Tagen vor meiner Abreise hat sie laufend nach Sven gefragt. Sie hat ihn sehr vermisst. Da hatte ich noch Hoffnung, alles würde wieder gut werden, und hab ihr gesagt, dass wir drei uns nach unserem Urlaub nie mehr so lange trennen wollen und zusammen in eine neue Wohnung ziehen werden.«

Karin räusperte sich. »Deine Eltern haben ihr nicht die Wahrheit gesagt über Sven.«

»Nein?«

»Weil sie ihr den Kummer ersparen wollten.«

Valentina war sich nicht sicher, ob sie die Entscheidung ihrer Eltern gutheißen sollte.

»Und wie haben sie begründet, dass Sven nicht wiederkommen wird?«

»Sie haben gesagt, dass er in Afrika ist und sich dort als Tierarzt um die Löwen und Elefanten kümmert und dass er lange nicht zurückkommt, weil Afrika so weit weg ist.«

»Wahrscheinlich hoffen sie, dass sie ihn irgendwann vergisst«, sagte Valentina tonlos.

Karin nickte. »Im Grunde ist es keine schlechte Lösung.«

Valentina schluckte. Die Entscheidung ihrer Eltern, Tanja zu belügen, bedrückte sie, doch sie widersprach nicht.

Noch einmal schluchzten sie auf, nahmen sich in die Arme und hielten sich fest.

Mit gesenktem Kopf stieg Valentina wenig später die Stufen zur Haustür hinauf und klingelte.

»Du hast also bereits einen neuen Freund?«

Valentina hatte eine Woche gewartet, um Uta und Lutz von ihren Plänen zu berichten. In weniger als sieben Tagen würde Jo in Berlin landen. Es wurde Zeit, mit der Wahrheit herauszurücken, auch wenn ihr das Herz dabei bis zum Hals schlug.

Ihre Eltern saßen ihr gegenüber, sie fühlte sich wie vor Gericht.

Tanja hielt sich noch bei Waltraud in Binz auf.

»Er wird nächste Woche in Berlin landen, dann lernt ihr ihn kennen«, sagte Valentina zögerlich. »Ich … ich hole Tanja übermorgen ab, damit die beiden sich beschnuppern können.« Es war höchste Zeit für die ganze Wahrheit. »Wir werden nach Malaysia gehen. Jonathan und seine Eltern … sie leben schon in vierter Generation dort. Sie besitzen Plantagen, Wälder … Jo baut uns ein Haus in Langkawi. Da werden wir hinziehen, es ist …«

»Hör auf!« Uta hatte kaum die Stimme erhoben, doch Valentina bekam am ganzen Körper eine Gänsehaut, so, als wäre die Luft im Zimmer innerhalb von Sekunden um einige Grad abgekühlt. »Du glaubst doch nicht ernsthaft, dass wir unser Enkelkind einem wildfremden Mann anvertrauen, dass wir es mir nichts, dir nichts auf einen anderen Kontinent gehen lassen, einem völlig ungewissen Schicksal entgegen. Nachdem wir die Kleine jahrelang betreut und aufgezogen haben. Nachdem du …«

»Mama«, wehrte sich Valentina aufgebracht. »Sie geht mit *mir*. Ich bin ihre Mutter.«

»Mag sein«, erwiderte Uta, während Lutz schweigend dabeisaß. »Du hast sie zur Welt gebracht, das ist unbestritten.«

Der unausgesprochene Vorwurf in diesen Worten legte sich wie ein dichter Nebel aus Angst und Scham über Valentina. Sie begann zu zweifeln. War sie wirklich auf dem richtigen Weg? Sie hatte schon so oft die Orientierung verloren.

»Ich habe Fehler gemacht«, gab sie leise zu. »Ich war nicht stark genug, ich hab nicht genug gekämpft. Ich hab … hab immer wieder eure Hilfe gebraucht, um klarzukommen. Aber jetzt ist alles anders geworden. Jo ist … Er ist die Liebe meines Lebens. Er wird gut für Tanja sorgen, wir werden eine Familie sein.«

»Wie viele Familien willst du denn noch?«

Valentina hatte sich genau vor diesem Moment gefürchtet. Sie hatte gehofft und gefleht, Uta würde nicht die stärkste und gemeinste aller Waffen zücken – und auf Valentinas entsetzliches, alle Lebensfreude zersetzendes Schuldgefühl abzielen. »Mama, bitte!«

»Du hättest eine Familie haben können«, fuhr Uta erbarmungslos fort. »Einen Mann, der dich abgöttisch liebt, ein … ein weiteres Kind. Warum wolltest du diese Familie nicht? Warum muss es eine neue sein, irgendwo am anderen Ende der Welt? Was wird besser an dieser Familie sein als an der, die du zerstört hast?« Mit vor Kummer und Wut verzerrtem Gesicht schaute Uta sie an. Valentina spürte, dass ihre Mutter litt. Doch das nahm ihren folgenden Sätzen nicht die Schärfe. »Was wird besser sein an dem Kind, das du irgendwann mit diesem Jonathan zeugen wirst, als an dem, das du abgetrieben hast? Warum wird das eine leben dürfen und das andere durfte es nicht?«

»Jetzt ist es genug«, schaltete sich Lutz ein, als Valentina beim letzten Satz ihrer Mutter mit einem Aufschrei vom Stuhl aufsprang.

»Das ist nicht fair!«, rief sie, während Tränen wie Sturzbäche aus ihren Augen flossen. »Ich hab niemals gewollt, dass Sven etwas zustößt. Keine einzige Entscheidung, die ich getroffen habe, ist mir leichtgefallen. Ich habe Fehler gemacht, aber du verteufelst mich, und das ist nicht fair!«

»Ich werde nicht erlauben, dass du Tanja nach Malaysia mitnimmst!«

»Du kannst mir das nicht verbieten!«

»Ihr hört auf, euch anzuschreien. Augenblicklich!«

Lutz schlug mit der Faust auf den Tisch. Mutter und Tochter sahen sich mit einer Mischung aus Wut und Verzweiflung an, gehorchten aber. »Ihr setzt euch und ich rede!«

Sie schwiegen, erschöpft von der Wucht der eigenen Emotionen.

»Tanja in der augenblicklichen Situation von hier fortzunehmen, halte ich für keine gute Idee«, sagte Lutz mit sonorer Stimme an Valentina gewandt. Uta nickte und setzte zum Sprechen an. »Ich rede!«, herrschte er sie an. »Ich sagte, in der augenblicklichen Situation, nicht für immer! Es ist denkbar, dass du deine Tochter in einem Jahr zu dir holst, wenn deine Situation dort gefestigt ist.«

»Du erlaubst, dass sie zurück nach …?«

»Natürlich kann unsere Tochter zurück nach Malaysia gehen, wenn sie das möchte, Uta! Sie ist 24, wir können sie nicht halten.« Er wandte sich Valentina zu. »Aber eins solltest du dir wirklich überlegen: Wenn es schiefläuft mit deinem neuen Freund, hast du deine Tochter nicht nur aus ihrer vertrauten Umgebung geholt, dann hast du sie in dein eigenes Chaos mit hineingezogen. Es geht ihr gut bei uns. Auf ein Jahr mehr oder weniger kommt es nicht an. Du brauchst Zeit, um herauszufinden, wo du hingehörst und mit wem du zusammen sein willst.«

Valentina fand allerdings, dass es sehr wohl auf ein Jahr ankam. Sie hatte lange genug ohne ihre Tochter gelebt, aber die Worte ihres Vaters klangen vernünftig und durchdacht. Sogar Uta nickte, als Lutz sie ansah und fragte, ob sie mit dieser Lösung leben könne.

Am nächsten Tag telefonierte Valentina mit Jo, sie

sagte ihm, dass es kein günstiger Zeitpunkt sei, nach Deutschland zu kommen, und bat ihn, auf Langkawi zu bleiben.

Wenn er verwundert war, ließ er es sich nicht anmerken. »In Ordnung«, sagte er, und nach einem kurzen Moment des Zögerns fragte er: »Aber du … du wirst doch zurückkommen?«

Ihre Seele tat weh, doch mit ihrer Antwort zögerte sie nicht.

Nachdem sie aufgelegt hatte, packte sie ihren Rucksack und fuhr mit der Bahn nach Binz.

»Mama, ich brauche mehr Muscheln.«

Schon seit zwei Stunden werkelte Tanja mit Feuereifer an ihrem Meerjungfrauen-Palast aus Sand.

Gleich nach dem Frühstück, das Tante Waltraud ihnen wie jeden Morgen lächelnd und mit Selbstverständlichkeit zubereitet hatte, waren die beiden an den Strand aufgebrochen.

Wie zwei Schwestern so wenig miteinander gemein haben konnten, verblüffte Valentina immer wieder. Als Teenager hatte sie sich manchmal gewünscht, die fürsorgliche, warmherzige Waltraud wäre ihre Mutter.

Ihre Tante fragte nicht, zweifelte und kritisierte nicht. Sie war einfach da. Bedingungslos.

Valentina hatte eine Decke nah am Wasser ausgebreitet, Sandspielsachen ausgepackt und ihre Tochter von Kopf bis Fuß mit Sonnenmilch eingerieben. Es war schon Mitte September, Herbstbeginn, das Wetter jedoch zeigte sich spätsommerlich warm und sonnig.

Während sie ihre Füße zaudernd in die kühle Ostsee tauchte, dachte sie mit Wehmut an das warme Wasser der Andamanensee. Wären sie dort, könnte Tanjas Strandvergnügen das ganze Jahr über andauern.

Sie seufzte leise, als sie Tanjas Aufforderung nachkam und einen Plastikeimer mit den kleinen, weißen Muschelschalen fühlte, die überall herumlagen. »Hier, mein Schatz!«

»Und Steine«, forderte Tanja ernst. »Solche, die glitzern.«

Mit ihrer Metallschippe klopfte die Kleine den eben aufgeschütteten Sandhügel fest und begann ihn sorgfältig mit Muschelstückchen zu verzieren.

Valentina setzte sich zu ihr, um ihr zu helfen.

Eine Weile arbeiteten sie schweigend, während Valentina ihren Gedanken nachhing und ihr die immer gleichen Fragen durch den Kopf gingen.

Sollte sie Tanja in Deutschland lassen? War die Kleine bei Uta und Lutz wirklich gut aufgehoben? War sie nicht einmal mehr dabei, den völlig falschen Weg einzuschlagen?

Doch wie sollte sie ihn erkennen, den richtigen Weg?

»Wann fährst du weg?«, fragte Tanja plötzlich, als könnte sie Gedanken lesen.

Valentina merkte, dass ihr Tränen in die Augen schossen. »Morgen.«

»Kann ich mitkommen?«

»Tanja, ich … Bist du nicht gern bei Tante Waltraud? Bei Oma und Opa?«

»Doch«, erwiderte die Kleine ernst. »Aber ich bin auch gern bei dir. Und ich will in dem Meer baden, von dem du mir erzählt hast.«

»Das kannst du bald, mein Schatz! Und ich wünsche

mir das genauso sehr wie du.« Sie schluckte. »Aber wir müssen noch ein bisschen Geduld haben. Ich hab da noch kein Haus, weißt du?«

»Wo schläfst du denn?«

»In einer Hütte.«

»Wie Hänsel und Gretel?«

Valentina lachte unter Tränen. »So ähnlich.«

»Und hast du auch nichts zu essen?«

»Natürlich habe ich zu essen. Richtig viel sogar.«

»Aber wenn es immer ganz doll warm ist, braucht man doch gar kein Haus.«

Valentina strich ihrer Tochter über das Haar. »Weißt du, manchmal regnet es richtig stark. Das Wasser kommt dann heruntergerauscht wie aus einem Eimer.«

»So?« Tanja nahm ihren zweiten Eimer, sprang auf, füllte ihn mit Wasser und goss ihn in einem Schwung aus.

Valentina nickte. »Genau so.«

Tanja lachte laut. »Mama, du schwindelst mich an. Da schwimmt doch die ganze Welt weg, wenn der Regen so runterdonnert.«

»So schlimm ist es nicht, aber der Regen ist wirklich stark. Du wirst es sehen.«

»Wenn ich in die Schule komme, dann schreibe ich dir jeden Tag eine Flaschenpost.«

»Das ist eine schöne Idee.«

Valentina drückte ihre Tochter an sich und vergrub ihre Nase in den blonden Locken der Kleinen, die nach Wind und Sand und Seeluft dufteten.

»Ich hab dich so lieb«, flüsterte sie.

»Ich hab dich auch lieb, Mama!«

Am nächsten Morgen gingen sie zusammen zu einem Fotogeschäft, um Bilder abzuholen, die Valentina bei ihrer Ankunft geknipst hatte.

Sie setzten sich, um die Fotos anzuschauen, in eine Eisbar und bestellten einen Erdbeerbecher mit zwei Löffeln.

Einige Aufnahmen waren verwackelt.

»Das ist schön«, sagte Tanja, nahm eine Fotografie ihrer Mutter und drückte sie an ihr Herz.

»Darf ich mal sehen?«

»Meins«, erwiderte Tanja, überließ Valentina das Foto jedoch. »Das hab ich gemacht.«

»Und es ist viel besser geworden als die, die ich geknipst habe«, stimmte Valentina zu, als sie das Foto zurückgab.

»Da siehst du schön aus«, sagte Tanja. »Meine schöne Prinzessin-Mama.«

»Noch einmal an den Strand?«, fragte Valentina, als sie aufgegessen hatten.

Die Kleine nickte.

Wenige Stunden später gingen sie gemeinsam zum Bahnhof.

Tanja weinte nicht, sie lachte und hüpfte ihnen voran auf den Bahnsteig. Als der Zug sich in Bewegung setzte, winkte sie. Mit der anderen Hand hielt sie das Foto ihrer Mutter umklammert.

Valentina nahm all ihre Kraft zusammen, um nicht zusammenzubrechen, doch kaum lag der Bahnhof hinter ihr, lehnte sie den Kopf an die Scheibe und schluchzte hemmungslos.

Tanja hatte recht. Die Welt konnte wirklich wegschwimmen.

In Tränen.

Langkawi, West-Malaysia

Valentina schlug die Augen auf und sah in Jos Gesicht.

Wie lange mochte sie unter dem Mahagonibaum geschlafen haben? Wie lange mochte ihr Liebster schon neben ihr sitzen und sie beobachten?

Jo beugte sich über sie und pflückte eine Blüte aus ihrem Haar. »Du hast im Schlaf gesummt«, sagte er lächelnd.

»Das hab ich ganz bestimmt nicht.« Valentina griff nach seiner Hand und drückte sie. »Ich singe ja nicht mal, wenn ich wach bin.« Sie zwinkerte ihm zu.

»Doch, hast du«, beharrte er. »Erinnerst du dich? Diese Melodie, die du früher immer …« Er stockte, als hätte er plötzlich gemerkt, dass er Glatteis betreten hatte.

»Ich weiß, welche Melodie du meinst.« Sie sah ihn mit einem warmen Ausdruck im Gesicht an. »Und wenn du erlaubst, möchte ich dir gern mehr über das Lied erzählen und darüber, was es mir bedeutet. Es ist an der Zeit, dass …«

»Tina, ich möchte dir auch … Ich habe dir jemanden mitgebracht.«

Sie schien ihn nicht zu hören. »Es ist ein deutsches Kinderlied. Meine Tochter … Sie hat es sehr geliebt.« Valentina richtete sich auf, lehnte ihren Kopf an Jos Schulter. »Ich hab sie zurückgelassen. Damals in Deutschland. Mit nichts als einem Foto von mir. Ich … ich bin zu dir zurückgekommen, ich … ich hab dich so geliebt, doch ohne sie konnte ich … Ich konnte nicht richtig glücklich sein.«

Er strich sanft über ihr Haar. »Es ist doch gut.«

»Sie … sie hatte nur ein Foto. All die Jahre …«

»Ich hab es immer noch, Mama!«

Aus dem Schatten des Baumes löste sich eine junge Frau – wunderschön, ein wenig unsicher, doch offen lächelnd, trat sie an Jos Seite.

Und da begriff Valentina, welche Stimme der süß duftende Wind ihr letzte Nacht zugetragen hatte. Wer ihr zugewispert hatte zu bleiben. Wer ihr begreiflich gemacht hatte, dass sie stark war, weil sie liebte. Und die Liebe unendlich war.

»Tanja!«

Einen Herzschlag später lagen sie sich in den Armen.

»Ich kann mich gar nicht an ihr sattsehen.« Einmal mehr hatte Valentina Mühe, ihre Tränen zurückzuhalten. Beim Anblick ihrer erwachsenen Tochter ständig zu weinen, erschien ihr unangemessen, schließlich war sie doch glücklich. So glücklich wie schon lange nicht mehr.

Jo, der, seit Valentina das Krankenhaus verlassen hatte, selten von ihrer Seite wich, nahm ihre Hand. Gemeinsam saßen sie auf der Terrasse von Valentinas kleinem Haus und sahen Tanja dabei zu, wie sie mit Bella, Valentinas Mischlingshündin, herumtollte. Auch Lady Windsor, die Hündin, die sie kurz vor ihrem Unfall operiert hatte und deren Heilung gute Fortschritte machte, lebte unterdessen bei Valentina. Ein wenig scheu verhielt sie sich noch, aber Tanja brachte eine Engelsgeduld auf, um das Vertrauen der Hündin zu gewinnen. Und es gelang ihr jeden Tag ein bisschen mehr.

»Sie hat ein Händchen für Tiere«, sagte Jonathan.

»Allerdings«, bestätigte Valentina. »Weißt du schon? Sie möchte mir in der Klinik helfen.«

»Sie wird also wirklich hierbleiben?«

Valentina nickte. »Ich finde, das ist eine großartige Idee. Nicht nur, dass ich egoistisch daran denke, dass ich sie endlich um mich haben darf. Nein, ich hab ebenso das Gefühl, ihr geht es wie mir, als du mich vor einer Ewigkeit auf diese Insel gebracht hast. Ich wusste gleich, dass ich hier leben möchte.«

»Das hast du in die Tat umgesetzt.«

»Das verdanke ich insbesondere dir, Jo! Du hast mich all die Jahre ausgehalten.«

Jo schüttelte den Kopf. »Ich hab dich *geliebt*, Tina!«

Jetzt begann sie doch zu weinen. »Ich dich auch. Die ganze Zeit … Und ich … ich tu's immer noch.« Sie lächelte unter Tränen.

Er streichelte ihre Finger.

Ein Kuss besiegelte den Neuanfang.

Jo legte einen Arm um Valentina, während sein Blick zu Tanja schweifte. »Sie sieht dir ähnlich. Hast du nie daran gedacht, dass wir beide …?«

»Ich hab es nicht gekonnt, Jo«, sagte Valentina und wischte sich mit einem Taschentuch ihre Tränen ab. »Jetzt, wo du alles weißt … Kannst du mich vielleicht ein bisschen verstehen?«

»Ich versuche es.«

»Ich konnte nicht vergessen, was ich angerichtet hatte. Ich fühlte mich schuldig, und ich hab mich dafür geschämt, dass ich so glücklich mit dir war, während Sven …«

»Warum haben wir nie darüber geredet?«

»Ich hatte Angst«, antwortete Valentina. »Mit jedem Tag, an dem ich mein Geheimnis für mich behielt, wurde meine Scham größer.«

»Du hast mir nicht vertraut?«

»Doch. Ich … Aber …«

»Ich verstehe dich«, unterbrach Jo ihr hilfloses Stammeln. »Und ich bitte dich um Verzeihung!«

»Du? Mich?« Sie sah ihn überrascht an.

»Ich habe genau gesehen, dass du eine Last mit dir herumträgst«, erwiderte Jonathan. »Aber ich wollte nicht wissen, was wirklich mit dir los ist. Ich hab mich begnügt mit den glücklichen Momenten, ich hatte Angst davor, zu erfahren, was dich bedrückt, und dich womöglich an deinen Kummer zu verlieren.«

»Ach, mein Liebster!«

»Als du zum zweiten Mal nach Berlin geflogen bist, warum hast du Tanja da nicht mitgebracht?«

»Ich hab sie nicht gesehen«, antwortete Valentina. »Bis heute weiß ich nicht, ob der Zufall oder meine Eltern dabei die entscheidende Rolle gespielt haben. Tanja war damals gerade in die Schule gekommen. Sie hatte zum ersten Mal Herbstferien, als ich Hals über Kopf nach Berlin reiste und sie mitnehmen wollte, und war für ein paar Tage an die Ostsee zu meiner Tante gefahren. Mich packte die Verzweiflung, als ich wild entschlossen ankam und sie nicht vorfand. Und dann habe ich meinen Eltern alles ins Gesicht gesagt, was sich in mir angestaut hatte. Warum waren sie nicht zu unserer Hochzeit gekommen? Warum akzeptierten sie nicht, dass es mich glücklich machte, mit dir in Malaysia zu leben? Warum weigerten sie sich, dich kennenzulernen? Und letztlich, warum hielten sie Tanja von uns fern?«

»Hast du Antworten bekommen?«

»Ja.« Valentina schluckte. »Aber nicht direkt.«

»Wie meinst du das?«

»Viele Puzzleteilchen fügten sich zu einem Bild.

Tanjas hübsch eingerichtetes Kinderzimmer mit einem kleinen Schreibtisch. Eine niedliche Schulmappe, ein rotes Fahrrad. Ich konnte quasi vor mir sehen, wie sie damit durch die Siedlung sauste. Eine Freundin, die klingelte, Tanja zum Spielen abholen wollte, mich ansah und fragte: ›Wer bist du?‹ Ich konnte sehen, dass meine Tochter ein gutes Leben hatte, dass sie geborgen und gut aufgehoben war. Und dass ich nicht mehr dazugehörte.«

»Das ist bitter.«

»Ich kam mir plötzlich wie ein Eindringling vor. Wie jemand, der seine Chance, dazuzugehören, durch seine eigene Schuld verwirkt hatte.«

»Dass deine Eltern dich in dem Gefühl deiner Schuld belassen haben, war nicht fair, das weißt du, oder?«

»Sie haben getan, was sie für richtig hielten. Und ich bin mir sogar sicher, sie haben es nicht gegen mich, sondern in erster Linie für Tanja getan.«

Tanja stieg mit Lady Windsor im Arm die Stufen zur Terrasse hoch. »Alles in Ordnung?«, fragte sie.

»Erinnerst du dich daran, als wir beide zum letzten Mal miteinander gesprochen haben?«, wollte Valentina wissen.

Tanja setzte sich, während Valentina und Jo sie interessiert ansahen, und kraulte der Hündin den Nacken. Sie dachte nach, dann schüttelte sie den Kopf. »Nein … Es tut mir leid. Nach und nach kommen einige Erinnerungen zurück. Was wir gesungen haben, und wie wir am Strand in Binz gespielt haben. Aber an unsere letzte Begegnung erinnere ich mich nicht.«

Valentina staunte, wie ruhig und gelassen ihre Tochter die Ereignisse der Vergangenheit zur Kenntnis nahm. Sie saßen oft über Stunden zusammen und redeten.

Tanja wirkte ausgeglichen, niemals fiel auch nur ein einziges Wort des Vorwurfs, nicht einmal, als Valentina ihr gestand, dass sie nach ihrem zweiten Besuch in Berlin aufgegeben hatte, um sie zu kämpfen, und nach der darauffolgenden Phase der Depression sich in Arbeit vergraben und ihren Schmerz verdrängt hatte.

»Es hat so sein sollen«, sagte sie bei einem der Gespräche. »Das war eben unser Weg.«

»Das kannst du wirklich so sehen?«, fragte Valentina überrascht.

Tanja nickte. »Vielleicht hätte ich Langkawi gehasst, wenn du mich damals mitgenommen hättest. Vielleicht wäre ich böse auf dich gewesen und hätte weggewollt. Aber jetzt …« Sie dachte kurz nach, bevor sie weitersprach. »Jetzt hab ich die Insel aus eigenem Willen betreten und bin ziemlich sicher, dass ich sie so bald nicht wieder verlassen möchte.«

»Du würdest mich glücklich machen, wenn du bleibst.«

Valentina genoss den ruhigen und stillen Frieden, den ihre Tochter ausstrahlte, und das sichere Gefühl, dass Wunden selbst viele Jahre später zu heilen vermochten.

»Du fährst schon ziemlich sicher im Linksverkehr«, sagte Valentina und sah ihre Tochter, die mit konzentriertem Gesichtsausdruck hinter dem Steuer von Jonathans SUV saß, von der Seite an.

»Dabei bin ich nicht mal eine besonders sichere Fahrerin«, gab Tanja zu. »Dass du überhaupt eingestiegen bist …«

»Warum denn nicht?«, fragte Valentina. »Die vielen

Besorgungen erledigen sich schließlich nicht von alleine.«

»Komisch, dass Jo zuerst ein Fest plant und dann kurzerhand ein paar Tage von der Bildfläche verschwindet.«

Valentina lächelte. »Er ist ein vielbeschäftigter Mann.«

»Seid ihr …?« Tanja stockte. »Seid ihr jetzt wieder zusammen?«, fragte sie schließlich.

»Was denkst du darüber?«

»Ich?« Tanja nahm ihren Blick einen Moment lang von der Straße und sah ihre Mutter an. »Du weißt ja, dass er und ich keinen sehr glücklichen Start hatten, aber nach allem, was ihr mir erzählt habt, kann ich das verstehen. Und wenn ich euch zusammen sehe …« Sie hielt kurz inne. »So wie euch hab ich mir meine Eltern immer vorgestellt.«

Valentina versuchte zu spüren, ob in Tanjas Stimme eine Spur Bitterkeit anklang, aber das zufriedene Glitzern in den Augen der Tochter sagte ihr, dass sie aufhören konnte, danach zu suchen. »Wir sind deine Eltern«, sagte sie fest.

»Ich weiß« erwiderte Tanja. »Und das ist gut so. Wann ziehst du eigentlich zurück in eure Villa?«

»Sobald ich kräftig genug bin.«

»Könnte ich …?« Tanja wirkte jetzt doch nervös.

»Ja?«

»Könnte ich dein Haus von dir mieten? Ich … ich habe gespart, und ich möchte nicht …«

»Du bist bei uns herzlich willkommen.«

»Weiß ich doch«, versicherte Tanja, »aber … ich möchte ganz von vorne anfangen. Und dazu gehört, dass ich endlich mal alleine wohne, für mich allein verantwortlich bin. Bitte versteh mich nicht falsch.«

»Du hast recht«, erwiderte Valentina erleichtert. »Natürlich kannst du es mieten. Wissen Uta und Lutz schon, dass du auf Langkawi bleiben willst?«

»Ich hab es ihnen gestern gesagt«, antwortete Tanja. »Also, ich hab es zumindest versucht.«

»Und?« Valentinas Herz begann laut zu klopfen.

»Oma wollte gerade los zur Arbeit, und Opa hasst es zu telefonieren, also nimmt er den Hörer nur in die Hand, wenn es brennt.«

»Was hat Uta gesagt?«

»Nicht viel«, antwortete Tanja, als sie den SUV vor der Villa parkte. »Sie war ziemlich still, aber anders als sonst. Findest du nicht auch, dass es mehrere Sorten von Stille gibt?«

»Aber ja!«

»Sie war still, aber nicht auf die kühle und strafende Weise, die sie manchmal draufhat …«

»Ich weiß, was du meinst …«

»Sie war eher nachdenklich.«

Valentina nickte. »Ich bin sicher, sie hat nachgedacht. Das haben wir alle.«

»Mama?«

Der Klang dieser zwei einfachen Silben ließ Valentina beben vor Glück. »Ja?«

»All dieser Streit, diese vielen Sachen, die sie … die wir falsch gemacht haben … Wir werden uns mit den beiden versöhnen, nicht wahr?« Tanjas Finger umkrampften das Lenkrad, obwohl sie längst den Motor ausgeschaltet hatte.

»Natürlich werden wir das!« Valentina legte ihre

Hand auf Tanjas Schulter. »Sie haben getan, was ihnen als das Beste erschien. Du bist in ihrer Obhut eine wunderbare Frau geworden, und ich bin unglaublich stolz auf dich!«

»Danke, Mama!«

Arm in Arm betraten sie die Villa.

Drei Tage später

»Wo ist Jo denn jetzt schon wieder hin?«, fragte Tanja, die ein Tablett mit Gläsern auf die Terrasse der Villa balancierte. »Ich kann ihn nirgends finden, und gleich treffen die Gäste ein.«

»Er wird sich umziehen«, erwiderte Valentina und musterte ihre Tochter, die ein buntes Wickelkleid trug. »Du siehst toll aus!«

»Danke!«

»Bist du nervös?«

Tanja nickte und stellte das Tablett ab. »Ein bisschen schon«, antwortete sie. »Ein Willkommensfest für mich, das ist so eine Ehre.«

»Jo hat schon immer gern gefeiert!«

»Ich kann das alles immer noch nicht richtig glauben. Wenn mir einer vor zwei Monaten erzählt hätte, dass ich eine Familie in Malaysia habe …« Sie lachten. »Es ist wie ein Wunder!«

Tanja blickte träumerisch über das Meer, auf dessen glatter Oberfläche die Sonne tanzende Lichtreflexe malte.

»Hallo! Huhu«, ertönte in diesem Augenblick eine helle Stimme. »Darf ich eintreten?« Am Rand des Grundstücks stand Helena und winkte. »Ich habe den inoffiziellen Weg gewählt«, fügte sie hinzu und zwinkerte.

»Helena!« Freudig lief Tanja ihr entgegen. »Ich bin so froh, dass du noch hier bist!«

»Und ich erst«, antwortete die Ärztin und erwiderte Tanjas Umarmung. »Einen schöneren Abschluss meiner Reise hätte ich mir nicht wünschen können.«

»Jo hat darauf bestanden, mit dir zu feiern«, sagte Valentina.

»So viel Ehre.« Helena blickte sich um.

Die Terrasse war mit weiß gedeckten Stehtischen bestückt. Auf einer Seite lud eine kleine Bar zum Verweilen ein, an der einige Leute fleißig wirtschafteten. Gegenüber bauten weiß gekleidete Köche und Bedienungen ein Büfett auf.

Prächtige Blumengestecke zierten die freien Flächen. Große Papierballons in allen Farben des Regenbogens waren in mehreren Reihen über die gesamte Breite der Terrasse gespannt.

Wenig später traf ein Gast nach dem anderen ein – Arbeitskollegen, Freunde, Weggefährten. Valentina wurde nicht müde, ihre hübsche Tochter vorzustellen und zu berichten, welche Rolle in dem Spiel Helena, die deutsche Ärztin, gespielt hatte.

»Sie ist zauberhaft«, sagte Nazira, Valentinas Freundin aus der Tierklinik, und musterte Tanja, die sich mit Helena an ihrer Seite, die übersetzte, mit einigen Leuten unterhielt.

Valentina nickte. »Sie ist so wunderschön, und sie überrascht mich jeden Tag aufs Neue mit all ihrem Mut, ihrer Geduld, ihrer Neugier. Dass sie da ist, ist ein Geschenk. Ich bin die glücklichste Frau der Welt.«

»Dass du ein Kind hast …« Nazira musterte Valentina, als hätten sie einander ewig nicht gesehen. »Warum hast du nie etwas erzählt, und warum habt ihr euch überhaupt aus den Augen verloren?«

»Das ist eine lange Geschichte«, seufzte Valentina. »Dazu müssen wir uns mal zusammensetzen.«

»Ich hätte hier jemanden, der direkt ein bisschen erzählen kann.« Jo trat neben die beiden Frauen.

»Jo!«, riefen sie gleichzeitig.

»Wo hast du gesteckt?«, fragte Valentina.

»Ich habe noch ein paar Gäste abgeholt«, antwortete er. »Hatte ich das nicht erwähnt?«

Sie folgte seinem Blick. Im Gegenlicht sah sie drei unbekannte Personen an der Tür zur Terrasse stehen. In ihrem Nacken begann es zu prickeln.

»Was macht ihr denn hier?«, hörte sie im selben Augenblick Tanja rufen.

Staunend sah Valentina dabei zu, wie sich aus der Gruppe der drei eine junge Frau löste. »Verdammt noch mal! Ist das zu fassen?«, schrie sie und fiel ihrer Tochter um den Hals.

»Melanie!«, quiekte Tanja.

»Mensch, ist das geil hier!«, rief die Besucherin, während sie Tanja auf Armlänge von sich weghielt und ungläubig musterte. »Zuerst klingeln deine Alten … äh, ich meine, deine Großeltern bei mir und fragen mich, ob ich mit ihnen verreisen will. Dann komm ich hierher, und du wohnst in dieser Luxusbude und siehst einfach genial aus. Kneif mich mal, damit ich weiß, dass ich nicht träume!«

Jo nickte Valentina, die zwar lächelte, deren Hände jedoch merklich zu zittern begonnen hatten, aufmunternd zu. Dann führte er sie sanft zu den beiden Gästen, die noch zögernd an der Tür verharrten.

Nein, sie waren nicht mehr jung. Aber sie sahen gut aus. Ein wenig unsicher vielleicht, aber stolz und ungebeugt. So wie sie es immer gewesen waren.

»Herrgott, Valentina!«, flüsterte Uta und machte einen Schritt auf ihre Tochter zu. »Papa und ich, wir haben das lange nicht begriffen, aber … wir haben dich entsetzlich vermisst.«

»Jetzt seid ihr ja da!«, antwortete Valentina und schloss die beiden fest in ihre Arme.

23

Flughafen Langkawi am nächsten Tag. In wenigen Minuten würde das Boarding beginnen. Helena nahm ihr Handy und wählte sich ins Internet ein, um vor dem Abflug noch einmal ihre Mails zu checken. Sie hatte die ganze Nacht gefeiert und soeben müde, aber glücklich Abschied von Langkawi genommen. Ihre Gedanken drehten sich jetzt um die bevorstehende Rückkehr nach Berlin.

Zu Martin.

Neugierig öffnete Helena eine Mail ihrer Freundin und Mitarbeiterin Lisa und begann zu lesen.

Liebe Helena,

du bist auf dem Weg zurück nach Hause, wenn du das liest.

Ich weiß nicht, wie du die drei Wochen deines Urlaubs verbracht hast. Außer einem Foto am Tag deiner Ankunft hast du nichts von dir hören lassen. Das ist in Ordnung. Abgesehen davon – ich hätte deine Nachrichten sowieso nicht gelesen.

Wenn du kommende Woche deine Klinik betrittst, wirst du mich nicht wie gewohnt am Empfang vorfinden. Ich werde nicht länger für dich arbeiten, nicht an diesem Tag und auch an keinem weiteren.

Ich werde, wenn du in Berlin landest, bereits an einem anderen Ort leben. Wohin ich gehe, wird mein Geheimnis bleiben.

Nur den Grund, warum ich nach Jahren unsere Freundschaft beende, den will ich dir nicht vorenthalten.

Ich liebe deinen Mann!

Lachst du jetzt? Staunst du? Fängt dein Herz an zu rasen?

Ich weiß es nicht, und im Grunde genommen ist es mir auch egal. Ich habe jahrelang zugesehen, wie du Martin am langen Arm hast verhungern lassen. Ich hätte dich manchmal anschreien und schütteln wollen, wenn ich mitbekommen habe, wie widerwillig du zu ihm nach Hause gefahren bist. Wie deine Augen ihren Glanz verloren, wenn du von eurer Ehe geredet hast.

Begreifst du nicht, was für ein außergewöhnlicher Mann an deiner Seite lebt und wie sehr er dich liebt?

Und wie viel du ihm verdankst?

Mag sein, dass die guten Dinge, wenn man sie stets zur Verfügung hat, ihren Reiz verlieren. Anstatt Dankbarkeit zu empfinden und vor lauter Glück barfuß im Regen zu tanzen, nimmt man sie als selbstverständlich hin und langweilt sich. Oder fängt an, sie mit Füßen zu treten. So wie du!

Womöglich kann man dir deine Ignoranz nicht einmal zum Vorwurf machen, schließlich bist du nicht die Einzige, die vor lauter Sattheit schon wieder hungrig ist.

Ich liebe Martin.

Und er …

Verdammt, er liebt dich. Nur dich!

Für mich ist der Moment gekommen, in dem ich gehen muss, weil ich verloren habe.

Und glaube mir, ich habe wenig unversucht gelassen, um Martin von dir zu lösen. Die Reise war nicht allein seine Idee. Ich hatte gehofft, er würde, wenn du weg bist, in meinen Armen merken, dass er dich gar nicht vermisst. Er würde begreifen, dass eure Ehe eine Farce ist und mehr nicht.

Daran, dass ich die Koffer packe, siehst du, dass ich verloren habe.

Ich kann nicht einen Tag länger in deiner Nähe bleiben.

Mach's gut, Helena, ich entschuldige mich nicht bei dir. Alles, was geschehen ist, verdankst du allein deiner zum Himmel schreienden Ignoranz. Also, mach's besser!

Elisabeth

Ungläubig las Helena Lisas Mail wieder und wieder.

Ihr Herz raste angesichts der Direktheit ihrer Freundin. Ihr brach der Schweiß aus, als sie begriff, was zwischen den Zeilen zu lesen war.

Ihre beste Freundin hatte ein Verhältnis mit Martin gehabt? Sie hatte alles versucht, die Ehe der beiden auseinanderzubringen?

Und noch viel schlimmer: Helena hatte nichts, aber auch gar nichts davon gemerkt?

Hilfesuchend sah sie sich um, doch Jonathan, Tanja und Valentina waren gegangen, nachdem sie sich in der Flughafenhalle lang und breit verabschiedet und umarmt hatten.

Die drei gehörten zusammen und waren bereits dabei, in ihr neues Leben aufzubrechen: Valentina musste sich ihre Kraft gut einteilen und wollte nun zum ersten Mal seit ihrem Unfall einen Blick in ihre Klinik und auf ihre vierbeinigen Patienten werfen. Jo und Tanja begleiteten sie. Im Hotel warteten Uta und Lutz. Valentina würde ihnen in den nächsten Tagen »ihre« Insel zeigen.

Was hätte Helena darum gegeben, jetzt nicht allein zurückfliegen zu müssen, sondern neben einer empathischen Person wie Tanja sitzen und mit ihr reden zu können.

Doch die junge Frau würde auf Langkawi bleiben, nachdem nun alles geklärt war und ihre Familienmitglieder, die sich liebten und sich dennoch oft verletzt hatten, ihren Frieden miteinander geschlossen hatten.

Helenas Gedanken kehrten zu Lisa zurück.

Was bedeutete ihre Nachricht im Klartext? Würde Martin ebenfalls nicht mehr da sein, wenn sie in Berlin landete?

Auch wenn nichts dergleichen aus Lisas bitteren Zeilen hervorging, begriff Helena, dass nichts in ihrer Welt mehr so wäre, wie sie es vor drei Wochen verlassen hatte.

Mit wackligen Knien betrat sie das Flugzeug, das in einer Stunde Kuala Lumpur erreichen würde. Nach dem Zwischenstopp in Malaysias Hauptstadt würde sie über Doha nach Berlin zurückfliegen, wo sie in 18 Stunden landen würde.

Tanja, Valentina und Jonathan hatten sich gefunden. Selbst Uta und Lutz, die unsicher und extrem zurückhaltend dazugestoßen waren, bildeten einen Teil dieser neu entstandenen Einheit, die sich mit einer Selbstverständlichkeit zusammengefügt hatte, als hätte sie jahrelang auf diesen Moment gewartet. Sie würden einen Weg finden, eine Familie zu werden. Helena war sicher, dass sie es schaffen würden.

Galt das Gleiche für Martin und sie?

Auch ihr Leben war nicht mehr so wie vor wenigen Wochen. Helena hatte sich auf Michael eingelassen. Sie hatte ihren Mann vermisst. Sie wollte ihn zurück.

Und wenn es stimmte, was sie zwischen Lisas Zeilen zu lesen glaubte, dass Martin und ihre Freundin scheinbar schon länger ein Verhältnis gehabt hatten? Würde *er* jetzt die Trennung wollen?

Bei einem letzten Blick auf Langkawi, den dichten Dschungel, die Puderzuckerstrände und das türkisblaue Meer begriff Helena, dass es allerhöchste Zeit war, nach Hause zurückzukehren.

Sie sah ihn hinter der Absperrung stehen, als sich die automatischen Türen öffneten, um die ersten Passagiere des Fluges der Qatar Airways aus Doha nach draußen in die Arme ihrer Lieben zu entlassen.

Es dauerte eine Ewigkeit, bis Helenas Koffer über das Gepäckband geruckelt kam. Hastig griff sie danach, doch kurz bevor sie nach draußen stürzte, hielt sie einen Moment lang inne und horchte in sich hinein. Sie wollte jetzt keinen Fehler machen.

Was sie empfand, war der dringende Wunsch nach Wahrhaftigkeit. Seit 15 Jahren lebte sie mit Martin zusammen. In den letzten Jahren war ihre Beziehung lau geworden.

Sie hatte ihn nicht angelogen, aber ihm oft nicht die Wahrheit gesagt. Sie hatte sich nicht von ihm getrennt, aber immer seltener an seiner Seite gestanden. Er war ihr nicht gleichgültig geworden, aber geliebt hatte sie ihn auch nicht.

»Ich hab dich so vermisst«, sagten sie fast gleichzeitig, als sie sich gegenüberstanden und einen Moment lang still in die Augen gesehen hatten.

Und das war die reine Wahrheit!

Als sie gemeinsam durch die Halle zum Parkplatz gingen, suchten sich ihre Hände, fanden sich, hielten sich fest und gaben sich ein Versprechen.

Für ein neues Leben ist es nie zu spät!

Neun Monate später

Helena hörte, dass sich Martins Schlüssel im Schloss drehte. Aufgeregt lief sie ihm entgegen. »Sie heiraten«, rief sie, während sie ihm eine große Papiertüte mit Einkäufen abnahm. »Jo hat eben angerufen. Valentina und er trauen sich zum zweiten Mal. Das ist ein Ding, oder?«

Sie küssten sich zur Begrüßung.

»Klingt nach einem vollkommenen Happy End, findest du nicht?«

»Da hast du recht.« Sie wühlte im Einkauf herum. »Hast du die sauren Gurken mitgebracht?«

Martin nickte. »Was denkst du denn? Ganz unten.«

Helena wurde endlich fündig, öffnete das Glas und setzte sich auf den Küchentisch, während sie die erste Gurke herausangelte und genüsslich hineinbiss.

»Sie haben uns eingeladen«, sagte sie kauend. »Keine große Feier, aber sie möchten uns gern dabeihaben. Wollen wir?«

»Willst du?« Er musterte sie.

»Und ob ich will! Ich habe schon in meinem Urlaub dort pausenlos daran gedacht, wie sehr du Langkawi lieben würdest. Es wäre schön, wenn du Tanja und die anderen kennenlernen würdest und wir zusammen …

Ach komm, lass uns hinfahren, bevor …« Sie strich über ihren deutlich sichtbaren Bauchansatz. »Klein Kunigunde will auch fliegen«, scherzte sie.

Er lachte. »Von mir aus gern. Wir können gleich nachher zusammen nach Flügen gucken.«

»Lass uns das phantastische Hotel nehmen, das ich hatte. Einen Beach-Bungalow und nur ein paar Meter weiter befindet sich Jos Villa. Wir können jederzeit hinübergehen, um die drei zu treffen.«

»Tanja bleibt also wirklich in Malaysia?«

Helena nickte, während sie von der nächsten Gurke abbiss. »Ja. Sie schreibt mir regelmäßig«, antwortete sie. »Erst neulich hat sie wieder Fotos mitgeschickt. Sie hat sich unglaublich verändert. Richtig schlank ist sie geworden, und ihre Augen strahlen. Was für eine Schönheit! Sie hilft ihrer Mutter jeden Tag in der Tierklinik. Sie paukt ganz nebenbei wie verrückt Englisch und Bahasa, und wenn sie in den beiden Sprachen sicherer ist, will sie eine Ausbildung zur Tierarzthelferin machen. Als wir uns kennenlernten, hat sie mir erzählt, sie hätte überhaupt keinen Ehrgeiz.« Helena schüttelte lachend den Kopf.

Martin goss sich ein Glas Wein ein und setzte sich. »Die Reise nach Langkawi hat alles zum Guten verändert, findest du nicht?«

Helena nickte, rutschte vom Tisch und kuschelte sich auf Martins Schoß. In vier Monaten würde ihre Tochter auf die Welt kommen, die sich seit einiger Zeit schon munter in Helenas Bauch bemerkbar machte. Niemals hätte sie geglaubt, dass die Tatsache, ein kleines, schutzbedürftiges Leben in sich zu tragen, solche Glücksgefühle in ihr auslösen würde. Helena war froh, dass sie in der schwierigen Phase nach ihrer Rückkehr, die sie und Martin miteinander hatten durchstehen müssen und wollen, ihre Hormonspritze vergessen und das Leben sich seinen Weg gesucht hatte.

Helena hatte die Entscheidung, Mutter zu werden, ohne zu zögern getroffen. Fürs Erste waren sie übereingekommen, beide ihre Arbeitszeit während Helenas Schwangerschaft etwas zu reduzieren. Sie gab ihre Mitarbeit bei der Fernsehsendung »Aschenputtel wird Prinzessin« auf und stellte in der Klinik eine weitere Ärztin ein. Ebenso kürzte Martin seine Arbeitsstunden, so dass sie mehr Zeit miteinander verbringen konnten.

Manchmal fand Helena es paradox, aber die räumliche Trennung hatte Martin und sie wieder zusammengeführt.

Und wenn die Wunden, die sie sich in der Vergangenheit zugefügt hatten, zu schmerzen begannen, dann hielten sie inne und machten sich klar, was sie aneinander hatten.

»Du hast recht«, sagte Helena und lehnte ihren Kopf an Martins Schulter. »Es war ein Abenteuer mit ungewissem Ausgang, und es hat manchmal ziemlich weh getan, aber Langkawi hat uns alle verändert«, antwortete sie. »Ich bin froh darüber.«

ENDE

Nachwort

Als ich im Juli 2012 das erste Mal die Insel Langkawi betrat, erging es mir nicht anders als Tanja im Roman. *Ist das heiß hier,* dachte ich, als ich das kühle Flugzeug verließ und gleißendes Sonnenlicht meine Augen blendete.

Doch es dauerte nicht lange, da hatte ich mich an die Temperaturen gewöhnt, empfand die Wärme gepaart mit hoher Luftfeuchtigkeit sogar als angenehm. Ich möchte fast sagen: schmeichelnd.

Die Insel erfüllt alle Wünsche, die man als Urlauber in einem tropischen Paradies haben kann. Neben der überaus faszinierenden Tierwelt, die dem Reisenden auf Schritt und Tritt begegnet, locken dichter Regenwald, feinsandige weite Strände und das wunderbar warme Wasser der Andamanensee, die ein Teil des Indischen Ozeans ist.

Außer entspannte Tage am Strand zu genießen, Segeltörns und Schnorcheltrips zu unternehmen, sollte man sich auch unbedingt aufmachen und die Insel entdecken. Mehrere Museen laden zur Besichtigung ein, es werden Wanderungen durch den Dschungel angeboten, besonders eindrucksvoll ist eine mehrstündige Tour durch die Mangroven, um nur einige Beispiele zu nennen.

In Bezug auf Hotels und Wohnorte habe ich mir dichterische Freiheit herausgenommen, während es die im Roman erwähnten Sehenswürdigkeiten und Veranstaltungen – das Oriental Village, die Seilbahn, den Seven-Wells-Wasserfall und den Nachtmarkt – wirklich gibt.

Sollten Sie sich entscheiden, es mir gleichzutun und Malaysia und Langkawi zu bereisen, empfehle ich Ihnen, sich mit Claudia Müller in Verbindung zu setzen. Sie lebt seit vielen Jahren auf der Insel und betreibt eine Agentur, die vielfältige Ausflüge in und um das zauberhafte Eiland anbietet.

www.claudia-mueller-langkawi.com

Ich möchte mich herzlich bedanken bei all jenen, die mir während der Arbeit am Roman mit Rat und Tat zur Seite standen:

Zuallererst danke ich Anna Mechler, meiner Agentin. Dass wir uns vor Jahren gesucht und gefunden haben, halte ich für einen besonderen Glücksfall.

Ich danke Marion Vazquez und Maria Dürig dafür, dass ich diesen Roman für den Ullstein-Verlag schreiben durfte.

Mein besonderer Dank gilt Katja Ernst für das ausführliche Lektorat. *Morgen ist ein neues Leben* ist unser vierter gemeinsamer Streich und hoffentlich nicht der letzte.

Ich danke Frau Dr. Mathilde Laininger für ihre Beratung in Sachen Tiermedizin.

Eine besondere Erwähnung verdient mein Sohn Janis, der mein Fernreise-Fieber mit mir teilt und es sogar noch toppt, indem er nun in Ghana lebt und arbeitet. Ich weiß schon, wer dich da besuchen kommt.

Mein Mann Thomas, meine Kinder Nina, Janis und Mia, meine Eltern Martin und Gerda Hohlfeld, meine Schwester Angela Stoye – danke! Es ist wunderbar, dass es euch gibt und dass wir zusammengehören!

Ebenso möchte ich meinen Freundinnen danken. Die Zeit, die wir miteinander verbringen, ist ein großes Geschenk für mich. Anja, Kerstin, Marion, Mevlida, Cathi, Renate, Birgit und Nina: Seid gedrückt, ihr seid die Besten!

Drei meiner Berliner Kollegen liegen mir sehr am Herzen, denn ich bin froh, dass ich mich auf ihre Unterstützung stets verlassen kann. Katharina Wieker, Marcel Feige und Micaela Jary – ich danke euch, dass ich Freud und manchmal auch Leid des Autorenlebens mit euch teilen kann!

Und nicht zuletzt: Ein lieber und herzlicher Gruß geht an all meine Leserinnen, Danke, dass Sie sich lesend mit mir auf die Reise nach Langkawi begeben haben. Ich hoffe, Sie bleiben mir gewogen!